1925

-Liebe wächst-

Lisa Pfeifer

Für die Emo-Punk-Marshmallows <3

Impressum:

© 2020 Lisa Schmermer

2.Auflage

Bergisch Gladbacher Straße 829, 51069 Köln

Umschlaggestaltung: Lisa Schmermer

Medien: Fotolia

Herstellung und Verlag: BoD – Books on Demand GmbH, in de Tarpen 42, Norderstedt

ISBN: 9783750407909

Bibliografische Information der Deutschen Nationalbibliothek: Die Deutsche Nationalbibliothek verzeichnet diese Publikation in der Deutschen Nationalbibliografie; detaillierte bibliografische Daten sind im Internet über http://dnb.d-nb.de abrufbar.

SOUNDTRACK

Secret Girl – Alex Goot
Forever – Alex Goot
Closer – The Chainsmokers
Main Titels – The Cider House Rules
Save Me – Edguy
House Of Fire – Alice Cooper
Kill My Mind – Louis Tomlinson

Über die Autorin:

Lisa begann schon im Alter von 15 Jahren mit dem kreativen Schreiben. Mit 20 veröffentlichte sie erste Werke auf Wattpad und wagte mit ihrem Debütroman,
„Not My Circus Not My Monkeys", 2018 den Schritt in die Öffentlichkeit.
„1925" ist das zweite Werk der Autorin und der erste Teil der „1925" – Reihe.

1925

-Liebe wächst-

1. KAPITEL

»Die Rolle ist wie für dich gemacht«, jubelt Lauren Cooper, meine Managerin, und klatscht mit der flachen Hand auf das Drehbuch, das zwischen uns auf dem Tisch liegt. Ich grinse sie an und nicke.

»Beruhige dich, ich bin ganz deiner Meinung und wenn die Gage stimmt, dann werde ich auf jeden Fall unterschreiben.«

»Du *musst*. Das wird ein Erfolg und du stehst gerade auf der Schwelle, richtig berühmt zu werden. Dieser Film könnte der letzte Schubs sein, den du noch brauchst. Der Marvel Film letztes Jahr, die Zusammenarbeit mit Spielberg und Jolie...du bist nur noch einen Steinwurf davon entfernt, dich endgültig bei den ganz Großen zu etablieren. Eine Geschichte über zwei schwule Schauspieler in den 20er Jahren, ist genau das, was du jetzt brauchst. Das ist so frisch und neu. Genauso frisch, wie dein Kollege, der die Rolle von Mo übernehmen wird«, sagt Lauren und blättert in ihren Unterlagen.

»Hat er schon sicher zugesagt?«, frage ich ein wenig verwirrt, denn normalerweise werden die Hauptrollen immer zusammen gecastet, um sicherzustellen, dass man sich hinter der Kamera versteht und es keinen Stress am Set gibt.

»Soweit ich informiert bin, sollt ihr euch treffen, sobald du unterschrieben hast. Erst wenn sicher ist, dass ihr klarkommt, wird er seinen Vertrag bekommen. Es ist leichter, einen Nobody neu zu casten, als den Star des Films. Ach hier ist seine Setcard. Lucas Thomas heißt er. Hat bisher in keinen nennenswerten Dingen mitgewirkt, verspricht aber wohl ein großes Talent zu sein. Zumindest sagt das der Regisseur, der ihn beim Casting gesehen hat.« Sie schiebt mir eine Akte zu und ich öffne sie mit hochgezogenen Augenbrauen.

Ein Foto liegt bei. Er ist schmal und ich kann ihn mir gut in den Kostümen der 20er Jahre vorstellen. Thomas hat braunes Haar. Es ist ein wenig durcheinander und seine blauen Augen strahlen mich vom Foto her schon an. In echt wird das bestimmt noch intensiver.

»Gut sieht er auf jeden Fall aus. Wann sollen wir uns treffen?«, frage ich und meine Managerin greift zum Telefon.

»Ich rufe sofort bei der Produktion an und sage für dich zu, ich denke dann bekommen wir recht schnell einen Termin.«

Sie behält Recht und so sitze ich zwei Tage später in einem Büro in der Londoner City und warte auf Lucas Thomas.

Ein wenig nervös bin ich, das gebe ich zu, immerhin spielen wir ein Liebespaar und ich hoffe, dass wir uns verstehen. Es ist das erste Mal, dass ich einen Job bekomme, ohne mich dafür beworben zu haben. Man wollte *mich* haben und ich muss zugeben, dass es sich verdammt angenehm anfühlt, vom Fleck weg gebucht worden zu sein. Auch, dass ich vor der Kamera einen Mann lieben werde, ist für mich etwas Neues, denn einen Homosexuellen habe ich bisher noch nicht gespielt.

Allerdings spiele ich jeden Tag den Leuten den heterosexuellen Mann vor.

Letztes Jahr habe ich den Mut aufgebracht und mich meiner Managerin gegenüber geoutet. Doch außer ihr und meiner Familie kennt niemand mein Geheimnis und das wird auch so bleiben, denn man hat auf dem Markt deutlich bessere Chancen, wenn man hetero ist.

Der Kaffee vor mir auf dem Tisch ist mittlerweile kalt und die Kekse habe ich nicht angerührt. Ich muss auf meine Linie achten, denn die Kamera mogelt einem *immer* mindestens drei Kilo mehr auf die Rippen.

Ein leises Klopfen lässt mich hochschrecken und eine Frau streckt den Kopf herein.

»Mr Seales, Lucas Thomas ist da«, sagt sie, tritt beiseite, um meinen Kollegen hereinzulassen.

Er ist klein und als ich aufstehe, überrage ich ihn um fast eineinhalb Köpfe.

»Hallo Lucas, ich bin Henry.« Ich gebe ihm die Hand und er erwidert den Händedruck zögerlich.

»Hi Henry, ich bin Lucas. Freut mich sehr, dich kennenzulernen. Man bin ich nervös. Ich hab sicher ganz nasse Hände. Sorry.« Wie zum Beweis wischt er sie sich an der hellen Stoffhose ab und setzt sich dann auf die Kante des Stuhls mir gegenüber.

»Das ist also dein erster Film?«

»J-ja. Also mein erster großer. Ich hab bisher eher Kurzfilme gedreht und Theater gespielt. Diese Rolle ist der Hammer. Ich freu mich so richtig«, erzählt er und malt mit der Hand Kreise auf die Tischplatte zwischen uns. Sein Knie zuckt.

Man ist der nervös.

»Und du bist ja schon wesentlich erfahrener. Ich hab dich im letzten Blockbuster gesehen. Kleine Rolle, aber einprägsam. Wirklich toll.«

3

»Danke, schön, dass du es mochtest«, sage ich und versuche nicht allzu geschmeichelt zu klingen, obwohl es mich freut, wenn ihm mein Spiel gefallen hat.

»Ich bin noch immer ganz baff, dass sie mich für die Rolle genommen haben«, erzählt Lucas und kichert. »Ich meine, ich bin vollkommen unbekannt und du gerade auf dem Weg ein Star zu werden. Das ist irgendwie krass. Hast du denn schon mal einen Homosexuellen gespielt?«

Wenn er wüsste, dass ich das nicht zu spielen brauche.

»Nein, das ist komplettes Neuland für mich. Und du?«

Lucas zieht seine Unterlippe zwischen die Zähne und beugt sich etwas vor, als würde er mir ein Geheimnis verraten wollen und obwohl wir im Raum vollkommen allein sind, flüstert er: »Ich bin schwul.«

Na sowas.

Jemand müsste Lucas dringend mal sagen, dass er das nicht einfach so erzählen darf, wenn er im Filmbusiness länger als ein halbes Jahr bestehen möchte. Wer sein Herz auf der Zunge trägt, dreht sich daraus meist den eigenen Strick. Das ist nicht gut.

»Das ist für die Rolle sicherlich von Vorteil, aber du solltest das nicht an die große Glocke hängen. Damit blockierst du dir eventuell neue Jobs. Es wird nicht so gern gesehen, wenn ein Schauspieler schwul ist.« Ich weiß, dass das abwertend und ruppig klingt und die Art, wie Lucas mich ansieht, zeigt deutlich, dass er den Standpunkt nicht teilt. Bevor er mich jetzt doof finden kann, sage ich schnell: »Aber ich hab damit kein Problem. Wirklich«

»Dann bin ich ja erleichtert.«

»Was hältst du davon, wenn wir eine Szene zusammen spielen, nur um zu sehen, ob es auch wirklich zwischen uns passt?«, schlage ich vor.

»Coole Idee, welche Szene willst du machen?«, fragt er und ich schlage willkürlich das Drehbuch auf.

»Hier, diese«, sage ich und deute mit dem Zeigefinger auf den Text. Lucas reckt den Hals und hebt die Augenbrauen.

»Die ganze Szene?«

»Die ganze Szene.«

Mein Gegenüber nickt und zieht den Stuhl neben mich. Er holt tief Luft und sieht mich ernst an.

»George, ich weiß, dass es nicht geht, aber ich kann nicht länger so tun, als seien wir nur Kollegen«, sagt er seinen Text, den ich im Drehbuch schon gelesen habe und als ich den Kopf hebe, stehen ihm Tränen in den Augen. Wow, einer der wenigen Schauspieler, die auf Anhieb weinen können. Er ist sofort in der Rolle drin und zieht mich mit.

»Glaubst du mir fällt das leicht? Mir blutet das Herz, wenn ich sehe, dass die Frauen uns nachlaufen und wir nicht ehrlich sein können. Ich will bei dir sein und darf es nicht«, brause ich auf, packe ihn am Kragen und ziehe ihn in eine Umarmung, wie sie im Drehbuch steht. Lucas erwidert sie und schnieft an meiner Schulter.

»Ich habe mich in dich verliebt, George. Erst wollte ich es selbst nicht glauben, aber es lässt sich nicht leugnen.«

»Dann leugne es nicht. Zumindest nicht vor mir«, keuche ich, umfasse sein Gesicht mit den Händen und lehne die Stirn an seine. Die blauen Augen glänzen und sein Atem trifft meine Haut.

»Ich liebe dich, verdammt.«

Und dann küsst er mich. Und wie er mich küsst! Ich bin Schauspieler und ich sollte wissen, dass das alles nicht echt ist, trotzdem beschleunigt sich mein Puls.

Oh Gott ich hoffe, der Film bekommt mehr Kussszenen. Vorsichtig löst er sich von mit und sieht mich an, dann grinst er und sagt: »Also dafür dass du keine Erfahrung hast, küsst du toll.«

Wenn du wüsstest, Thomas.

Wenn du wüsstest...

2. KAPITEL

>>Cast für neuen Film von Regisseur Payne steht fest. Seales übernimmt Hauptrolle.<<

Mein Vertrag ist keine 24 Stunden unterschrieben, da steht es schon online. Der Drehbeginn ist erst in einigen Wochen und es wird bereits jetzt ein enormer Rummel um diesen Film gemacht. Ob es am Thema des Buches liegt, am gefragten Regisseur oder an mir in der Hauptrolle, kann ich nicht sagen. Vielleicht ist es auch die Kombination.

George ist ein Schauspieler, der im Londoner West-End erfolgreich ist. Er arbeitet hart und wird gefeiert. Jeden Abend treibt er sich auf Privatparties der Oberschicht herum. Man lädt ihn ein, weil man mit ihm angeben will. George nutzt diese Angeberei für sich und seinen Erfolg. Er hofft außerdem, eine gute Partie zu landen. Aber im Grunde ist all das nur Fassade.

An einem Abend trifft er auf den Barmann Mo, der gerne selbst Schauspieler wäre. Betrunken kommt George mit Mo ins Gespräch und schüttet ihm sein Herz aus. Es geht ihm schlechter, als er zugeben will, weil alle in ihm nur den Star und nicht den Menschen sehen. Mo hat Mitleid. George ist einsam und bietet ihm im Rausch an, ihm Schauspielunterricht zu geben. Er erhofft sich dadurch insgeheim, endlich mal so etwas wie einen Freund zu finden. Jemanden, der ihm Gesellschaft leistet.

Fortan treffen sie sich nachmittags im Theater und Mo lernt schnell. Sie kommen einander näher und George ist verwirrt. Er weiß, was die Gefühle bedeuten, doch ihm ist auch klar, dass er seine Karriere riskiert, wenn er offen zu Mo stehen sollte.

Am Schluss verdrängt er die Gefühle so, bis er sich irgendwann einreden kann, sich in eine Kollegin verliebt zu haben. Er beendet seine Affäre mit Mo. Dieser schafft es trotzdem, als Schauspieler durchzustarten, doch er hält die Nähe und unerfüllte Liebe zu George nicht aus und nimmt sich das Leben.

Man könnte sagen, dass es da einige Ähnlichkeiten mit mir gibt. Vielleicht habe ich genau aus diesem Grund die Rolle bekommen, weil ich mich so gut mit Georges Situation identifizieren kann.

Die U-Bahn in der ich im Augenblick sitze, wird langsamer und hält in Camden Town. Hier habe ich heute einen Termin zur Masken- und Kostümprobe.

Das für die Drehzeit angemietete Produktionsbüro, liegt in einem schäbigen Gebäude zwischen einem Jeansgeschäft und einem Imbiss. »1925« steht auf einem Zettel an der Tür – mehr nicht, aber es reicht, um den Weg zu finden. Ich drücke sie auf und folge den Zetteln die mir den Weg durch das gesamte Gebäude weisen, bis ich schließlich vor einem Raum stehe, auf dessen Tür »Make up« steht. Ich klopfe und trete ein.

Ein Tisch mit beleuchtetem Spiegel ist aufgebaut, davor steht ein junger Mann, der eine große Kiste ausräumt. Er sieht auf und kommt dann strahlend auf mich zu.

»Hallo, ich bin Zach, dein Maskenbildner«, sagt er freundlich.

Sein Händedruck ist fest, was ihn mir sofort sympathisch macht. Es gibt nichts Schlimmeres, als wenn dir jemand die Hand gibt und es sich anfühlt, als würde man einen toten Fisch anfassen.

»Hallo, ich bin Henry, freut mich, dich kennenzulernen, Zach. Soll ich mich setzen?«, frage ich und deute auf den Stuhl vor dem Spiegel.

»Ich muss noch rasch fertig auspacken, du kannst aber solange noch einen Kaffee trinken oder eine rauchen, dann bin ich gleich für dich da«, sagt Zach.

Wenig später sitze ich vor dem Spiegel auf dem Stuhl und habe einen Friseurumhang um den Hals gelegt bekommen.

»Der Regisseur lässt uns viel Freiraum in der Gestaltung«, erklärt Zach und legt einige Bilder vor mir aus. »Das hier sind die Haarschnitte von 1925, die ich herausgesucht habe. Du siehst, sie variieren alle nur ein wenig in der Länge am Oberkopf, die Seiten und der Nacken sind sehr kurz. Mr Payne möchte allerdings, dass es sehr gepflegt aussieht, also ist eine ordentlich geschnittene Kontur wichtig. Und glatt rasiert solltest du auch sein.« Ich nicke und nehme eines der Bilder in die Hand.

»Das hier gefällt mir gut. Da habe ich wenigstens noch ein bisschen Haar mit dem ich in der Freizeit noch etwas anfangen kann«, meine ich und zeige Zach das Bild.

»Ja, das hätte ich auch ausgewählt«, sagt er und greift zu Schere und Kamm.

Eine Stunde später ist mir wesentlich kühler um die Ohren und der Fußboden voller Haare. Einige davon haben sich unter den Umhang gemogelt und es juckt jetzt schon überall. Ich versuche, mich so wenig wie möglich zu bewegen, damit sie nicht noch weiter rutschen.

»Fühlst du dich wohl?«, fragt Zach und zeigt mit in einem Spiegel, die Frisur von hinten. Es ist ungewohnt, steht mir aber.

»Ja, das passt. Ich werde mich daran gewöhnen. Danke dir. Was bekomme ich denn an Make-up?«

»Wenn wir Alltagsszenen drehen, bekommst du kaum Make-up, ich werde höchstens Augenringe und Rasurbrand abdecken. Bei Szenen auf der Bühne werden ich dir Theater Make-up verpassen. Das wird recht maskenhaft werden, war aber für die damalige Zeit vollkommen normal.« Zach zeigt mir, was er darunter versteht und als ich nach 20 Minuten in den Spiegel schaue, sehe ich ein wenig aus, wie Charlie Chaplin. Nur ohne Bärtchen. Meine Haut ist hell und im Puder zeichnet sich jede noch so kleine Falte ab, wenn ich die Nase rümpfe oder die Stirn bewege. »Sonderlich vorteilhaft ist das natürlich nicht, aber Geoffrey will es so.« Zach sieht mich mit schief gelegtem Kopf an. »Hast du Tattoos? Bisher stehen zwei Sexszenen auf dem Plan und wenn du Tattoos haben solltest, muss ich sie abdecken. Ich frage nur, damit ich die entsprechenden Materialien besorgen kann.«

Nein, Tattoos habe ich nicht. Damals auf der Schauspielschule hat man uns nahegelegt, unsere Körper nicht mit Schmuck zu verändern, weil man manchmal aufgrund dessen keine Rollenangebote bekommt.

Nachdem Zach noch Fotos von mir gemacht hat, um einen Ordner anzulegen, damit er den Überblick nicht verliert und mich darum gebeten hat, mich am ersten Drehtag gründlich zu rasieren, geht es weiter zum Kostüm.

Diese Abteilung hat sich nebenan eingerichtet und als ich die Tür öffne, sehe ich, dass Lucas da ist, der sich gerade wieder seinen Pullover anzieht, während zwei Frauen im Hintergrund Klamotten hin- und herräumen. Ich wusste nicht, dass er heute ebenfalls dran ist.

»Hallo Henry«, sagt er gut gelaunt und grinst mich an.

»Hey, na alles klar?«, frage ich.

»Jup, ich hab ganz schöne Kostüme bekommen.« Er deutet auf eine fahrbare Kleiderstange hinter sich. Eine Kellneruniform, zwei Anzüge und einige schlichte Alltagskleidungsstücke hängen da und in durchsichtigen Plastiksäckchen die dazu passenden Schuhe. Alles sieht getragen und ein wenig schmuddelig aus. Aber authentisch.

»Hallo Henry, ich bin Caroline, das ist Elianna, sie wird die Garderobe am Set übernehmen«, stellt sich die ältere der Frauen vor. Sie ist eine bekannte Kostümbildnerin, ich habe ihren Namen schon in dem ein oder anderen Abspann gelesen und bin gespannt darauf, was sie für mich geplant hat. Lucas verabschiedet sich von den beiden und geht hinüber zu Zach.

»Du kannst dich schon mal hier drin ausziehen«, sagt Elianna und schiebt einen Vorhang zu einer kleinen Umkleidekabine auf. Ich lege alles bis auf die Boxershorts ab.

»Ich bin soweit.«

Eine Hand erscheint im Vorhang und reicht mir eine Unterhose aus Leinen. »Die ziehst du bitte drunter.«

»Kann ich nicht meine eigene anbehalten?«, frage ich und mustere das unförmige Ding. Es sieht kratzig aus.

»Ja, die ist für die Sexszene, ansonsten kannst du deine eigenen Sachen drunter ziehen«, sagt sie und ich höre, dass sie grinst. Ich streife meine Unterwäsche ab und schlüpfe in das Leinending, dann trete ich hinaus vor den Vorhang und präsentiere mich den beiden Frauen. Caroline legt den Kopf schief und reicht mir eine andere. »Versuch mal die hier.«

Ich probiere zehn Unterhosen, bis die Wahl schließlich doch auf die erste fällt. Nach der Unterwäsche kommen die Alltagsoutfits dran.

Meine bestehen aus hoch geschnittenen Hosen, schmalen Hemden und Westen aus Samt, deren Ränder abgeschabt sind, wodurch sie getragen aussehen. Die Schuhe sind alle aus Leder und glänzen wie neu.

»Hier haben wir für dich auch eine Taschenuhr, lass mal sehen, ob sie zur Weste passt.« Caroline steckt mir die Schnalle der Uhr in ein Knopfloch und mustert die Kette, die sich glänzend auf dem Samt der Jacke abhebt. Sie gefällt mir und ich wiege das Gehäuse in der Hand.

»Sie ist original aus den 20er Jahren«, sagt Elianna. »Ich hab sie im Fundus entdeckt.« Sie lächelt die Uhr liebevoll an und ich reiche sie ihr wieder, damit man sie verpacken und an die Kleiderstange hängen kann.

Nach etwa zwei Stunden Anprobe besteht der Look von George aus schlichter, aber eleganter Tagesgarderobe, einem schicken Anzug mit Fliege, Weste und Zylinder und einigen Bühnenoutfits. Außerdem noch einem Nachthemd und Wollsocken mit Strumpfhaltern, die äußerst unangenehm zu tragen sind. Trotzdem fühle ich mich in allem sehr wohl und habe ein gutes Gefühl. Am frühen Abend bin ich fertig und verabschiede mich von den beiden Frauen.

Als ich hinaus auf den Flur trete, kommt mir ein junger Mann entgegen. Er trägt einen Haufen Unterlagen auf dem Arm und macht einen leicht gehetzten Eindruck.

»Hallo Henry, bist du schon fertig mit der Anprobe? Ich bin Fionn und mache die Regieassistenz«, sagt er etwas atemlos. Wir schütteln uns die Hände und Fionn gestikuliert zur Tür. »Ich muss weiter. Wir sehen uns.« Er nickt mir zu und verschwindet hinter der Tür mit der Aufschrift »Produktion« Ich will gar nicht wissen, wie viel Stress diese Abteilung hat. Die Zeit der Vorproduktion ist ein einziges Hamsterrad. Und viel Zeit bis zum ersten Drehtag ist nicht mehr. Ich ziehe meine Mütze über die frisch geschnittenen Haare und trete wieder hinaus auf die Straße.

Die erste Leseprobe für den Film findet eine Woche später im Produktionsbüro in Camden statt. Lucas und ich sind die einzigen anwesenden Schauspieler, zusammen mit dem Regisseur, Fionn und einer blonden Frau, die für die Script Continuity zuständig ist und sich uns als Pety Edwards vorstellt. Sie ist dafür verantwortlich, dass sich unser Text, den wir sprechen, auch mit dem Drehbuch deckt und merkt sich selbst Kleinigkeiten, wie Füllhöhen von Gläsern oder Positionen von Besteck bei einer Essensszene, damit später im fertigen Film alles zusammen passt.

Die Leseprobe dauert den ganzen Tag, läuft aber wirklich gut.

»Ich habe das Gefühl, dass der Film nur fantastisch werden kann. Es ist wirklich toll, dass ich euch beide ins Boot holen konnte. Henry als Star des Films und Lucas, der Rohdiamant. Wenn du dich gut anstellst, kann aus dir noch richtig was werden, Junge«, sagt Geoffrey zu Lucas, als wir uns am Abend verabschieden und schüttelt ihm die Hand. Er sieht verlegen aus und weiß nicht so recht, was er auf dieses Kompliment antworten soll, also entscheidet er sich nur dazu, rot zu werden.

Niedlich.

»Ich habe euch einen Fahrer bestellt, der euch nach Hause bringt. Er wartet unten«, sagt Fionn und verabschiedet sich ebenfalls.

Vor der Tür steht ein schwarzer Van. Wir steigen ein und nennen dem Fahrer unsere Adressen. Als der Wagen sich in Bewegung setzt, lehnt sich Lucas zurück. »Meine Güte, bin ich fertig, das war sowas von anstrengend.«

Ja, Leseproben sind kein Spaziergang. Man braucht eine Menge Ausdauer, weil man ja nicht nur den Text liest, sondern schon spielt und das zehrt an den Kräften.

»Ja, ich bin auch müde, aber wir haben ja noch eine Woche Zeit, bis die Dreharbeiten beginnen«, antworte ich und sehe aus dem Fenster, wo die Straßen Londons an uns vorbeiziehen.

»Glaubst du, wir drehen im West End?«, fragt Lucas, als wir an der Leuchtreklame eines kleinen Theaters vorbeifahren. Da unser Film teilweise im West End spielt, bin ich mir sicher, dass zumindest einige Außenaufnahmen in diesem Viertel gedreht werden.

»Ich denke schon. Grade die ganzen Szenen die bei Nacht spielen, werden wir sicherlich dort machen.«

»Das sind einige«, meint Lucas und blättert wie zur Kontrolle nochmal durch sein Buch. Er zählt die Szenen nach und kommt auf sieben Außenszenen in dem Theaterviertel.

»Das sind mindestens drei Drehtage, wenn nicht mehr. Aber da du in den Bildern weniger dabei bist, werde ich da wohl viel alleine sein.«

Lucas seufzt.»Schade, ich wäre gerne dabei gewesen.«

»Abwarten. Noch ist kein finaler Drehplan raus.«

Der Drehplan ist so etwas wie eine Gesamtübersicht. Darauf wird festgehalten, an welchem Tag man die Szenen dreht, was genau in diesen passiert, wo sie spielen und welcher Schauspieler im Bild ist. Meist sind das nur Lucas und ich. Viele Nebenrollen gibt es hier nicht.

Wir haben letzte Woche zwar bereits einen Drehplan bekommen, doch der wird bis zum Beginn der Dreharbeiten sicherlich dreimal umgearbeitet, weil man die Location am gewünschten Termin nicht bekommt oder etwas anderes alles umwirft. Schon lange habe ich mir abgewöhnt, meine freien Tage einzuplanen, wenn ich die erste Version bekommen habe, denn darauf kann man sich einfach nie verlassen.

Das Auto hält vor einem Reihenhaus in einer schmalen Straße und Lucas greift nach seiner Tasche.

»So, ich bin zuhause. Wir sehen uns dann bei Drehbeginn Henry. Gute Nacht.«

»Nacht!«, rufe ich ihm nach und lächle ihn kurz an.

Bis zu mir nach Hause dauert es noch weitere zehn Minuten und ich rufe in der Zeit meine Mails ab. Einige von Lauren sind dabei. Sie sind recht fordernd, aber das sind sie eigentlich immer.

>>Henry,

Das Management möchte gerne vom ersten Drehtag einige Bilder an die Presse verkaufen. Als Promotion für den Film und für dich. Mr Menike ist der Fotograf. Außerdem habe ich eine junge Dame engagiert, die dir am Set einen Besuch abstatten wird. Ihr Name ist Tatiana und sie hat sich freundlicherweise dazu bereit erklärt, deine Freundin für die Drehzeit und die Promotion danach zu sein. Du brauchst eine Frau an deiner Seite, damit die Zuschauer Film und Realität besser trennen können.

Viele Grüße,

Lauren Cooper

Cooperations Management<<

Eine Alibifreundin. Am liebsten hätte ich laut gelacht. Wer sagt denn, dass ich meine Rolle nicht gut spiele?

Ich bin Schauspieler. Ich kann alles spielen, wenn man mich lässt und beweist die Tatsache, dass ich mich seit zwei Jahren als heterosexueller Mann verkaufe, nicht, dass ich glaubhaft rüberkam? Ich weiß, dass Lauren nur in meinem Sinn handelt, doch in der Branche vertritt man die Sichtweise, dass man für die Damenwelt attraktiver ist, wenn man mit einer anderen Frau gesehen wird.

Nichts ist reizvoller als ein vergebener Mann. Zumindest weitaus mehr als einer, der schwul ist.

Ich antworte Lauren kurz und knapp, dass ich mit alledem einverstanden bin, schiebe das Handy dann zurück in die Hosentasche und schließe auf den letzten Metern der Autofahrt die Augen.

Zuhause in meiner Wohnung werfe ich alles auf die Couch und springe erst mal unter die Dusche. Ich habe einen Bärenhunger, beschließe aber, mir nur einen Salat zu machen. Die Leseprobe heute hat mir nochmal vor Augen geführt, dass ich im Film nicht nur einmal halbnackt vor der Kamera stehen werde. Es wird mehrere Liebesszenen mit Mo geben und eine mit Georges Frau und ich wäre bescheuert, jetzt einfach das zu essen, worauf ich Lust habe. Außerdem sind die Kostüme bereits angepasst und es gibt nichts Schlimmeres, als wenn man darum bitten muss, die Hose eine Nummer weiter zu machen. Das ist peinlich und ich habe mir vorgenommen, dass mir das nie passiert. Die 74 Kilo muss ich in den nächsten Wochen halten.

Mit dem Salat und einem stillen Wasser lande ich wenig später vor dem Fernseher und sehe mir eine Folge Downton Abbey an. Ich komme nicht regelmäßig dazu, es zu gucken, aber nachdem ich beim letzten Film die große Ehre hatte, zusammen mit Dame Maggie Smith drehen zu dürfen, bereitet es mir noch mehr Freude, sie anzusehen. Wenn man die Menschen persönlich kennt, sieht man die Rollen, die sie spielen mit vollkommen anderen Augen.

Apropos Rollen. Mir fällt auf, dass ich mir noch gar nicht angesehen habe, was Lucas bisher eigentlich so produziert hat. Auf dem Tablet öffne ich eine Seite, auf der sich Schauspieler kostenlos ein Profil anlegen können und finde schnell sein Demoband.

Meist besteht ein solches aus kleinen Szenenschnipseln, die man im Laufe der Jahre zusammengetragen hat. Bei Lucas sind es nur vier Szenen, doch die sind beeindruckend.

In einer spielt er einen jähzornigen Punk so überzeugend, dass ich Angst bekomme. In der zweiten ist er ein geschniegelter Geschäftsmann, der mir so unsympathisch ist, dass ich weggeschaltet hätte, wenn ich nicht wüsste, dass Lucas ein ganz netter Kerl ist und in den letzten beiden Szenen flirtet er sehr überzeugend mit Frauen.

Lauren hat Recht. Er ist ein vielversprechendes Talent und es macht Spaß ihm zuzusehen.

Ich bin gespannt, wie er so arbeitet.

3. KAPITEL

Die folgenden Wochen fliegen vorbei und ehe ich mich versehe, ist der Abend vor dem ersten Drehtag da.

Wie meistens vor Dreharbeiten findet auch hier eine Warm-up Party statt, damit sich das Team schon mal beschnuppern kann und man am ersten Tag nicht dasteht und sich wie eine neu zusammengewürfelte Schulklasse vorkommt.

Die Produktion hat dafür in einer ehemaligen Silberwarenfabrik einen großen Raum angemietet. Die Straße ist recht still und nicht sonderlich belebt, als ich über den Bürgersteig zum Eingang gehe.

»Hey Henry!«, ruft jemand und ich höre das Quietschen von Fahrradbremsen. Lucas hält neben mir und kettet sein Rad an einen Zaun. »Bist du mit dem Taxi gekommen?«, fragt er und steckt den Schlüssel in die Hosentasche.

»Ja, ich fahre hier selten mit der Bahn und Radfahren ist mir ehrlich gesagt zu gefährlich«, gebe ich zu und mustere Lucas´ Drahtesel. »Du hast ja nicht mal eine Lampe«, stelle ich fest und mein Kollege zuckt mit den Schultern. »Dir ist klar, dass der Dreh ins Wasser fällt, wenn du mit dem Rad einen Unfall hast, oder?«, sage ich und klinge wie ein Oberlehrer. Ich hasse es, andere Leute zu belehren, doch Lucas muss noch ein bisschen Nachhilfe bekommen. Er ist wichtig für den Dreh. Sollte er ausfallen, muss neu gecastet oder gewartet werden, bis er wieder fit ist und was das die Produktion kostet, will ich ehrlich gesagt gar nicht so genau wissen. Sein Blick wird schuldbewusst und ich sehe ihm sofort an, dass ihm das nicht klar war.

»Soll ich also das Rad hier stehen lassen?«, fragt er und schaut zwischen mir und dem rostigen Ding hin und her.

»Besser wäre es. Du kannst ja fragen, ob jemand mit dem Auto hier ist und es mitnehmen kann.«

»Ja das ist eine gute Idee. Das mache ich später. Komm lass uns reingehen.«

Das Licht im Gebäude ist ein wenig gedimmt und trotzdem hell genug, um nicht unbedingt zum Tanzen einzuladen. Das Warm-up ist schließlich zum Kennenlernen gedacht. Es sind schon einige Leute da, die in Grüppchen beieinanderstehen und sich unterhalten. Lucas und ich stehen einen Moment ein wenig verloren am Eingang und er seufzt: »Na toll, das wird ja was, mit allen ins Gespräch zu kommen.«

»Nein, das ist leicht.«

»Wieso?«, will Lucas wissen und sieht mich an.

»Weil wir die Hauptrollen des Films sind. Es wird darauf geachtet, dass wir uns wohl fühlen, weil wir diejenigen sind, die spielen müssen. Deswegen wird uns mit Sicherheit gleich jemand vorst-«

»Henry! Lucas! Schön, dass ihr da seid!« Geoffrey Payne kommt strahlend auf uns zu und schüttelt uns kräftig die Hände. »Nehmt euch was zu trinken. Dort drüben ist ein kleines Buffet. Kommt, ich stelle euch mal vor.« Vielsagend sehe ich zu Lucas hinüber, der grinst, weil ich Recht hatte, und wir folgen dem Regisseur. Er drückt uns jeweils ein Glas Bier in die Hand, dann bringt er uns zu Fionn, der sich mit einem jungen Mann unterhält.

»Lee, das sind Henry und Lucas unsere Hauptdarsteller. Jungs, das ist Lee, mein Sohn und Setaufnahmeleiter des Films.« Wir schütteln Lee die Hand und er nickt uns freundlich zu: »Hey, toll euch kennenzulernen. Wenn ihr am Set eine Frage habt, dann kommt einfach auf mich zu. Meist weiß ich alles...meist.« Er lacht und seine freundliche, lockere Art, lässt darauf schließen, dass er am Set einen Plan hat, von dem, was er tut.

Geoffrey zieht uns weiter und stellt uns dem Kameramann Paul vor und einigen Jungs, die der Technik angehören, dann bringt er uns zu einem hochgewachsenen Mann mit Brille und grauen Schläfen, der sich mit Pety unterhält. Das ist Ed und er ist für die Ausstattung zuständig, wie wir erfahren.

An diesem Abend prasseln fast 50 Namen auf uns ein und ich bin mir sicher, dass ich mindestens eine Woche brauchen werde, bis ich mir alle merken kann, aber das ist immer so.

»Bist du schon nervös, wegen morgen?«, fragt Lucas mich, als wir unsere Vorstellungsrunde hinter uns haben und beim Buffet beieinanderstehen.

»Nein, der erste Tag ist ja meist entspannt, weil man sich noch ein wenig beschnuppern muss. Hast du deinen Text schon gelernt?«

»Na klar«, sagt Lucas und trinkt einen Schluck, dann grinst er, »wobei, so viel ist es morgen nicht, oder? Den meisten Text hast du. Wie viele Seiten sind es nochmal? Vier oder?«

Ich nicke.

Morgen drehen wir die Szene, in der sich George bei Mo am Tresen ausheult und ich habe vier Seiten Monolog. Lucas´ Arbeit wird dann hauptsächlich daraus bestehen, Gläser zu säubern und mich mitleidig anzusehen.

»Ich bin gespannt, wie die Bar aussieht, in der wir drehen. Vermutlich ziemlich schäbig, wenn Mo dort arbeitet, oder was meinst du?« Ich zucke mit den Schultern, weil ich mir darüber überhaupt keine Gedanken mache. Es bringt nichts, sich auszumalen, wie es aussehen wird, denn meist liegt man da vollkommen daneben. Und letztendlich müssen wir an dem Ort spielen, an den man uns bringt. Ob der uns nun gefällt, oder nicht. Genau, wie ich morgen diese Tatiana als Freundin mitschleppen muss. Das gefällt mir auch nicht, gehört aber zum Job schlicht und einfach dazu.

»Wie geht dein Freund eigentlich damit um, dass du mich im Film küssen musst?«, möchte ich leise wissen und Lucas schüttelt den Kopf.

»Gar nicht, denn ich bin schon eine ganze Weile solo, wieso fragst du?«

»Das ist gut«, sage ich und er sieht mich verständnislos an.

»Hä? Wieso ist das gut? Willst du was von mir oder wie?«

»Ich stehe nicht auf Männer, schon vergessen?«, sage ich lachend und füge hinzu, »nein ich meine eher, dass man dich dann später in der Promo ganz gut verkaufen kann. Junger Schauspieler, Single...das kommt am Anfang immer gut.«

Lucas nickt, ich kann jedoch erkennen, dass er meine Aussage nicht sonderlich logisch findet. Aber nicht alles, was in den Medien passiert folgt einem nachvollziehbaren Muster.

»Bist du denn single?«, fragt er und ich will schon fast mit Ja antworten, da fällt mir diese Tatiana ein, die Lauren gebucht hat und ich schüttele schnell den Kopf. »Nein, aber sie wohnt nicht hier in der Stadt, deswegen sehen wir uns selten.«

»Wie heißt sie?«

»Tatiana.«

»Schöner Name. Hast du ein Foto von ihr?«

Oh man ist Lucas neugierig. Ich habe selbstverständlich kein Foto von ihr. Wieso sollte ich? Ich hab sie noch nie gesehen.

Schnell rede ich mich raus: »Ja, aber nicht auf dem Handy. Ich hab da kaum Privates drauf, falls es mir mal geklaut werden sollte, verstehst du? Aber sie kommt mich morgen besuchen, da wirst du sie kennenlernen.« Während ich das sage, fällt mir auf, dass ich und diese Tatiana gar keine gemeinsame Geschichte haben.

Ich beschließe, Lauren heute Nacht noch anzurufen, damit sie mir sagen kann, was sie Tatiana erzählt hat. Unsere Aussagen müssen ja zusammenpassen.

Kaum bin ich wenig später im Taxi, habe ich meine Managerin an der Strippe und lasse mir die ach so romantische Liebesgeschichte von mir und meiner »Freundin« erklären.

Morgen, wenn sie da ist, werde ich dann wohl auch in den Drehpausen schauspielern.

Der Wecker klingelt am nächsten Morgen um 5:30 Uhr und ich blinzle ihn müde an. Wieso müssen die ersten Drehtage immer so früh anfangen? Ich gähne ausgiebig, strecke mich und quäle mich aus dem Bett. Zach hat gesagt, ich soll gründlich rasiert sein, also tue ich das, was fast 20 Minuten dauert, weil ich mich nicht schneiden will.

Um 7 Uhr bin ich abfahrbereit und als ich vom Wohnzimmerfenster aus einen dunklen Wagen vorfahren sehe, schnappe ich meine Sachen und verlasse die Wohnung.

»Morgen Henry«, grüßt mich der Fahrer, nickt mir zu, als ich die Autotür hinter mir zuziehe. Ich grüße knapp zurück, setze mich und schließe die Augen während der Fahrt. So habe ich keine Ahnung, wo genau er hinfährt und als der Wagen hält, sind wir in einer schmalen Straße irgendwo in London angekommen.

Orangefarbene Hütchen sperren eine halbe Straßenseite ab und die langen Wagen wurden dort abgeparkt. Drei LKWs voller Technik, mehrere Fahrzeuge, Wohnmobile, ein Toilettenwagen und ein Trailer auf dem »Make-up / Costume« steht, bilden die Basis. Außerdem steht ein Cateringbus auf einem Grünstreifen, neben einem Pavillonzelt.

Ich bin kaum ausgestiegen und habe in die aufgehende Sonne geblinzelt, als auch schon Lee neben mir steht. Er hält eine Menge Zettel in der Hand, hat einen Knopf im Ohr, das mit einem Walkie Talkie in der Hosentasche verbunden ist und sieht mich mit glasigem Blick an.

Diesen Blick kenne ich. Er bedeutet: sprich mich nicht an, ich werde über Funk zugequasselt. Also hebe ich wartend die Augenbrauen, bis ich an Lees Blick erkenne, dass er wieder bei mir ist. Mit einer Hand drückt er auf ein kleines Mikrophon am Kragen seines Shirts und sagt: »Henry ist da, ich bringe ihn sofort zu euch.« Dann wendet er sich endlich direkt an mich.

»Morgen, willst du einen Kaffee und was zu Essen? Ich lasse dir dann alles in dein Mobil bringen.«

»Kaffee wäre toll, danke.«

»Mit allem?«

»Mit allem.«

Lee führt mich an einem Wagen vorbei, dessen eine Seite heruntergeklappt ist und der deswegen aussieht wie ein Marktstand. Das Catering. Sonderlich lange scheint es noch nicht hier zu sein, denn es stehen bisher nur Brötchen bereit, doch ich höre eine Pfanne brutzeln und bin sicher, dass da im Augenblick Rührei und Speck zubereitet werden.

»Das ist dein Aufenthalt. Die Schlüssel dafür habe ich und die Setrunner. Wende dich einfach an sie, wenn du rein möchtest.« Lee öffnet die Tür des Wohnwagens, an der ein Schild klebt, auf dem »George« steht. Man schreibt nie die Namen der Schauspieler an die Tür, damit vorbeikommende Passanten nicht stehenbleiben und gaffen. So wird das Arbeiten entspannter. Ich lege meine Privatsachen ab und werde dann von Lee zum Kostüm gebracht.

»Hier, das trägst du heute«, sagt Elianna und reicht mir einen schwarzen Anzug in die Umkleide. Ich schlüpfe hinein und ziehe mich so gut an, wie ich es alleine hinbekomme, dann hilft sie mir dabei, die letzten Knöpfe zu schließen, und krempelt mir die Ärmel am Hemd nach oben.

»Bin ich nicht auf einer Party?«, frage ich und mustere die Fliege, die sie mir ungebunden um den Hals hängt.

»Ja schon, aber in der Szene davor lockerst du sie und krempelst die Ärmel hoch. Du bist ja betrunken und schon eine Weile unterwegs«, sagt sie und sieht in ihren Unterlagen nach, in denen sie alle Anschlüsse des Kostüms für jede Szene des Films ausgeschrieben hat. »Das drehen wir dann nächste Woche.«

Ich nicke nur und bin froh, dass sie mich nicht gleich am ersten Tag in ein Korsett von Kostüm zwängt. So kann ich mich ein wenig bewegen. Ich bedanke mich, steige die Treppenstufen des Wagens hinunter, nur um auf der anderen Seite dann die Maske zu betreten.

»Guten Morgen Zach«, sage ich und setze mich auf einen der beiden Stühle.

»Hallo, ah ich sehe, du hast dich rasiert. Vielen Dank.«

»Bitte gern. Dafür bin ich heute Morgen extra eine halbe Stunde früher aufgestanden. Um halb sechs.«

»Also bei mir war es 5:00 Uhr, wenn du es genau wissen willst«, sagt Zach und ich bin still. Ständig vergesse ich, dass nicht jeder hier am Set den Luxus hat, am Morgen abgeholt zu werden. Tatsächlich kommt das ganze Team oft in eigener Planung und nur die Schauspieler und die Regie werden gefahren.

»Wir drehen heute deine Barunterhaltung mit Mo...ich meine Lucas. Laut Drehbuch bist du schon den ganzen Abend und die halbe Nacht unterwegs und hast getrunken. Ich werde dich also mehr zerstören, als hübsch machen«, informiert er mich. Mir ist das recht gleich. Hauptsache, es sieht authentisch aus. Ich lehne mich zurück und schließe die Augen.

Das Gefühl von weichen Pinseln auf der Haut liebe ich und ich muss mich zusammenreißen, nicht wieder einzuschlafen.

»Augen auf und nach oben gucken, bitte.« Zach schminkt ganz nah an meinen Wimpern und als ich in den Spiegel schaue entfährt mir ein: »Oha, da hast du mich aber fertig gemacht.«

»Gewusst wie«, grinst Zach und widmet sich nun den Haaren, die er erst ordentlich frisiert und dann verwuschelt.

Als ich den Maskentrailer verlasse, sehe ich aus, als wäre ich betrunken. Meine Augen sind blutunterlaufen, die Lippen blass und die Wangen gerötet. Meine Haare sind durcheinander und der Anzug sitzt nicht mehr ganz so, wie er normalerweise sollte. Doch es ist alles perfekt.

Auf dem Weg zum Wohnwagen holt mich einer der Setrunner ein.

»Henry, Sie haben Ihre Krawatte verloren.«

»Oh, danke...wie heißt du?«, frage ich den jungen Mann und nehme das schwarze Band entgegen.

»Jimmy.«

»Danke Jimmy. Könntest du mir den Wohnwagen aufschließen, bitte?«

Natürlich kann er das und er fummelt nervös an dem großen Schlüsselbund herum, den er am Gürtel neben dem Walkie Talkie trägt.

»Ist das dein erstes Set?«, frage ich, um ihn ein wenig zu beruhigen.

»Nein, mein zweites, aber es ist jedes Mal so spannend«, antwortet er und zieht die Tür auf.

Lee war schon da, denn mein Frühstück steht auf dem Tisch. Weil Lee nicht weiß, was ich gerne esse, hat er mir von allem etwas hingestellt. Ich sehe auf die Uhr und stelle fest, dass ich noch 15 Minuten Zeit habe, bis es losgeht, also esse ich rasch. Wer weiß, wann ich wieder dazu komme. Nebenbei lese ich meinen Text von heute nochmals durch.

Lucas treffe ich erst am Set. Es befindet sich im Erdgeschoss eines unauffälligen Gebäudes und ist ein kleines, schäbiges Pub. Ob es noch in Betrieb ist, weiß ich nicht, denn alles hier sieht sehr alt aus. Allerdings habe ich gelernt, dass man sich niemals auf die Optik eines Sets verlassen sollte. Die Szenenbildner und Ausstatter kennen Mittel und Wege, einem alles Mögliche glaubhaft vorzutäuschen. Dunkel erinnere ich mich an die fest installierte Holzplatte, die aussah wie eine Tür und gegen die ich einmal gelaufen bin in Erwartung, sie ließe sich öffnen. Seitdem bin ich da sehr achtsam.

Hier drin ist es stickig. Überall stehen Lampen herum und ich muss vorsichtig zwischen Leitern hindurchgehen, auf denen Beleuchter stehen und farbige Folien vor die Scheinwerfer klemmen.

Ein Teil des kleinen Pubs ist gerammelt voll mit Menschen und Technik, der andere Bereich der Theke, in dem wir gleich spielen werden, ist schön hergerichtet. Benutzte Gläser stehen auf den Tischen herum und alles sieht so aus, als ob die letzten Gäste gerade gegangen wären. Lucas steht neben Geoffrey am Tresen. Er trägt eine dunkle Hose, abgetragene Schuhe und eine

Kellnerweste mit Nadelstreifen. Seine Haare sind glatt nach hinten frisiert und er hat keine Augenringe. Ich würde jetzt nicht sagen, dass er perfekt geschniegelt aussieht, aber im Vergleich zu mir schon.

»Ah Henry, da bist du ja. Ich habe mit Lucas gerade besprochen, was wir tun werden«, sagt Geoffrey und deutet auf die Tür des Pubs. Hoffentlich ist es eine, die funktioniert. »Du kommst hier rein. Das Pub hat eigentlich schon geschlossen und Lucas will Feierabend machen. Du bist schon ziemlich angetrunken, kommst gerade von einer Party bei einem reichen Schnösel und bist viel zu aufgekratzt um nach Hause zu gehen.« Geoffrey erklärt mir den Gedankengang meiner Rolle und ich höre aufmerksam zu.

Um uns herum ist es ziemlich laut, weil die Techniker und die Ausstattung noch arbeiten. Ed schiebt sich hinter den Tresen und sprüht einen Lack auf die Spiegel hinter den Regalen, die nun nicht mehr so stark das Licht reflektieren. Geoffrey bemerkt meinen Blick und hebt die Augenbrauen, woraufhin Lee ruft: »Bitte einmal alle die Arbeiten einstellen! Wir haben hier eine kurze Regiebesprechung!« Schnell klettern die Beleuchter von ihren Leitern und Ed verschwindet unauffällig mit einer Plastikbox nach draußen.

Nun sind nur noch Lucas, Geoffrey, Fionn, Lee und ich in dem kleinen Pub.

»Lucas, von dir will ich anfangs Ungeduld sehen. Du bist ganz und gar nicht begeistert, dass Henry dich hier vom Feierabend abhält. Du hörst ihm nur mit halbem Ohr zu und räumst weiter deine Gläser weg, aber nach einer Weile tut er dir leid und du hörst zu.« Lucas nickt schnell und ich hoffe, dass er nicht allzu aufgeregt ist. Mit den Gläsern hat er einiges zu tun und es ist anschlusstechnisch nicht leicht, sich alle Handgriffe zu merken, um diese immer wieder von vorne und zur selben Zeit ausführen zu müssen.

Nachdem wir fertig mit der Besprechung sind, werden wir nochmal nach draußen geschickt, damit die Techniker zu Ende einleuchten können.

Als wir hinaus in die Morgensonne treten, stellt Jimmy uns gerade zwei Klappstühle hin. Wir setzen uns und ich ziehe das Tablet aus der Tasche, auf dem ich das Drehbuch gespeichert habe. Lucas sitzt mit geschlossenen Augen neben mir und hält sein Gesicht in die Sonne. Viel Text hat er heute nicht.

Ich lese mir alles nochmal durch, murmle leise meine Sätze vor mich hin und versuche mir Eselsbrücken zu bauen, damit mir alles flüssiger über die Lippen kommt.

»...ich habe einen langen Tag hinter mir, jetzt stellen Sie sich nicht so an und geben Sie mir noch einen Drink aus...«, murmle ich, als auf der anderen Straßenseite Leute stehenbleiben und neugierig zu uns herüber spähen. Einer der Setrunner, wird von Lee hingeschickt und macht die Passanten freundlich darauf aufmerksam, dass sie weitergehen sollen, weil das uns bei der Arbeit stören würde.

»Aber, das ist Henry Seales!«, sagt jemand und der Setrunner nickt: »Ja, das ist richtig und er muss arbeiten, also gehen Sie bitte einfach weiter.« Ich senke den Blick wieder auf meinen Text und zehn Minuten später werden wir reingerufen.

4. KAPITEL

»*Ich bin mir sicher, du verstehst das gar nicht. Du bist nur ein....ein einfacher Barkeeper, aber ich - ich bin berühmt. Jeder will mich treffen, alle laden mich zu ihren Parties ein. Das ist toll. Man bekommt umsonst zu essen und trifft dort die hübschesten Frauen in ganz London...*«

Lucas nickt mit gleichgültigem Gesicht, schnappt sich ein Tablett und fängt an, die Gläser auf den Tischen einzusammeln. Leicht schwankend drehe ich mich zu ihm um und sehe ihm mit glasigem Blick eine Weile zu. Erst, als er zurück hinterm Tresen steht, rede ich weiter, undeutlich, denn schließlich bin ich betrunken.

»*Warsss du schon mal bei den McDumphys? Ihre Villa ist gigantisch, der Boden aus Marmor...man kann so schön darauf rutschen...*«

»*Ehrlich gesagt, bin ich mit meinem Leben ganz zufrieden. Ich brauche diesen Prunk nicht..*«

Lucas klingt ein wenig kühl und sieht mich abschätzig an, dann beugt er sich vor und flüstert mir zu: »*Wenigstens laden mich die Leute bei sich ein, weil sie mich als Mensch mögen und nicht, weil ich berühmt bin und man sich mit mir brüsten muss.«*

»Cut!«, ruft Geoffrey und ich setze mich aufrecht hin, weil ich sonst das Gefühl habe, gleich vom Stuhl zu fallen. »Das war toll. Ich hätte gerne noch eine und dann bauen wir um auf eine nähere Einstellung. Lucas, ein bisschen genervter kannst du noch sein. Sieh Henry nicht allzu interessiert an. Eher abwertend.« Lucas nickt und lässt sich von Ed das Tablett aus der Hand nehmen. Er verteilt die Gläser rasch wieder auf den Tischen, wo sie vorher standen und als Lee »Drehfertig machen, bitte!« ruft, treten auch Zach und Elianna zu uns heran.

Sie zupft die Falten an Lucas´ Ärmeln zurecht und zieht die Weste nach unten, weil sie immer hochrutscht. Zach nimmt mir vorsichtig ein wenig Glanz vom Gesicht, lässt aber das Puder weg, damit ich schön speckig und fertig aussehe. Dann tauschen er und Elianna die Plätze und sie schiebt meine Fliege wieder in die richtige Position, damit sie so liegt wie vorhin am Anfang der Szene. Kaum sind sie fertig, packen die beiden ihre Taschen, die sie mit sich herumtragen, zusammen und verschwinden hinter einem Monitor, der das Geschehen der Kamera überträgt. Geoffrey und Fionn sitzen davor, zusammen mit Pety, die das Drehbuch auf dem Schoß hat und eine Stoppuhr in der Hand hält. Sie stoppt die Zeit mit, um zu verhindern, dass der Film später zu lang oder zu kurz wird.

»Ton?«

»Läuft!«

»Kamera?«

»Läuft!«

»5-2-1 die zweite!« Die Klappe wird geschlagen und als Geoffrey »Und Action!« ruft, stoße ich die Tür auf und schlurfe wieder auf die Bar zu. Das

Ganze geht von vorne los und wir spielen soweit, bis Cut gerufen wird. Dann wird umgebaut.

Kaum habe ich einen Fuß hinaus ins Freie gesetzt und gegen die Sonne angeblinzelt, ruft jemand meinen Namen.

»Henry! Liebling!«

Mir rutscht das Herz in die Hose: Ich habe diese Frau total vergessen. Hoffentlich sieht man mir den Schreck nicht an.

»Oh, da ist deine Freundin«, sagt Lucas und deutet überflüssigerweise auf eine schlanke, blonde Frau, die beim Cateringwagen steht und einen Kaffeebecher in der Hand hält.

»Ah, schön, dass sie da ist«, sage ich strahlend und gehe auf die mir vollkommen Fremde zu. Es ist eine seltsame Situation und ich wünsche mir nur, dass Lee uns schnell wieder hereinruft.

»Hey Schatz.«

Sie fällt mir um den Hals und küsst mich. Mein Innerstes bleibt neutral. Kein Herzklopfen, keine Schmetterlinge. Nur ein seltsames Gefühl im Magen, als ob mir übel wäre.

»Ich hab dich vermisst«, sage ich leise und streiche ihr eine helle Haarsträhne hinters Ohr. »Willst du zum Mittagessen bleiben?«

Ich hab keine Ahnung, wie lange sie gebucht ist und stelle mich einfach mal doof, doch Tatiana schüttelt den Kopf: »Das geht leider nicht Baby, ich hab gleich noch einen Termin in der City und wollte nur eben Hallo sagen.«

Lucas holt sich einen Kaffee und setzt sich mit einer Zigarette in die Sonne, als Tatiana meine Hand nimmt und mich zum Set zieht.

»Zeig mir mal, wo du arbeitest«, sagt sie und flüstert mir dann leise ins Ohr, »dahinten im Wagen sitzt ein Fotograf, der nur auf ein paar passende Bilder von uns wartet.« Ich lächle, weil ich dem Mann ein gutes Bild liefern will, und sehe Tatiana so verliebt an, wie es mir nur möglich ist.

In der Umbaupause führe ich sie am Set herum und als uns Lee wieder hereinbittet, verabschieden wir uns voneinander.

»Wir sehen uns heute Abend, oder?«, frage ich laut, weil einige Leute an uns vorbei gehen.

»Mal sehen. Lauren wird sich wieder bei mir melden, denke ich«, wispert sie mir zur. Nach einem letzten Kuss stöckelt sie davon und ich verdrücke mich schnell nach drinnen.

Bis wir mit der Szene zur Hälfte durch sind, ist es Mittag und die Pause steht an. Wir stellen uns alle am Cateringwagen in einer Reihe an und ich versuche einen Blick auf die Tafel zu erhaschen, auf der das heutige Menü steht.

»Henry, kannst du das bitte anziehen?«, Elianna kommt auf mich zu und drückt mir ein gestreiftes Hemd in die Hand. Es dient als Schutz, damit ich mein Kostüm nicht vollkleckere. Auch Lucas bekommt einen Latz und schlüpft hinein.

»Hallo, was hättest du gern?«, fragt mich der junge Mann im Wagen und ich lasse mir Gemüseauflauf und einen Salat geben.

Das Essen ist lecker und ich würde gerne eine Portion mehr nehmen, doch ich kenne mich zu gut und weiß, dass ich ansonsten in eine Art Koma abfalle und nicht mehr spielen kann.

»Das war gut«, seufzt Lucas und stützt die Ellbogen auf den Tisch. Sein Blick wandert an mir vorbei auf die andere Straßenseite und er sagt leise: »Wir werden beobachtet. Wobei ich glaube eher, dass die dich ansehen und nicht mich. Ich bin ja hier nicht der Star.«

»Bin gleich wieder da«, sage ich und stehe auf. Manchmal muss man den Leuten eine Freude machen. Immerhin habe ich einen Ruf zu verlieren und wenn ich Fans gänzlich ignoriere, dann macht sich das in der Presse gar nicht gut.

Im Augenwinkel sehe ich Lee, der gerade auf sie zusteuert, vermutlich um ihnen zu sagen, dass sie uns in der Mittagspause nicht stören sollen, doch ich gebe ihm ein Zeichen, dass alles okay ist und er wendet sich wieder ab. Die Leute strahlen mich an, während ich auf sie zukomme und ich sehe, wie Handys aus der Tasche gezogen werden.

»Hallo, na seht ihr uns beim Arbeiten zu?«, frage ich scherzend und einige kichern verhalten. Hauptsächlich junge Frauen stehen da, aber ich kann auch zwei Männer sehen, doch bei den beiden glaube ich, dass sie sich weniger für mich, als für den technischen Kram interessieren.

»Henry, könntest du mit mir ein Foto machen?«, fragt eine junge Frau und ich stelle mich neben sie. Nun, da der Anfang gemacht ist, wagen sich auch die anderen an mich heran. Ich erfülle Autogrammwünsche, lasse mich fotografieren und gebe mir Mühe auf den Satz: »Ich finde dich so toll« jedes Mal eine andere Antwort zu geben.

»Ich hoffe doch, ihr seht euch den Film im Kino an, er wird richtig gut«, sage ich zum Abschluss und alle nicken begeistert. »Ich muss jetzt weitermachen, aber ich wünsche euch noch einen tollen Tag. Tschüss.«

»Wiedersehen!«, schallt es zurück und ich gehe wieder zu Lucas, wobei ich versuche zu ignorieren, dass die Zaungäste mich mit Sicherheit immer noch beobachten.

»Wirst du oft von Fans angesprochen?«, fragt Lucas und sieht mich ehrfürchtig an, als ich wieder neben ihm sitze.

»Ja schon«, gebe ich zu und nicke. »Seit dem letzten Film ist es nochmal deutlich mehr geworden, weil mich jetzt auch Männer erkennen. Vorher hatte ich ja eher in Frauenfilmen mitgewirkt.« Lucas nickt langsam und lächelt.

»Ich musste noch nie ein Autogramm schreiben.«

»Nicht? Oh dann wird es aber höchste Zeit. Du kannst später auf meinem Drehbuch unterschreiben. Wer weiß, wie viel das dann in ein paar Monaten wert ist. Sollte ich meinen Job jemals aufgeben müssen, dann kann ich das ja verscherbeln, um an Geld zu kommen.«

»Ich glaube nicht, dass du jemals den Job aufgibst. Dazu bist du einfach zu gut.«

»Danke Lucas, das ist nett von dir. Wollen wir uns noch ein wenig im Wohnwagen entspannen?«

Lee schließt uns den Wagen auf und wir setzen uns auf das kleine Sofa, das hier eingerichtet ist. Lucas lehnt sich zurück und schließt die Augen.

»Dieses Licht im Pub macht total müde, findest du nicht auch?«, nuschelt er und ich nicke. Da kein Tageslicht ins Innere des Pubs kommt und durch die Lichtstimmung und die mit Stoff abgehängten Fenster der Eindruck entsteht, es sei mitten in der Nacht, wird der Körper automatisch müde. Der volle Magen tut sein Übriges und es dauert weniger als fünf Minuten, da bin ich neben Lucas auf der Couch eingenickt.

»Meine Herren, es ist eingeleuchtet und geht weiter.« Lee steht in der Tür und wir schrecken hoch. Ich will mir die Augen reiben, doch im letzten Moment fällt mir Zachs Make-up ein und ich lasse es bleiben. Kaputtmachen möchte ich nichts. Lucas steht auf, wir legen unsere Essenskittel ab, dann bringt Lee uns zurück ans Set.

Die Lampen und der ganze technische Kram stehen jetzt auf der anderen Seite des Raumes, weil die Perspektive geändert wurde. Ed richtet die restlichen Gläser und Teller auf den Tischen im Hintergrund ein, während wir uns setzen.

»Hast du geschlafen?«, fragt mich Zach, als er zum drehfertig machen vor mir steht und meine Haare auf Anschluss zupft.

»Ja, sieht man das?«, frage ich besorgt und er grinst. »Ich sehe das, aber ich glaube sonst fällt das niemandem auf. Aber ich habe ja auch ein Auge für verrutschte Haarsträhnen.« Als er weg ist und auch Elianna sich nochmal um meine ständig verrutschende Fliege gekümmert hat, wird die Klappe geschlagen und der Dreh geht weiter.

»*Warsss du schon mal bei den McDumphys? Ihre Villa ist gigantisch, der Boden aus Marmor...man kann so schön darauf rutschen...*«

»*Ehrlich gesagt, bin ich mit meinem Leben ganz zufrieden. Ich brauche diesen Prunk nicht..*«

Lucas klingt ein wenig kühl und sieht mich abschätzig an, dann beugt er sich vor und flüstert mir zu: »*Wenigstens laden mich die Leute bei sich ein, weil sie mich als Mensch mögen und nicht, weil ich berühmt bin und man sich mit mir brüsten muss.*«

»*Man brüssstet nicht mit mir. Man mag...mich.*«

Ich sehe Lucas böse an und deute mit dem Finger auf ihn.

»*Menschen, die ihre Träume wahr gemacht haben, werden von anderen hoch angesehen...*«

Ich knalle mein Glas zurück auf den Tresen und Lucas räumt es weg. Sein Blick ist mit einem Mal traurig.

»*Wassss los?*«

»*Ich wollte auch immer Schauspieler werden. Aber meine Familie hatte nie Geld für Unterricht.*« Er klingt enttäuscht, fast so, als wollte er es mir eigentlich gar nicht erzählen. Als er sich umdreht, um das Glas wegzustellen, denke ich einen Moment nach und hebe dann den Kopf.

»Wenn du magsst, dann kann ich dir Unterricht geben....ich habe manchmal Zeit dazu...«

Ein wenig schwankend, sehe ich ihn an und warte auf seine Antwort. Lucas scheint sich nicht sicher zu sein, ob er mit vertrauen kann, immerhin bin ich ziemlich besoffen. Nachdenklich zupft er an seiner Weste herum, dann sagt er:

»Gut, was willst du dafür haben? Viel Geld besitze ich nicht.«

»Ach Geld, das habe ich genug...ich mach das für umsonsssst«

Schwankend stehe ich auf, knalle ihm eine Pfund Note auf den Tresen und wende mich zur Tür.

»Komm morgen um 12 ins Apollo Theater...da warte ich auf dich...«

Ohne mich nochmal umzusehen, schwanke ich auf die Tür zu, halte mich am Rahmen fest und halte inne.

»Dann habe ich wenigstens Gesellschaft...«

Den letzten Satz hört Lucas nicht, denn er ist mehr für mich selbst bestimmt. Ich höre noch, wie er mir einen schönen Abend wünscht, dann trete ich durch die Tür.

»Cut!« Ich trete wieder durch die Tür zurück in den Raum. Wie sich herausstellt, führt diese normalerweise zur Toilette und nicht nach draußen, aber beim Film ist meist nichts so, wie es scheint. »Mo ähm Lucas, kannst du ihm am Schluss ein wenig länger nachsehen? Ich will, dass man in deinem Gesicht lesen kann, dass du dem Mann nicht ganz traust. Du hast den Traum, Schauspieler zu werden und dieser Fremde bietet dir einfach so an, dich zu unterrichten. Du bist misstrauisch.« Lucas nickt und Geoffrey gibt Lee ein Zeichen.

»Wir bauen um auf die Nahe Lucas!«

Dafür muss Lucas hinter dem Tresen stehenbleiben, während die Kamera an der Stelle aufgebaut wird, an der ich gesessen habe. Die nächste Szene wird aus meiner Perspektive gedreht. Während Schienen auf dem Boden verlegt werden, um die Kamera nach hinten fahren zu lassen, bleibe ich bei meinem Kollegen stehen, der mich fragt: »Wie soll ich das spielen, was Geoffrey zu mir sagte?« Er wirkt ein wenig hilflos.

»Du könntest dir das, was er gesagt hat, denken. Manchmal reicht das schon aus und deine Mimik verändert sich so, dass der Zuschauer es versteht. Versuch es mal.«

Lucas sieht mich an und es klappt ganz gut.

»Ja, das war doch schon was. Mehr würde ich nicht machen, die Kamera ist recht nah an dir dran, sonst wird dein Spiel zu groß, wenn du mehr tust.«

Jemand tippt mich auf der Schulter an. »Henry, wir müssen die Schärfen ziehen, könntest du bitte kurz zur Seite gehen? Und Lucas, stell dich mal auf Position und schaue in die Richtung, in der Henry vorhin saß«, bittet uns Paul und ich trete rasch beiseite.

Insgesamt besteht diese Szene aus sieben Einstellungen und wir brauchen den ganzen Tag, bis wir durch sind. Gegen 18 Uhr drehen wir die letzte Einstellung, bei der ich in der Tür stehenbleiben soll und den letzten Satz ganz leise sage, bevor ich aus dem Bild trete. Weil die Kamera so nah bei mir ist, braucht Zach ein bisschen länger, bis ich drehfertig bin, doch dann läuft alles und die finale Klappe fällt um 19 Uhr.

»Danke für den ersten Tag! Wir haben Drehschluss!«, ruft Lee und sofort fangen alle an, aufzuräumen.

Lucas und ich machen uns auf den Weg in den Wagen des Kostüms. Ich will nur noch aus diesem Anzug raus. Lucas scheint es ebenso zu gehen.

»Geh du zuerst,« bietet er mir an, doch ich schüttle den Kopf: »Komm ruhig mit rein. Wir werden uns sowieso bald nackt sehen. Am besten fangen wir schon mal damit an.«

Er mustert mich einen Moment ungläubig und ich bin mir nicht sicher, aber ich glaube, in seinem Blick noch etwas anderes zu erkennen. Aber was genau es ist, kann ich nicht sagen. Ist es Schalk? Oder er ist jetzt weniger ängstlich, weil der erste Drehtag vorbei ist.

Wir gehen zusammen zu Elianna, legen unsere Sachen ab und bekommen die Privatklamotten zurück. Es ist deutlich bequemer in einer Jeans herumzulaufen und die Turnschuhe zu tragen, die man sich selbst ausgesucht hat. Bei Zach wische ich mir mit einem Kosmetiktuch die roten Augenränder aus dem Gesicht und creme mich ein, dann sind wir abfahrbereit.

»Wollt ihr noch was zu essen mitnehmen?«, ruft uns der Mann aus dem Cateringwagen zu und hält zwei Styroporverpackungen hoch.

»Oh ja, vielen Dank. Wie heißt du eigentlich?«, fragt Lucas und reicht mir eine Verpackung.

»Ich bin Nate.«

Auch wir stellen uns vor, wobei ich mir sicher bin, dass Nate unsere Namen kennt, trotzdem gehört sich das so.

»Bis Morgen!«, ruft uns jemand nach, dann steigen wir ins Auto. Gerade will ich mich darüber freuen, dass uns niemand aufhält, als einige Leute auf den Wagen zugerannt kommen und meinen Namen rufen.

»Henry! Warte kurz, bitte!« Sie scharen sich um den Van und ich gebe noch Autogramme. Zu Lucas' Überraschung wird auch er um Fotos gebeten und strahlt, als er seine erste Unterschrift direkt neben meine setzen darf.

»Hast du jetzt Feierabend?«, werde ich gefragt und nicke.

»Ja und wir müssten jetzt auch langsam los.« Respektvoll treten die Leute beiseite, ich winke, dann ziehe ich die Wagentür zu.

»Hey, wir haben den ersten Tag hinter uns. Ist das nicht toll?«, fragt Lucas begeistert und grinst mich an. Er hebt eine Hand, um mit mir abzuklatschen, und ich tue ihm den Gefallen gerne, kann mir aber die Frage nach seinem Alter aufgrund dieser, wie ich finde, etwas kindischen Aktion nicht verkneifen.

»Ich bin 22 und du?«

»24«, sage ich und Lucas nickt nur. »Deine Freundin ist wirklich hübsch«, bemerkt er und sieht mich an.

»Ja, das ist sie.« Ich gebe mir Mühe zu klingen, als wäre ich stolz darauf, eine solche Frau gefunden zu haben, dabei hat Lauren sie lediglich aus einer Kartei gefischt.

»Morgen drehen wir eine der letzten Szenen, wenn ich das auf der Dispo richtig gelesen habe, oder?« Lucas zupft ein zusammengefaltetes Blatt Papier aus seiner Jeans und öffnet es. Im Auto ist es zu dunkel, um es lesen zu können, und ich schalte die Leselampe am Wagendach an.

»Man ist das unübersichtlich,« bemerkt Lucas und lässt die Augen über das Chaos auf dem Papier fliegen.

Für mich ist das Lesen der Dispo nichts Neues und deswegen bringt es mich auch nicht mehr so durcheinander. Auf diesem Papier steht alles, was man zum nächsten Arbeitstag wissen muss. Von den Wetterbedingungen angefangen, über die Adressen der Drehorte, bis hin zu den Szenen, die gedreht werden. Meist ist auch eine Anfahrtskizze dabei, für die Kollegen die mit dem Wagen kommen.

»Also hier steht, dass wir morgen Szene 52 drehen, das ist die, in der ich dir sage, dass ich nicht mit dir zusammen sein kann.«

Lucas sieht mich an und zieht eine Schnute: »Wie schade. Ich werde mir Mühe geben, so viel wie möglich zu weinen, damit du auf jeden Fall ein schlechtes Gewissen bekommst.«

»Das wirst du locker schaffen, du siehst ja jetzt schon so aus, dass man dich am liebsten nur mit Samthandschuhen anfassen möchte«, lache ich und schalte das Licht wieder aus.

»Was soll das denn heißen?«

»Das heißt, dass du manchmal aussiehst, wie ein zerbrechliches, kleines Kätzchen«, antworte ich und grinse, als er die beleidigte Leberwurst spielen will. Seine Augen zeigen mir jedoch, dass er geschmeichelt ist.

»Ich finde es total schwer, so durcheinander zu drehen«, bemerkt Lucas und sieht mich von der Seite her an. »Am Theater ist das leichter, da ist alles chronologisch.«

»Ja, das mag sein, aber wir haben vermutlich diese Bar nur noch morgen gebucht und daher muss alles, was dort spielt, abgedreht werden. Ich finde allerdings, dass das alles auch sehr spannend macht. Denn daran erkennt man gute Schauspieler; wenn die Emotionen im fertigen Film dann fließend ineinander übergehen und zusammenpassen. Wenn du aber unsicher bist, können wir das morgen auch noch im Wohnwagen üben, bevor wir ans Set gehen.« Lucas´ Gesicht hellt sich auf, er ist erleichtert darüber, dass ich ihm das angeboten habe.

»Das wäre super nett von dir Henry.«

Der Wagen hält vor dem Haus, in dem ich wohne.

»Schlaf gut Lucas und bis morgen!«, rufe ich, klopfe ihm auf die Schulter und steige aus. Er winkt mir nach und ich drehe mich zur Haustür um.

Endlich habe ich Feierabend und meine Ruhe.

Doch eine Person mit roten Haaren steht vor der Tür und lässt meinen Feierabend in weite Ferne rücken.

5. KAPITEL

»Henry, ich war zufällig in der Gegend und dachte, ich schau mal bei dir vorbei!«

Meine Managerin strahlt mich an, als ich sie zur Begrüßung auf die Wange küsse und ich schließe die Tür auf, um sie in den Hausflur zu lassen.

»Schön, dass du hergekommen bist«, sage ich freundlich und muss grinsen, als ich den Blick abwende. Zufällig in der Gegend gewesen, dass ich nicht lache. Sie hat sicherlich bei der Produktion angerufen und nachgefragt, wann wir fertig sind, damit sie hier auf mich warten kann.

»Wie war der erste Tag, kommst du gut mit Lucas klar? Waren Tatiana und der Fotograf vor Ort?«

Wir sind noch nicht mal in der Wohnung und sie stellt schon alle Fragen, als hätte sie eine Liste im Kopf, die es abzuarbeiten gilt. Meine Müdigkeit verbergend sage ich: »Ja, es hat alles super geklappt. Mit Lucas verstehe ich mich wirklich gut und wir harmonieren vor der Kamera sehr gut zusammen. Tatiana war in einer Drehpause kurz da. Sie ist ganz nett glaube ich, aber viel

Zeit hatten wir nicht.« Lauren sieht mich an und scheint schon nachhaken zu wollen, doch ich komme ihr zuvor. »Aber wir haben natürlich die Bilder für den Fotografen hinbekommen, keine Angst. Ich dachte eigentlich, dass du sie schon längst bekommen hast.«

Daraufhin zieht Lauren ihr Handy aus der Tasche und ruft das Mailprogramm auf. Ihr Display beleuchtet das habe Treppenhaus und ich finde das Schlüsselloch problemlos.

Sie folgt mir in die Wohnung, ohne dabei vom Bildschirm aufzublicken, und ich schließe die Tür hinter ihr.

»Ah, da ist die Mail...wollen wir doch mal sehen. Oh das sind tolle Aufnahmen geworden. Genau richtig um sie an die Presse weiter zu geben. Möchtest du mal sehen?«

Sie hält mir das Handy vor die Nase und ich werfe einen kurzen Blick auf die Fotos. Tatiana und ich küssend am Cateringwagen, Hand in Hand auf dem Bürgersteig und bei einer Unterhaltung, die innig aussieht, es aber nicht war.

»Ja, das ist gut geworden«, sage ich und schalte endlich das Hauptlicht im Zimmer an. Mich mit einer Frau zu sehen ist seltsam und ich will mich nicht länger als notwendig mit diesen gefälschten Paparazzibildern beschäftigen.

»Ja, mal sehen, was die Presse daraus macht«, sagt Lauren und sieht mich zufrieden an. »Ich werde dir Tatiana in den nächsten Wochen ab und an vorbeischicken. Möchtest du, dass ich dich vorwarne, oder soll es eine Überraschung sein?«

»Oh, warne mich besser vor, damit ich meinen Lover schnell im Wohnwagen verstecken kann«, antworte ich im Scherz. Der kommt allerdings nicht gut bei Lauren an und sie reagiert sofort zickig: »Henry Seales, ich darf dich daran erinnern, dass wir das schon xmal besprochen haben...«

»Och Lauren, das war ein Scherz, entspann dich. Ich habe keinen Lover und werde auch keinen haben. Ich weiß wie gefährlich das für meine Karriere sein kann. Reg dich wieder ab.«

Sie seufzt, setzt das »Wir-sind-doch-die-allerbesten-Freunde« Lächeln auf und umarmt mich.

»Ich bin froh, dass du das so siehst. Ich melde mich bei dir, wenn ich Tatiana wieder zu dir schicke und ich schicke dir auch ein Foto, wenn die Bilder in der Zeitung sind. Ich wünsche dir einen schönen Feierabend, Darling.« Sie küsst mich auf die Wange und ich öffne ihr die Tür.

Als ihre Absätze nicht mehr auf der Treppe zu hören sind, schließe ich die Wohnungstür und lehne mich von innen dagegen.

Man bin ich durch. Ich muss duschen und dann dringend schlafen.

Im Bett liegend sehe ich auf dem Tablet die Szene für morgen nochmal durch, um mich gedanklich damit auseinanderzusetzen, was auf mich zukommt. Es ist eine der traurigsten Szenen des ganzen Films, wie ich finde.

George hat erkannt, dass er sich in Mo verliebt hat, muss ihm aber schweren Herzens klarmachen, dass sie nicht zusammen sein dürfen. Er will den Schauspielunterricht Hals über Kopf absagen, doch Mo kann ihn davon überzeugen, das zu unterlassen und ihn weiter zu unterrichten. Natürlich klappt das nicht, denn im Verlauf des Films stürzen sich die beiden wieder in ihre Affäre. Doch an dem Punkt, den wir morgen drehen, scheint erstmal alles verloren und diese Verzweiflung ist im Drehbuch deutlich zu spüren.

Und wird das bei unserem Spiel hoffentlich auch sein.

»Hallo Loverboy«, begrüße ich Lucas am nächsten Morgen, als ich ihm am Catering über den Weg laufe. Er war bereits in der Maske und ist umgezogen.

»Guten Morgen Liebster«, grinst er und nimmt den Kaffee von Nate entgegen.

»Und bist du gut vorbereitet?«, frage ich ihn und bestelle per Handzeichen bei Nate ebenfalls einen Kaffee.

»Ja doch ganz gut. Ich hab schon den ganzen Tag recht traurige Musik gehört um mich einzustimmen. Ich hoffe, wirklich, dass das alles gut klappt.«

»Wir können das gleich üben. Lass mich nur noch schnell auf meinen Kaffee warten.« Lucas nickt und will sich eine Zigarette anzünden, die ich ihm aus dem Mund nehme.

»Erste Regel bei Kussszenen: es wird davor nicht geraucht.«

»Oh tut mir leid.«

»Du brauchst nicht rot zu werden.«

»Ich werde immer rot, wenn mir etwas peinlich ist«, gibt Lucas zu, senkt den Kopf und steckt die Kippe zurück.

»Rauchst du nicht?«

»Nein, ist mir zu teuer, es ist ungesund und es stinkt.« Nate kommt aus dem Cateringwagen und reicht mir meinen Kaffee, den er in ein hohes Glas gefüllt hat.

»Bitteschön der Herr«, grinst er und verschwindet wieder.

Lucas und ich schlendern gemeinsam zu unserem Wohnwagen, den uns Jimmy aufschließt.

»Sagst du Lee bitte Bescheid, dass wir hier noch eine Textprobe machen und er uns bitte erst in zwanzig Minuten abholt?«, frage ich den Setrunner. Er sieht auf seiner Dispo nach, ob das zeitlich passt und sagt: »Du hast in 15 min Maskenzeit.«

»Dann eben in 15 min. Danke, Jimmy.«

Im Wohnwagen schließe ich die Rollos an den Fenstern, denn auf der anderen

Straßenseite stehen schon wieder Fans, die neugierig zu uns schauen. Wir stellen unsere Kaffeegläser ab und Lucas lehnt sich gegen die Wand. In seinem Blick liegt Erwartung und ich bin mir nicht sicher, ob er schon im Spiel drin ist, oder nicht. Deswegen fange ich einfach an.

»Kannst du mir einen Gin machen bitte?«

»Begrüßt du mich heute gar nicht?«, fragt Lucas und mustert mich mit gerunzelter Stirn.

Ich schüttle den Kopf und seufze: » Mo...ich weiß nicht genau, wie ich es dir sagen soll...gib mir erstmal den Gin.«

»Muss ja was schlimmes sein, wenn du dir Mut antrinken musst.«

Ich nicke und schlucke, sehe ihm in die Augen und weiche seinem Blick aus.

»Komm mit, hier ist es mir zu voll...Wir können nicht zusammen sein.«

Lucas sieht mich versteinert an.

Ich rede weiter.

»Hör zu, ich riskiere meine Karriere, wenn die Menschen denken könnten, ich wäre ein warmer Bruder. Das gehört sich nicht, das ist unsittlich und in meiner Position sogar gefährlich. Es fliegen schon Gerüchte umher, weil ich dir Unterricht gebe. Vor Kollegen musste ich mich rechtfertigen, das kann so nicht weitergehen.«

Frustriert fahre ich mir durch die Haare, sehe Lucas an, weil George sich erhofft, Mo würde es einsehen.

Doch er tut es nicht.

»George, ich müsste lügen, wenn ich sage, dass ich deine Gesellschaft nicht genieße. Du bist ein toller Mann und dass wir uns...dass wir uns näher gekommen sind, als wir das sollten, ist niemals meine Absicht gewesen, das musst du mir glauben.«

Er sieht mich an, als suchte er nach den richtigen Worten, geht vor mir auf

45

und ab und ich sehe, dass sich seine Augen mit Tränen füllen.

»Aber ich kann nicht einfach zulassen, dass du den Unterricht absagst. Ich genieße die Zeit mit dir. Mein Alltag ist sonst so grau und trist und mit dir auf der Bühne, mit dir im Theater, bekommt mein Leben Farbe...du hast meinem Leben Farbe gegeben...das kannst du doch nicht einfach wegwerfen.«

Er steht nun direkt vor mir und streicht mir mit der Hand übers Gesicht.

»Mir ging es noch nie bei einem anderen Menschen so gut, wie bei dir. Bitte George, bleib.«

Seine Lippen sind mir nun ganz nah und ich lege eine Hand in seinen Nacken, ziehe ihn zu mir und küsse ihn auf eine sanfte Art, als wollte ich mich verabschieden.

»Hör nicht auf, bitte hör nicht auf...«

»Ich muss, wir sollten uns nicht mehr sehen. Was wir hatten, war eine nette Sache. Mehr nicht, Mo.«

Bei diesen Worten küsst mich Lucas erneut so verzweifelt, dass es mir richtig leidtut, was ich ihm als George antun muss.

»Bitte, du kannst mich nicht alleine lassen. Ich habe ein neues Leben entdeckt, das ich nicht wieder verlieren will. Du hast mir gezeigt, wie mein Traum aussehen könnte – und du bist ein Teil davon geworden...George...«

Vorsichtig aber bestimmt schiebe ich ihn von mir weg und lege die Hände an sein Gesicht.

Ich sehe ihm in die Augen und flüstere ganz leise: *»Ich kann nicht Mo, es tut mir leid.«*

Einen letzten Kuss teilen wir, dann wende ich mich ab und Lucas sinkt zitternd auf den Boden herunter.

Ich hole tief Luft und drehe mich um.

Lucas lächelt.

»Das war gut, meinst du nicht?«

»Ja, das war es.« Ich packe ihn am Arm und ziehe ihn auf die Beine.

»Hast du auch dieses besondere Gefühl gehabt, als ob die Rollen von uns Besitz ergreifen? Ich habe dir jedes Wort geglaubt.«

»Und ich hab deine Verzweiflung im Kuss gespürt, das war wirklich toll.« Ich streiche mir die Haare wieder zurück und greife nach dem Kaffee, um einen Schluck zu trinken. Noch immer schmecke ich Lucas auf meinen Lippen und ich zögere einen Moment, bevor ich ihn mit dem Kaffee hinunterspüle.

Ja, ich habe auch etwas gespürt, als wir gespielt haben. Das muss die Chemie zwischen uns sein. Noch nie ist mir das bei einer Kollegin in der Probe passiert.

Noch nie zuvor habe ich so intensiv mitgefühlt.

Am Set ist alles ähnlich aufgebaut, wie gestern, mit der Ausnahme, dass heute auch Komparsen da sind, die zurechtgemacht und in den passenden Kostümen an den Tischen im Pub sitzen. Alle beobachten uns neugierig, als wir den Raum betreten. Ich nicke ihnen freundlich zu.

»Ihr habt schon geprobt, wie mir Lee sagte«, meint Geoffrey. »Gut. Dann will ich euch erstmal machen lassen und sehe mir alles an.« Ich gehe auf meine Position an der Tür, Lucas stellt sich hinter die Bar.

»Ruhe bitte für eine Probe!«, ruft Lee und alle geflüsterten Unterhaltungen verstummen. Die Leute, die noch im Weg stehen, treten beiseite und wenden den Blick ab, damit sie uns nicht ablenken. »Probe! Und bitte!«

Ich betrete den Pub, sehe Lucas und gehe direkt auf ihn zu. Er lächelt mich an, als er mein versteinertes Gesicht sieht, vergeht ihm das Lächeln schnell.

»Kannst du mir einen Gin machen, bitte?«

»*Begrüßt du mich heute gar nicht?*«, fragt Lucas und mustert mich kritisch.

Ich schüttle den Kopf und seufze.

»*Deswegen bin ich nicht hergekommen, Mo...ich weiß nicht genau, wie ich es dir sagen soll...gib mir erstmal den Gin.*«

»*Muss ja was schlimmes sein, wenn du dir Mut antrinken musst.*«

Lucas nimmt ein Glas, füllt es mit Wasser aus einer Ginflasche und stellt es mir hin. Ich trinke es in einem Zug leer.

Ich nicke und schlucke, sehe ihm in die Augen und weiche seinem Blick dann aus.

»*Komm mit, hier ist es mir zu voll....*«

Ich gehe um die Theke herum und ziehe Lucas hinter ein Regal. Die Menschen im Pub unterhalten sich laut Anweisung und niemand beachtet uns.

»*Wir können nicht zusammen sein.*«

Lucas blickt mich versteinert an und runzelt kaum merklich die Stirn.

Ich rede weiter.

»*Hör zu, ich riskiere meine Karriere, wenn die Menschen denken könnten ich wäre ein warmer Bruder. Das gehört sich nicht, das ist unsittlich und in meiner Position sogar gefährlich. Es fliegen schon Gerüchte umher, weil ich dir Unterricht gebe. Vor Kollegen musste ich mich rechtfertigen, das kann so nicht weitergehen.*«

Wir spielen nicht so flüssig, wie in der Probe im Wohnwagen, doch ich bin in meiner Rolle und als ich Lucas küsse ist dieses Gefühl wieder da. Eine Aufregung, als würde ich etwas Verbotenes machen. Das Kribbeln.

Als ich mich von Lucas abwende, der an der Wand herabgesunken ist und schluchzend das Gesicht in den Armen verborgen hat, ruft Geoffrey »Danke aus!« und erst jetzt werde ich mir bewusst, dass ich in einem Raum mit mindestens 35 anderen Leuten stehe.

»Wow, das war super. Ich bin ganz ergriffen, wirklich. Wir haben euch toll gecastet, da sind ja regelrecht die Funken geflogen. Mannomann.« Geoffrey nickt uns zu und spricht sich kurz mit Fionn ab. Ich gehe zu Lucas und ziehe ihn wieder auf die Beine.

»Das war toll«, sage ich mit belegter Stimme und er nickt nur. Seine Augen sind gerötet und Zach kommt schnell vorbei.

»Hier, wisch dir die Augen trocken, und halte sie einen Moment geschlossen bitte. Ich kümmere mich um die Rötungen.« Er öffnet den Reißverschluss einer Tasche, die er sich über die Schulter gehängt hat und nimmt ein Tuch heraus, das er um einen Eisbeutel gelegt hat. »Das ist Leder. Ich drücke es dir auf die Augen, damit die Blutadern sich wieder verengen.«

Lucas nickt nur und lässt sich von Zach das Ledertuch auf die Augenlider legen. Um uns herum werden wieder Lampen eingerichtet und die letzten Korrekturen vorgenommen.

»Henry, kommst du mal eben kurz da hinten in die Ecke?« Elianna zupft mich am Ärmel und ich folge ihr. In der Ecke hat sie eine Tasche abgelegt und zieht ein paar Schuhe heraus. »Kannst du bitte diese hier anziehen? Die passen besser zum Anzug.«

Sie knipst ein Foto vom Kostüm und hilft mir dann in die Jacke, die aus sehr festem Stoff genäht ist, dass ich alleine unmöglich hineinkomme. Zach, der an mir vorbeigeht, wirft noch einen Blick auf meine Haare, zupft zwei Strähnen zurecht, die ihm nicht passen und verschwindet dann wieder zwischen den Kollegen.

Die Scheinwerfer strahlen eine enorme Wärme ab, obwohl das Licht gedämpft ist, ist mir warm in meinem Kostüm, das aus Hemd, Weste und Jackett besteht.

Hoffentlich zerfließe ich nicht gleich vor Hitze. Fragend sehe ich zu Zach hin, der den Kopf schüttelt und einen Daumen in die Höhe reckt – ich scheine besser auszusehen, als ich mich fühle.

»Henry, stellst du dich bitte kurz auf die letzte Position hinter der Bar?«, fragt Paul, der Kameramann und ich gehe zu dem neonfarbenen Klebestreifen am Boden, der meine Position markiert. Mit einem langen Maßband wird mein Abstand zur Kamera genommen und notiert, damit die Schärfen später stimmen. Dasselbe geschieht mit Lucas, dann darf ich zurück zur Tür, wo ich starte.

Die Szene ist emotional unglaublich anstrengend.

Für Lucas mehr, als für mich, weil er jedes Mal weinen soll und es nach dem fünften oder sechsten Take schwierig wird. In den kurzen Umbaupausen, sitzt er in einer Ecke und hört Musik, um in der Stimmung zu bleiben, und ich kann an seinem Blick sehen, dass er in Gedanken nicht bei uns ist.

Wir haben uns jetzt schon bestimmt zehnmal geküsst und jedes Mal meldet sich dieses Ziehen in meinem Bauch. Unwillkürlich muss ich an Tatiana denken, bei der ich nichts gespürt habe und mir kommt ein Verdacht, der mir ganz und gar nicht gefällt.

Ich könnte mich in meinen Kollegen verguckt haben...

Das wäre absurd.

Ich kenne ihn überhaupt nicht und ich sollte Profi genug sein, um zu wissen, dass ein Kuss vor der Kamera nichts, aber auch *gar nichts* bedeutet. Egal wie toll er aussieht oder sich anfühlt. Es ist *nur* ein Filmkuss.

Als ich den Kopf hebe, sehe ich Lucas, der zu mir herübersieht und mich anlächelt. Ich erwidere das Lächeln und stehe auf, als er mich zu sich herüberwinkt, doch dann ruft Lee: »Es ist eingeleuchtet, wir drehen die nächste Einstellung.«

Bis zur Mittagspause ist die Szene durch und von unseren Schultern eine große Last abgefallen. Die ersten Küsse haben wir überstanden. Es ist immer seltsam, sich vor dem Team zu küssen und ich mache es nicht sonderlich gerne, aber dieser Film ist eben eine Liebesgeschichte. Wir kommen also nicht drum herum.

Beim Essen sitze ich später neben Fionn und Elianna.

»Ihr habt das wirklich gut gemacht«, sagt er und lächelt mich an.

»Danke, das freut mich. Ich bin mal auf die Sex Szene gespannt. Da machen wir aber hoffentlich ein Closed Set, oder?«

»Was ist ein Closed Set?«, fragt Lucas neugierig.

»Da werden alle rausgeschickt, die man nicht unbedingt beim Dreh braucht, damit die Schauspieler mehr Ruhe haben. Das ist dann wesentlich entspannter.« Lucas hebt die Augenbrauen und seufzt: »Oh gut, ich dachte schon, wir müssten das vor allen Leuten machen.«

»Nein, das bleibt euch erspart«, lächelt Fionn und isst weiter.

»Oh, es gibt noch Nachtisch. Erdbeeren und Sahne«, bemerkt Lucas, der gerade sieht, dass Nate eine Schüssel davon auf das Buffet stellt. »Ich hole mir was. Willst du auch?«

»Nein, danke. Ich würde aber einen Löffel von dir essen, wenn du mir was abgibst. Eine ganze Portion kriege ich nicht runter.«

»Du hast doch kaum was gegessen«, bemerkt Lucas und mustert den Teller vor mir.

»Es muss ja nicht jeder spachteln, wie du«, necke ich ihn und er grinst. Mit zwei Löffeln und einer Schale Erdbeeren kommt er zurück und quetscht sich neben mich auf die Bank.

»Hier bitte.« Wir teilen uns den Becher.

Als die Pause um ist, kommt Lee auf mich zu.

»Henry, dein Fahrer wartet auf dich, du kannst dich schon umziehen und hast für heute Feierabend.« Verwirrt blicke ich ihn an und schaue nochmal auf die Dispo, die ich in der Tasche habe. Es stehen noch zwei kurze Szenen an, in denen nur Lucas zu sehen ist, wie er den Pub aufräumt und seinem Arbeitsalltag nachgeht.

»Gut, dann wünsche ich euch noch einen schönen Tag«, grinse ich, erfreut darüber, noch was von meinem Tag zur Verfügung zu haben, und gehe zum Kostümwagen, wo ich mich umziehe.

Bevor ich das Set verlasse, klopfe ich bei Lucas.

»Herein«, kommt es von drinnen und ich drücke die Klinke herunter.

»Schläfst du? Hab ich dich gestört?«, frage ich, als ich ihn auf dem Sofa liegend vorfinde.

»Nein, alles gut, ich wollte nur den Rest der Mittagspause entspannen. Du hast« schon Feierabend oder?«, fragt er und setzt sich auf.

»Ja, ich wollte dir nur einen schönen restlichen Drehtag wünschen«, sage ich und bleibe vor ihm stehen.

»Danke, den werde ich haben, hoffentlich. Viel Text habe ich nicht, muss nur Teller hin und her tragen und mich mehrmals umziehen, weil wir verschiedene Tage drehen. Hast du noch was vor? Triffst du dich mit deiner Freundin? Wie heißt sie doch gleich?«

»Tatiana«, sage ich recht emotionslos. »Nee ich glaube, die hat heute keine Zeit.

»Ihr seid übrigens in der Daily Mail«, sagt Lucas unvermittelt und hält mir sein

Handy unter die Nase.

»Seales mit hübschem Model am Filmset gesichtet – frisch verliebtes Super-Paar! Super Paar? Wie dämlich ist das denn? Typisch Daily Mail.« Verstimmt gebe ich Lucas das Handy zurück.

»Findest du das nicht toll? So hast du Publicity. Ich wünschte, ich hätte auch eine.«

Ich zucke mit den Schultern, gehe auf seine Frage nicht ein und sage stattdessen: »Wir können ja die nächste Kuss Szene im Freien üben. Dann haben wir sicherlich genug Publicity.« Lucas´ Augen werden rund wie Untertassen.

»Aber du hast doch gesagt, offen homosexuell zu sein ist bei uns nicht...«

»Das war ein Scherz, Kleiner...einfach ein Scherz. Du darfst nicht alles glauben, was ich dir erzähle.«

6. KAPITEL

Auf dem Weg nach Hause rufe ich meinen Kumpel Nick an. Der arbeitet meist früh am Morgen, weil er Radiomoderator ist, und hat nun sicherlich Zeit.

»Hey, was geht?«, meldet er sich und scheint sich zu freuen, mich zu hören.

»Hey Nick, ich hab heute früher Feierabend. Hast du Lust was trinken zu gehen? Ich bin grade mit dem Fahrer unterwegs und könnte überall hinkommen«, sage ich und mein Kumpel ist sofort dabei.

»Ich bin in der Jermynstreet, wie lange brauchst du bis dorthin?«, will Nick wissen und ich frage den Fahrer.

»20 Minuten.«

»Perfekt. Lass uns am Brunnen treffen, bis gleich«, flötet er und legt auf.

Nick ist klasse. Wir haben uns vor drei Jahren bei einem Interview kennengelernt. Damals hat er bei einer Zeitung gearbeitet und wir haben uns so gut verstanden, dass wir die Nummern ausgetauscht haben. Seither treffen wir uns etwa einmal im Monat zum Abendessen oder einen Kaffee. Nick hat viel um die Ohren, weil er eine eigene Radioshow bei der BBC1 bekommen hat.

In den sozialen Medien wird er gefeiert, wenn er Bilder mit Schauspielern und Musikern postet, aber der Onlineruhm hat ihn nicht verändert und das mag ich an ihm. Er ist authentisch.

Der Fahrer bringt mich zum Picadilly Circus. Dort ist immer die Hölle los, weil die Kreuzung ein Touristenmagnet ist.

Als ich sehe, wie viele Menschen sich am Brunnen und vor der berühmten Leuchtreklame zusammenfinden, um Fotos zu machen, biege ich kurzerhand in ein Geschäft ab, um den Massen zu entgehen. Durch die Schaufenster kann ich den Brunnen im Auge behalten und wenn Nick dort auftaucht, komme ich einfach zu ihm.

Im Geschäft werde ich von mehreren Leuten angesprochen, die um ein Foto bitten und weil ich gerade die Zeit habe, stimme ich zu. Das Ganze dauert länger als gedacht und als mein Handy klingelt, bin ich kurz irritiert. Erst, als Nick auf dem Display angezeigt wird, fällt mir auf, dass ich ja eigentlich verabredet war. Ein wenig gehetzt, verabschiede ich mich rasch, nehme den Anruf entgegen und trete hinaus auf die belebte Straße.

»Hey, wo bist du ich kann dich nicht sehen«, sagt Nick.

»Bin gleich bei dir. Bist du am Brunnen? Ah ich sehe dich. Bleib einfach da stehen.« Ich habe meinen Kumpel auf den Treppenstufen des alten Brunnens gesehen und überquere die geschäftige Kreuzung.

Ich bin fast da, da dreht er sich um und sieht mich. Sein Grinsen wird breit und er kommt mir entgegen. Wir umarmen uns fest und er legt den Arm um mich.

»Kaffee?«

Wir gehen die Piccadilly entlang und biegen dann rechts in die Dover Street ab, wo es Designergeschäfte und hippe Cafés gibt. Obwohl es nicht weit weg vom Piccadilly Circus liegt, ist es hier wesentlich ruhiger. Sofern man je behaupten kann, dass London ruhig ist.

»Hier gibt's guten Kaffee«, sagt Nick und deutet auf die blauen Markisen vor einem Laden. Wir betreten das Geschäft, bestellen am Tresen, und finden einen Tisch in der Mitte. Weit genug weg vom Fenster, um nicht gesehen zu werden. Nick ist etwa so groß wie ich und wir müssen unsere langen Beine unter dem Tisch ein wenig zusammenklappen, um uns setzen zu können.

»Du drehst grade? Hab ich im Mirror gelesen«, fängt Nick das Gespräch an und hebt eine Augenbraue. »Und eine Frau ist auch am Start. Bei dir läuft's ja gut,wenn dein Management eine Frau buchen muss.« Ich verschlucke mich an meiner Spucke und krächze: »Wie kommst du darauf?«

Nick grinst mich zähnebleckend an und beugt sich zu mir vor.

»Henry, sind wir ehrlich. Du stehst genauso wenig auf Frauen, wie ich es tue.«

Ich glaube, mir entgleiten in dem Moment alle Gesichtszüge vor Schreck. Ich dachte, ich wäre ein guter Schauspieler. Nick habe ich nie von meiner sexuellen Orientierung erzählt. Wie kommt er darauf, dass Tatiana gebucht ist?

»Haha, jetzt müsstest du dein Gesicht sehen«, lacht Nick lauthals und ich ziehe den Kopf ein, als sich andere Leute zu uns umdrehen.

»Wie kommst du darauf?«, zische ich und Nicks Lächeln wird weicher.

»Nun, ich kenne dich seit drei Jahren und du hattest noch nie eine Frau bei dir. Und jetzt, wo du drehst, taucht diese Dame auf, die schon einige Jungschauspieler auf dem Zettel hatte. Ich bin in unseren Kreisen unterwegs. Ich weiß, was abgeht. Aber ich werde still sein.« Nick vollführt eine Geste, als würde er seinen Mund mit einem Schloss verschließen, reicht mir den unsichtbaren Schlüssel, den ich lächelnd in meine Hosentasche schiebe.

»Ja, sie wurde von Lauren angerufen. Aber bitte sag's nicht weiter.« Nick deutet auf seine versiegelten Lippen und zieht nur hilflos die Augenbrauen hoch. Ihm kann ich vertrauen, das weiß ich.

Eine Kellnerin tritt an unseren Tisch heran.

»Einen Earl Grey und einen Café Latte, bitte sehr die Herren.« Sie stellt uns die Getränke hin und ich öffne den Teebeutel.

Nick starrt seinen Kaffee an und blickt dann zu mir, ohne ein Wort zu sagen.

»Was denn? Ist es nicht das, was du bestellt hast?«, frage ich und lasse den Teebeutel ins Wasser gleiten. Sofort ziehen sich dunkle Schlieren durch das klare Wasser. Nick sieht mich an und deutet dann auf meine Hosentasche und seine Lippen.

»Och nee, du kannst nicht trinken, weil deine Lippen versiegelt sind? Das ist nicht dein Ernst. Wie alt bist du Nick?«

»Zehn Jahre älter als du...oh Mist, jetzt hab ich ja doch gesprochen. Naja, dann kann ich ja jetzt meinen Kaffee trinken.«

Ich sehe ihm dabei zu, wie er den Zucker aufreißt und frage: »Aber wieso glaubst du, dass ich schwul bin, nur weil eine Frau engagiert wurde?«

»Och Henry, jetzt schau mich nicht so an. Ich bin selbst schwul. Irgendwie habe ich einfach ein Gespür dafür. Du musst es ja jetzt auch gar nicht bestätigen, wenn du nicht willst. Du bist mir keinerlei Rechenschaft schuldig, wirklich nicht.« Nicks Blick ist ehrlich und ich bin froh, dass er mich zu nichts drängt. Langsam nicke ich und er fährt fort. »Wie ist der Dreh? Darfst du darüber sprechen oder gibt´s einen Vertrag der dir das verbietet?«

»Nein, zum Glück nicht. Es ist ein historischer Film, spielt in den 20er Jahren. Mein Kollege ist ein recht unbekannter Schauspieler, aber wirklich talentiert. Mit ihm macht das Arbeiten wirklich Spaß. Heute hatte ich überraschenderweise ein wenig früher Schluss. Du weißt, dass ich sonst während Dreharbeiten zu nichts anderem zu gebrauchen bin.«

Mein Kumpel nickt und seufzt: »Ja, das ist immer eine anstrengende Zeit. Hat man dir für den Dreh auch die Haare gestutzt?« Das ist eine Untertreibung, weshalb ich ihn daran erinnere, dass ich fast fünf Zentimeter Haare verloren habe. Nick streicht mir über die kurzen Seiten und schließt die Augen genüsslich.

»Das ist, wie wenn man einen Terrier streichelt«, meint er.

Na toll, mit einem Terrier wollte ich meine Haare jetzt nicht verglichen haben.

»Wie läuft's bei dir denn so?«, frage ich ihn, um ihn von meiner Frisur abzubringen.

»Och stressig wie immer eigentlich. Ich hab meine Sendung am Wochenende vorzubereiten und kenne die Gäste noch nicht. Mal sehen, wie die so drauf sind. Es gibt nicht schlimmeres, als wenn man eine Stunde mit jemandem sprechen muss, der einem nicht sympathisch ist.«

»Wem sagst du das. Ich muss manchmal mit den Leuten tagelang spielen.«

»Und dein Co-Star liegt dir?«

Liegt mir Lucas? Ja definitiv.

Bis eben habe ich es geschafft die Tatsache zu verdrängen, dass ich dieses Ziehen im Bauch hatte, als wir geprobt haben, doch Nicks Worte erinnern mich wieder daran.

Ich erzähle ihm, dass ich Lucas nett finde und wir eine gute Basis gefunden haben, auf der wir arbeiten können. Weil ich Nick nicht viel über den Dreh sagen kann, fallen sämtliche Details, wie Küsse und Beziehung zwischen den Rollen weg. Ihm mich richtig anzuvertrauen, ist daher nicht möglich, dabei glaube ich, dass es mir guttun würde, darüber zu sprechen. Lucas beschäftigt mich, diese Tatiana beschäftigt mich und ständig schleicht sich die Frage in meinen Kopf, wieso um alles in der Welt man nicht so sein darf, wie man ist.

Zuhause verbringe ich den restlichen Abend auf der Couch und scrolle mich durch den Artikel der Daily Mail. Einige Bilder von mir und Tatiana sind dabei und die Redaktion stellt sich die Frage, ob ich denn weg vom Markt bin. Die springen aber auch auf alles an.

Seufzend klappe ich den Computer irgendwann zu und ziehe mein Drehbuch heran. Nachdem ich die abgedrehten Szenen durchgestrichen habe, lese ich mir den Text für den morgigen Tag durch.

Gerade bin ich bei der fünften Szene, als mein Handy vibriert. Die Nummer auf dem Display kenne ich nicht, also gehe ich nicht dran. Womöglich hat sich jemand verwählt und ich müsste dann wieder meine Handynummer wechseln. Alle Menschen, die ich kenne, oder mit denen ich näher in Kontakt stehe, habe ich eingespeichert. Der Anruf bricht ab, Sekunden später blinkt eine SMS auf.

>>Hallo Henry, ich wollte dir nur Bescheid geben, dass wir jetzt Drehschluss haben und morgen die ersten zwei Szenen getauscht wurden.

Gruß Lucas<<

Ich speichere mir seine Nummer ab, rufe ihn aber nicht zurück. Wenn wir jetzt anfangen, nach Feierabend miteinander zu telefonieren, dann fühle ich mich nicht sonderlich wohl. Privates und Berufliches sollte man nicht zu sehr mischen, vor allem nicht, wenn man vor der Kamera ein Liebespaar spielt. Das bekommt immer einen seltsamen Beigeschmack und so, wie ich auf den Kuss reagiert habe, wäre es ohnehin besser, ein bisschen auf Abstand zu gehen.

Morgen sehen wir uns ja wieder und ob wir zwei Szenen wechseln, ist für mich jetzt keine sonderlich dramatische Änderung. Trotzdem ist es lieb von Lucas, dass er an mich gedacht hat.

Kurz bevor ich ins Bett gehe, checke ich nochmal meine Mails, um herauszufinden, wann ich morgen abgeholt werde. Erleichtert stelle ich fest, dass es nicht allzu früh ist. Der Fahrer kommt erst um 8.

Wunderbar, dann komme ich zu einer erholsamen Nacht.

Der Plan geht nicht auf.

Obwohl ich das Fenster geöffnet habe, um frische Luft einzulassen, finde ich keine Ruhe und bekomme kein Auge zu. Ich wälze mich hin und her und muss nachdenken.

Nick glaubt, dass ich schwul bin.

Sieht man mir das an?

Schaffe ich es vielleicht doch nicht, die Leute zu täuschen, obwohl ich immer geglaubt habe, dass das geht?

Möglicherweise ist das der Grund, wieso Lauren Tatiana gebucht hat. Vielleicht hat sie das Gefühl gehabt, dass ich den Leuten nicht ganz überzeugend etwas vorspielen kann. Vor meinem geistigen Auge sehe ich, wie ich mit der blonden Frau im Arm über einen roten Teppich gehe und in Interviews danach gefragt werde, ob ich denn eine glückliche Beziehung führe. Ich sehe Zeitungen vor mir, die ein Foto von uns abdrucken und muss fast kotzen. Seufzend setze ich mich hin, stütze den Kopf auf die Hände und raufe mir die Haare.

Das ist alles so falsch!

Niemals hätte ich gedacht, dass mich das so belastet. Ich war immer bereit, für meinen Job alles zu geben und in Kauf zu nehmen, Hauptsache ich konnte spielen. Aber jetzt, wo man mich wirklich mit der Sache konfrontiert, merke ich erst, wie sehr es mir gegen den Strich geht, mich zu verleugnen.

Unwillkürlich muss ich an Lucas und den Kuss denken, den wir heute hatten, und mir wird warm ums Herz. Seufzend kippe ich auf die Seite, vergrabe mein Gesicht im Kissen und bemitleide mich selbst, wegen der Lage in der ich mich momentan befinde.

Man sollte meinen, in der heutigen Zeit, sind die Homosexuellen gleichgestellt. Und doch ist es im Fall der Film- und Musikbranche nach wie vor eine Zweiklassengesellschaft. Zumindest hinter den Kulissen. Es zählt nur das Geld und was sich nicht vermarkten lässt, fliegt raus. Und ich will nicht rausfliegen – dafür habe ich zu lange an meiner Karriere gearbeitet.

Also muss ich mitspielen, ob ich will oder nicht.

Aber kann ich denn damit leben, dass ich immer eine Beziehung verheimlichen muss, sobald ich eine habe?

So viel kann mir der Job doch nicht wert sein.

Das *darf* er mir nicht wert sein.

Unruhig rolle ich mich auf den Rücken und sehe den hellen Fleck an der Decke an, den die Straßenlaterne von draußen ins Zimmer wirft. Wenn ich erstmal bekannt genug bin, sodass man mir Rollen gibt, ohne sich über mein Privatleben Gedanken zu machen, dann könnte ich mich outen. Dafür muss ich aber sicher den Sprung in die obere Liga schaffen.

Lauren sagt, ich sei auf dem besten Weg dorthin. Wenn ich mich bei diesem Film so richtig reinknie und eine andere Facette zeige als bisher, dann kann ich mich bald von diesen Fesseln befreien, einer bestimmten Rolle entsprechen zu müssen.

Ich seufze und kann nicht umhin, zu lächeln. Ja, das ist ein sehr guter Plan und das Beste daran ist, dass er in meinem Kopf umsetzbar erscheint.

Das macht mich ruhiger und ich schaffe es endlich einzuschlafen.

»Guten Morgen Henry«, sagt der Fahrer, der mich am nächsten Tag abholt, und lächelt mich freundlich an, als ich einsteige. Heute haben wir einen kurzen Weg, es geht ins West End, wo wir am Hintereingang eines alten Theaters drehen. Es sieht heute nach Regen aus, das könnte unsere Pläne ein wenig durcheinander werfen, denn Regen ist nicht in der Szene vorgesehen.

Die Basis steht mitten auf dem Leicester Square und ich steuere sofort auf den Cateringwagen zu. Nate stellt gerade eine große Aluwanne auf einen Warmhalteofen und nickt mir lächelnd zu.

»Hey Henry, soll ich dir einen Kaffee machen?«, fragt er freundlich und drückt mir Besteck in die Hand, damit ich essen kann.

»Sehr gerne Nate, vielen Dank.«

Gerade will ich den Deckel wieder schließen, als mir jemand auf die Schulter tippt.

»Bekomme ich auch eine Portion?«

Ich hebe den Blick. Lucas steht neben mir, sieht recht müde aus, lächelt aber und hält mir einen Teller hin.

»Was hättest du gerne?«

»Ach pack´ von allem etwas drauf, die Baked Beans kannst du weglassen, die mag ich nicht.« Ein wenig unbeholfen schiebe ich Lucas etwas auf den Teller, dabei komme ich versehentlich mit der heißen Kelle an seine Hand und er zuckt zurück, lässt beinahe den Teller fallen, doch ich greife schnell danach.

»Sorry, hab ich dir wehgetan?«

»Nein, es geht schon.« Er sieht kurz zu mir und ich bemerke, dass sich unsere Hände unter dem Teller berühren. Mir wird ganz heiß und ich lege die Kelle schnell zurück.

»Wollen wir gemeinsam essen?«, fragt er unsicher und nickt zu den Tischen hin, die schon aufgebaut sind. Wir setzen uns und essen schweigend, doch mir ist der Appetit vergangen.

»Was ist los mit dir? Bist du nervös, wegen heute?«, fragt Lucas und ich schüttle den Kopf.

»Nein, ich war nur ein wenig in Gedanken. Vielleicht drückt mir das Wetter auf die Stimmung, ich weiß es nicht«, rede ich mich heraus und schiebe mir eine Gabel Rührei in den Mund, doch es schmeckt nach nichts.

Ich weiß genau, was los ist. Meine Gedanken von heute Nacht sitzen noch in meinem Kopf fest und die Tatsache, dass ich Herzklopfen bekomme, wenn ich Lucas küssen muss, macht das nicht wirklich leichter.

Jimmy rettet mich aus der Situation, indem er an den Tisch herantritt und uns mitteilt, dass wir nun in Maske und Kostüm können.

7. KAPITEL

Heute drehen wir im Flur und vor der Tür des Hintereingangs viele Szenen, in denen George das Theater verlässt, oder Mo abholt. Die Szenen werden nicht sonderlich lang sein, teilweise nur wenige Sekunden, doch da sie alle an verschiedenen Tagen spielen und später über den ganzen Film verteilt sein werden, bedeutet das für Lucas und mich, dass wir uns häufig umziehen müssen.

Alles hier am Eingang wird chronologisch gedreht. Erst spielen wir die Anfänge, in denen George und Mo sich zum ersten Unterricht treffen, in den nächsten Szenen ist eine deutliche Annäherung zu spüren, dann haben wir eine Szene, in der wir uns zum Abschied küssen. Und zum Schluss kommt der Teil, in dem George mit seiner neuen Frau an Mo vorbeigeht, der vollkommen am Ende ist, weil er ihn verlassen hat.

Wieder muss ich Lucas küssen und dieses Mal scheine ich eher derjenige zu sein, der nervös wird, je näher die Szene rückt.

Lucas entgeht das nicht und er fragt mich mehrmals, ob alles okay ist.

»Es ist einfach komisch, einen Mann zu küssen, weißt du?«, sage ich irgendwann und hoffe, mir gelingt das unbeschwerte Lächeln.

»Ach komm, gestern haben wir das doch super hinbekommen, das klappt schon. Wir verstehen uns doch und es ist ja auch nur vor der Kamera«, sagt Lucas aufmunternd und drückt meinen Arm sachte. Ich nicke steif und konzentriere mich auf die Szene.

Zwei Stunden später presse ich Lucas gegen die Wand und versiegele seine Lippen mit meinen. Er erwidert den Kuss hungrig und ich bin froh, dass ich laut Drehbuch seufzen darf, denn es zu unterdrücken, fällt mir sehr schwer. Lucas küsst einfach zu gut und ich will mehr davon.

Schon überlege ich kurz, ob ich mich extra doof anstellen soll, damit wir die Szene nochmal machen müssen, doch das wäre ganz und gar nicht meine Art. Ich bin Profi und Geoffrey weiß, dass man mit mir selten Szenen wiederholen muss, weshalb ich ihn nicht enttäuschen will.

Was ist nur in mich gefahren?

Die Kollegin, die meine Frau spielen soll, taucht erst gegen Mittag auf und ist sehr nett. Ihr Name ist Laura und sie sieht wunderbar in dem hellen Mantel aus, in den man sie gesteckt hat. Zach hat gute Arbeit geleistet, denn ihre Haare sind toll frisiert, sofern ich das beurteilen kann. Sie sieht aus, als wäre sie direkt aus den 20er Jahren gefallen.

Vor der letzten Szene werde ich nochmals umgezogen. Elianna steckt mich in einen schlichten, aber eleganten Anzug und Zach frisiert mir die Haare nochmal neu. Lucas bleibt, wie er ist, wird sogar noch mit extra Augenringen versehen und sieht nun ähnlich aus, wie ich am ersten Drehtag. Das ist seine vorletzte Szene im Film, dann nimmt er sich das Leben. Dementsprechend schlecht muss er aussehen.

»Na, wie sehe ich aus?«, fragt er gut gelaunt und kommt mit einem breiten

Grinsen die Treppe des Maskenmobils herunterstolziert.

»Hat was von einem Zombie«, bemerkt Laura und lacht, dann geht sie näher heran, um sich das Make-up ein wenig genauer anzusehen.

»Wow, sogar deine Lippen sind aufgesprungen. Das sieht ja unglaublich echt aus«, staunt sie.

Lucas hat rote Augen, verklebte Wimpern, ist vollkommen ungeschminkt, sodass die Haut auf der Kamera sicherlich uneben und fleckig aussehen wird. Seine Haare sind wirr, die Lippen trocken und rissig. Automatisch befeuchte ich meine eigenen mit der Zunge.

»Bin ich froh, dass sich das alles wieder abwaschen lässt. Wenn mich meine Mutter jetzt per Videochat anrufen würde, bekäme sie sicherlich einen Schrecken«, überlegt Lucas und geht neben mir her zum Set.

»Gleich musst du wieder weinen, denk nicht zu lange an fröhliche Dinge«, ermahne ich ihn und er nickt schnell, wird dann todernst und senkt den Blick.

»Hey, das sollte keine Rüge sein«, lenke ich rasch ein.

Hoffentlich habe ich ihn nicht verärgert, das will ich nicht. Ich streiche ihm über den Kopf und lächle, Lucas hebt den Kopf und sieht mich ebenfalls an.

»Ich wollte mich eigentlich nur auf mein Spiel konzentrieren, aber danke, dass du dich um mich sorgst«, sagt er leise und mein Mund ist schlagartig staubtrocken.

»Ich lass dich dann mal allein«, murmle ich, mache einen Schritt von ihm weg und gehe zu meiner »Frau« hinüber, die sich in einen Stuhl gesetzt hat, der unter einem Pavillon steht.

»Dieser Lucas ist noch recht neu oder? Ich kannte bis heute weder seinen Namen noch sein Gesicht«, sagt sie und sieht mich interessiert an.

»Ja, er ist eine ziemliche Neuentdeckung, spielt aber wirklich sehr gut. Du wirst es ja gleich sehen. Er kann auf Anhieb weinen.«

»Ist nicht wahr!«, ruf sie überrascht aus und staunt. »Ich brauche immer Menthol oder einen Tränenstift, wenn ich weinen soll. Eine solche Gabe ist wirklich beneidenswert.« Sie lehnt sich in meine Richtung und wirft mir einen verschwörerischen Blick zu. »Und wie ist es, wenn du ihn küssen musst? Als Mann einen anderen Mann zu küssen ist doch sicherlich seltsam oder?«

Nein ist es nicht, zumindest nicht, wenn man eigentlich auf Männer steht, denke ich, doch natürlich nickt mein Kopf und mein Mund sagt: »Ja, das ist schon komisch, wobei ich denke, dass es wirklich erst dann seltsam wird, wenn wir die Liebesszene drehen. Sex mit einem Mann vor einer Kamera...das ist wirklich befremdlich.«

Vor meinem geistigen Auge taucht ein lebhaftes Bild von Lucas auf, der sich unter mir windet, die Augen geschlossen hat und meinen Namen stöhnt.

Alles andere als befremdlich ist das.

»Nun, das macht eben einen guten Schauspieler aus, nicht wahr? Dem Publikum vorzumachen, dass das, was sie auf der Leinwand sehen tatsächlich real ist«, sagt sie.

Bis die Kamera steht und wir mit der Probe anfangen können, hat sich der Himmel verdunkelt und als endlich die Klappe für diese letzte Szene des Tages geschlagen wird, fängt es zu regnen an. Zuerst wollen wir abbrechen und man scheucht uns Schauspieler ins Gebäude hinein, damit wir nicht nass werden, doch Geoffrey ist schnell der Meinung, dass Regen in dieser Szene nur von Vorteil sein kann und so holt man uns wieder heraus.

»Und Action!«, ruft Geoffrey und wir spielen.

Ich halte meinen Mantel über den Kopf meiner Spielfrau, als ich den Hintereingang des Theaters betrete.

Mein Blick fällt auf eine Gestalt, die im Schatten neben der Tür im Regen steht und sich nicht rührt. Ich bleibe stehen und sehe zu ihr herüber.

»Geh schon mal vor, Liebling, ich komme gleich nach.« Julia nickt und tritt schnell ins Theater. Ich wende mich Lucas zu.

»George, du kannst mich nicht allein lassen«, haucht er und sieht mich an.

Die Tränen sind von den Regentropfen nicht zu unterscheiden, doch er ist ganz nass und ich sehe, dass seine Augen schwimmen. Er zittert am ganzen Körper, hat die Arme um sich geschlungen und sieht aus, wie ein Hund, den man ausgesetzt hat. Ich vergewissere mich, dass meine Frau weg ist, dann gehe ich auf ihn zu.

»Du musst mich verstehen, ich kann nicht anders. Mein Beruf lässt es nicht zu«, sage ich leise zu ihm und Lucas entfährt ein herzzerreißendes Schluchzen.

Er presst sich die Hände auf die Lippen und in seinem Blick offenbaren sich alle Gefühle. Er tut mir so leid, doch ich muss an meine Karriere denken und da geht eine Beziehung zu einem Mann einfach nicht.

Sowohl im Film, als auch im echten Leben.

»Darling, beeil dich!«, ruft mir meine Frau zu und ich nicke nur in ihre Richtung.

»Bist du mir ihr glücklich?«, fragt Lucas und schluckt.

Er sieht zu ihr hinüber, doch sie bemerkt ihn nicht.

»Ja, das bin ich. Das mit uns, das war...«

»...nichts ich weiß, das hattest du schon mal gesagt«, beendet Lucas meinen Satz, senkt den Blick und wendet sich ab.

»Ich hatte nur gedacht, dass du es dir vielleicht nochmal anders überlegst und dir dein Herz wichtiger ist, als dein Ruf. Auf wiedersehen, George. Du warst mein Ein und Alles, das solltest du wissen.« Und mit diesen Worten geht er durch den Regen an mir vorbei davon.

»CUT!« Lucas wird sofort von Elianna in eine Decke gewickelt und ich sehe voller Überraschung, dass er das Zittern gar nicht spielen musste. Er ist pitschnass und heute ist es nicht wirklich sonderlich warm. Hoffentlich erkältet er sich nicht.

»Der Regen ist laut Regenradar in zwanzig Minuten vorbei, lasst uns schnell umbauen, eine Nahe auf Lucas und dann auf Henry drehen und wenn der Regen es dann noch zulässt, machen wir eine Halbtotale!«, ruft Fionn und alle bauen in Windeseile um.

Wir stehen in der Zeit im Trockenen und Elianna gibt sich große Mühe, mich nicht mehr ganz so nass aussehen zu lassen. Ich soll nicht schon am Beginn der Szene tropfen. Sie reibt das Wasser mit einem Handtuch ab und föhnt das Hemd ein wenig an, sodass es nur noch klamm und dafür schön warm ist.

Lucas spielt wunderbar an diesem Abend und ich kann nicht anders, als ihn für seine Fähigkeit, auf Anhieb in Tränen auszubrechen, zu bewundern, denn auch nach dem zehnten Mal gelingt es ihm noch.

Als wir nach Drehschluss aus dem Maskenmobil kommen, werden wir beide von Passanten angesprochen und auch Lucas wird um Fotos gebeten. Er sieht noch ein wenig verweint aus, lächelt aber freundlich und ist nett zu den Fans. Mir fällt auf, dass es deutlich mehr Leute sind, die am Set auftauchen und uns ansprechen, als gestern. Scheinbar hat sich herumgesprochen, dass wir im Londoner West-End drehen und die Chance wollen sich einige nicht entgehen lassen.

So kommen wir erst in den Wagen, als Lee und zwei seiner Setrunner uns zu Hilfe eilen und die Leute wegschicken.

»Habt einen erholsamen Abend und ein schönes Wochenende, wir sehen uns dann am Montag wieder!«, ruft er uns noch zu, bevor er die Tür schließt.

»Was machst du am Wochenende? Triffst du dich mit Tatiana?«, fragt Lucas und sieht mich müde von der Seite her an. Ich schüttle den Kopf. Zwar weiß ich nicht genau was ich mache, aber diese Fakefreundin treffe ich ganz sicher nicht.

»Ich denke, ich werde mal wieder zum Sport gehen und am Sonntagnachmittag müssen wir ja schon fertig gepackt haben, weil wir abgeholt werden.«

Wir drehen nächste Woche in Reading. Dort gibt es ein altes Theater, das uns als Innenkulisse dienen wird. Deswegen werden wir einige Tage dort im Hotel untergebracht sein.

»Jetzt hast du mir mit der Aussage das ganze Wochenende versaut«, grinst Lucas. »Ich hasse packen.«

»Daran wirst du dich in deinem Job gewöhnen müssen«, seufze ich. »Komm doch mit zum Sport. Wir haben nächste Woche auch die Liebesszene...vielleicht willst du dich ja in Form bringen.« Mit entrüstetem Blick stemmt Lucas die Hände in die Seiten und sieht mich an.

»Willst du mir etwa sagen, dass ich *nicht* in Form bin? Das werden wir ja sehen. Schreib mir einfach, wann du gehst, dann komme ich mit und werde es dir zeigen.«

So viel zu meiner Aussage, dass man Berufliches und Privates nicht mischen sollte.

Da habe ich mich ja lange dran gehalten.

Am Samstag stelle ich mir keinen Wecker, sondern schlafe aus und erst, nachdem ich etwas gefrühstückt habe, wähle ich Lucas' Nummer. Es klingelt fast fünfmal, bis er drangeht.

»Ja?«, krächzt er verschlafen.

»Guten Morgen Sportsfreund«, sage ich ausgelassen und Lucas stöhnt: »Scheiße, ich hab den Sport vergessen und liege noch im Bett..wann bist du in diesem Studio?«

»Ich würde so in 10 Minuten losfahren und wäre dann gegen 11 Uhr dort.« Ich kann Bettlaken rascheln hören und Lucas seufzt: »Okay, schreib mir bitte die Adresse per SMS und ich geb´ mein Bestes um 11 auch da zu sein. Bis gleich.«

»Prima, bis dann!«, trällere ich ins Telefon und lege auf.

Meine Wohnung liegt in Canonbury, das Fitnessstudio in Bethnal Green. Sonderlich weit ist es also nicht bis dorthin und ich stehe wenig später an einer schicken Theke im Eingangsbereich des Studios.

»Guten Tag Mr Seales«, begrüßt mich der Mitarbeiter hinter dem Tresen und reicht mir einen Schlüssel für einen Spind im Umkleideraum. Ich nehme ihn entgegen, gehe aber noch nicht in die erste Etage, um mich umzuziehen. Lucas war noch nie hier und ich will warten, bis er da ist. Mit dem Handy in der Hand setze ich mich auf eines der Ledersofas im Eingangsbereich und sehe hinunter auf die Straße. Es ist heute nicht sonderlich viel los und ich kann ihn schnell erkennen, wie er auf der anderen Straßenseite aus einem Bus steigt. Er zieht sein Handy aus der Tasche und schaut suchend darauf, dann hebt er den Blick und geht zielstrebig auf das Gebäude zu.

»Lucas!«, rufe ich und winke, als er an den Tresen herantritt. »Das ist mein Kollege, er würde heute gerne mit mir ein Probetraining machen«, erkläre ich dem Mitarbeiter, der freundlich nickt.

»Wunderbar, ich hoffe, es gefällt Ihnen bei uns«, sagt er zu Lucas und gibt auch ihm einen Spindschlüssel.

»Das ist ziemlich schick hier«, stellt Lucas fest, als er mir die Treppe hinauf folgt, wo sich die Umkleideräume befinden. »Sehr schick.« Er streicht mit der Handfläche über die glatten Schrankfronten und stellt dann seine Tasche neben meiner ab. Sportklamotten habe ich schon an und muss nur noch die Jogginghose abstreifen und in die Schuhe schlüpfen. »Wartest du auf mich? Ich hatte keine Zeit, mich schon vorher umzuziehen, du hast mich quasi aus dem Bett geworfen«, fragt Lucas, wirft die Schuhe in einen der Schränke und zieht sich um.

»Klar.« Ich packe ein Handtuch und die Wasserflasche aus und verstaue den Rest in meinem Schrank, dabei gebe ich mir viel Mühe so zu tun, als würde ich gar nicht sonderlich darauf achten, dass Lucas sich neben mir entkleidet. Ich binde die Schnürsenkel mit viel Sorgfalt und als ich fertig bin, ist auch er umgezogen.

Das Studio ist in drei Bereiche aufgeteilt, Cardio, Kraft und Zirkeltraining. Wir beginnen auf dem Laufband und joggen etwa eine halbe Stunde, um warm zu werden. Dabei reden wir wenig, weil ich sonst aus dem Rhythmus komme. Lucas ist gut in Form, denn ich sehe auf der Anzeige, dass er etwas schneller läuft, als ich und in dem Tempo fast einen Kilometer mehr schafft.

»Puh, das hat gut getan«, schnauft er, als wir die Bänder ausschalten und wischt sich das Gesicht ab.

»Ja, ich finde, dass man nach dem Laufen erst richtig wach ist. Komm wir gehen zum Krafttraining.«

Auf den Matten, die in einem Bereich ausgelegt sind, habe ich meine Routine, die ich bei jedem Training absolviere. Dazu gehören eine ganze Reihe an Ganzkörperübungen, die ich Lucas nach und nach erkläre. Er macht alles mit, kommt aber ziemlich ins Schnaufen, als wir bei den Liegestützen angekommen sind.

»Ich brauche eine Pause.«

»Pause? Das Wort existiert in meinem Sprachschatz nicht. Los, nicht aufgeben. Außerdem wolltest du es mir doch zeigen, oder?« Lucas kneift die Augen zusammen und drückt sich wieder nach oben. »Komm, zehn Stück schaffen wir noch und danach kommen Sit ups dran.« Ich zähle extra langsam und gemeinsam kämpfen wir uns durch. Kaum ist der letzte Push-up geschafft, lässt sich Lucas auf den Bauch fallen und gibt ein Wimmern von sich.

»Du killst mich...«

Wir liegen mit dem Kopf zueinander und ich sehe ihn amüsiert an. Er atmet schwer und streicht sich die nassen Haare aus der Stirn. »Wenn ich am Montag nicht essen kann, weil ich keine Gabel mehr halten kann, musst du mich füttern, das ist dir klar, oder?«

»Das mache ich gerne, das sollte kein Problem sein.«

Wir gönnen uns einige Minuten Pause, dann rapple ich mich auf, nehme einen Medizinball aus einer Halterung an der Wand und setze mich Lucas gegenüber auf den Boden.

»Los, deine Beine neben meine«, fordere ich ihn auf.

»Willst du dass wir den Ball während den Sit ups hin und her werfen?«, fragt Lucas und mustert den schweren Ball in meinen Händen. Ich nicke und grinse, als er ungläubig die Augenbrauen hochzieht.

»Komm schon, du willst doch vor der Kamera gut aussehen.«

»Meinetwegen, aber übertreibs nicht.«

Wir schaffen 50 Sit-ups und ich bin der erste von uns beiden, der aufgibt. Lucas, steht auf, legt den Ball zurück und tritt dann an mich heran. Er sieht auf mich hinunter und ich atme immer noch schwer. Er kniet sich hin und klopft mit der flachen Hand auf meinen Bauch. Mich durchzuckt ein Blitz.

»Na, das könnte aber ein wenig fester sein, Mr Seales«, bemerkt er mit geschürzten Lippen und ich muss erst nochmal tief Luft holen, bevor ich antworten kann.

»Ich zeig dir gleich, was festes, wenn du nochmal so ′nen blöden Spruch bringst.«

»Jaa, was denn?«

»Vergiss es. Ich muss jetzt unter die Dusche.«

Die Duschen hier im Studio sind nur durch schmale, dünne Wände voneinander getrennt. Und wie mir jetzt auffällt, ist der Haken für das Handtuch an der Tür – weit weg von der Kabine.

Ich lege meine Klamotten ab, wickle mich ins Handtuch ein und tapse mit Shampoo und Duschgel schon voraus. Das Wasser prasselt laut auf die dunklen Fliesen und ich drehe mich zur Wand.

Lucas nimmt die Dusche neben mir und sieht mich über die Absperrung hinweg an. Schade, dass sie nicht etwas höher ist, dann hätte er nichts gesehen. Ich seife mich ein und wasche mir den Schweiß vom Körper, wobei ich mir viel Mühe gebe, Lucas nicht zu beachten, der splitternackt neben mir steht.

Ich *darf* nicht hinsehen.

Aber vielleicht sollte ich es tun, denn ansonsten erwischt es mich nächste Woche kalt, wenn wir die Liebesszene drehen. Ein Seitenblick zeigt mir, dass mein Kollege gerade die Augen geschlossen hat und ich luge zu ihm.

Holy shit! Er sieht so gut aus!

Ich wende mich so schnell um, dass ich versehentlich an die Armatur komme und das Wasser auf kalt stelle. Erschrocken hüpfe ich unter dem Wasserstrahl weg und stoße gegen die Wand.

»Henry, was machst du?«, fragt Lucas und kichert.

»D-das Wasser ist grade urplötzlich kalt geworden...«, stammle ich und schalte es ab.

Urplötzlich. Genau Henry.

Lucas ist perfekt. Oh man ich kann ihn nicht beschreiben. Natürlich hatte ich in den Sportklamotten schon eine gewisse Vorahnung aber so ganz ohne ist er einfach wunderbar. Alles an ihm passt zusammen und ist stimmig. Ich reibe mir über die Augen und bekomme prompt Shampoo hinein.

»Shit!«, fluche ich.

»Henry? Alles okay?«, fragt Lucas besorgt und ich taste nach dem Wasserhahn. Wo ist das verdammte Ding?

»Ich hab Shampoo im Auge...wo ist denn der Wasserhahn?«

»Warte, ich helfe dir.«

Nein, ich will nicht, dass Lucas zu mir kommt! Ich will ihn nicht so nah bei mir haben und beginne noch ein wenig hektischer die Wand abzutasten. Plötzlich spüre ich Wärme hinter mir. Körperwärme und Lucas´ Hand auf meiner Schulter.

»Bleib einfach stehen, ich mache das Wasser wieder an«, sagt er und er nimmt meine Hand von den Augen, hält sie in den Wasserstrahl und ich wasche mir die Augen wieder aus.

Als das Brennen nachlässt, öffne ich sie und sehe Lucas an, der direkt neben mir steht und mich fragend ansieht.

»Geht es wieder?«

Ich nicke schnell und wische mir übers Gesicht. Lucas berührt mich nur mit der Hand an der Schulter, doch das reicht aus, um mich nervös zu machen.

»Ich geh mich dann mal abtrocknen...danke dass du mir geholfen hast...«, stammle ich unsicher und tappe über den nassen Boden zu meinem Handtuch.

Lucas kommt mir nach und wir trocknen uns ab. Ich ziehe mich dann wieder an und kann das nervöse Pochen in meinem Inneren nicht leugnen. Verdammt, das hier entwickelt sich in die falsche Richtung, und zwar in die falscheste Richtung, die es momentan für mich gibt.

»Henry, mir tun jetzt schon die Arme weh, ich kann kaum mein T-Shirt anziehen«, jammert Lucas wenige Minuten später neben mir. Ich sehe ihm amüsiert dabei zu, wie er versucht es sich über den Kopf zu ziehen, ohne die Arme allzu hoch heben zu müssen. »Siehst du, was du mit mir gemacht hast?«
Wenn er nur wüsste, was er mit mir macht.
»Ich hab dich lediglich ein wenig bewegt, jetzt stell dich nicht so an«, lache ich und bin dankbar, dass Lucas mich auf seine ganz besondere Art und Weise erreicht, die mich schnell wieder locker macht.

6. KAPITEL

Was für eine bescheuerte Idee, mit Lucas trainieren zu gehen! Wenn ich bis jetzt noch nicht verwirrt war, jetzt bin ich es definitiv.

Meine Lehrerin an der Schauspielschule hat immer gesagt: »Verliebt euch niemals in den Bühnenpartner, mit dem ihr eine Liebesszene spielen müsst, das ist höchst unprofessionell.«

Ja, dann verhalte ich mich gerade echt unprofessionell. Zwar würde ich noch lange nicht sagen, dass ich mich in Lucas verliebt habe, dafür ist noch einiges mehr nötig, aber eine Schwärmerei ist es definitiv.

Wo sonst kommt das Herzklopfen her, wenn ich weiß, dass wir uns küssen sollen? Wie um alles in der Welt soll ich mich denn da noch auf meine Arbeit konzentrieren?

Grimmig sehe ich die Straße rauf und runter, bevor ich sie überquere und als jemand meinen Namen ruft, brauche ich einige Sekunden, um das zu realisieren. Schnelle Schritte hinter mir, veranlassen mich dazu, stehenzubleiben. Zwei Frauen rennen auf mich zu und strahlen mich an.

»Hallo Henry, können wir ein Foto mit dir machen?« Wieder ein Kontrollblick in ein Schaufenster; ja die Haare liegen halbwegs. Ich nicke und posiere freundlich mit den beiden, erfülle ihnen sogar den Autogrammwunsch.

»Ich will mir das als Tattoo stechen lassen, du bist mein größtes Vorbild«, sagt eine der beiden und ich bedanke mich herzlich. Allerdings finde ich die Idee, dass sie fortan mit meiner Signatur auf dem Körper herumlaufen will, nicht gut. Was, wenn sie mich irgendwann doof findet?

Zuhause angekommen höre ich meinen Anrufbeantworter ab. Ja, ich habe noch so ein altes Ding und weiß ehrlich gesagt nicht mal, wieso. Lauren hat mir eine Nachricht hinterlassen und ich höre sie mir an, während ich meine Sportsachen in die Waschmaschine stecke.

»Henry mein Lieber!« Sie will was von mir, sonst wäre sie nicht so megafreundlich. »Ich habe gerade einen Anruf für einen Werbespot bekommen. Sie wollen, dass du die Synchronisation übernimmst. Ich habe dir eine Mail geschickt und hoffe, dass du mich gleich zurückrufst, damit ich für dich zusagen kann. Die Gage ist super und der Spot wird europaweit laufen. Was hältst du davon? Lass es mich einfach schnell wissen, Darling. Bye!«

Mit dem Wissen, dass sie in ihrem Büro gerade auf heißen Kohlen sitzt, öffne ich meine Mails und finde das Angebot auch beinahe sofort. Es ist eine Automarke, die einen Spot gedreht hat, den ich besprechen soll. Der E-Mail wurden auch gleich die Konzepte des Spots angehängt, damit ich weiß, worauf ich mich einlasse. Und die Gage steht auch dabei. 20.000 £. Das ist richtig gut.

Natürlich sage ich zu. Der Job ist für Oktober angesetzt, da bin ich mit dem Film fertig und werde wieder ein bisschen Zeit haben. Hoffe ich jedenfalls.

Der Gedanke, dass unsere Dreharbeiten im Herbst beendet sein werden, gefällt mir gar nicht und verursacht mit ein mulmiges Gefühl im Magen. Lucas und ich werden dann getrennte Wege gehen und er wird nie erfahren, dass

Tatiana nicht meine Freundin ist.

Er wird nie wissen, dass mir die Küsse zwischen uns mehr bedeuten, als ich es zugeben will.

Das tut mir leid. Vielleicht sage ich es ihm auch, wenn die Dreharbeiten vorbei sind. Womöglich verschrecke ich ihn sonst noch und sein Spiel leidet darunter, weil er dann ständig auf meine Gefühle Rücksicht nehmen will.

Das will ich nicht, denn er ist einfach zu gut – und es ist sein erster Film, da will ich ihm auf keinen Fall was versauen. Allerdings ist da natürlich auch die Frage, was er dann mit der Information anfangen soll, wenn er sie dann hat. Ich habe keine Ahnung und bin verwirrt.

Nachdem ich mir eine Kleinigkeit zu Essen bestellt habe, denn natürlich hatte ich vergessen einzukaufen, mache ich mich daran meinen Koffer zu packen.

Eine Woche Dreharbeiten in Reading. Ich hab keine Ahnung, wie das Wetter dort werden wird. Für Anfang September ist es dieses Jahr schon teilweise richtig kalt. Also landen Klamotten für alle Wetterlagen im Koffer, aber ich packe auch ein bisschen schickere Sachen ein. Reading ist nicht London, wenngleich es auch nur eine Stunde von der City entfernt liegt, und vielleicht kann man dort abends ein wenig ausgehen, ohne dass man belagert wird.

Feiern in London ist nicht mehr so einfach, seit dem letzten Film und wenn Lauren für mich auch schon wieder heftig die Werbetrommel rührt, bin ich ständig in irgendwelchen Zeitungen. Nicht auf dem Titel, sondern eher im Inneren der Magazine, wo man mir einen kleinen Beitrag widmet, doch auch ein kleiner Bericht mit Foto kann auf Dauer dafür sorgen, dass man den Leuten ins Gedächtnis gebrannt wird. Deswegen ist Reading da ja vielleicht angenehmer als London, was das Ausgehen angeht.

Um meinen Koffer zuzukriegen, muss ich mich tatsächlich darauf setzen, doch dann klappt es und die Schnallen lassen sich schließen. Ich packe noch eine Reisetasche, in die ich alles hineinwerfe, was ich sonst so brauche; Drehbuch, Brille, Stifte und Papier, Ladekabel, Tablet und all sowas.

Die Packerei hat ganz schön viel Zeit gekostet und als ich endlich damit fertig bin, ist es schon früher Abend. Morgen um diese Zeit werde ich schon in einem Auto sitzen und nach Westen fahren.

Ich beschließe, mich vor den Fernseher zu legen, und bleibe an einem Kanal hängen, der kleine Independent-Spielfilme des vergangenen Jahres zeigt.

Häufig sind solche Sender die einzige Möglichkeit für kleinere Produktionen, überhaupt irgendwo zu laufen. Seitdem ich selbst beim Film bin, sind meine Ansprüche ans Fernsehen so dermaßen gestiegen, dass ich mir kaum noch etwas ansehen kann, ohne daran herum zu mäkeln. Alles ist gleich und die Drehbücher sind teilweise so flach und schlecht, dass ich wegschalten muss. Aber bei diesen Kurzfilmen sind wirklich schöne Sachen dabei.

Nach dem dritten Film taucht ein bekanntes Gesicht auf der Mattscheibe auf und ich setze mich automatisch ein wenig gerader hin. Das scheint eine von Lucas´ ersten Rollen gewesen zu sein und ich staune darüber, wie jung er aussieht. Es ist eine Liebesgeschichte zwischen zwei Straßenkindern. Die Kameraführung ist miserabel, doch Lucas spielt gut und er sieht klasse aus. Sein ganzer Hals und die Hände sind voller Tattoos, in der Unterlippe hängen zwei Ringe und seine Haarspitzen sind blau. Obwohl er schmutzig und heruntergekommen wirkt, fesselt mich sein Auftreten und ich bin fast schon traurig, als der Film nach zwanzig Minuten bereits vorbei ist.

Stundenlang hätte ich ihm zusehen können. Er hat eine Art an sich, die einen in seinen Bann zieht, man muss sich nur darauf einlassen.

Am Sonntag vertreibe ich mir die Zeit bis zur Abreise, indem ich mein

Badezimmer auf Vordermann bringe und dafür sorge, dass keine verderblichen Lebensmittel im Kühlschrank liegen bleiben. Wenn ich in einer Woche wieder nach Hause komme, würden mir diese Sachen sonst wohl entgegenlaufen.

Der Wagen fährt gerade vor, als ich den letzten Müllbeutel in die Tonne vor dem Haus werfe. Der Fahrer nickt mir zu und ich gebe ihm ein Zeichen, dass ich gleich soweit bin, flitze die Treppe wieder hoch und sitze wenig später auf der Rückbank neben Lucas im Auto.

»Ich konnte mich kaum anschnallen, nur dass du es weißt«, sagt er, ohne mich zu begrüßen, und klingt dabei vorwurfsvoll aber amüsiert.

»Tja, sieht aus als müsstet du häufiger etwas für deine Arme tun, mein Lieber«, gebe ich zurück und knuffe ihn in die Seite.

»Au, da habe ich auch Muskelkater, bitte nicht«, jammert er und hält sich die Rippen. Ich muss lachen und bin über diese Unbefangenheit ganz froh, sodass wir die restliche Fahrt ganz locker miteinander quatschen können.

Unser Hotel ist das Millennium Madejski, ein halbrunder Turm aus Glas und Stahl. Nur wir und die Regie sind hier untergebracht, das restliche Team kommt in einem etwas einfacheren Hotel unter. Film ist leider eine Zweiklassengesellschaft.

Als wir ankommen, regnet es. Ich trete an die Rezeption heran und werde von einer schick gekleideten Dame angelächelt.

»Willkommen im Millenium Madejski«, sagt sie.

»Hallo, ich bin Henry Seales und das ist mein Kollege Lucas Thomas, für uns müssten zwei Zimmer gebucht sein.«

»Ja, das ist richtig«, sagt sie, sieht rasch in ihrem Computer nach. »Sie haben jeweils einen Club Room in der siebten Etage. W-Lan, Minibar, Zugang zum Fitnessstudio, dem Wellnessbereich und ein Rund-um-die-Uhr-Service sind inbegriffen.« Sie händigt uns die Karten aus und ein junger Page tritt an uns heran.

»Darf ich Ihnen das Gepäck abnehmen?«, fragt er und lädt meinen und Lucas´ Koffer auf einen Trolley. Wir folgen ihm in einen Fahrstuhl und fahren nach oben.

»Wow, ich glaube ich war noch nie in einem so schicken Hotel«, haucht Lucas und ich sehe, wie er die verspiegelten Oberflächen im Fahrstuhl mustert.

»Musstest du noch nie für einen Dreh verreisen?«, frage ich.

»Doch, aber da hatten wir nicht viel Budget und wir sind immer in Ferienwohnungen untergekommen.«

»Dann wird dich das hier sicherlich umhauen«, sage ich und als die Lifttür aufgleitet, folgen wir dem Pagen zu den Zimmern. Der Flur ist mit einem dicken Teppich ausgelegt, der die Schritte dämpft und auf dem man sich fühlt, als würde man auf weichem Waldboden gehen.

»Das ist Ihr Zimmer, Mr.Thomas«, sagt der Page und mein Kollege öffnet die Tür.

»Wow...okay ich hab den richtigen Job gewählt«, entfährt es ihm und er betritt den Raum. Der Page bringt ihm das Gepäck nach und führt mich dann zu meinem Zimmer. »Ich komme dich gleich mal besuchen!«, ruft Lucas mir noch nach.

Mein Zimmer liegt nur zwei Türen weiter.

Alles hier ist in Grün und Grau gehalten. Das Bett ist riesig und federt, als ich mich darauf sinken lasse. Eine Wandseite wird von einem großen Fenster eingenommen, durch das ich auf die verregnete Stadt sehen kann. Ich packe meine Sachen aus und verteile den Inhalt in einen Kleiderschrank, dann schiebe ich den Koffer unters Bett und stehe einen Moment ein wenig untätig herum.

Mein Magen knurrt.

Zum Glück gibt es hier ein Restaurant. Ich stecke die Kredit-und Zimmerkarte ein und verlasse mein Zimmer. Im selben Moment kommt Lucas aus seinem.

»Hey, wo willst du hin, ich wollte eben bei dir vorbeischauen«, sagt er. »Ich habe Hunger und gehe Essen. Komm doch mit.«

»Wow, mit so viel Luxus komme ich gar nicht klar, ist das genial«, entfährt es Lucas, als wir im Penthouse aussteigen und auf den glänzenden Fliesen zum Restaurant gehen.

»Hätte ich mir etwas anderes anziehen sollen?«, fragt Lucas und sieht an sich herunter. Auch ich mustere seine Kleidung. Sie ist schlicht und sportlich.

»Nein wieso, es schert hier niemanden, wie du herumläufst.«

»Aber du bist so schick«, protestiert er und zupft an meinem Seidenhemd herum.

»Ich ziehe mich immer so an.«

»Dann ist dein Grundstil eben schicker als meiner. Neben dir fühle ich mich wie ein Schulkind. Ich glaube, ich gehe nochmal zurück und ziehe mich um.« Mein Magen knurrt und ich habe nun wirklich keine Lust, mich hier vor dem Restaurant in einer Diskussion über Klamotten zu verlieren. Kurzerhand lege ich den Arm um Lucas´ Schulter, führe ihn sanft aber bestimmt ins Restaurant und setze ihn dort vor dem Panoramafenster auf einen Stuhl.

»So, siehst du, es hat sich niemand beschwert«, sage ich und setze mich ihm gegenüber. Der Tisch ist recht klein und unsere Knie berühren sich kurz, bevor ich ausweiche.

»Kommt Tatiana auch mal hierher oder hat sie keine Zeit?«, fragt Lucas und sieht sich um.

»Wie kommst du darauf?«, frage ich verwirrt.

»Naja ich dachte, dass das hier doch auch ein schöner Ort für ein Date wäre. Wenn das Wetter ein wenig besser ist, sieht man sicherlich schön über die Stadt. Romantisch.« Ich folge seinem Blick durch die Scheibe neben uns. Der Regen ist heftiger geworden und unsere Sicht verschwimmt.

»Ja, da hast du sicherlich recht. Aber Tatiana hat ziemlich viel zu tun. Sie arbeitet in der Modebranche und ist oft unterwegs. Eigentlich führen wir mehr eine Fernbeziehung.« Lucas bläst die Backen auf und seufzt: »Oh, das ist ziemlich doof. Wie lange seid ihr denn schon zusammen?«

Wieso interessiert ihn diese Tatiana so? Das ist ja nicht zum Aushalten.

»Ein paar Monate. Noch nicht sonderlich lang. Was ist mit dir? Hast du einen Freund?«

»Nein, ich bin single, aber ich glaube, das habe ich dir schon gesagt.«

»Oh. Vergessen. Sorry.«

»Aber du meintest ja, dass man mich als Single gut verkaufen könnte. Wobei ich schon gerne mal wieder einen Freund hätte...« Eine Kellnerin tritt an unseren Tisch heran und Lucas unterbricht sich.

»Darf ich Ihnen schon etwas bringen?«, fragt sie und ich bestelle mir ein Wasser, Lucas eine Cola. Wir bekommen die Karte ausgehändigt und suchen unser Abendessen aus.

»Soll ich dir was sagen?«, fragt er wenig später, als das Essen vor uns steht. »Ich habe noch nie eine Sexszene gedreht. Wie läuft das genau ab? Sind da viele Leute dabei?« Seine unerfahrene Art bringt mich zum Lächeln und ich erkläre ihm alles.

»Nun es ist meistens so, dass die Leute, die nichts zwingend mit der Szene zu tun haben, rausgeschickt werden. Im Idealfall ist nur der Kameramann, der Tonmann und der Regisseur mit im Raum. Ab und zu wird das auch so geregelt, dass sie sich alle so hinstellen, dass man sie nicht unbedingt sieht. So ist das ganze ziemlich privat und man hat seine Ruhe.« Lucas nickt langsam und sieht von seinem Steak zu mir auf: »Und wie ist das mit dem Kostüm? Trägt man...gar nichts?«

»Das kommt darauf an. Wenn eine Bettdecke über uns liegt, können wir sicherlich etwas anbehalten. Sollten sie die aber weghaben wollen, dann werden wir nicht drum herum kommen, komplett frei dazustehen. Aber Elianna hat uns sicherlich Bademäntel bereitgelegt, die man erst im letzten Moment auszieht.« Wieder nickt mein Kollege, trinkt bedächtig einen Schluck, dann grinst er. »Was ist dir jetzt für ein Gedanke gekommen?«, frage ich und sehe ihn amüsiert an. Es ist irgendwie sehr süß, dass er mich das alles fragt, und ich komme mir vor, wie im Aufklärungsunterricht.

»Ist es dir schon mal passiert, dass du...naja erregt warst? Ich meine zwischen uns wird das wohl nicht passieren, du bist hetero, aber ich bin schwul und ich hab ein bisschen Angst, dass ich dann nicht unterscheiden kann, was echt und was gespielt ist und dann...naja das wäre ja wohl ziemlich peinlich.« Lucas ist wirklich unerfahren und ich muss laut lachen.

»Lucas, du vergisst, dass Leute mit im Raum sind. Es vermittelt zwar das Gefühl von Privatheit, aber du weißt im Hinterkopf immer, dass du nicht allein im Zimmer bist und dass im Vorraum noch mindestens 15 weitere Leute sitzen, die uns über den Monitor hinweg zusehen. Da ist absolut nichts dabei, was sexy sein könnte. Wirklich nicht. Auch wenn du auf Männer stehst.«

Seltsamerweise glaube ich mir meine eigenen Worte nicht. Denn ich habe genau dieselben Bedenken wie er. Was, wenn ich auf seine Berührungen genauso anspringe, wie auf seine Küsse?

Dann werde ich ein Problem haben – und zwar eines, das sich nicht unbedingt verbergen lässt. Scheiße, was mache ich dann eigentlich, wenn das passieren sollte? Vor dem Team könnte ich es schaffen, es zu verbergen. Immerhin gibt es ja den Bademantel. Aber Lucas würde mich spüren, so viel ist sicher.

Ich glaube, ich muss heute Abend mal nach abstoßenden Sachen googeln, damit ich daran denken und mich ablenken kann, wenn mir alles zu Kopf steigt.

Den restlichen Abend reden wir nicht mehr über Sex, sondern Lucas erzählt mir von seiner Schauspielausbildung, die er in New York absolviert hat. Ich bin neugierig und er blüht richtig auf, als er mir berichtet, wie die Zeit dort gewesen ist. Ich habe in London gelernt und wir vergleichen unsere Studiengänge miteinander, was uns den ganzen Abend über genug Gesprächsthemen gibt, die frei von Liebe und Sex sind.

9. KAPITEL

Als der Wecker am nächsten Morgen klingelt, muss ich ziemlich weit robben, um bis zum Rand zu kommen, wo mein Handy liegt, weil das Bett so groß ist.

Kurz hatte ich vergessen, dass ich nicht zuhause bin. Die Bettdecke ist schwer und so groß, dass ich mich darin verwickelt habe. Ungeduldig entknote ich das Monstrum, um mich dann im Badezimmer fertig zu machen.

Lucas treffe ich im Aufzug. In bequemen Jeans und einer Sportjacke steht er da und gähnt ausgiebig.

»Konntest du nicht schlafen?«, frage ich ihn und er schüttelt den Kopf.

»Nein ich glaube in meinem Zimmer summt eine Steckdose, das hat mich immer wieder geweckt und dann hatte ich so viele Kissen in meinem Bett, dass ich beinahe darin ertrunken wäre. Naja und dann bin ich ein bisschen nervös.«

»Wieso denn?«, frage ich und sehe ihn an. Immerhin haben wir nicht mehr den ersten Drehtag. Wir kennen das Team und die Arbeitsweise des Regisseurs, alles, was sich geändert hat, ist die Stadt, in der wir gerade sind.

»Ich bin vor jedem Drehtag ein bisschen nervös...ist irgendwie normal«, sagt

Lucas und reibt sich die Augen.

Der Lift hält einige Etagen tiefer und Fionn stolpert herein.

»Guten Morgen die Herren«, sagt er und lächelt. Er sieht auch müde aus und ich sage: »Du siehst gestresst aus.«

»Ich? Gestresst? Ha, wie kommst du denn darauf?« Er klingt sarkastisch. »Ich habe nur gestern erfahren, dass wir die Räume, die ursprünglich gebucht waren, doch nicht nutzen können und ich musste heute Nacht eine neue Auflösung der Szenen schreiben und mit Geoffrey absprechen...und der Ausstattung und den Szenenbildnern Bescheid sagen, weil der neue Raum anders aussieht...ich glaube ich war erst um vier Uhr im Bett, aber das soll euch nicht stören, das klappt schon alles.« Er nimmt sich die Brille ab und putzt sie am Saum seines T-Shirts, dabei gähnt er und schwankt ein wenig. Ich strecke den Arm auf und will ihn festhalten, damit er nicht umkippt. Armer Kerl.

Was hinter den Kulissen abgeht, bekommen wir Schauspieler nie mit, damit wir die Ruhe bewahren und uns auf unser Spiel konzentrieren können.

In der Lobby treffen wir Geoffrey, der genauso müde aussieht, wie Fionn, uns aber freundlich anlächelt.

»Der Fahrer ist schon da«, sagt er. Ich trete als letzter ins Freie und mir springen zwei Leute in den Weg.

»Henry, wie finden Sie es, hier in Reading zu drehen? Gefällt Ihnen die Stadt?« Vollkommen überrascht, dass mich Reporter hier erwarten, starre ich in die Linse der Kamera, die mir unhöflich direkt ins Gesicht gehalten wird.

»Ähm...ich habe noch nicht sonderlich viel von der Stadt gesehen, aber ich bin mir sicher, dass sie ganz wundervoll ist.«

»Was genau drehen Sie hier?«, kommt gleich die nächste Frage, doch Fionn eilt mir zur Hilfe, packt mich an der Schulter und schiebt mich zum Wagen.

»Mr Seales kann zu den Dreharbeiten noch keine Angaben machen, bitte unterlassen Sie Fragen an ihn.« Als die Türen des Wagens hinter uns zuschlagen, lehne ich mich seufzend zurück.

»Oh man, damit hatte ich jetzt irgendwie nicht gerechnet, tut mir leid. Die haben mich kalt erwischt.«

»Ich denke, die haben uns alle kalt erwischt. Vielleicht sollten wir dir einen Bodyguard besorgen«, murmelt Fionn und sieht auf die Uhr.

Lucas wirft mir einen mitleidigen Blick zu und lächelt aufmunternd, als ich seinen Blick auffange. Reporter hatten wir nicht mal in London, wieso also kommen sie hier in der Provinz auf mich zu? Vielleicht, weil Dreharbeiten in London normal sind und hier in Reading eine Seltenheit? Die Menschen wollen sicher informiert werden, wenn hier etwas Spannendes passiert und die Presse hat endlich was zu tun.

Das heutige Motiv ist ein kleines Theater.

Lee, die Setrunner und Techniker wuseln schon eifrig auf dem Parkplatz davor herum und ich kann große Stative sehen, auf denen Lampen hochgeschraubt werden, die das Gebäude durch die Fenster beleuchten. Noch immer geht ein feiner Nieselregen auf uns herab, als wir aussteigen.

»Kommt gleich in die Maske und das Kostüm, damit ihr nicht nass werdet«, sagt uns Jimmy. Er will uns gerade zu dem Wagen führen, als Lee ihn aufhält.

»Jim, wir brauchen dringend Wasser. Kannst du bitte die Mobile anschließen?« Er drückt ihm einen Metallhaken in die Hand und weist uns dann an, ihm zu folgen.

»Guten Morgen Henry, hast du gut geschlafen?«, fragt mich Elianna, als ich in den kleinen Kostümwagen trete, und nimmt mir sofort den Mantel ab.

»Ja ganz gut, danke.«

Noch immer beschäftigen mich die Reporter vor dem Hotel und ich bin nicht so gesprächig wie sonst. Elianna reicht mir nach und nach die ganzen Klamotten in die Umkleide und ich ziehe alles an. Als ich dann vor dem Spiegel stehe und sie die Knöpfe des Hemds schließt, die Manschettenknöpfe in die Hemdsärmel setzt und meine Hosenträger kontrolliert, sagt sie: »Ich habe noch eine Frage bezüglich der Liebesszene, die ja bald ansteht. Geoffrey überlässt dir die Entscheidung, ob du eine Art Suspensorium tragen willst oder nicht. Die Szene wird wohl so abgefilmt, dass man die wichtigen Stellen nicht sehen wird, aber vielleicht möchtest du für´s Gefühl trotzdem etwas tragen.«

Darüber habe ich mir noch gar keine Gedanken gemacht und ich frage Elianna, ob sie mir besagtes Kleidungsstück zeigen kann. Sie zieht es aus einer Schublade.

»Okay, ich will gar nicht so genau wissen, woher ihr das habt«, sage ich lachend. Es ist ein dreieckiges Stück aus etwa 1cm dickem Silikon, das an den Rändern geklebt werden kann. So sieht es von hinten aus, als würde ich blank ziehen, ohne dass ich es tatsächlich tue.

»Kann ich damit aufs Klo?«

»Wenn man es wieder abgemacht hat, dann ja.«

»Und ich werde mich vermutlich rasieren müssen, nehme ich an.«

»So glatt wie möglich, denn wir haben so ein Teil mal zur Probe am Arm festgeklebt und das Testobjekt hat jetzt an der Stelle keine Haare mehr.« Natürlich kann ich mir die Frage nicht verkneifen, wer denn als Testobjekt herhalten musste.

»Zach«, antwortet sie und kichert, »er wird es übrigens auch sein, der dir das Teil anklebt, ich dachte das ist dir bei ihm vielleicht lieber, als wenn ich das mache. Außerdem gehört Hautkleber ja eher in den Bereich der Maske.«

Ich nicke und wiege das Silikon nochmal in der Hand. Es könnte wirklich von Vorteil sein, wenn ich das trage. Ich würde Lucas nicht direkt berühren und könnte somit vielleicht verhindern, dass sich etwas regt, wo sich nichts regen sollte.

»So, du bist fertig«, sagt die Garderobiere, nimmt mir das Silikonding aus der Hand und verstaut es wieder in einer Kiste.

»Und, hat Elianna dir schon das supersexy Klebedings gezeigt?«, fragt Zach wenig später, als er mir eine Menge Gel in die Haare frisiert, um die Locken so glatt wie möglich zu ziehen.

»Ja gerade eben. Du warst das Versuchskaninchen, hab ich gehört. Hält das Teil?«

»Bombe«, gibt Zach zurück und zeigt mit seinen Arm. Zwar ist er stark tätowiert, doch ich kann deutlich sehen, dass ihm ein Streifen Haare fehlt. »Das war wie Waxing sage ich dir. Rasiere dich um Himmels Willen gründlich, wenn du dir nicht wehtun willst.« Ich nicke, dann fällt mir auf, dass ich nur einen Elektrorasierer dabeihabe.

»Zach...«, fange ich an, und der Maskenbildner scheint schon genau zu wissen, was ich fragen will. Er wischt seine Hände an einem Handtuch ab und geht zu einem Regal.

»Wie viele Rasierer brauchst du? Ich hab hier eine Menge Einmalrasierer. Ach weißt du was, ich will es gar nicht so genau wissen. Nimm einfach mit, was du brauchst.«

Unser Set ist heute ein leerer Tanzsaal im ersten Stock des Theaters. Hier werden noch die letzten Korrekturen vorgenommen, als Lucas und ich eintreten.

»Hallo Jungs, wir bräuchten euch noch rasch zum Einleuchten. Stellt euch bitte mal in die Mitte«, bittet uns Fionn und Lucas stellt sich mir gegenüber hin. Es ist noch laut hier und die Stimmen hallen in dem leeren Raum von den Wänden wider.

»Hat Elianna dir auch dieses...«, fängt Lucas an.

»Ja, hat sie«, antworte ich und er grinst.

»Wirst du es benutzen?« Ich nicke, woraufhin er eine Schnute zieht.

»Schade, ich hatte mich so gefreut mal wieder einen Kerl an meinem Körper zu spüren.«

Dieser Satz sorgt in meinem Inneren dafür, dass ich das Gefühl habe, man hätte mir den Boden unter den Füßen weggezogen. Ich starre Lucas an, als sei ich nicht sicher, ob ich richtig gehört habe, doch der kichert nur los und sagt dann schlicht: »Henry, das war ein Scherz.«

Schade.

Der Drehtag läuft gut und keiner von uns erwähnt das Silikonteil nochmal, weshalb ich nach Drehschluss beinahe vergesse, mir die Rasierer mit zu nehmen. Zach erinnert mich jedoch daran und zurück in meinem Hotelzimmer gehe ich sofort ins Bad und stelle mich unter die Dusche. Die Rasierer von Zach habe ich mitgenommen und lege sie in einer Ecke ab.

Zwar bin ich mir noch nicht sicher, ob ich diesen Schutz wirklich benutzen will, aber sollte ich mich doch dazu entscheiden, ist es sicherlich besser, wenn ich jetzt schon rasiere. Kleber auf frisch rasierter Haut ist garantiert nicht angenehm und so kann sich alles noch ein wenig erholen.

Zwar halte ich meine Intimbehaarung gestutzt, aber komplett weg war sie noch nie. Daher ist es kein Wunder, dass es ziemlich lange dauert, bis ich fertig bin. Beim Abtrocknen fühle ich mich seltsam nackt und alles andere als wohl in meiner Haut, als es an meiner Zimmertür klopft.

»Hey Henry.« Lucas grinst mich an und schaut an mir herunter.

»Was machst du?«

»Duschen?«, gebe ich zurück und will gerade fragen, was er möchte, als er sich an mir vorbei ins Zimmer schiebt.

»Hör zu, ich hab eine Frage und vielleicht denkst du jetzt, dass ich der totale Angsthase bin, weil ich dich darum bitte, aber: könnten wir die Liebesszene üben?« Ich glaube, ich glotze ihn an, als hätte er mir vorgeschlagen, wir sollten einmal nackt durch die Hotellobby flitzen.

»Üben? Was willst du denn da üben?«, frage ich und schließe die Tür. Lucas wird rot, das kann ich sogar in dem dunklen Flur sehen und er erklärt: »Ich hab doch gesagt, dass ich noch nie eine Liebesszene gespielt habe. Nur einmal auf der Schauspielschule und das war mit einer Frau. Also ich hab einfach Angst, dass ich da etwas falsch machen könnte. Ich dachte mir, wenn wir das vielleicht heute schon...austesten, dann ist es am Drehtag vielleicht schon ein bisschen Routine und ich hab nicht so viel Panik.«

Ein Wassertropfen läuft mir über die Brust herunter und landet in meinem Bauchnabel. Mehr bekomme ich nicht mit. Mein Kopf scheint wie leergefegt, zumindest finde ich keine Antwort auf die Bitte von Lucas. Stattdessen schreit alles in mir, dass ich das auf jeden Fall üben will. Ich muss es testen. Vielleicht reagiere ich ja nicht so heftig auf Lucas, wie befürchtet.

Vergiss es, du reagierst schon auf einen simplen Kuss mit ihm extrem!

Lucas, dem meine Pause offenbar zu lange dauert, zuckt mit den Schultern. »Okay ich hab verstanden, das war eine doofe Frage und vollkommen unprofessionell. Vergiss es einfach okay? Ich geh´ dann mal wieder rüber.« Er dreht sich um und hat die Klinke schon halb heruntergedrückt, als ich zu mir komme.

»Nein, Lucas so hab ich das gar nicht gemeint. Ich war nur ein wenig verwirrt, weil du mich das gefragt hast. Aber wir können das natürlich gerne proben. Ich hatte ja auch noch nie eine Liebesszene mit einem Mann.« Diese Lüge wird mir irgendwann sehr schwer auf die Füße fallen, da bin ich sicher.

»Okay, gut.« Lucas befeuchtet sich die Lippen mit der Zunge und schließt die Tür wieder. »Wie fangen wir an?«

»Erstmal nachsehen, was genau im Drehbuch steht«, schlage ich vor, gehe zum Tablet und setze mich damit aufs Bett. Ich suche die Szene heraus und lese sie durch:

I/N   Theater   Szene 23

Die Vorstellung ist vorbei, das Theater fast leer. George kommt aus der Dusche in seine Garderobe zurück und findet Mo dort vor. Er hat sich die Vorstellung angesehen.

                    Mo:
          Du hast hervorragend gespielt.

                  George:
        Danke. Schön, dass du zugesehen hast.
            (trocknet sich die Haare)

Mo steht auf und tritt näher an George heran, ihre

Nasen berühren sich fast und er streicht George über das Handtuch. Die Uhr schlägt Mitternacht.

Mo:
Ich bin richtig eifersüchtig auf die Dame auf der Bühne.

George:
Das musst du nicht, das ist alles nur gespielt, das weißt du doch.

Er küsst ihn, schlingt seine Arme um Mos Hals und die beiden stoßen gegen die Wand. Es ist mehr ein Rangeln, als eine Geste der Liebe. Sie sind sich nicht einig, wer die Oberhand hat. Georges Handtuch fällt zu Boden.

Cut. to Theatereingang

I/N Theater - Garderobe   Szene 25

George und Mo schlafen miteinander, dabei ist deutlich zu spüren, dass sie zum ersten Mal während der ganzen Zeit einmal nicht nachdenken, was ihre Handlung für Folgen haben könnte. Das Verlangen ist größer, als die Vernunft und in dieser Nacht ist alles egal für beide.

Wir sehen Hände, die miteinander verschränkt auf einem Teppich liegen, Details von Augen, Lippen, verschwitzter Haut. Ein Lächeln auf Georges Lippen, dass sich in Mos Augen widerspiegelt.

Ich sehe zu Lucas hoch und sage: »Man scheint uns da viel Freiraum zu lassen. Das ist super, dann haben wir keine genauen Vorgaben. Und wie passend, dass ich gerade aus der Dusche komme. Als hätte ich mich extra auf diese Szene vorbereitet.« Ich grinse und versuche so locker, wie möglich zu sein. »Wo spielt die Szene? Achja in der Garderobe. Gut, dann setz dich mal auf meinen Schreibtischstuhl.« Lucas nickt brav und setzt sich, wendet sich mir zu, als ich aus dem Flur ins Zimmer trete.

»Du hast hervorragend gespielt.«

»Danke. Schön, dass du zugesehen hast«, sage ich und lächle ihn an.

Ich deute an, meine Haare abzutrocknen, und Lucas steht auf und kommt lächelnd auf mich zu. Er greift meine Hand und ich senke den Blick nach unten. Mit einem Finger streicht er über den Rand des Handtuchs und nach oben zu meinem Bauchnabel. Sofort steht meine Haut in Flammen und ich schlucke.

»Weißt du, dass ich ein wenig eifersüchtig auf deine Bühnenpartnerin bin?«

»Das musst du nicht sein, du weißt doch, dass das alles gespielt ist...oder?«

Ich streiche Lucas über die Wange und küsse ihn vorsichtig. Er presst sich an mich und erwidert, will die Führung übernehmen, doch ich lasse ihn nicht. Der Griff mit dem er meine Schultern gepackt ist fest und er schiebt mich durchs

Zimmer, bis ich mit dem Rücken an der Wand stehe. Wir küssen uns immer noch und Lucas wird fordernder, zupft an meinem Handtuch und will es zu Boden fallen lassen, doch das kommt nicht infrage.

Der Kuss hat mich nicht kalt gelassen und er soll es nicht sehen.

Wenn er es nicht schon längst bemerkt hat.

Bestimmt schiebe ich ihn von mir und kontrolliere nochmal den Sitz des Handtuchs.

»Jetzt wird normalerweise rausgeschnitten«, keuche ich leicht und Lucas nickt. Seine Augen sind dunkel und er wirkt nicht mehr ganz so kontrolliert.

»War das okay, was ich gemacht habe?«, fragt er unsicher und ich nicke.

»Ja, das war alles okay, ich hab nicht das Gefühl, dass du mir zu nahe getreten bist oder so.«

»Okay, dann gehen wir zur nächsten Szene über?«

Ich kann nur nicken. Mein Mund ist trocken und mein Herz schlägt schnell gegen meine Brust.

»Wo soll ich hin?«, fragt Lucas und bleibt unsicher vor dem Bett stehen.

»Was denkst du denn, wer von Mo und George der Dominantere ist?«, stelle ich eine Gegenfrage und Lucas zieht die Stirn kraus.

»Ich denke dass es eher Mo sein müsste, aber George ist Schauspieler, hat einen Beruf der viel Selbstbewusstsein braucht, daher würde ich ihn im Bett auch eher...aktiv sehen. Vielleicht sind sie beide etwa gleich stark?«

»Ja, das glaube ich auch.« Ich nicke und Lucas setzt sich neben mich.

»Wir können ja mal sehen, was sich ergibt.«

Wir bewegen uns unsicher aufeinander zu und Lucas küsst mich erneut. Er küsst so verdammt gut, ich könnte den ganzen Tag nichts anderes tun und schließe die Augen.

Er zieht mich auf sich und umfasst mein Gesicht mit den Händen. Als ich die

Augen öffne, blicke ich in seine und kann sehen, dass er lächelt. Vorsichtig rolle ich mich auf die Seite und Lucas lässt es zu, dass ich die Führung übernehme. Aufgestützt auf den Unterarm kann ich ihn besser ansehen. Er trägt noch seine Klamotten und meine Finger finden ihren Weg unter das T-Shirt. Bei der Berührung zuckt er zusammen und kichert, doch als ich die Finger krümme und die Lippen auf die Haut drücke, die ich freigelegt habe, schließt er die Augen.

»Hm, das ist schön.«

»Lucas, das hier ist ein Spiel.«

»Weiß ich doch. Los, küss mich nochmal und dieses Mal, ohne nachzudenken, damit es so aussieht, wie es im Drehbuch.« Natürlich komme ich dem nach und küsse ihn. Wir deuten einen Zungenkuss an, doch es ist alles gespielt, weshalb sie sich kaum streifen.

Zumindest rede ich mir fleißig ein, dass das alles nur gespielt ist. Obwohl ich tief in meinem Inneren weiß, dass wir uns gerade in einer ziemlichen Grauzone bewegen – zumindest ich.

Trotzdem wabert diese Hitze durch meinen Körper und als Lucas mich an der Hüfte packt und zwischen seine Beine schiebt, bin ich kurz davor, ihm zu gestehen, dass ich schwul bin. Ich will, dass er weiß, dass ich ihn angelogen habe und dass ich wünschte, die Probe hier, wäre Realität.

Mein Blick fällt auf unsere Hände. Ohne es zu bemerken, haben wir die Finger miteinander verflochten und liegen genau so da, wie es im Buch steht. Mein Unterleib pocht und ich stütze mich hoch.

Wir sind uns zu nah, ich kann nicht mehr. Als Lucas meine Wärme nicht mehr spürt, öffnet er die Augen.

»Das war gut...ich glaube, Geoffrey wird zufrieden sein, wenn wir das so machen, oder?«

»Ja, das denke ich auch...ich...ich muss mal eben auf die Toilette«, sage ich und stehe umständlich auf.

Lucas hat mich nicht so kalt gelassen, wie ich es mir gewünscht hätte.

10. KAPITEL

Im Badezimmer stütze ich mich auf dem Waschtisch ab und sehe mich seufzend im Spiegel an. Mein Handtuch spannt und ich lasse es auf den Fliesenboden fallen. Wenn ich so an mir heruntersehe, dann glaube ich nicht, dass Lucas entgangen ist, dass ich auf seine Berührung reagiert habe.

»Scheiße«, fluche ich und blicke mit hochgezogenen Augen meinen Penis an, der mich angrinsen würde, wenn er denn könnte.

Er hat mich verraten.

»Idiot«, schimpfe ich und spritze mir eine Ladung Wasser ins Gesicht. Ich muss mein Problem loswerden, bevor ich zurück ins Zimmer gehe. Ohne den Blick vom Spiegel zu wenden, wandert meine Hand wie von selbst nach unten und ich beiße ins Handtuch, um so leise wie möglich zu sein, als ich wenig später komme. Mit zusammengekniffenen Augen sinke ich auf den Fußboden herunter und atme schwer.

Ich habe mir gerade auf Lucas einen runtergeholt? Meine Güte.

Unglaublich. Meine Professionalität scheint bei diesem Kollegen Urlaub zu machen. Ich kann mich nicht so verhalten, wie ich es eigentlich von mir gewohnt bin. Ich wische meine Spuren weg und ziehe das Handtuch wieder an, dann lausche ich an der Tür.

Aus meinem Zimmer kommt kein Mucks.

Lucas ist vermutlich schon gegangen, denke ich, doch als ich ins Schlafzimmer zurückkomme, liegt mein Kollege in meinem Bett und hat die Augen geschlossen. Schläft er?

Im Dunkeln gehe ich zum Bett und sehe auf ihn hinunter.

»Lucas?«

»Hm?«, brummt er und öffnet ein Auge, um mich anzusehen.

»Willst du nicht in dein Bett gehen?«

»Nein, ich hab doch gesagt, dass in meinem Zimmer eine Steckdose summt, da kann ich nicht schlafen und dein Bett ist doch groß genug für uns beide.« Lucas sieht mich mit großen Augen an und blinzelt. Ich weiß genau, was er will, doch ich bin mir momentan nicht so sicher, ob das so eine gute Idee ist. Wir starren uns an und Lucas gewinnt das Blickduell.

»Gut, dann schlaf´ heute Nacht hier.«

Ich gehe zum Fenster, ziehe die schweren Vorhänge ein wenig zu, um das grelle Licht der Stadtbeleuchtung auszusperren. Einen Spalt breit lasse ich aber noch offen, damit ich mich auf dem Weg zu meinem Bett nicht auf die Nase lege. Ich taste mich zum Schrank vor und schlüpfe in eine frische Boxershorts.

Lucas rutscht zur Seite, als ich mich neben ihn lege. Berühren will ich ihn nicht mehr, weil ich Angst habe, das Wirrwarr in meinem Inneren könnte nur noch schlimmer werden.

»Henry?«, fragt er und greift nach einer Haarsträhne von mir um sie sich um den Finger zu wickeln.

»Danke, dass du das zugelassen hast. Ich fühle mich jetzt viel wohler mit der Szene. Sowieso bin ich echt froh, dass du so kooperativ bist und mit mir übst.

Du hättest ja auch so ein überhebliches Arschloch sein können, dass sich einen Dreck darum schert, ob ich klarkomme, oder nicht…«

»Ja, es soll auch solche Schauspieler geben. Aber ich bin keiner davon. Du bist talentiert und da ist es vollkommen okay, wenn ich dir helfe. Außerdem hat mir die Probe ja auch etwas gebracht.«

»So? Was denn?«

Die Gewissheit, dass ich mich in dich verliebt habe.

Natürlich sage ich ihm das nicht.

Ich *kann* es ihm nicht sagen. Zumindest nicht jetzt. Wenn überhaupt, dann erst wenn der Dreh vorbei ist.

»Ich weiß jetzt, wie es ist mit einem Mann im Bett zu sein.«

»Ist gut, oder?« Lucas grinst und lässt meine Haare los. Daraufhin gebe ich keine Antwort, weil ich nicht genau weiß, was ich sagen soll.

»Du wärst sicherlich gut im Bett«, überlegt Lucas weiter und mein Herz flattert sofort wieder los, wie ein Kolibri.

»Weißt du, manche Männer sind nicht sonderlich einfühlsam, wenn es um Sex geht. Häufig ist man da ziemlich grob und irgendwie ist das dann nicht immer angenehm, aber wenn ich mir vorstelle, wie das mit dir sein könnte…« Lucas scheint erst jetzt zu bemerken, was er da eigentlich sagt und unterbricht sich selbst. »Ich sollte das nicht sagen, oder?«

Ich drehe mich auf die Seite und blicke ihn an. Im Halbdunkeln kann ich sein Gesicht nur schwer erkennen, strecke den Arm aus und fahre ihm durch die Haare.

»Du solltest jetzt schlafen, du bist müde und redest Unsinn.«

»Ja, vermutlich hast du Recht.«

Eine Weile schweigen wir und ich lausche Lucas´ Atem.

Heute Nacht werde ich wachliegen, das weiß ich genau. Die Nähe zu meinem

Kollegen macht mich nervös, ich will ihn auf keinen Fall versehentlich berühren und doch will ich die Nähe zu ihm unbedingt. Wir drehen uns gleichzeitig auf die Seite und bevor ich richtig darüber nachgedacht habe, schmiege ich mich an seinen Rücken. Er nimmt meine Hand und drückt sie sich an die Brust. Sein Herzschlag wummert gegen meine Handfläche und ich rutsche noch etwas näher an ihn heran.

Was tun wir hier?

Die Probe scheint eine Verbindung zwischen uns geschaffen zu haben, eine Vertrautheit und Nähe, die vorher nicht vorhanden war.

Und mein Hirn hat sie auch ausgeschaltet!

Er riecht so gut.

Seine Haare kitzeln mich in der Nase, doch ich weiche nicht zurück. Im Gegenteil, denn ich schiebe sogar noch ein Bein zwischen Lucas´.

»Henry?«

»Ja?«

»Soll ich nicht doch lieber wieder in mein Zimmer gehen? Ich habe irgendwie das Gefühl, dass das hier in eine Richtung geht, die nicht gut ist.« Ich schlucke.

Nein, die Richtung ist richtig, alles mit Lucas fühlt sich richtig an. Er denkt natürlich an Tatiana. Verdammt, wieso ist das so kompliziert?

»Ich will aber kuscheln«, protestiere ich und Lucas seufzt.

»Okay, aber beschwere dich nicht, wenn deine Lady dir die Hölle heiß macht.«

So gut wie in dieser Nacht, habe ich schon lange nicht mehr geschlafen. Lucas liegt die ganze Zeit über in meinem Arm und sein Atem verursacht eine Gänsehaut bei mir.

So will ich immer liegen.

Hoffentlich lässt sich die summende Steckdose nicht reparieren und Lucas kann immer bei mir schlafen, solange wir in Reading drehen. Mein Körper hat schon so lange keine Nähe mehr zugelassen, dass er geradezu danach lechzt. Immer wieder wache ich auf und jedes Mal ist es vor dem Fenster ein wenig heller. Irgendwann bleibe ich wach und beobachte Lucas beim Schlafen.

Er sieht so friedlich und unschuldig aus und meine Augen huschen über jeden Zentimeter seiner Haut. Mehrmals bin ich kurz davor, ihm über die Wange zu streichen, doch vielleicht wecke ich ihn dann und das möchte ich auf keinen Fall. Also bleibe ich einfach so liegen, bis mein Wecker klingelt und ihn aus dem Land der Träume zurück in die Realität zerrt.

Diese hat uns viel zu schnell wieder und nachdem Lucas direkt nach dem Aufstehen in sein Zimmer zurückgeschlichen ist, bleibe ich nervös zurück, weil ich nicht genau weiß, wie ich ihm später gegenüber treten soll. Die gemeinsame Nacht hat in meinem Inneren einiges verändert, ich bin aber nicht sicher, wie ich selbst damit umgehen soll. Außerdem habe ich keine Ahnung, was Lucas dazu denkt, und ihn werde ich garantiert nicht fragen.

Was, wenn er mir gesteht, dass er für mich auch mehr empfindet? Soll ich dann sagen: »Tja Lucas, ich bin leider hetero, da musst du dich damit abfinden, du hast dir da nur was eingebildet« oder lieber »Ja, eigentlich bin ich auch schwul, ich hab dich vom ersten Moment an angelogen, weil ich nicht wollte, dass das herauskommt. Und Tatiana ist nur eine Alibifreundin.«

Das hört sich allein in gedachter Variante schon so dermaßen bescheuert an, dass ich nur den Kopf schütteln kann.

Mit einem Blick hinüber zu Lucas´ Zimmer drücke ich auf den Liftknopf. Er hat heute eine Stunde nach mir Arbeitsbeginn, weil in der ersten Szene nur ich allein spielen werde. Er kann sich daher genug Zeit lassen und sich in Ruhe duschen und umziehen.

Schon als ich in die Lobby trete, fällt mir auf, dass einige der Mitarbeiter ziemlich genervt aussehen und ihr Blick immer wieder zum Eingang huscht. Dort stehen noch mehr Fotografen, als gestern.

Wo kommen die nur alle her? Frustriert kneife ich die Lippen zusammen und sehe auf die Uhr. Einen Anruf bei Lauren bekomme ich noch hin, bevor der Fahrer kommt, also wähle ich kurzerhand ihre Nummer.

»Cooperations Management, Lauren Cooper am Apparat«

»Lauren, ich bin´s Henry.«

»Henry, Darling, wie läuft es so?«, erkundigt sie sich freundlich und ich schnaube.

»Der Dreh läuft gut, aber ich habe einen Haufen Fotografen vor dem Hotel stehen und die locken Fans an. Schon gestern haben die mich überrumpelt. Kannst du da was machen?« Manchmal kann ein Management eine Art Fotografen-Verbot aussprechen und ich hoffe, dass das in meinem Fall auch geht, doch Lauren sagt nur: »Henry, sei froh, dass sie da sind. Ich habe gestern zwei Lokalzeitungen in Reading darüber informiert, dass du hier drehst. Anscheinend hat das nun doch weitere Kreise gezogen.« Sie klingt kurz nachdenklich, fängt sich dann aber wieder. »Sei doch froh, so kommst du auch in die Lokalzeitungen.«

Ich gehe in der Lobby auf und ab, drücke mir die Finger an die Nasenwurzel und kann nicht glauben, was ich da höre. Lauren persönlich hat die Fotografen gebucht? Ich dachte, ich kann mal in Ruhe ans Set fahren und nun das!

»Und das ist das, was du dir unter Publicity Arbeit vorstellst? Mich einfach überrumpeln? Da kommt doch nur Mist raus, weil ich nicht vorbereitet bin«, fahre ich sie an und bin dabei ein wenig lauter, sodass sich einige Gäste irritiert nach mir umdrehen. Ich wende mich ab und zische: »Lauren, ich bin gestern vollkommen ins kalte Wasser geschmissen worden. Offiziell darf ich zu den

Dreharbeiten auch gar nichts sagen. Was soll ich mit den Reportern also anfangen?«

Lauren ist eine Geschäftsfrau. Sie weiß was sie tun muss und hat auch gleich die passende Antwort für mich parat. Natürlich nicht, ohne dabei ein wenig besserwisserisch zu klingen.

»Du kannst ihnen sagen, was für eine schöne Stadt Reading ist und dass du sicherlich zum Urlaub machen mal wieder kommst.«

»Und wenn ich das nicht will?«

»*Dann lüg´ sie an.* Meine Güte Henry, die Menschen brauchen etwas womit sie dich in Verbindung bringen können und wenn du ihre Heimatstadt magst, dann finden sie dich toll. Und sehen sich den Film an, so funktioniert Fanbindung. Ich werde Tatiana in den nächsten Tagen auch herschicken. Ihr könnt gemeinsam Abendessen gehen, damit man euch auch ablichten kann. Momentan stehe ich noch mit einigen Restaurants in Verhandlung und sobald klar ist wohin ihr gehen werdet, kommt sie.«

Was Tatiana kommt auch noch?

Nur mühsam verkneife ich mir ein Fluchen.

»Und wann soll ich mit ihr Essen gehen? Ich habe einen zwölf Stunden Drehtag und kurze Nächte. Mir fehlt die Energie, abends noch was zu unternehmen.« Gut, das ist nur die halbe Wahrheit. Ich hatte ja auch noch Energie genug, um mit Lucas gestern... aber das ist etwas anderes. Tatiana mag ich nicht, deswegen will ich auf sie auch keine Lebenszeit verschwenden.

»Einen Abend wirst du dir einfach mal um die Ohren schlagen müssen«, sagt Lauren und klingt nun eindeutig angenervt. »Henry, ich mache auch nur meinen Job. Du bezahlst mich dafür, dass ich dich vertrete und dafür sorge, dass du weiter Jobs bekommst, vergiss das nicht. Ich mache das hier auch nicht zum Spaß.«

Ja, da hat sie Recht. Ich bezahle sie dafür. Seufzend lenke ich ein.

»Tut mir leid, das sollte nicht böse gemeint sein, ich war nur gerade auch so überrascht von den Paparazzi, da sind mir ein bisschen die Nerven durchgegangen.«

»Schon gut, denk nur ab und zu daran, bevor du mir unterschwellig vorwirfst, dass ich Sachen tue, die nicht in deinem Interesse sind«, sagt sie und klingt noch immer ein wenig angefressen.

»Das wollte ich wirklich nicht, tut mir leid Lauren.«

Ich bin tatsächlich ein wenig geknickt, denn eigentlich ist es überhaupt nicht meine Art, jemanden so anzufahren, obwohl ich doch weiß, dass sie nur ihren Job macht. Ich sollte dankbar dafür sein, dass ich überhaupt ein so gutes Management habe, das mir hilft voranzukommen.

Wie besprochen, trete ich also hinaus vors Hotel und lasse es zu, dass mir die Blitze der Kameras die Sicht rauben, während alle auf mich einquatschen und Fragen stellen. Der Wagen steht schon da, doch ich bleibe kurz stehen und wende mich an eine Reporterin.

»Konntest du schon viel von der Stadt sehen, Henry?«

»Nein, leider nicht«, antworte ich mit einem strahlenden Lächeln, sehe die Reporterin an und versuche, nicht den Eindruck zu erwecken, dass ich es eilig habe, »aber meine Freundin wird mich in den nächsten Tagen besuchen und ich hoffe, dass wir uns dann ein bisschen was von der Stadt ansehen können. Was ich aber bisher gesehen habe, ist wunderschön.« Ich schiebe mich näher ans Auto heran und ziehe eine der Türen auf. »Ich muss jetzt leider los, haben Sie vielen Dank«, sage ich zu den Leuten, die mir noch einige Fragen hinterherrufen, die nun Tatiana betreffen und schließe die Tür.

»Ist das jetzt jeden Morgen so ein Aufwand, dich aus dem Hotel ins Auto zu bekommen?«, fragt mich der Fahrer mitleidig, als ich mich anschnalle und er den Wagen startet.

»Na ich hoffe nicht, darauf habe ich so gar keine Lust«, antworte ich.

»Was das angeht, bin ich ja wirklich froh, dass ich Fahrer bin und nicht vor der Kamera stehe, dann habe ich diesen Stress nicht. Gut, ich verdiene auch nicht so viel wie du. Aber dafür habe ich meine Ruhe.« Ich nicke und füge im Kopf hinzu: Und du kannst lieben, wen du willst, ohne dass sich die Menschen darum scheren.

Ein wichtiger Punkt, der mir noch nie so bewusst war, wie in den letzten Tagen.

Zach ist gut drauf an diesem Morgen. Er erzählt mir, dass einige aus dem Team heute Abend ausgehen wollen und fragt mich, ob ich mitkomme. Er ist froh, mal etwas von der Stadt zu sehen und freut sich schon auf die nette Zeit mit den Kollegen.

»Wie ist es in dem Hotel, in dem du untergebracht bist?«, frage ich, als er mir den Rasurbrand abdeckt.

»Sauber, simpel, aber ausreichend. Und bei dir?«

»Passt schon. Ich hatte heute Morgen eine Horde Fotografen vor der Tür. Mein Management hat sie angerufen, um Werbung zu machen.«

»Nicht sonderlich nett vom Management, wo es doch wichtig ist, dass du entspannt hier ankommst. Schreiben die dir eigentlich vor, was du zu der Presse sagen darfst und was nicht?«, fragt Zach neugierig und sieht mich durch den Spiegel hindurch an.

Ich kann es ihm nicht sagen, das hat mir mein Management verboten, deswegen gebe ich eine recht neutrale Antwort, dabei würde ich mich so gerne mal mit jemandem aussprechen. Aber Zach ist dafür der Falsche, denn ich weiß, dass er auch mit Lucas spricht, und ich will nicht, dass ihm gegenüber meines Kollegen etwas herausrutscht. Also sage ich nur ganz allgemein gehalten: »Nun, sie geben mir Tipps, was die Leute hören wollen und sowas, aber genau vorschreiben tun sie mir nichts.«

»Na da bin ich ja froh. Ich habe schon von Leuten gehört, die ganz schlimme Knebelverträge hatten und nicht offen in einer Beziehung sein durften oder die verheimlichen mussten, dass sie ein Kind haben oder sonst was. Ich finde ja, wenn das solche Ausmaße annimmt, dann sollte man sich nochmal durch den Kopf gehen lassen, ob es die Karriere wirklich wert ist.« Er sieht mich an, als erwartet er, dass ich etwas dazu sage, doch ich schließe nur die Augen und lehne mich im Stuhl wieder zurück. Zach deutet mein Schweigen wohl als Zustimmung und spricht das Thema nicht mehr an.

»Henry, guten Morgen, du siehst heute ein wenig müde aus«, begrüßt mich Fionn wenig später, als ich fertig kostümiert draußen stehe und mir die warme Jacke, die mir Elianna gegeben hat, bis zur Nase hochziehe. Der August ist noch nicht lange vorbei, doch am Morgen ist es schon so kalt, dass man eine Fleecejacke braucht. Der Regieassistent hat mindestens genauso schlimme Augenringe wie ich, nur dass meine unter einer dünnen Schicht Make-up verborgen sind.

»Das musst ausgerechnet du sagen?«, grinse ich und er zuckt mit den Schultern.

»Komm ich bringe dich ans Set.«

Wir gehen lange Flure in dem alten Theater entlang, steigen eine Treppe hinauf in den ersten Stock und kommen zu einem Flur mit vielen Türen. Vor einer steht eine Menge Technik herum.

Die Garderobe, in der ich heute Morgen drehen werde, sieht toll aus und ich stehe andächtig an dem Tisch auf dem allerlei Dinge herumliegen; eine Schachtel Zigaretten aus den 20ern. Haarbürste, Kämme, Pinsel und Make-up in Glasdöschen im Art Deco Stil, wie man es damals hatte. Alles sieht so empfindlich aus, dass ich es nicht wage, etwas davon anzufassen.

Am Spiegel kleben Fotos von mir, die am PC bearbeitet und auf alt gemacht wurden, und ich fühle mich sehr wohl hier. Sofort bin ich in der Zeit zurückgereist und nehme mir vor, Ed und dem Art Departement mein Lob auszusprechen, wenn ich ihn das nächste Mal sehe. Es muss ein unglaublicher Aufwand gewesen sein, all diese kleinen Sachen zusammen zu tragen. An einer Wand steht ein wuchtiges Ledersofa und ich streiche mit der Hand über die Oberfläche. Auf diesem Sofa wird Lucas morgen sitzen, bevor wir unsere Liebesszene drehen, schießt es mir durch den Kopf und mir wird sofort warm vor Aufregung.

Meine Szene heute ist ohne Text. Wir drehen George, der versucht, sich über seine Gefühle zu Mo klar zu werden und dabei abwägt, welcher Weg für ihn und seine Karriere besser ist. Später wird das dann alles mit Text unterlegt, den ich im Studio einsprechen werde.

Als endlich alle am Set stehen, geht es los und ich spiele meine Rolle. Gehe nachdenklich in der kleinen Garderobe auf und ab, schminke mich für die Theatervorstellung und verliere mich im Blick im Spiegel. Das darzustellen fällt mir heute gar nicht schwer.

Meine Gedanken sind bei Lucas. Ich befinde mich in derselben Situation, wie George und das ist eigentlich ziemlich absurd, spielt unsere Geschichte doch 1925.

Man sollte daher denken, dass ich in der heutigen Zeit mit meinem Problem nicht mehr zu kämpfen hätte. Trotzdem sitze ich da und grüble darüber nach, ob die Liebe zu einem anderen Mann als Schauspieler von dem Publikum und dem Umfeld akzeptiert werden kann.

11. KAPITEL

Wir sind gerade bei der letzten Einstellung und ich stehe mitten im Raum, während Zach mich nochmals abpudert. Als ich die Augen wieder aufschlage, fällt mein Blick auf Lucas, der in einer Ecke zwischen den Kollegen steht und zusieht. Sein Kostüm trägt er schon, nur frisiert ist er nicht, denn Zach ist schließlich hier am Set.

»Gut, wir sind drehfertig, bitte Ruhe, wir drehen!«, ruft Lee und der Kameraassistent hält die Klappe ins Bild.

Wieder spiele ich meine Sachen durch, und versuche zu ignorieren, dass Lucas mir dabei zusieht. Seine Anwesenheit macht mich nervös und ich wünschte, ich hätte ihn erst gesehen, wenn die Szene durch gewesen wäre.

»Abgebrochen!«, ruft Geoffrey und die Anspannung fällt von mir ab. Er schiebt sich an dem Monitor vorbei und kommt zu mir. »Henry, was ist los? Der letzte Take war total verkrampft.«

»Tut mir leid, ich hab die Kollegen im Spiegel gesehen und das hat mich irgendwie draus gebracht.« Dass es nur an Lucas lag, kann ich ja schlecht sagen.

»Fionn!«, ruf Geoffrey und der Regieassistent tritt ebenfalls zu uns heran. Mit gedämpfter Stimme bittet der Regisseur ihn, das Team aufzufordern mir nicht in der Sichtlinie zu stehen und alle verschwinden hinaus auf den Flur. Glücklicherweise auch Lucas, sodass ich wesentlich lockerer bin.

Nach drei weiteren Takes ist die Szene im Kasten und wir bauen um. Das dauert mindestens zehn Minuten und wir setzen uns nach draußen.

Heute war es den ganzen Tag schon bewölkt und nun hat es die Sonne geschafft, sich ein wenig durch zu kämpfen. Lee stellt uns gerade zwei Klappstühle auf, als wir aus dem Gebäude kommen.

»Also eine Pause kann ich gerade wirklich gut gebrauchen«, meint Lucas und legt seufzend den Kopf in den Nacken.

»Ach komm schon, du hast doch heute erst später angefangen.« Noch während ich spreche, hätte ich die Worte am Liebsten zurückgenommen, denn ich weiß genau, was Lucas jetzt fragen wird. Er wird sich nach der letzten Nacht erkundigen und ich werde ihm wieder nicht genau das sagen können, was ich gerne möchte.

»Hast du eigentlich gut geschlafen?«

»Ja, es war gut.« Meine Güte, ich klinge vielleicht steif und aufgesetzt.

»Und es war auch kein Problem für dich, dass ich...naja neben dir gelegen habe?« Wieso muss er mich jetzt so ansehen? Ich weiß nicht, ob Lucas das mit Absicht macht, doch in seinem Blick liegt eine Unschuld, die mich glauben lässt, er sei sich dessen nicht bewusst, was er mit mir anstellt.

Ich schüttle den Kopf und will gerade antworten, als man uns schon wieder zum Set ruft und bis zur Mittagspause bin ich abgelenkt.

Gemeinsam mit Lucas, Ed, Pety und einigen anderen sitze ich beim Mittagessen an einem Tisch. Auch Zach und Elianna quetschen sich zu uns auf die Bank und das Gespräch dreht sich fast sofort darum, was heute Abend anstehen wird. Alle wollen etwas unternehmen, denn im Hotel rumsitzen will keiner.

»Lucas, du kannst gerne auch mitkommen«, sagt Ed und mein Kollege nimmt dankend an.

»Das klingt toll, dann sehen wir mal etwas anderes, als dieses Theater und das Hotel.«

»Wir könnten in ein Pub gehen. Ich hab mich mal bei Google erkundigt und da soll es ein schönes ganz in der Nähe geben. Wir müssten nicht mal die Autos nehmen«, schlägt Zach vor und sieht in die Runde.

Ich stochere in meinem Essen herum und schiebe den Brokkoli von einer Seite zur anderen. Heute fühle ich mich nicht wohl neben Lucas und ob es eine gute Idee ist, heute Abend gemeinsam auszugehen, weiß ich auch noch nicht so genau. Ich könnte ihm bei der Gelegenheit noch näher kommen, was mich noch verwirrter machen wird, oder aber ich könnte die Chance nutzen, um mal mit den anderen ins Gespräch zu kommen. Das hingegen wäre eine gute Ablenkung.

»Hast du keinen Hunger mehr?«, fragt Ed und sieht den Brokkoli an, den ich schon ganz zerstückelt habe.

»Nein, irgendwie nicht«, gebe ich zu und der rothaarige Ausstatter schiebt ihn sich kurzerhand auf seinen Teller.

»Ich muss dir übrigens mein Lob aussprechen, Ed«, sage ich und sehe ihn an. Verwundert erwidert er den Blick und hebt fragend die Augenbrauen. »Wofür?«

»Für das Zeug, was heute in meiner Garderobe auf dem Tisch lag. Unglaublich, wo du sowas auftreiben konntest.« Er wird verlegen und nuschelt ein Dankeschön.

Am Nachmittag drehen wir den Schauspielunterricht von George und Mo und befinden uns dafür im Proberaum des Theaters. Hier ist alles noch fast genauso erhalten, wie es in den 20er Jahren war, und es riecht muffig und alt. Überall fliegt Staub herum und ich muss mehrmals so heftig niesen, dass wir die Szene unterbrechen müssen. An sich klappt aber alles, wenn man einmal davon absieht, dass die Sicherung rausfliegt, weil die alten Leitungen es nicht gewohnt sind, so viel Lichtequipment mit Strom versorgen zu müssen.

Als wir Feierabend haben, verabschieden wir uns nicht von den Kollegen, denn schließlich sind wir mit den meisten später verabredet. Ich freue mich schon auf den Abend. Ich war lange nicht mehr im Pub. Alkohol trinke ich kaum und das Essen dort ist schwer und liegt tagelang im Magen. Außerdem braucht man Freunde, mit denen man dorthin gehen kann, und diese sind in den letzten Jahren bei mir deutlich weniger geworden. Was jedoch nicht verwunderlich ist. Wie soll man Freundschaften pflegen, wenn man die ganze Zeit arbeitet? Das funktioniert vielleicht bei Leuten, die man noch aus der Kindheit kennt, denn da ist die Verbindung stark genug, um lange Kontaktpausen auszuhalten, aber alle anderen Freunde, die später dazukommen, werden irgendwann zu Bekannten.

»Henry, geht's dir gut?«, fragt Lucas und reißt mich aus meinen Gedanken. Wir sitzen im Auto des Fahrers und das Hotel kann man schon sehen.

»Hm? Was?«, frage ich verwirrt und sehe ihn an.

»Du siehst nicht ganz gesund aus, wenn ich ehrlich sein soll.«

»Ach ich glaube ich bin nur müde.«

»Schau dich mal im Spiegel an. Also, wenn du nicht mitkommen willst, dann ist das vollkommen okay. Die Gesundheit geht vor.« Lucas sieht mich ernsthaft besorgt an und ich denke, dass er übertreibt.

Trotzdem folge ich seinem Rat und werfe einen Blick in den Spiegel im Bad, als ich auf dem Zimmer bin. Meine Lippen sind hell und die Haut ein wenig fahl. Ja, ich sehe müde aus, aber doch nicht krank.

Außerdem will ich unbedingt heute Abend mitkommen. Ich muss mich ablenken, denn jede Minute in der ich jetzt allein in meinem Zimmer hocke, muss ich an Lucas denken und der Knoten in meinem Kopf wird dabei immer größer und komplizierter.

Wenigstens für einen Abend will ich diesen Knoten loswerden und vergessen, dass ich mich momentan selbst nicht einschätzen und verstehen kann.

Also ignoriere ich meine zitternden Hände und ziehe mir ein dunkles Hemd und eine schwarze Hose mit schweren Stiefeln an, als es an der Tür klopft.

»Hey Henry, ich wollte nur sagen, dass ich schon mal runter gehe, dann kann ich noch eine Zigarette rauchen. Ich warte dann an der Einfahrt auf dich«, sagt Lucas und ich nicke. Er sieht gut aus in dem, was er trägt. Eine schlichte Jeans, Vans und ein T-Shirt mit Aufdruck unter einer dunklen Jacke. Seine Haare sind durcheinander und das sieht ziemlich ungewohnt aus, da ich ihn am Set den ganzen Tag mit ordentlich frisierten Haaren sehe.

»Schick siehst du aus«, sagen wir gleichzeitig und müssen lachen.

»Also kommst du dann nach?«, fragt er und sieht zu mir auf.

»Ja, ich bin auch gleich unten. Bis gleich.«

Ich packe das Handy und ein wenig Bargeld in die Innentasche meiner Jacke und mache mich dann knappe fünf Minuten nach Lucas auf den Weg hinunter in die Lobby.

Durch die Glastür des Eingangsbereiches sehe ich Blitzlichter und bleibe schlagartig stehen. Immer wenn die Tür aufgeht, kann ich die lauten Stimmen hören, die meinen Namen rufen.

Scheiße, jetzt wartet kein Auto auf mich, in das ich mich retten kann.

Das wird mir schlagartig bewusst und ich stehe einfach nur da und sehe auf die Blitzlichter, die durch die Lobby zucken.

Lucas muss da durchgekommen sein, weil man ihn noch nicht kennt. Kann ich bitte für einen Abend unbekannt sein?

Wieso habe ich vergessen, dass die Reporter noch da sind? Vielleicht lassen sie mich ja durch, wenn ich sie ganz lieb darum bitte und machen keine Fotos.

Doch bevor ich den Gedanken wirklich zu Ende gedacht habe, weiß ich, was Lauren dazu sagen wird: »Denk daran Henry, die Leute sollen dich mögen!«

Ja, sie haben mich schon gesehen, ich sollte also rausgehen, aber allein komme ich nicht durch die vielen Fotografen hindurch. Niemals.

Lucas ist keine Hilfe. Der ist so klein, dass er nichts gegen sie ausrichten könnte. Wenn ich mich jetzt aber umdrehe und wieder gehe, werden sich alle fragen, wieso ich nicht rausgekommen bin. Kurzerhand ziehe ich mein Handy aus der Tasche und wähle Lucas´ Nummer.

»Hey, wo bleibst du denn?«, meldet er sich.

»Ich kann nicht kommen.«

»Wieso nicht?«

»Der Haupteingang ist voller Paparazzi. Ich hab keinen Bodyguard und komme allein nicht durch. Hast du die beim Rausgehen nicht gesehen?«

»Wo kommen die denn auf einmal her? Als ich eben rausgekommen bin, war da noch niemand. Gibt es denn keinen Hinterausgang? Oder wir könnten dich rausschleusen?«, schlägt Lucas vor und ich seufze. »Danke, Lucas, aber wenn ich jetzt rauskomme, dann muss ich ja trotzdem auch wieder ins Hotel *rein*kommen, wenn wir zurück sind. Außerdem sind die Fotografen ja nicht blöd, die werden sich sicherlich auch am hintereingang postiert haben. Und ich will auch nicht, dass jemandem etwas passiert. Nein ich bleibe einfach hier. Mach dir einen schönen Abend und trink nicht zuviel, denk dran, welche Szene morgen ansteht.« Ganz verhindern, dass ich traurig klinge, kann ich nicht und Lucas scheint das nicht entgangen zu sein, denn er versucht mich zum Lachen zu bringen, indem er sagt: »Gut, wir sehen uns dann morgen Baby, ich freu´ mich schon auf den Sex. Schlaf gut.« Den letzten Satz haucht er ins Telefon, bevor er auflegt.

Das kurze Telefonat habe ich genutzt, um mich zurück zum Lift zu schleichen und mich wieder in mein Zimmer zu flüchten.

Dort stehe ich fast eine halbe Stunde am Fenster und sehe hinunter auf den Vorplatz des Hotels. Ich kann zwei Menschen sehen, sie sich begrüßen und vielleicht sind das ja auch Kollegen, die sich nun gemeinsam auf dem Weg zum Pub machen.

Wie gerne wäre ich mitgegangen.

Wütend kneife ich die Lippen zusammen und lehne die Stirn gegen die Glasscheibe. Jetzt drehen wir mal nicht in London und ich dachte, ich kann mit dem Team etwas unternehmen und dann das! In dem kleinen Ort hier scheine ich weniger Privatsphäre zu haben, als in der Großstadt. Das hätte ich nie gedacht. Gedankenverloren lege ich die Hand gegen das kühle Glas der Scheibe und sehe zu, wie sie durch meine Körperwärme beschlägt. In der Spiegelung sieht es aus, als würde ich die Hand gegen eine andere drücken und ich muss an morgen denken, wenn ich mit Lucas den Sex drehen werde. Hoffentlich endet das nicht so, wie die Probe gestern. Ich will dieses Silikonteil nicht sprengen, das wäre ja so peinlich.

Auf meinem Nachttisch liegt die Dispo für morgen und ich sehe nochmal nach der Anfangszeit. Hauptsächlich, um mich abzulenken.

Ankunft Schauspieler 13:30 Uhr.

Wunderbar, dann mache ich morgen Vormittag noch ein wenig Sport. Wenn die Muskeln sich angestrengt haben, sieht alles besser aus und ich fühle mich wohler vor der Kamera. Mit diesem Vorhaben im Kopf lasse ich den Abend ausklingen, dusche ausgiebig und lege mich dann ins Bett. Angestrengt versuche ich, nicht daran zu denken, dass Lucas und die anderen jetzt gemeinsam im Pub sitzen, während ich hierbleiben muss, doch in meinem Inneren pocht die Wut auf die Fotografen noch immer. Ruhm ist ein zweischneidiges Schwert und im Augenblick würde ich darauf am liebsten verzichten. Mein Handy summt und das helle Display blendet mich in den Augen. Ich ziehe es zu mir heran und sehe, dass Lucas mir geschrieben hat.

>>Schade, dass du nicht dabei sein kannst, es ist wirklich nett hier. Ich hoffe, du hast dich schon hingelegt, du sahst vorhin wirklich nicht sonderlich gut aus. Ruh dich aus, damit du morgen fit bist. Du bist doch schon im Bett, oder? Lucas<<

Was soll ich darauf jetzt antworten? Ich könnte einfach so tun, als hätte ich schon geschlafen, dann denkt Lucas, dass ich die Nachricht nicht gelesen habe. Prompt kommt eine Zweite:

>>Und jetzt tu nicht so, als hättest du die Nachricht nicht gelesen, ich sehe die beiden blauen Häkchen...<<

Ich muss grinsen und tippe.

>>Ja, ich habe mich schon hingelegt. Mir ist tatsächlich heute ein wenig schwummerig. Vielleicht war es sogar gut, dass ich nicht mitgekommen bin. Komm gut nach Hause<<
Daraufhin kommt keine Antwort mehr und ich schalte das Handy auf lautlos.

Ich bin hundemüde und schlafe bis zum nächsten Morgen ziemlich tief, sodass mich der Wecker geradezu aus dem Tiefschlaf reißt.

Stöhnend schalte ich ihn aus und setze mich hin. Ich stehe auf und schwanke kurz, halte mich dann aber an der Wand fest und blinzle mehrmals um die Sternchen vor den Augen loszuwerden. Aus dem Kühlschrank der Minibar greife ich mir eine kleine Flasche Cola. Zwei Schlucke später, ist mein Kreislauf wieder stabil und ich bin in Gedanken schon beim Fitnessstudio.

Es ist 9:30 Uhr am Morgen und im Trainingsraum fast gar nichts los. Ich wärme mich auf dem Laufband auf und genieße die Ruhe – nicht mal Kopfhörer habe ich auf, sondern lausche meinem Atem und dem leisen Summen des Laufbands unter meinen Füßen.

Das Training läuft super und ich komme mir richtig wach und voller Power vor, als ich eine Stunde später tropfnass und mit geröteten Wangen wieder im Lift stehe und nach oben fahre.

Hier drin ist keine Klimaanlage eingeschaltet und ich habe den Eindruck, dass es mit jeder Etage, die ich hinter mich bringe, wärmer wird. Das Atmen fällt schwer und ich hebe keuchend den Kopf zur Anzeige.

Noch zwei Stockwerke.

Mir ist schwindelig und schlecht und mit einem Mal scheint sich der Aufzug nicht nur nach oben, sondern auch im Kreis zu bewegen.

Ich muss hier raus, und zwar so schnell wie möglich. Als die Tür aufgeht, stolpere ich regelrecht auf den Flur, pralle gegen die Wand auf der gegenüberliegenden Seite und taumele mit wackeligen Knien auf Lucas´ Tür zu und hoffe einfach nur, dass er schon wach ist. Der Weg zu meiner Zimmertür ist viel zu weit. Lucas´ Tür kommt langsam näher und als ich endlich angekommen bin und klopfen kann, muss ich mir viel Mühe gehen, stehen zu bleiben.

»Lucas«, stöhne ich und halte mich am Türrahmen fest. »Lucas, Hilfe!«

Die Tür wird aufgerissen und weil ich mich dagegen gelehnt habe, falle ich direkt in die Arme meines Kollegen.

»Henry, was ist los mit dir? Bist du krank?«, fragt Lucas besorgt, zieht mich ins Zimmer und setzt mich auf den Fußboden, sodass ich mich gegen die Wand lehnen kann.

»Was ist passiert?«, fragt er und tätschelt mir die Wange. »Hey, bitte antworte mir!«

»Zu wenig gegessen, glaube ich«, nuschle ich und kippe nach vorn, doch Lucas hält mich fest und lehnt mich erneut gegen die Wand. Als er sicher ist, dass ich stabil sitze, springt er auf und ich höre, wie er den Roomservice anruft.

»Hallo, Thomas hier, bringen Sie mir bitte ein Croissant und eine Tasse Grünen Tee mit viel Zucker aufs Zimmer. Möglichst schnell, danke.« Er knallt den Hörer zurück auf die Gabel, dann geht die Minibar auf und er öffnet eine Cola.

»Hier, trink das«, fordert er mich auf und ich will nach der kleinen Glasflasche greifen, doch ich verfehle sie ständig. »Lass, ich mach das.« Lucas stabilisiert meinen Kopf mit einer Hand und setzt mir die Flasche an die Lippen. »Trink sie komplett aus, du brauchst Zucker. Wann hast du das letzte Mal etwas gegessen?«

»Gestern Mittag...«

»Gestern *Mittag*? Bist du eigentlich bescheuert? Also dass du in eine Kostüme passen willst, das sehe ich ja ein, aber du hast jetzt fast einen Tag *nichts* gegessen. Sorry Henry, aber das geht so nicht.«

Er hat ja Recht, das gebe ich zu, aber irgendwie kam ich nicht zum Essen und dann habe ich es schlichtweg vergessen. Geduldig sitzt Lucas neben mir und wartet darauf, dass ich die kleine Flasche geleert habe, was ewig lange dauert, obwohl es nur 0,2 Liter sind. Schließlich klopft es an der Tür und er springt auf.

»Das wird der Roomservice sein.« Den Kopf an die Wand gelehnt sehe ich, wie er die Tür öffnet und ein Tablett entgegennimmt. »Danke, auf Wiedersehen«, sagt er und dreht sich dann zu mir um. Vorsichtig stellt er es vor mir auf den Boden, gießt Tee aus einer dampfenden Kanne in eine Tasse und schüttet eine Menge Zucker hinein, dann reißt er eine Ecke des Croissants ab und hält es mir vor den Mund. »So und du bleibst hier sitzen, bis das Croissant weg und der Tee leer ist«, sagt Lucas streng und setzt sich in mir gegenüber in den Schneidersitz.

»Wie war's gestern?«, frage ich leise und blinzle ihn an.

»Schön, wirklich nett, das Pub war klein und wir mussten einige Tische zusammenschieben, damit wir alle Platz hatten. Das Essen war sehr lecker, aber wir waren nicht allzu lang dort. Ich glaube die ersten wollten gegen 11 wieder los und Fionn und ich waren um halb eins wieder hier im Hotel. Wirklich doof, dass du wegen der Fotografen nicht rausgekommen bist. Ich hab es Fionn gesagt und der hat gleich mit der Produktion telefoniert. Die werden dir einen Bodyguard schicken, damit du besser klarkommst. Ich hätte dich wirklich gerne dabei gehabt, weißt du, einfach auch, um dich besser kennen zu lernen.« Lucas zupft ein weiteres Stück Croissant ab und steckt es mir in den Mund. »Ich weiß nichts von dir. Außer, dass du in London lebst und dein Freundin Tatiana heißt. Was sind deine Hobbys?«

Will er jetzt ernsthaft so ein Frage-Antwort-Spiel machen?

Ich seufze und schlucke meinen Bissen hinunter.

»Ich habe früher gerne Musik gemacht und im Garten Spiele ausgedacht...naja und jetzt ist das ja irgendwie zu meinem Beruf geworden. Mein Job ist mein Hobby. Und bei dir?« Lucas schiebt mir den nächsten Bissen in den Mund und antwortet: »Ich spiele unheimlich gerne Fußball. Leider komme ich selten dazu und zum Fußballspielen braucht man ja auch immer einen Gegner. Ansonsten habe ich früher viel mit meinen Schwestern gespielt. Ich bin der Älteste zuhause und musste oft auf sie aufpassen.«

»Wie viele Schwestern hast du denn?«, frage ich langsam und versuche mir vorzustellen, wie Lucas sich wohl beim Babysitten macht.

»Fünf und einen jüngeren Bruder.«

»Fünf? Das ist eine ganz schöne Menge. Ich habe nur eine große Schwester.«

»Cool.« Mehr sagt Lucas darauf nicht, stattdessen reicht er mir den Tee.

»Fühlst du dich schon besser? Ich hab ein bisschen Angst, dass du später beim Sex auf mich drauf fällst und mich erschlägst.« Seine Mundwinkel zucken und ich lächle ihn mild an.

»Ich werde dich schon nicht zerquetschen, keine Angst. Ich bin vorsichtig.« Erleichtert nickt Lucas und sieht mich mit schiefgelegtem Kopf an.

»Du siehst schon wieder besser aus, hast mehr Farbe im Gesicht. Wie fühlst du dich?«

»Nicht mehr ganz so schwummrig. Danke Lucas«, sage ich leise und bringe ein Lächeln zustande. »Ich glaube, ich gehe rüber und dusche mich.« Sofort wird der Blick meines Kollegen wieder besorgt.

»Bist du sicher? Nicht, dass du unter dem warmen Wasser nochmal zusammenklappst.«

Ich schüttle den Kopf. Tatsächlich fühle ich mich viel besser und stehe stabil auf den Beinen.

»Ich werde keinen Unsinn machen, versprochen«, sage ich und umarme meinen Kollegen.

12. KAPITEL

»Hey, geht es dir besser?«, fragt Lucas, als ich ihn wenig später abhole und ich nicke. »Ja, vielen Dank nochmal, dass du mir geholfen hast.«

Lucas schüttelt den Kopf und zieht dann die Zimmertür hinter sich zu.

»Hab ich gerne gemacht, oder glaubst du, ich lasse dich einfach im Flur stehen?« Natürlich nicht, trotzdem musste ich es einfach nochmal loswerden.

»Hoffentlich hast du jetzt einen Bodyguard für die Fotografen, die unten stehen«, meint Lucas, als wir im Lift sind und nach unten fahren.

»Ja, das hoffe ich auch. Wir haben heute genug Anstrengung vor uns, da will ich nicht schon beim Verlassen des Hotels Stress haben.« Lucas wirft mir einen Seitenblick zu und meint dann leise: »Ich bin ziemlich nervös, wegen der Szene heute.«

»Ach, das wird schon. Ich bin eher skeptisch, was dieses Silikonschutzding angeht.«

»Wieso? Hast du Angst, dass es abfällt und du unten ohne dastehst?«, fragt Lucas und grinst mich frech an.

Ha, wenn er wüsste, dass es weniger meine Angst ist, das Teil zu verlieren, als eher, dass ich es sprengen könnte.

Wir betreten die Lobby und schon von Weitem sehe ich einen großen Mann im dunklen Anzug, der auf uns wartet. Er trägt eine Sonnenbrille und nickt uns zu.

»Mr Seales, ich bin Michael, Ihr Bodyguard. Kommen Sie mit.« Er will mich am Arm packen, doch ich mache mich los.

»Ich kann alleine gehen. Sehen sie einfach zu, dass ich ich durch die Fotografen komme«, sage ich zu dem Mann, der ja eigentlich nur seinen Job machen will. Natürlich lässt er sofort von mir ab, geht aber dicht hinter mir und Lucas. Allein die Anwesenheit eines Personenschützers scheint den Fotografen Respekt einzuflößen, denn sie machen Platz und wir kommen ohne Probleme zum Wagen.

»Kommen Sie auch mit zum Set?«, fragt Lucas den Mann, der mit uns gemeinsam eingestiegen ist und nickt: »Natürlich, jemand sollte ja auch auf der Rückfahrt aufpassen, oder etwa nicht?«

Am Set angekommen wartet Lee schon auf uns. Er öffnet die Tür und nickt uns freundlich zu.

»Na, bereit für ein bisschen Kuscheln?«, fragt er und zwinkert Lucas zu, der rot wird.

Genau dasselbe fragt Zach, als ich zu ihm in die Maske komme. Mein Kostüm habe ich an. Es ist lediglich eine Boxershort, um das Gefühl, komplett nackt in meinem Bademantel zu sein, ein wenig zu dämpfen. Das Silikonteil habe ich in einer Plastikbox dabei, die ich Zach auf den Tisch lege. Er grinst mich an und deutet auf das Suspensorium.

»Du willst es also tragen?«

»Ja, ich glaube damit fühle ich mich wohler.«

Zach nickt und ich setze mich.

»Lucas hat das auch gesagt. Jetzt sieht er nackt ein wenig aus wie Barbies Ken. Ganz ohne sichtbares Geschlechtsteil.« Er gluckst und fängt an, die Foundation aufzutragen.»Hoffentlich schwitzt ihr die Dinger nicht ab. Ich weiß nicht genau, was der Hautkleber macht, wenn er mit Schweiß in Kontakt kommt«, überlegt er und widmet sich dann meinen Haaren. Weil ich in der vorherigen Szene aus der Dusche komme, knetet er Öl hinein, damit sie nass aussehen.

Fast zwanzig Minuten dauert es, bis mein Intimbereich mit einer fleischfarbenen Silikonhaut überzogen ist. Als wir fertig sind, wende ich mich zum Spiegel und muss lachen: »Ich sehe wirklich aus, wie eine Barbiepuppe...meine Güte, Sachen gibt's.« Vorsichtig streiche ich über die Oberfläche, alle fühlt sich nun total dumpf an. »Pinkeln kann ich jetzt nicht mehr, oder?«

»Nein, das muss warten«, grinst der Maskenbildner und nickt zu meinen Boxershorts, die ich wieder hochziehe.

»Kann ich mich ganz normal bewegen?«, frage ich und versuche, meine Unterhose zu erreichen, ohne sonderlich viel Bewegung auf das geklebte Teil auszuüben.

»Ich habe keine Erfahrung damit, aber sei einfach ein wenig vorsichtig und versuche, dich nicht zu oft hinzusetzen. Ich glaube, *zu* viel Bewegung tut dem Ding nicht gut.«

Ich verspreche Zach, gut aufzupassen, und verlasse dann im Bademantel das Mobil.

»Hallo, fühlst du dich auch gerade ein wenig kastriert?«, fragt mich Lucas, der am Maskenmobil angelehnt steht und sieht mich amüsiert an.

»Ja, total. Es ist aber ganz angenehm zu tragen, meinst du nicht?« Lucas nickt, dreht sich zu mir, sodass nur ich seine Vorderseite sehen kann, und öffnet den

Bademantel.

»Gefalle ich dir?«, fragt Lucas und wackelt mit der Hüfte, bevor er den Bademantel wieder schließt.

»Sehr ansprechend«, entgegne ich und wir wollen gerade gemeinsam zum Set gehen, als die Tür des Garderobenmobils aufgeht und Elianna ruft: »Lucas, dein Kostüm ist fertig gebügelt, ziehst du dich bitte an?«

»Immer gern.« Lucas dreht sich um, zwinkert mir nochmals zu und tänzelt die schmale Treppe zum Eingang hinauf. Ich sehe ihm nach und in meinem Magen zieht es nervös. Vorfreude oder Angst? Ich habe keine Ahnung.

Bis Lucas umgezogen ist, stehe ich beim Catering und lehne den Kaffee ab, den Nate mir mehrfach anbietet.

»Och komm Henry, ich habe die Bohnen gerade extra frisch gemahlen«, sagt er und fächelt die Luft zu mir hin.

»Nein Nate, ich bin heute ein wenig behindert, was den Toilettengang angeht«, sage ich und erkläre ihm die Sache mit der Silikonhaut. Er hebt eine Augenbraue und rümpf dann die Nase.

»Ihr Schauspieler müsst aber auch einiges mitmachen. Meine Güte«, stellt er fest und ich sehe, dass er grinsen muss, als er sich abwendet und stattdessen für Zach einen Kaffee macht, der neben mir aufgetaucht ist.

»Hör zu, ich werde mich nachher nicht sonderlich viel um euch kümmern, damit ihr eure Ruhe habt, ja? Ich komme nur rein, wenn dieses Suspensorium verrutschen sollte, oder etwas ganz schlimm aussieht, nicht dass du denkst, ich hätte euch nicht im Blick«, sagt er mir und ich nicke. Bei solchen Szenen ist es nett von den Maskenbildnern, wenn sie einen in Ruhe lassen und nicht ständig an einem herumzupfen. So kann ich im Kopf gut in der Szene drinbleiben und werde nicht ständig aus der Konzentration gerissen. Allerdings könnte ich ein wenig Ablenkung heute gut gebrauchen.

Von Weitem kann ich Fionn sehen, der auf uns zukommt und mein Herz macht einen nervösen Hopser. Gleich geht's los.

»Henry, schön dass du da bist. Bist du bereit? Wir haben schon eingeleuchtet und würden uns jetzt für eine Probe einfinden. Nur Geoffrey, Paul und ihr beide.«

»Lucas ist noch beim Umziehen«, sage ich und Fionn nickt: »Den holt Lee gleich ab. Du kannst schon mal mit mir mitkommen.«

Also folge ich dem Regieassistenten ins Theater, eine Treppe hinauf und wieder in die Garderobe, in der wir schon gestern gedreht haben. Der Raum ist angenehm warm, wie mir sofort auffällt, als ich ihn betrete. Extra für uns hat man einen Heizstrahler aufgestellt.

Nachdem ich Geoffrey und Paul die Hand gegeben habe und auch Lucas endlich da ist, fangen wir mit der Probe an. Ich lasse den Bademantel an, tue nur so, als würde ich ein Handtuch tragen und ich ziehe Lucas auch nicht aus. Für die Probe muss es so gehen.

Geoffrey korrigiert unsere Positionen, äußert Wünsche, auch Paul mischt sich ab und zu ein, wenn wir uns in eine Richtung bewegen, die er mit der Kamera nicht einfangen kann. Weil sich in dem Raum kein Bett befindet, werden Lucas und ich den Sex auf dem Fußboden haben müssen.

Es ist ein äußerst befremdliches Gefühl, so zu tun, als würde man mit jemandem schlafen, wenn man seine Kleidung noch anhat und dabei von zwei erwachsenen Männern beobachtet wird, die nebenbei darüber diskutieren, welchen Bildausschnitt man am Besten wählen sollte. Dann ist die Probe vorbei und es geht los.

»Du hast hervorragend gespielt«, sagt er und sieht zu mir auf.

»Danke, schön, dass du zugesehen hast.« Ich nehme das zweite Handtuch

und rubble mir die Haare trocken, wobei ich Lucas zusehe, der aufsteht und mir ganz nah kommt. Ich lasse das Handtuch sinken und sehe ihm in die Augen. Er kommt näher, blinzelt und seine Nasenspitze berührt meine, sein Atem streift meine Haut und ich zucke zusammen, als seine Hand meine Hüfte streichelt und er am Handtuch zupft.

»Weißt du, dass ich richtig eifersüchtig auf deine Bühnenpartnerin bin? Wie du sie ansiehst...«

»Das ist alles gespielt, da musst du nicht eifersüchtig sein, das weißt du doch«, sage ich und streiche Lucas über die Wange, er schlingt die Arme um meinen Hals und küsst mich stürmisch, drängt mich gegen die Wand, bis ich dagegen stoße. Mit einer schnellen Bewegung habe ich ihn jedoch zwischen mir und der Wand eingezwängt und streife seine Hosenträger von den schmalen Schultern.

Lucas öffnet die Lippen, reckt sich nach einem Kuss und greift mir ins Handtuch. Keuchend werfe ich den Kopf in den Nacken und reiße an seinem Hemd, um die Knöpfe aufzubekommen. Wir rangeln fast ein wenig miteinander. Er gibt guten Widerstand, doch ich drücke ihn hinunter auf den Boden. Als seine Hand in meinen Nacken wandert, bekomme ich Gänsehaut, die mir das Rückgrat hinunterwandert.

Geoffrey unterbricht uns kein einziges Mal.

Mir wird warm, als ich Lucas auf den Bauch drehe und ihm die Hose über den Po nach unten schiebe. Mann, bin ich froh, dass wir fast allein im Raum sind, denn ich trage jetzt keinen Fetzen Stoff mehr am Körper. Als ich mich in Lucas´ Hemd festkralle und mich gegen ihn drücke, fällt es mir nicht schwer, zu stöhnen, und mich überkommt ein Schaudern, als ich mich nach vorne lehne und ihn in den Nacken beiße.

»Ah...«, keucht Lucas und lässt sich auf die Unterarme fallen, als ich nochmal

»zustoße« und meinen Höhepunkt spiele.

»Und Cut«, sagt Geoffrey und ich lasse Lucas augenblicklich los. Er kauert sich zusammen und zieht den Saum des Hemds weit nach unten. Geoffrey reicht mir meinen Bademantel und ich schlüpfe schnell hinein.

»Das war ganz gut, ich möchte das gerne nochmal machen. Es war mir noch ein wenig zu zurückhaltend. Denkt bitte daran, dass es euer erster Sex ist. Henry; George hat sich lange genug zurückgehalten und er will Mo nun endlich haben. Versteht mich nicht falsch, ich will hier keinen Porno drehen, aber mir hat das Verlangen zwischen euch noch gefehlt.« Er sieht zwischen mir und Lucas hin und her, die wir versuchen, uns nicht zu direkt anzusehen. Ich nicke und greife wieder nach dem Handtuch, um es mir erneut umzulegen, damit wir nochmal von vorne starten können. Lucas zieht sich die Hose wieder hoch und wirft mir einen verlegenen Blick zu, als Elianna reinkommt und ihm beim Anziehen hilft.

»Versucht zu vergessen, dass die Kamera dabei ist, lasst euch fallen und wenn ihr wollt, dann stelle ich den Monitor aus dem Flur hier rein, damit wirklich nur wir vier sehen, was in diesem Zimmer passiert.«

Merkt er uns die Unsicherheit an? Ich zumindest sollte Profi genug sein, um mich nicht daran zu stören, dass Kollegen uns beim Sex zusehen. Doch es ist Lucas, der das Angebot annimmt und so kommt der Monitor ins Zimmer.

Ich halte mein Handtuch in Position, als ich mich wieder an der Tür aufstelle.

»Gut, dann gebt alles und viel Spaß«, sagt Geoffrey und nickt mir zu. Das Kommando »Action« lässt er weg, um uns nicht unter Druck zu setzen, und ich trete wieder ins Bild.

»Du hast hervorragend gespielt«, sagt Lucas wieder und es geht von vorne los.

Obwohl ich nicht gedacht hätte, dass mein Spiel von dem Wissen beeinflusst wird, wie viele Leute uns zusehen, bin ich überrascht, als ich feststelle, dass ich ruhiger und besser beim zweiten Take bin. Lucas bekommt dieses Mal mehr von mir zu spüren und ich bemerke, dass George in den Hintergrund rückt.

Oder bin ich so im Spiel drin, dass ich im Moment nicht unterscheiden kann, ob ich es bin, oder George, der Lucas küsst, festhält und sich an ihn krallt? Mein Atem wird schwerer und als ich mir bewusst werde, dass uns lediglich ein Stück Silikon voneinander trennt, wünsche ich mir, ihn so anfassen zu können, wenn die Kamera aus ist.

Als der erste Teil der Szene im Kasten ist, kommen die Detailaufnahmen, wobei das Team wieder dabei ist. Viel Nähe und Sehnsucht in meine Bewegung und den Gesichtsausdruck zu legen, fällt mir nicht schwer. Ich kann Lucas´ Rücken an meinem Bauch fühlen und es ist so angenehm, dass ich ewig in dieser Position bleiben könnte. Mein Partner greift nach meiner Hand und kreuzt unsere Finger miteinander.

»Wir passen gut zusammen«, keuche ich lächelnd und schlagartig wird mir bewusst, dass dieser Satz nicht im Drehbuch stand.

Ich habe ihn aus einem Gefühl heraus gesagt.

Niemand scheint sich daran zu stören, denn weder sieht mich Lucas irritiert an, noch unterbricht Geoffrey den Take. Stattdessen führt Lucas meine Hand zu seinen Lippen, küsst die Fingerknöchel und haucht: »Finde ich auch...ich liebe dich.« Mir wird so warm ums Herz, dass ich ihn am liebsten umgedreht und geküsst hätte. Ich glaube nicht, dass er diesen Satz als Mo gesagt hat.

Zumindest hoffe ich, dass es nicht so war.

So fliegt der Tag an mir vorbei, den ich auf Wolke sieben schwebend verbringe, und ehe ich mich versehe, ist Drehschluss und wir auf dem Weg zurück zum Hotel.

13. KAPITEL

Die Rückfahrt verläuft schweigsam. Obwohl ich mich gerne bei Lucas erkundigen würde, wie er den heutigen Tag so empfunden hat, ist es mir unangenehm, dass Michael bei uns im Auto sitzt und zuhört. Also halte ich den Mund und erst, als der Bodyguard uns in der Hotellobby laufen lässt, spreche ich Lucas an.

»Wie war es für dich heute?«

Er hebt den Kopf und sieht aus, als hätte ich ihn bei irgendetwas Unangenehmen ertappt. Er lächelt und sagt: »Gut, ich hab mich wohl gefühlt. Da war kein einziges Mal eine Situation, die ich unangenehm fand.«

»Ja, ging mir genauso.«

»Ich fand übrigens sehr schön, dass du gesagt hast, wir würden gut zusammenpassen.«

Schlagartig wird die Luft dick und ich hoffe, dass wir gleich ankommen. Ich hatte irgendwie gehofft, dass er nicht anspricht, dass ich vom Skript abgewichen bin. Wobei ich nun die Gelegenheit nutze und ihm ein bisschen auf den Zahn fühlen könnte. Nicht, dass ich Lucas in eine Richtung drängen will, aber ich muss wissen, was es mit dem ´ich liebe dich´ auf sich hatte. Also werfe ich die Vorsicht über Bord und plappere los: »Und du hast gesagt, dass du mich liebst. Das hat wirklich gut in dem Moment gepasst.«

»Ja, ich weiß auch nicht genau, wie das passiert ist, aber es hat sich alles so richtig angefühlt, dass ich dachte, wenn ich das jetzt sage, dann stört es niemanden. Außerdem«, Lucas unterbricht sich und kratzt sich am Kopf, »außerdem hab ich dich ja gerne und dann kann man sowas ruhig mal sagen, meinst du nicht?«

Ich schlucke und nicke zögerlich.

Soll ich ihm sagen, dass ich mich anders gefühlt habe, als ich in seiner Nähe war? Dass ich nervös war und mich gleichzeitig so geborgen fühlte, wie schon lange nicht mehr?

»Es war schön, auch wenn es nur gespielt war. Mir hat das schon lange niemand mehr gesagt.« Lucas schluckt und runzelt die Stirn. Die Lifttür öffnet sich und als ich auf den Flur hinaus trete, höre ich ihn noch etwas vor sich hinnuscheln, doch meine Aufmerksamkeit liegt auf der Frau, die auf einem Sessel im Flur sitzt. »Tatiana? Was für eine Überraschung, dass du hergekommen bist«, sage ich und gehe zu ihr hin, um sie in den Arm zu nehmen. Innerlich fluche ich. Wieso muss sie gerade jetzt hier ankommen, wo ich mit Lucas endlich mal angefangen habe, ernsthaft zu reden?

»Ich dachte, ich überrasche meinen Schatz mal«, sagt sie lächelnd und küsst mich.

»Wie lange bleibst du, Liebling?«

»Nur ein paar Stunden, ich muss noch heute zurück nach London«, sagt Tatiana und ich bin sofort ein wenig lockerer. Lange werde ich sie also nicht bei mir haben.

»Viel Spaß noch, bei was immer ihr macht«, murmelt Lucas und wendet den Blick ab. Mit schnellen Schritten geht er auf seine Zimmertür zu und verschwindet so hastig darin, dass ich sofort das Gefühl habe, ihn beleidigt zu haben. Doch lange habe ich keine Zeit darüber nachzudenken, denn Tatiana nimmt mich an der Hand und ich ziehe sie zu meinem Zimmer.

»Lauren hat für uns einen Tisch in einem Restaurant hier in der Nähe gebucht. Wir sollen in einer halben Stunde dort auftauchen. Fotografen sind auch bestellt«, sagt sie ganz sachlich, als die Tür hinter uns zugefallen ist, lässt meine Hand los und lehnt sich gegen den Schrank.

»Ach deswegen bist du so schick«, sage ich lustlos und beäuge das enge, beerenfarbene Kleid.

»Ja genau deswegen. Und du solltest dich auch ein wenig zurechtmachen. So kannst du nicht vor die Fotografen treten.« Sie rümpft die Nase und fasst eine Strähne meiner öligen Haare an. »Was hast du denn *gemacht*?«

»Gedreht«, antworte ich trocken und mache einen Schritt zurück. Ich habe überhaupt keine Lust, heute Abend mit meiner Alibifreundin essen zu gehen. Lieber hätte ich mich mit Lucas auf einem Drink zusammengesetzt oder irgendwas anderes gemacht. Aber mit Tatiana jetzt nochmal raus zu gehen, lässt meine Laune sinken.

»Henry, ich weiß, dass du keine Lust auf mich hast, das musst du nicht so deutlich zeigen. Immerhin bin ich auch nur hier, um meinen Job zu machen, verstehst du?«

Ich drehe mich zu ihr um und sehe der hübschen Frau in die Augen. Sie tut mir leid. Sie muss sich für die Fotos ebenso verstellen, wie ich es tue. Sie macht diesen Job für Geld, ich für einen guten Ruf. »Henry, wir sitzen doch im selben Boot, oder nicht? Also raff dich auf, mach das was man von dir erwartet und ich bin noch heute Nacht wieder im Zug zurück nach London.« Sie sieht mich energisch an und schiebt mich kurzerhand ins Badezimmer. »Los jetzt. Wir haben eine Reservierung in einem Restaurant mit Fotografen. Das sollten wir nicht verpassen.«

»Und du bist sicherlich heute Nacht wieder weg?«

»Ja, ich verspreche es dir«, sagt sie und ich kann nicht genau heraushören, ob sie nun genervt oder amüsiert ist. Vermutlich eine Mischung aus beidem.

»Okay, dann warte hier und ich beeile mich.«

Noch während ich die Haare gewaschen habe, hat sich Tatiana bereits durch meine Klamotten gewühlt und mir ein Outfit auf dem Bett bereitgelegt. Fast komme ich mir vor, wie ein Mann, der unter der Fuchtel seiner Frau steht, als ich die Sachen anziehe.

»Kannst du dich beeilen?« Tatiana klopft mit den Fingern gegen den Rahmen der Tür und als ich mich endlich zu ihr umdrehe. Während ich die letzten Knöpfe meines Hemds schließe, schüttelt sie den Kopf. »Nein nein, das Hemd muss weiter auf sein, sonst siehst du aus, wie ein Spießer.« Kurzerhand tritt sie auf mich zu, öffnet zwei Knöpfe des Oberhemds und sieht mich prüfend an. »Ja, so ist es in Ordnung. Los, komm mit.« Meine Hand haltend marschiert sie mit langen Schritten aus dem Hotelzimmer.

Ich bin müde und ausgelaugt vom Drehtag und will in mein Bett. Doch was ich will interessiert hier niemanden.

Hand in Hand gehen wir durch die Fotografen zu einem Auto, das uns abholt und in die Innenstadt von Reading bringt.

»Das Restaurant ist sehr schön, hat Lauren zumindest gesagt. Du solltest auf jeden Fall etwas essen, du siehst ein wenig abgemagert aus«, sagt Tatiana, als wir hinten in dem schwarzen Mercedes sitzen und nickt auf meine Handgelenke hinunter.

»Dasselbe könnte ich dir auch sagen. Du bist auch nicht gerade das, was man wohlgenährt nennen würde.« Pikiert verzieht Tatiana die Oberlippe und sagt ein wenig hochnäsig: »Nun, ich arbeite auch als Model. Was denkst du denn?«

»Und ich arbeite als Schauspieler. Du solltest wissen, dass die Kamera einem mindestens sechs Pfund mehr auf die Rippen mogelt. Also sage nichts gegen mein Gewicht.«

So zickig wollte ich sie gar nicht anfahren, doch ich habe nun mal keine Lust, den heutigen Abend mit ihr zu verbringen und da Tatiana die einzige Person ist, mit der ich im Augenblick sprechen kann, bekommt sie alles ab.

»Meine Güte, kein Grund, sich so aufzuregen«, murrt sie, verschränkt die Arme vor der Brust und sieht aus dem Fenster. Einen Moment sehe ich sie an und muss mir nochmal vor Augen führen, dass sie das ja auch nur des Geldes wegen macht. Ich habe nicht das Recht, sie so anzufahren. Sie macht nur ihren Job – um mich zu decken.

»Entschuldige bitte. Ich wollte nicht gemein sein«, sage ich etwas ruhiger.

»Du warst nicht gemein, du warst lediglich ehrlich«, antwortet sie und blinzelt.

Weint sie? Ohje, das habe ich nicht gewollt.

»Tatiana, bitte entschuldige, ich wollte dir wirklich nicht zu nahe treten.« Sie wendet sich mir zu und ihre Lippen zittern.

»Glaubst du, mir macht es Spaß mit jemandem auszugehen, der mich nicht leiden kann? Der mich verachtet, weil ich für Geld mit Männern ausgehe, wie eine billige Nutte? Wir könnten ein wenig Spaß miteinander haben, einen netten Abend verbringen und beide unseren Vorteil aus den dabei entstandenen Bildern ziehen. Aber du siehst mich an, als wäre ich eine Schlange oder etwas Widerwärtiges, das du am Liebsten zertreten möchtest. Vielleicht sehe ich nicht so aus, aber ich habe auch Gefühle, weißt du? Und die sollte man respektieren, Henry Seales.« Noch während sie spricht, steigen ihr Tränen in die Augen und sie versucht sie energisch wegzublinzeln. Rasch gebe ich ihr ein Taschentuch. Scheiße, ich wollte nicht, dass sie weint.

»Tatiana, es tut mir wirklich leid. Bitte, bitte entschuldige...«

»Nein! Du bist ein überheblicher Arsch. Du solltest froh sein, dass Lauren sich so dafür einsetzt, dich zu decken. Wieso versteckst du eigentlich, dass du schwul bist? Das ist doch heutzutage nun wirklich keine große Sache mehr.« Sie wischt sich die Tränen aus den Augen und ich bin froh darüber, dass zwischen uns und dem Taxifahrer eine Glasscheibe ist, die unser Gespräch privat macht.

»Ich kann nicht offen schwul sein. Das passt nicht zu meinem Image als Frauenheld«, gebe ich zu. Tatiana sieht mich lange an, dann schüttelt sie kaum merklich den Kopf und löst ihre Starre ein wenig.

»Du tust mir leid. Dass dir dein Job so viel bedeutet, dass du dich selbst verleugnest...du solltest dich wirklich entscheiden, was dir wichtiger ist. Ich mache diese Sache hier nur, weil ich nicht vergeben bin. Wenn ich einen Freund hätte, würde ich das niemals tun, weil mir mein Privatleben nämlich wichtiger ist, als mein Beruf.«

Das muss ich erstmal sacken lassen.

Bis wir am Restaurant ankommen, hat sich Tatiana wieder auf Vordermann gebracht. Wir kommen überein, den Abend freundlich und friedlich miteinander zu verbringen. Es macht keinen Sinn, sich gegenseitig anzufauchen. Wir machen beide unseren Job und sollten diesen so erträglich wie möglich gestalten.

Als der Wagen am Restaurant hält, steige ich zuerst aus und helfe ihr dann höflich.

Hand in Hand gehen wir vor den Linsen der Fotografen vorbei in das Restaurant, wo man uns bereits nervös erwartet.

Es ist eine schöne Lokalität, die Lauren da gefunden hat. Man hat uns einen Tisch am Fenster zugewiesen. Zuerst finde ich das nicht sonderlich angenehm, doch schließlich sind wir hier, um uns fotografieren zu lassen. Glücklicherweise befindet sich vor dem Fenster ein Grünstreifen, der bepflanzt ist, sodass die Fotografen mindestens vier Meter Abstand zu uns haben. Ganz der Gentleman, ziehe ich Tatiana einen Stuhl zurück und nehme dann ihr gegenüber Platz.

»So, dann geben wir ihnen mal etwas zu sehen«, seufze ich und lächle dabei, als gäbe es auf der Welt nichts Schöneres für mich, als mit einer Frau, die ich nicht kenne, ein romantisches Abendessen zu haben.

Im Laufe des Abends lerne ich Tatiana tatsächlich ein bisschen besser kennen und wider meiner Erwartungen, ist sie gar nicht so doof, wie ich immer gedacht habe. Ich erfahre, dass sie Mode studiert hat und seit ihrer Kindheit selbst modelt. Aber das Business ist hart und auch hier wird mit heftigen Mitteln um die Aufmerksamkeit der Kunden gekämpft. Ich erfahre, dass sie sich hauptsächlich mit mir trifft, um in den Augen der Öffentlichkeit ein wenig präsenter zu werden und so an lukrativere Modeljobs heranzukommen. So gesehen, haben wir also beide etwas von unserem Date. Das Essen schmeckt hervorragend und der Abend geht schnell um.

»Wie kommst du heute zurück nach London?«, frage ich eineinhalb Stunden später und nehme wieder ihre Hand, als wir aufstehen, um das Restaurant zu verlassen. Das Gefühl ist, da wir uns nun ein wenig besser kennen, bei weitem nicht mehr so befremdlich.

»Mit dem Zug. Es ist keine allzu lange Fahrt und ich komme pünktlich an. Morgen muss ich in London zu meinem Agenten.« Ich stoße die Eingangstür auf und sofort empfängt uns das Klicken der Kameraauslöser.

»Henry! Wie war das Abendessen? Hat es euch hier gefallen?«

»Danke, es war ganz wunderbar«, sagt Tatiana, klimpert mit den Wimpern und schmiegt sich eng an mich. Ich sehe zu, dass wir die Treppe vor dem Restaurant ohne Schaden hinter uns bringen und führe sie zu einem Wagen.

»Küsst euch doch bitte nochmal für die Kamera!«, ruft jemand. Ich tue ihnen den Gefallen und drücke Tatiana meine Lippen auf den Mund. Sie lächelt mich an, als wir uns voneinander lösen und wir blicken noch einmal in die Kameras, dann steigen wir in den Wagen.

Der Fahrer bringt Tatiana sofort zum Bahnhof und mich dann zurück ins Hotel. Als ich endlich allein im Wagen bin, schließe ich die Augen und lehne den Kopf gegen die Fensterscheibe. Ich muss ins Bett und bin hundemüde. Morgen wird es schon wieder recht früh losgehen und ich will nur noch schlafen.

Ob Lucas schon im Bett liegt?

Vielleicht klopfe ich gleich nochmal bei ihm.

Das Hotel kommt in Sicht und zum ersten Mal ist der Eingang frei von Fotografen. Der Fahrer lässt die Scheibe zwischen sich und mir herunter und ich bezahle ihn.

»Mr Seales? Könnte ich vielleicht ein Autogramm von Ihnen bekommen? Meine Teenagertochter ist ein großer Fan«, fragt er mich und gibt mit mir dem Wechselgeld einen Zettel samt Stift zurück. Ich erkundige mich nach dem Namen der Tochter und kritzle ihr eine Nachricht aufs Papier. Strahlend nimmt der Mann das Autogramm entgegen. »Oh sie wird Augen machen, ich werde vermutlich der Held des Tages sein. Haben Sie noch einen schönen Abend.«

»Danke, Sie auch, Sir.« Ich schließe meinen Mantel und steige aus.

In meiner Etage ist es auf dem Flur mucksmäuschenstill, nur aus manchen Zimmern ist ein Fernseher zu hören. Im Gehen suche ich die Zimmerkarte aus der Innentasche des Mantels und bleibe kurz bei Lucas stehen, um zu horchen

– es ist still - dann gehe ich weiter zu mir. Das kleine Licht an der Tür blinkt grün auf, als ich die Karte hindurchziehe und sie sich mit einem Klicken öffnet.

Seufzend trete ich in mein Zimmer, schäle mich aus dem Mantel und hänge ihn an den Haken innen an der Tür, dann taste ich mich an der Wand entlang ins Badezimmer. Auf der Toilette sitzend putze ich mir die Zähne und denke über den Abend nach. Er ist erstaunlich gut gelaufen und ich finde Tatiana tatsächlich ganz okay. Jetzt, wo wir beide den Standpunkt des jeweils anderen kennen, kann man einander besser verstehen und der Umgang ist leichter.

Mein Handy zeigt schon zwei Anrufe in Abwesenheit an. Sicherlich wollte Lauren wissen, wie es gelaufen ist, aber ich werde sie jetzt definitiv nicht mehr zurückrufen. Dafür ist morgen auch noch Zeit.

Das Licht anzuschalten spare ich mir und taste mich im Dunkeln zu meinem Bett vor. Die Decke raschelt unter meinen Fingern und ich lasse mich nach vorne fallen.

»Argh!«

Mit einem Satz bin ich wieder auf den Beinen und rutsche hastig zum Nachtschränkchen, um das Licht anzuschalten. Ich habe es so eilig, dass ich über die Bettkante kippe und mit einem dumpfen Aufprall auf dem Fußboden lande. Im selben Moment geht das Licht an.

»Henry?«

»Lucas? Entschuldige mal, aber was machst du in meinem Bett?«, frage ich keuchend und luge über die Bettkante zu ihm hin. Er liegt da und sieht aus, als hätte er schon geschlafen.

»Nun, ich wollte dich gewiss nicht von der Bettkante stoßen.« Er grinst frech und reibt sich die Augen. »Ich habe doch gesagt, dass die Steckdose in meinem Zimmer summt.«

»Ja, aber wie bist du in mein Zimmer gekommen?« Vorsichtig stehe ich wieder auf und krabble nun ebenfalls ins Bett. Ich muss unter die Decke. Es ist mir unangenehm, dass Lucas mich nur in Boxershorts sieht. Nicht, dass wir heute am Set schon fast alles voneinander gesehen hätten, aber hier bin ich als Privatperson und das ist was anderes. Zumindest für mich.

Lucas wendet sich mir zu, stützt den Unterarm auf die Matratze auf und sagt: »Nun, ich hab an der Rezeption gesagt, dass du mich angerufen hättest, dass du deine Karte vergessen hast. Sie haben mir einfach einen Ersatz ausgestellt.«

Na, die scheinen es mit der Sicherheit hier auch nicht sonderlich ernst zu nehmen, schießt es mir durch den Kopf. »Wirfst du mich jetzt wieder raus? Die Steckdose ist wirklich unangenehm laut.« Lucas macht einen Hundeblick und natürlich kann ich nicht widerstehen.

Wie auch? Du bist in ihn verknallt!

»Nein, bleib ruhig.«

»Danke, du bist der Beste.«

»Ich weiß Baby«, grinse ich und mein Herz klopft, als ich dieses Wort sage. Wie sehr wünschte ich, das nicht nur zum Spaß nutzen zu dürfen. Ich glaube, er mag es, zumindest sieht er dann immer sehr geschmeichelt aus und ich habe den Eindruck, dass er ein bisschen errötet. Ganz genau kann ich das natürlich nicht sagen, denn ich traue mich nicht, ihn lange genug anzusehen. Was, wenn er etwas bemerkt?

»Machst du das Licht wieder aus?«, fragt Lucas und ich realisiere, dass ich mindestens zwanzig Sekunden lang bewegungslos im Bett gesessen und ins Nichts gestarrt habe.

Als wir im Dunkeln so daliegen, fragt er leise. »Wie war´s mit Tatiana?«

»Gut, ich glaube, sie ist wirklich nett«, antworte ich abwesend.

»Glaubst du? Na das solltest du aber besser wissen, wenn ihr zusammen seid«, meint Lucas und ich erstarre.

»Was habe ich gerade gesagt?«

»Dass du *glaubst*, dass sie wirklich nett ist«, wiederholt er und ich höre deutliche Skepsis in seiner Stimme.

»Ja, das...« Ich ebbe ab, habe keine Ahnung, was ich jetzt genau sagen soll. Den Satz kann ich nicht wegerklären. Scheiße, wieso bringt mich Lucas immer so aus dem Konzept?

»Sie ist gar nicht deine Freundin, oder?« Selbst ohne dass ich sein Gesicht sehen kann, ist mir klar, dass Lucas die Augenbrauen fragend nach oben gezogen hat. Er wartet auf eine Antwort und zum ersten Mal seit langer Zeit, mache ich einfach das, was mein Bauch mir sagt, und antworte ehrlich: »Nein, ist sie nicht.«

»Ist sie ein PR Stunt?«

»Ja. Meine Managerin ist der Meinung, dass ich mich besser verkaufe, wenn ich in einer Beziehung bin.«

»Und weil grade keine Frau in Sicht war, hat man einfach eine gebucht?« Oh gut, Lucas scheint noch immer zu glauben, dass ich hetero bin. Immerhin, das ist noch nicht aufgeflogen. Erleichterung durchströmt mich und ich bejahe. Die Arme habe ich unter meinem Kopf verschränkt und seufze. Lucas ist still. Vielleicht denkt er über die Antwort nach, oder ist eingeschlafen. Es ist zu dunkel, um nachzusehen.

»Du tust mir leid, Henry«, ist schließlich alles, was er dazu sagt.

14. KAPITEL

Lucas hat sich schon recht früh aus meinem Zimmer geschlichen, vermutlich um zu duschen und sich umzuziehen, und ich sehe ihn erst im Wagen des Fahrers.

Wir sind beide recht still und ich bin in das Drehbuch vertieft. Heute steht eine ziemlich aufwändige Szene an. Wir drehen einige Ausschnitte von Theateraufführungen von George und einige von Mo, die zeigen sollen, dass er auch, nachdem er und George getrennte Wege gehen, erfolgreich arbeitet. Dafür wurden knapp 200 Leute gebucht, die den ganzen Tag im Zuschauerraum sitzen und das Publikum spielen werden. Dazu stehen noch einige Schauspieler auf der Dispo, die meine Kollegen auf der Bühne darstellen. Das wird heute viel Gewusel am Set geben, da bin ich mir sicher.

Tatsächlich ist es deutlich lauter, als ich nach Lucas wenig später vor dem Theater aus dem Wagen steige. Michael, der Bodyguard, folgt mir auf dem Fuß und beäugt jeden, der uns entgegenkommt mit misstrauischem Blick. Durch die vielen Komparsen, die heute anwesend sind, wird es auf dem Parkplatz, wo die ganzen Mobile herumstehen, verdammt eng. Zwar hat man ein Zelt für die zusätzlichen Menschen aufgebaut, doch man spürt einfach, ob sich vor Ort 80 oder 280 Personen befinden.

Jimmy scheucht gerade einige Komparsen von unseren Wohnwagen weg, die neugierig davor gestanden haben, als wir ankommen.

»Das geht schon den ganzen Morgen so. Es ist fast, als versuchte man einen Sack Flöhe zu hüten«, seufzt Lee, der dazu kommt und sieht den Komparsen nach. »Wenn euch heute einer anspricht und nach einem Autogramm fragt, dann lehnt es bitte ab, das hat hier am Set nichts zu suchen, okay?« Lucas und ich nicken.

»Hast du das den Komparsen auch schon gesagt?«, frage ich.

»Das ging mit dem Infoschreiben an alle raus, aber ihr wisst ja, wie das ist. Normalerweise gibt es immer den ein oder anderen, der sich daran nicht hält.« Er schließt uns die Tür auf und Lucas betritt seinen Bereich. Er kann noch kurz ankommen, während ich schon in die Maske muss.

Weil wir heute die Theateraufführungen drehen, bekomme ich von Zach das entsprechende Make-up verpasst und sitze fast eine Stunde im Schminkstuhl.

»Viel Spaß auf der Bühne«, sagt Zach noch und richtet den Platz nun für Lucas ein, damit der ebenfalls geschminkt werden kann. Sein Auftritt ist erst später. Heute hat Zach außerdem Unterstützung von einer Kollegin, die sich um die anderen Schauspieler kümmert, damit alle rechtzeitig fertig werden.

Beim Frühstück muss ich darauf achten, nicht zu viel zu kleckern, damit das Make-up nicht verschmiert. Weil ich so beschäftigt bin, unfallfrei zu essen, nehme ich nicht viel Notiz davon, was um mich herum passiert, bis sich jemand neben mich setzt. Es ist ein äußerst nerviger Komparse, der sich über die Anweisung, die Schauspieler in Ruhe zu lassen, hinwegsetzt und mich vollquatscht. Er versucht, mir weiszumachen, dass er eigentlich Elektriker sei, aber in den letzten Jahren viel Film gemacht habe und nun in der Branche eine richtig große Nummer sei, doch ich glaube ihm kein Wort. Die meisten Komparsen halten sich für verkannte Künstler. Nur mit viel Mühe gelingt es mir, die Augen nicht zu verdrehen, als er mir eine Visitenkarte neben den Teller legt.

»George Clonton – Schauspieler«

Auf der Karte steht allen tatsächlich Schauspieler! Ich bin so sprachlos über seine Dreistigkeit, dass ich das Kärtchen einfach nur anstarren kann.

»Du kannst mir auch gerne deine Nummer geben, ich habe Kontakt zu vielen hohen Tieren in der Branche«, bietet er mir an, doch ich schüttele den Kopf: »Danke, aber meine Jobs bekomme ich über mein Management.« Mit einem Ruck stehe ich auf, wobei die Karte vom Tisch flattert, und gebe den Teller wieder bei Nate ab.

»Na, konntest du dich losreißen?«, fragt er mich und nickt zu George hinüber, der nun Lucas ansteuert.

»Ja zum Glück. Meine Güte, solche Leute gehören mal ordentlich zurechtgewiesen...«, brumme ich und Nate seufzt.

»Ach, die wird es immer geben. Vermutlich halten sie sich auch für besser, als den Clooney oder Meryl Streep.«

»Ja, vermutlich.« Als jemand meinen Namen ruft, drehe ich mich um und erblicke einen Kollegen, den ich schon seit zwei Jahren nicht mehr gesehen habe. Mit Aaron habe ich mich immer gut verstanden und mag ihn sehr gerne. Er spielt heute meinen Bühnenpartner und hat nur diesen einen Drehtag. Wenig, aber immerhin etwas. Wir umarmen uns und er klopft mir auf die Schulter.

»Hey Henry, bei dir läuft's ja grade, wie ich sehe. Wirklich klasse, wie geht es dir?«

146

»Danke, gut und dir?«, frage ich und strahle ihn an. Es ist toll, ihn wieder zu sehen. Er zuckt mit den Schultern.

»Naja die Kids halten mich ganz schön auf Trab muss ich sagen, aber ich würde es nicht anders haben wollen.« Aaron ist mit seinen 28 Jahren bereits Vater von zwei Kindern und verheiratet.

»Wie alt sind deine Kids jetzt?«, frage ich und Aaron zeigt mir Bilder der beiden. Er will gerade weiterreden, als mein Blick auf Lucas fällt, der hinter ihm aufgetaucht ist und offenbar versucht, den nervigen Komparsen abzuschütteln.

»Warte mal eben einen Moment«, sage ich zu meinem Kollegen und gehe zu Lee. Ich will nicht selbst dafür sorgen, dass der Typ Lucas in Ruhe lässt, damit keine schlechte Stimmung entsteht. Das ist Lees Aufgabe. »Kannst du diesen Komparsen bitte mal zurechtweisen, der rückt uns ziemlich auf die Pelle«, sage ich zu unserem Setaufnahmeleiter.

»Mach ich. Den Typen kenne ich schon von anderen Drehs. Der ist immer so aufdringlich.«

Wenig später ist Lucas befreit und gesellt sich zu Aaron und mir.

»Hey ich bin Lucas, Henrys Geliebter«, stellt er sich vor und ich merke, dass ich rot werde.

»Hey, ich bin Aaron, ein guter Freund von Henry«, sagt Aaron und sie schütteln sich die Hände. »Ihr spielt also das Liebespaar des Films. Und wie ist es so, einen Mann zu küssen?«

»Nicht anders, als bei einer Frau«, sage ich schnell und so lässig wie möglich um meine Verlegenheit zu überspielen.

»Henry küsst wirklich gut«, meint Lucas und legt mir den Arm um die Schulter.

»Lucas auch«, gebe ich das Kompliment zurück und grinse meinen Kollegen an. Aaron sieht amüsiert zwischen uns beiden Hin und Her und grinst breit.

»Ihr habt euch wohl gesucht und gefunden, was? Die Chemie bei euch stimmt auf jeden Fall, das spüre ich...« Bevor er das weiter ausführen kann, wird er von Elianna abgeholt, die ihn umziehen möchte, und verschwindet mit ihr im Mobil.

»Du bist ja sehr attraktiv heute mit deiner Aufmachung«, stellt Lucas fest, als wir allein sind und es uns in unseren Klappstühlen bequem gemacht haben. Ich sehe an mir herunter, mustere die weite Hose und die glänzenden Schuhe, dann lege ich einen Daumen unter einen Hosenträger und lasse ihn zurückschnalzen.

»Bequem ist es aber nicht.«

»Das ist ja auch egal, es sieht toll aus und das ist doch die Hauptsache. Wobei du mir ja ohne diese Charly Chaplin Augen deutlich besser gefällst.« Er grinst und ich seufze: »Lucas, könntest du bitte aufhören, mir Komplimenten zu machen? Ich werde sonst noch ganz verlegen.« Verständnislos schaut mich mein Kollege an und einen Moment schweigen wir, dann sagt er in einem Tonfall, der es mir nicht möglich macht, sagen zu können, wie genau er es meint: »Nun, ich habe dir ja schon gesagt, dass ich dich liebe, da kann ich dir doch auch ein Kompliment machen.« Mein Mund wird schlagartig trocken und mir ist so heiß in meinem Kostüm, als hätte ich eine Sauna betreten.

Mit vollkommen leerem Kopf plappere ich los: »Das hast du gestern übrigens sehr schön gesagt. Es hat wunderbar in die Szene hineingepasst.«

»Ja, finde ich auch...ich hab allerdings...«

»Henry! Wir haben fast eingeleuchtet, kommst du bitte ans Set?«, ruft Lee und unterbricht Lucas, der den Kopf sinken lässt. Ich stehe auf und gehe gemeinsam mit Aaron und Elianna ins Theater. Kurz bevor ich durch die große Tür ins Gebäude trete, drehe ich mich nochmal um und sehe Lucas, der sich die Haare rauft.

Obwohl die heute gedrehten Theaterszenen später im Film nur kurz gezeigt werden, um den wachsenden Erfolg von George darstellen zu können, bedarf es eines gewaltigen Aufwandes, das alles zu drehen. Dementsprechend anstrengend ist der Tag.

Beim Mittagessen erklärt mir Lee, dass wir die Location im Theatersaal nur heute nutzen können, weil die Miete sonst das Budget des Films verschlingt und wir deshalb einen solchen Stress haben. In den letzten Szenen ist mir aufgefallen, dass Geoffrey kaum jemandem Zeit für irgendwas lässt und das Team energisch vorantreibt. Alles muss zügig ablaufen und im wahrsten Sinne des Wortes, schnell über die Bühne gehen.

Lucas hat schon am frühen Nachmittag Feierabend, beschließt aber, am Set zu bleiben und mir und Aaron zuzuschauen.

»Im Hotel sitze ich doch auch nur rum, das kann ich dann auch hier machen«, erklärt er mir, als ich ihn verständnislos ansehe. Wenn ich frei hätte, würde ich mich nicht ans Set setzen.

»Ich glaube, Lucas hat dich gerne und er sieht zu dir auf«, meint Aaron wenig später zu mir. Ich sehe ihn von der Seite her an und versuche nicht allzu geschmeichelt zu wirken. Dass mein Freund und Kollege das so sieht, finde ich natürlich toll, muss aber aufpassen, nicht zu viel von mir selbst preiszugeben, denn am Liebsten würde ich ihm gestehen, dass ich Lucas auch gerne habe.

Die ganze Zeit über hänge ich meinen eigenen Gedanken nach und habe niemanden, dem ich mich öffnen kann. Doch so langsam habe ich doch das Bedürfnis, mich einmal auszusprechen.

Ob Aaron dafür der richtige Mensch ist? Ich kenne ihn lange, aber nicht gut genug, um mir sicher zu sein, dass ich mich ihm anvertrauen kann. Aber diese innere Zerrissenheit frisst mich langsam auf.

Ich muss am Set spielen, dass ich in Lucas verliebt bin. An sich ist das ja nicht schlimm, denn ich glaube mittlerweile, dass ich wirklich verliebt bin. Aber die Gefühle an- und abschalten, wie die Kamera ist nicht leicht. Und privat muss ich so tun, als wäre ich in eine blonde, hübsche Frau verliebt, die ich kaum kenne.

Gleichzeitig suche ich die Nähe zu Lucas, weil ich mich mit ihm wohlfühle und die Tatsache, dass er gerne bei mir im Zimmer schläft, um so der summenden Steckdose zu entgehen, macht es nicht leichter für mich. Manchmal erwische ich mich dabei, wie ich mir ausmale, wie es wäre, wenn ich im Schlaf reden und Lucas so die Wahrheit sagen könnte.

Aber dann wüsste er, dass ich ihn die ganze Zeit über angelogen habe, was auch keine sonderlich gute Basis ist.

Ich grüble immer zwischen den Takes darüber nach und bis zum Ende des Drehtages bin nicht sonderlich schlauer. Im Gegenteil: Ich habe mir sogar vor Augen geführt, dass ich mich in eine Situation manövriert habe, die sich so einfach nicht lösen lässt, weil sie auf einer Lüge aufgebaut ist.

»Henry, was ist los? Seit der Mittagspause bist du total nachdenklich«, erkundigt sich Aaron, als wir nach Drehschluss durch die langen Flure des Theaters zurück zur Basis laufen.

»Ach nichts, ich hab momentan einfach ein bisschen viel im Kopf.«

»Ist es deine Freundin, die Stress macht?«

Wenn es das nur wäre.

»Nein nein, da ist alles okay. Ich weiß gerade manchmal einfach selbst nicht so recht, wohin mit mir.« Mein Kollege nickt langsam und fängt an, die strammen Knöpfe seiner Samtjacke zu lösen, damit er sich gleich schneller umziehen kann.

»Ist es wegen Lucas?«, fragt er plötzlich und ich sehe ihn so überrascht an, dass ich beinahe die Treppe hinunterfalle. »Vorsicht!«, warnt Aaron mich und streckt den Arm aus.

»Danke. Wie kommst du darauf, dass Lucas etwas damit zu tun haben könnte?«, frage ich und achte nun auf meine Füße.

»Keine Ahnung. Du bist so seltsam, seit ich meinte, dass er dich gerne hat und zu dir aufschaut. Hast du vielleicht Angst vor der Verantwortung, die du ihm gegenüber hast?«

»Was habe ich denn Lucas gegenüber für eine Verantwortung?«

Aaron lacht und sieht mich freundlich an: »Naja, als Schauspieler hast du doch immer ein bisschen die Rolle des Mentors inne, wenn ein Kollege am Set dabei ist, der weniger Erfahrung hat. Als ich »the Superheroes« gedreht habe, hat sich mein Kollege Chris auch immer ganz lieb um mich gekümmert und mir Hilfe angeboten, weil ich mit der Größe des Sets vollkommen überfordert war. Zumindest an den ersten Tagen. Ich dachte nur, dass du denkst, der Aufgabe nicht gewachsen zu sein.«

»Achso, das meinst du...«, murmle ich und nicke langsam. Vielleicht sollte ich es ihm einfach gestehen und hätte dann ein wenig mehr Luft zum Atmen. Dieses ewige Versteckspiel bedrückt und zieht mich runter.

Doch ich bringe den Mut nicht auf. Obwohl ich mehrmals kurz davor bin und schließlich verabschiede ich mich von Aaron mit einer Umarmung und sehe ihm zu, wie er in den Wagen steigt, der ihn zum Bahnhof bringt. Als das Auto um die Ecke gebogen ist, schiebe ich die Hände in meine Jackentaschen und seufze.

Ich bin ein verdammter Feigling.

»Arschloch!«, fluche ich und stampfe auf den Boden, weil ich mich über mich selbst ärgere.

»Wer ist ein Arschloch?« Ich fahre herum und stehe Fionn gegenüber, der mich mit schiefgelegtem Kopf ansieht.

»Ach nichts, ich….ich hab mich nur gerade über eine Mail geärgert«, rede ich mich raus und hoffe, dass Fionn nicht weiter nachfragt. Stattdessen meint er nur gedankenverloren: »Morgen haben wir den letzten Tag hier. Schade eigentlich. Ich habe hier gerne gedreht, es ist viel ruhiger, als in London. Wie fandest du es?«

»Oh, ich freue mich, wieder auf London«, gebe ich zu und es ist tatsächlich die Wahrheit, denn in London kann ich wieder in meinem eigenen Bett schlafen und es sind sicher weniger Fotografen beim Dreh dabei. Schließlich wird in London häufiger gedreht und es ist keine Sensation für die Menschen, sodass ich ein bisschen mehr Ruhe haben werde.

Allerdings wird Lucas dann ebenfalls in seinem Bett schlafen und ich werde wieder allein sein. Fast habe ich mich an seine Anwesenheit gewöhnt.

Lucas sitzt bereits im Auto und wartet.

»Hey, du bist ja immer noch da, hattest du nicht schon längst Feierabend?«, fragt Fionn überrascht und lächelt Lucas an, als er sich neben ihn auf die Rückbank des Wagens quetscht.

»Ja schon, aber ich wollte mir Henry und Aaron noch ein wenig ansehen. Im Hotel ist es alleine so langweilig«, sagt Lucas und Fionn nickt. »Kann ich verstehen. Du hättest dich aber auch in die Wellnessabteilung begeben oder dir eine Massage gönnen können.« Lucas´ Miene verfinstert sich.

»Mist, daran hab ich nicht gedacht«, grummelt er und sieht mich an. In seinem Blick liegt die Frage, ob wir uns heute Abend noch Wellness gönnen und ich zucke mit den Schultern. Eigentlich bin ich nicht in der Stimmung dazu, doch wann hat man schon mal einen Whirlpool und Massageräume im Keller.

15. KAPITEL

Mein Kollege scheint es so richtig eilig zu haben, ins Schwimmbad zu kommen, denn er klopft an meiner Tür Sturm, als ich noch nach der Badehose suche.

»Du bist aber schnell«, sage ich zu ihm und wende mich wieder meiner Schublade zu, in der ich die Badehose vermute. Ein Wunder, dass ich überhaupt eine eingepackt habe, ansonsten hätte ich in Boxershorts baden gehen müssen.

»Hast du es bald?«, fragt Lucas und sieht ungeduldig auf die Uhr.

»Och jetzt stress mich doch nicht. Ich hab schon am Drehtag immer die Uhr im Nacken, jetzt lass mir wenigstens beim Umziehen meine Zeit«, beschwere ich mich und ziehe endlich eine Badehose aus der Schublade.

»Prima, dann können wir ja jetzt los«, freut sich Lucas, verschwindet im Badezimmer und drückt mir meinen Bademantel in die Hand. »Los jetzt, sonst ist das Wasser schon kalt, bis wir überhaupt im Wellnessbereich ankommen.« Lucas macht Anstalten, mich an der Hand hinter sich herzuziehen, doch ich mache mich los.

»Darf ich mich vielleicht noch umziehen? Meinst du, das kannst du noch aushalten?« Lucas grinst mich frech an und nickt dann.

Der Wellnessbereich wird um diese Uhrzeit nicht mehr genutzt. Die meisten Gäste sind schon beim Abendessen und es ist still, als wir die Räumlichkeiten betreten. Lediglich leise Musik läuft im Hintergrund und das Plätschern eines Brunnens, beruhigt mich sofort.

Automatisch dämpft man die Stimmen und Lucas seufzt: »Was für eine angenehme Ruhe, wenn man es mit dem Lärmpegel heute am Set vergleicht. Schade, dass wir da nicht schon viel früher draufgekommen sind, hier ist es ja wirklich schön. Das beste, was man nach einem Drehtag machen kann.«

Wir werden unsere Bademäntel an einem Kleiderhaken los und sehen uns dann um. Das Wasser in den verschiedenen Schwimmbecken ist beleuchtet und wirft schöne Farbenspiele an die niedrige Decke. Mir gefällt es, dass der Wellnessbereich nicht wie ein Schwimmbad, sondern eher, wie eine Grotte aussieht. Es wirkt einladend und heimelig.

»Wo gehen wir zuerst hin?«, fragt Lucas und zieht eine schmale Glastür zu einem Dampfbad auf. »Oh hier riecht es nach Minze«, entfährt es ihm und ich folge ihm in das Räumchen. Die Luft ist erfüllt von Dampf und ich atme tief ein. Es ist unglaublich angenehm und wir setzen uns auf die Steinbänke. Lange dauert es nicht und ich tropfe, wie ein Wasserhahn. Mit jedem Schweißtropfen, der meinen Körper verlässt, habe ich das Gefühl, ein wenig Stress loszuwerden. Lucas, der mir gegenüber sitzt, verschwindet fast komplett im Nebel.

»Schade, dass wir morgen Abend schon wieder zurück fahren«, sagt er und seufzt.

»Ich freue mich aber auch wieder auf zuhause«, antworte ich, obwohl ich bedauere, dass er dann nicht mehr neben mir wohnt. Aber was soll ich Lucas schon anderes sagen.

»Ja, das verstehe ich. Vielleicht hast du da ja weniger Fotografen am Hals.« Daraufhin sage ich nichts und mein Kollege seufzt nochmal.

»Was ist los?«, frage ich und Lucas schweigt einen Moment, bevor er antwortet.

»Weißt du, manchmal denke ich mir, dass es toll wäre, wenn ich einen Freund hätte, der so wäre wie du.«

Habe ich mich gerade verhört? Wie kommt er denn jetzt da drauf?

Mein Herz rast und ich hole tief Luft, doch ist durch die ätherischen Öle so reizend, dass ich husten muss. Schnell taste ich nach der Tür und schiebe mich wieder hinaus ins Freie. Sofort überzieht eine Gänsehaut meinen Körper. Lucas kommt mir nach.

»Alles okay?«

»Ja, ich war nur...ein wenig überrascht von deiner Aussage«, gebe ich zu und wage es, ihm in die Augen zu sehen. Ich kann mich nicht immer verstellen und wenn er mich jetzt ansieht, dann wird er in meinen Augen lesen können, was los ist, da bin ich mir sicher. Nervös spiele ich mit meinen Händen herum und weiß nicht so genau, wohin damit.

»Das überrascht dich? Wieso das? Du bist ein toller Mensch, aufmerksam und nicht oberflächlich. Bei dir habe ich immer das Gefühl, dass ich mich nicht verstellen muss. Ich kann dich alles fragen und das gibt mir eine gewisse Sicherheit, die guttut. Und so sollte es doch auch bei einem Partner sein. Und darüber hinaus bist du auch noch ein wunderbarer Schauspieler.«

Ja, das bin ich – und spiele dir vor, hetero zu sein.

Dass Lucas so viel von mir hält, finde ich schmeichelnd und mir fehlen die Worte. Ich habe keine Ahnung, was ich darauf erwidern soll.

Das Zittern lässt nicht nach, doch gerade bin ich mir nicht mehr so sicher, ob das an der kühlen Luft oder an Lucas liegt. Er bemerkt es und nickt zu einem Schwimmbecken hinüber.

»Komm, lass uns wieder ins Wasser gehen. Da ist es wärmer.« Er lächelt kurz und mir scheint, als sei er fast ein wenig verlegen, weil er sich mir geöffnet hat.

»Dir muss deine Aussage nicht peinlich sein«, sage ich beruhigend und klopfe ihm auf die Schulter. Aber nur kurz.

»Ich freue mich, wenn du in mir eine Vorlage für deinen künftigen Freund siehst.«

Schon wieder eine Lüge. Ich sollte damit aufhören. Ganz dringend. Ich will nicht als Vorlage dienen. Ich will sein Freund sein.

»Wenn wir grade schon dabei sind, ehrlich zueinander zu sein, darf ich noch etwas sagen?«, fragt Lucas und sieht mich mit großen Augen an, die genauso blau sind, wie das Wasser im Schwimmbecken hinter ihm.

Fange ich jetzt an, alles zu verkitschen?

»Ja, klar. Was willst du mir sagen?« Wird er mir gleich gestehen, dass er sich in mich verliebt hat? Mein Herzschlag beschleunigt sich ungesund. Lucas öffnet den Mund und sagt: »Du bist viel zu dünn, Henry.«

Das war jetzt nicht genau das, was ich mir erhofft hatte.

Verlegen sehe ich an mir herunter. So dünn bin ich gar nicht. Finde ich zumindest. Ja, man kann einige Rippen sehen und der Hüftknochen war schon weniger auffällig, aber *zu dünn*?

»Versprich mir, dass du wieder normal isst, wenn die Dreharbeiten vorbei sind. Bitte.«

»Ich verspreche es dir.«

»Gut. So sieht das nämlich nicht mehr gesund aus.« Mit diesen Worten lächelt er mich an und lässt sich rückwärts ins Wasser plumpsen. Es spritzt gewaltig und ich beeile mich, ihm hinterherzukommen.

Es ist so angenehm warm, dass ich kurzerhand untertauche und mich kurz treiben lasse. Weil hier kein Chlor im Wasser ist, öffne ich die Augen und kann Lucas sehen, der in meiner Nähe taucht und die Hände nach mir ausstreckt. Eine schmale Silhouette im blauen Wasser. Licht flirrt hinter ihm in langen Strahlen zu mir hin. Seine Fingerspitzen berühren meinen Arm, streifen die Haut und erreichen meine Wange. Ich nähere mich langsam und sehe ihn nur verschwommen. Das Wasser rauscht mir in den Ohren. Denken ist nicht möglich. Lucas kommt näher und ich bin es, der die letzten Zentimeter zwischen uns überwindet und ihn küsst. Rasch halte ich ihn an den Armen fest, als ich seine Hände in meinem Nacken fühle.

Wir treiben nach oben.

Nein, ich will nicht.

Ich will hier unten bleiben, wo uns niemand sieht, wo ich sicher bin, geborgen in Wärme und Stille, wo man nicht sprechen kann und sich nicht erklären muss.

Obwohl wir nach Luft schnappen, als wir durch die Wasseroberfläche brechen, stoppen den Kuss aber nicht. Lucas drängt sich gegen mich, die Hände in meinen nassen Haaren. Das hier ist so anders, als alles bisher. Dieser Kuss ist echt und mein Herz stolpert mehrmals. Genau das, habe ich mir seit Wochen gewünscht.

»Henry...« Lucas will etwas sagen, doch ich lasse ihn nicht zu Wort kommen, dränge mich fester gegen ihn und gebe seiner Zunge eine andere Aufgabe, als ein Wort zu bilden. Es ist ein unvergesslicher Moment, den wir hier im warmen Wasser teilen und ich will ihn am liebsten in eine Flasche füllen und mitnehmen.

Wir küssen uns lange, doch irgendwann wird aus dem sehnsüchtigen Kampf, ein zartes Kuscheln und als ich wieder halbwegs zu mir komme, treiben wir

157

Arm in Arm am Beckenrand. Die Augen habe ich nicht wieder geöffnet. Ich will in meiner Blase bleiben, die rosarot und wunderschön ist. Zum ersten Mal, seit ich meinen Beruf ergriffen habe, habe ich etwas getan, ohne darüber nachzudenken und das Resultat dessen war das Beste, was mir hätte passieren können.

Mit der Handfläche streicht Lucas über die Wasseroberfläche und sieht den Wellen zu, die immer größer werden.

»Henry. Was war das eben?«, fragt er leise.

»Musst du das jetzt ansprechen? Können wir nicht einfach den Moment genießen?«, frage ich, doch Lucas schüttelt den Kopf, streicht mir über die Wange und wiederholt leise: »Was war das eben?«

»Wir haben uns geküsst.«

»Ja ich weiß. Aber ich verstehe es nicht. Du bist hetero.«

Ich senke den Blick. Zeit für die Wahrheit. Ich komme jetzt nicht mehr aus der Sache raus. »Nein, bin ich nicht. Ich bin schwul...war ich schon immer...«

Ruckartig lässt Lucas mich los und ich tauche unter. Prustend komme ich wieder hoch, da ist er schon an der Treppe.

»Lucas! Jetzt warte doch mal.«

»Du hast mich angelogen!«, sagt er laut und dreht sich zu mir um. Er sieht enttäuscht aus. »Wieso hast du das gemacht? Dachtest du, ich plaudere es aus oder was?«

»Nein, aber meine Managerin hielt es für besser, wenn...« Lucas schüttelt den Kopf und ich unterbreche mich.

»Ich dachte, wir wären ehrlich zueinander. Du hast mich die ganze Zeit angelogen. Von wegen; noch nie Sex mit einem anderen Mann gehabt. Und ich hab dir das alles geglaubt, wie ein leichtgläubiger Dummkopf. Was hast du mir noch alles vorgespielt? Findest du mich vielleicht gar nicht gut als Schauspieler und hast mir da auch was vorgelogen? Ach, ich will es gar nicht so genau wissen«, faucht er und stampft die Treppen hinauf aus dem Wasser. Mir gelingt es, ihm nachzukommen, und ich erreiche die Stufen kurz nach ihm.

»Lucas bitte. Es weiß niemand, außer meiner Managerin und meiner Familie. Ich habe mein ganzes Umfeld jahrelang belogen!«, gebe ich zu. Wenn ich jetzt leugne, macht es das alles nur schlimmer.

Doch Lucas scheint von meiner Ehrlichkeit nicht beeindruckt zu sein. Fahrig schlüpft er in seinen Bademantel und bindet ihn so grob zu, dass der Gürtel fast reist.

»Ja ja, deine Managerin. Schieb´ nicht alles auf sie, Henry. Du hast mitgespielt und dich selbst verleugnet, weil dir deine Karriere alles bedeutet!«

»Ja, sie bedeutet mir viel, weil ich lange dafür gearbeitet habe. Ist das so schlimm?«, frage ich angriffslustig und komme auf ihn zu, doch Lucas weicht zurück. Er sieht stinksauer aus, als er mir entgegenschleudert: »Ich hab gedacht, wir sind ehrlich zueinander. Ich habe mich dir geöffnet, ich habe dir vertraut und gedacht, in dir einen Freund gefunden zu haben. Und du belügst mich vom ersten Tag an. Kannst du nicht verstehen, dass ich mich jetzt total scheiße deswegen fühle? Ich weiß gar nicht, was ich dir jetzt eigentlich noch glauben soll...der Kuss eben...« Seine Stimme ebbt ab. »Und ich habe dich für eine wundervolle Person gehalten...und mich sogar...in dich verliebt...du bist ein Feigling!«

Bevor ich darauf reagieren kann, zieht er die schwere Tür auf und verschwindet die Treppe hinauf. Ich stehe allein mitten in der romantisch beleuchteten Grotte und kann nicht glauben, was da gerade alles passiert ist.

Den Weg zurück in mein Zimmer muss ich allein gehen und er fühlt sich sehr lang an. Als ich den Flur auf meiner Etage betrete, bleibe ich vor Lucas´ Tür stehen und klopfe zaghaft. Zwar habe ich keine Ahnung, was ich ihm jetzt genau sagen will, aber ich muss ich mich als ersten Schritt dafür entschuldigen, dass ich ihn angelogen habe.

Aber hatte ich denn eine andere Wahl? Ich konnte doch nicht wissen, dass wir uns so gut verstehen. Lucas hätte auch ein Idiot sein können und da ist es doch klar, dass man nicht gleich am ersten Tag alles von sich preisgibt. Vor allem nicht in meiner Position. Lucas hätte die Story für viel Geld an die Presse verkaufen können, wenn die Rolle nicht an ihn gegangen wäre und ich hätte ein Problem gehabt.

Da ist es doch nachvollziehbar, dass ich vorsichtig war. Oder?

»Lucas, bitte lass mich rein«, sage ich und trommle ungeduldig mit den Fingerknöcheln gegen die Tür.

»Hau ab, lass mich in Frieden!«, kommt es dumpf von drinnen und ich lehne mich seufzend gegen das Holz.

»Lucas bitte, es tut mir leid...ich wusste nicht, dass wir so gut klarkommen und ich konnte doch auch nicht ahnen, dass...ich mich verliebe.« Ich spreche leise und bin sicher, dass Lucas mich nicht hört. Ich habe ihn belogen und fühle mich mies deswegen. Der Kuss war überwältigend und wie gerne würde ich ihm das sagen. Wobei ich mir sicher bin, dass er das gespürt hat. Noch einmal klopfe ich gegen die Tür, doch es bleibt still. Fünf Minuten später gebe ich auf und gehe allein in mein Zimmer.

Dass mir diese ganze Sache irgendwann auf die Füße fällt, hab ich schon geahnt, doch tief in meinem Inneren ging ich trotzdem immer davon aus, dass ich doch damit durchkomme. Irgendwie.

Wie kann ich das wieder gerade biegen?

Im ersten Moment spiele ich mit dem Gedanken, Lauren anzurufen und ihr zu sagen, dass ich mich outen will. Ich *will* Lucas beweisen, dass ich doch dazu stehen kann. Schnurstracks gehe ich zu meinem Nachtschränkchen, greife das Handy und habe Laurens Nummer schon fast angeklickt, als mich der Mut verlässt und ich es beiseite werfe.

Es geht nicht. Ich kann mich nicht outen. Nicht jetzt.

In einem Jahr vielleicht, wenn der Film vielversprechend war und ich endlich meinen festen Platz in der Branche habe. Momentan stehe ich noch in der Tür und ein Flop kann mich ganz schnell wieder nach draußen befördern, wo nur simple Serienrollen auf mich warten. Ich darf mich erst outen, wenn ich mir einen Namen in der Branche gemacht habe. Wie Chris Hemsworth oder Keira Knightley.

»Du bist ein Feigling.« Lucas´ Worte hallen in meinem Kopf wider und ich muss ihm recht geben. Wie gerne wäre ich so mutig wie er. Zwar hat er sich bisher nicht öffentlich geoutet, aber er gibt sich zumindest nicht mit falschen Freundinnen ab, wie ich. Für ihn wird es einfacher sein. Er wird es ganz beiläufig in einer Pressekonferenz erwähnen und dabei so tun, als wäre es das Normalste auf der Welt – genau das hätte ich ebenfalls tun sollen. Denn es sollte nichts Besonderes mehr sein, wen man liebt.

Aber ich bin nicht so. Ich muss auf Nummer sichergehen und alles vorher mit Lauren absprechen, weil ich zu viel Angst vor der Reaktion der Menschen habe.

Unruhig gehe ich im Zimmer auf und ab.

Lucas´ Lippen spüre ich noch immer und mein Herz klopft nervös, wenn ich an den Kuss denke. Meine Güte, war das romantisch, fast wie im Film.

Apropos Film. Hoffentlich schaffen wir es morgen, uns professionell genug zu verhalten, auch wenn wir uns jetzt gestritten haben. Lucas wieder als Spielpartner zu haben, wird mit Sicherheit komisch werden. Vielleicht wird es aber auch einfacher, wenn wir mal eine Nacht darüber geschlafen haben und morgen sieht schon wieder alles ganz anders aus.

Wenn ich heute Nacht überhaupt schlafen kann.

16. KAPITEL

Am nächsten Tag wache ich auf wie gerädert und wäre am liebsten liegen geblieben. Ich will Lucas nicht sehen. Er ist mit Sicherheit noch immer sauer auf mich.

Als ich mich wasche und anziehe, stehe ich vollkommen neben mir. Noch immer kann ich nicht fassen, dass wir uns gestern im Pool geküsst haben. Und noch immer schockt es mich, dass Lucas so reagiert hat, obwohl ich ihn total verstehen kann.

Bevor ich mein Zimmer verlasse, öffne ich die Tür einen Spalt breit und luge hinaus auf den Flur. Falls er schon am Lift steht, warte ich lieber, bis er nach unten gefahren ist, damit wir uns erst in der Lobby begegnen. Ich will mich seinem wütenden Blick nicht länger als nötig aussetzen. Doch der Flur ist leer und ich husche zum Aufzug.

Mein Pech will es so, dass Lucas genau in dem Moment aus seinem Zimmer kommt, als sich die Lifttüren öffnen.

»Wartest du auf mich?«, fragt er und ich halte schnell die Hand zwischen die

Lichtschranke, damit die Tür offenbleibt.

»Gut geschlafen?«, frage ich knapp und klinge hart, obwohl ich versuche, einen neutralen Tonfall anzuschlagen.

»Ja schon«, antwortet er und sieht auf die Knöpfe im Lift.

»Trotz der summenden Steckdose?«, frage ich und hebe die Augenbrauen. Lucas verdreht die Augen und lehnt sich mit dem Rücken gegen die verspiegelte Wandseite, dann sagt er trocken: »Es gab nie eine summende Steckdose, Henry.«

Das hat gesessen und mein Innerstes zieht sich zusammen.

Er hatte nur einen Vorwand gesucht, um bei mir schlafen zu können. Wie soll ich denn *damit* nun schon wieder umgehen?

»Wieso hast du...«, fange ich an, doch Lucas schnaubt nur und sagt: »Das ist doch jetzt egal, oder? Deine Karriere ist dir doch sowieso wichtiger.« Er schluckt und blinzelt schnell, in der Hoffnung, dass ich die Tränen nicht sehen kann und als der Lift unten ankommt, rauscht er vor mir in die Lobby.

Zusammen mit Michael muss ich mir wieder einen Weg durch die Fotografen bahnen, doch dieses Mal scheinen sie auch an Lucas Interesse zu haben. Vielleicht haben sie seine geröteten Augen gesehen und wollen wissen, was mit ihm los ist.

Fionn, der mit uns durch die Reporter geht, schiebt Lucas ins Auto und sitzt dann zwischen uns beiden auf der Rückbank.

»Seid ihr so traurig, dass heute der letzte Tag ist? Die Stimmung hier drin ist ja schlimmer, als auf einem Begräbnis.«

»Ja.« Das ist alles, was Lucas dazu sagt. Ich halte meinen Mund und sehe aus dem Fenster.

Er hat diese Steckdose erfunden, um bei mir sein zu können. Natürlich ziehe ich daraus die Schlussfolgerung, dass er sich bei mir wohler gefühlt hat, als er es eigentlich sollte. Wieso sonst meinte er, dass er sich einen Freund wünscht, der so ist wie ich?

Nun, jetzt will er das sicherlich nicht mehr.

Er mag mich. Schwärmt vermutlich für mich und hat sich nach dem Kuss Hoffnungen gemacht, die ich zerstört habe, indem ich ihm meine Lüge gestanden hab. Wer will schon mit jemandem zusammen sein, der einen vom ersten Tag an angelogen hat?

Ich habs versaut und wer weiß, ob sich das je wieder gerade biegen lässt. Selbst, wenn ich davon ausginge, dass Lucas mir verzeiht und wir ein Paar werden, bin ich in der Öffentlichkeit noch immer mit Tatiana zusammen und kann mich nicht outen.

Lucas und ich müssten unsere Beziehung verstecken und wären damit genauso arm dran, wie George und Mo. Ist es nicht kurios, dass sich die Filmgeschichte gerade im echten Leben widerspiegelt? Niemals hätte ich das gedacht, als ich das Drehbuch zum Film gelesen habe.

»Wir sind da.«

Der Wagen stoppt und wir steigen aus. Die Morgensonne scheint mir ins Gesicht und meine Haut kribbelt angenehm. Am liebsten hätte ich mich kurz mit geschlossenen Augen hingestellt und an nichts gedacht, doch Fionn schiebt mich beiseite.

»Darf ich kurz vorbei? Ich muss schnell noch was besprechen.« Lucas, steigt nach mir aus dem Wagen und steuert direkt auf Nates Cateringmobil zu. Der Duft von Kaffee und gebratenem Speck weht zu uns herüber und der blonde Ire ist bestens gelaunt. »Guten Morgen, was darf ich euch machen?«, fragt er und hält fragend zwei Kaffeetassen hoch.

»Einen doppelten Espresso bitte«, sagt Lucas und bedient sich am Catering.

Als ich mir ebenfalls ein wenig Rührei nehmen will, lässt er den Deckel der Wanne auf meine Finger fallen. »Ups, sorry ich hab dich nicht gesehen«, sagt er kühl und geht dann weiter. Vorsichtig stelle ich den Teller am Tischrand ab und bediene mich selbst. Lucas ist stinksauer, das ist nicht zu verleugnen und ich kann mich deswegen nicht einmal beschweren.

Denn er hat verdammt nochmal Recht.

»Ich esse in meinem Wohnwagen«, sagt mein Kollege und balanciert Teller und Tasse auf den Händen davon. Ich sehe ihm nach und seufze.

»Was ist denn bei euch los?«, fragt mich Ed, als ich mich neben ihn setze.

»Dicke Luft...nicht der Rede wert«, antworte ich und fange an zu essen.

»Ach, das vergeht auch wieder«, meint Ed und lächelt. »Wenn wir heute den Streit drehen ist es sicher ganz sinnvoll, nicht wahr? Lucas kann sich dann richtig austoben.«

Langsam nicke ich und erkundige mich dann bei dem Ausstatter, was Lucas denn alles kaputtmachen darf.

»Nun, ich habe vier Vasen, die wir bereitstellen. Eine davon ist echt, eine aus Schaumstoff die anderen aus Zuckerglas, sodass sie schneller brechen, die kann er auf jeden Fall zerlegen und dann haben wir noch dreimal einen Holzstuhl, den er gegen die Wand schlagen kann. Mehr wollte Geoffrey nicht haben, weil es ihm dann zu brutal würde.« Ich nicke und denke mir nur, dass sich Lucas hoffentlich ein wenig abgeregt hat, wenn die Szene vorbei ist.

Ganz sicher bin ich mir dabei allerdings nicht.

Der Drehtag ist für mich so einsam, wie keiner bisher je war. Lucas redet nur das Nötigste mit mir und verbringt die Pausen damit, das Drehbuch zu lesen und mir ab und zu ernste Blicke zuzuwerfen. Seinen Klappstuhl stellt er demonstrativ woanders hin und wenn er eine Frage hat, dann lässt er sie durch

Fionn übermitteln. Ich kann in seinen Augen sehen, wie enttäuscht er von mir ist und das tut mir weh.

»Lucas steigert sich ganz schön in die Rolle hinein, oder?«, erkundigt sich Zach, als wir in einer Umbaupause nebeneinander auf einer Bank vor dem Theater sitzen. Er klemmt sich eine Zigarette zwischen die Lippen und mustert Lucas, der einige Meter entfernt dasitzt.

»Ja, aber es kommt ihm im Spiel zugute.« Ich will Zach nicht sagen, was der wirkliche Grund für Lucas´ zurückgezogene Art ist. Das geht ihn nichts an und ist eine Sache zwischen uns beiden.

Nach der Umbaupause steht der zweite Teil der Szene an und ich weiß jetzt schon genau, dass die Worte, die Lucas mir gleich an den Kopf werfen wird, nicht für George gedacht sind. Der Text im Drehbuch passt haargenau auf unsere jetzige Situation und Lucas wird mich spüren lassen, wie verletzt und enttäuscht er ist. Gleich vor dem ganzen Team angeschrien zu werden, ist nicht angenehm.

Wir stehen uns in der kleinen Garderobe gegenüber und warten, bis Ton und Kamera laufen. Nachdem Geoffrey uns ein Zeichen gegeben hat, sieht Lucas mich an und ich beginne das Spiel.

»Mo, ich kann nicht mit dir zusammen sein. Zumindest nicht in der Öffentlichkeit. Man wird über uns reden und das wird schlimme Folgen für uns haben.« Ich sehe ihn ernst an und will einen Schritt auf ihn zumachen, doch Lucas streckt den Arm aus, bedeutet mir, stehen zu bleiben.

»Man wird über uns reden und irgendwann hat man sich daran gewöhnt.«

»Aber ich werde keine Rollen mehr bekommen«, wende ich ein und Lucas lacht spöttisch.

»Die Menschen lieben dich für deine Arbeit. Was du Privat machst interessiert sie nicht! Versteh das doch. Du kannst dich doch nicht dein Leben lang *verleugnen, nur um gute Rollen zu bekommen. Du elender Feigling.«* Seine Stimme droht zu brechen, doch er fängt sich rechtzeitig. *»Ich habe wirklich geglaubt, dass ich dir etwas bedeute und dass du ehrlich zu mir bist. Aber dass du einen Rückzieher machst, hätte ich niemals von dir gedacht. Weißt du, wie weh das tut?«*

»Das hatte ich nie vor, das muss du mir glauben, bitte Mo.« Vorsichtig versuche ich, einen Schritt auf ihn zuzumachen, doch Lucas packt einen Stuhl, der in der Nähe steht und wirft ihn in meine Richtung, um mich abzuwehren. Der Stuhl überrascht mich, weil ich davon ausging, dass er ihn gegen die Wand wirft, wie es eigentlich in der Probe passiert ist, und so schlägt mir das Holz hart gegen den Arm. Ich überspiele den Schmerz und sehe Lucas verletzt an.

»Ich habe gedacht, du meinst es ernst und habe dir vertraut. Niemals hätte ich gedacht, dass du so feige bist«, haucht Lucas und wir werden von Geoffrey unterbrochen.

»Cut! Aus! Lucas, du siehst mir ein bisschen zu böse aus. Sei etwas mehr enttäuscht, ja?« Lucas weicht meinem Blick aus, sieht den Regisseur an und nickt dann leicht.

Wir starten nochmal und es gelingt ihm, seine Wut ein wenig zu zügeln. Allerdings baut sie sich zum Schluss wieder auf, doch nicht so heftig, wie im ersten Take. Den Stuhl bekomme ich trotzdem mit voller Wucht ab, doch dieses Mal bin ich vorbereitet und spanne die Muskeln rechtzeitig an, um den Schlag abzufangen. Zu guter Letzt greift Lucas nach einer Vase und fegt sie wütend vom Tisch. Ed hat in weiser Voraussicht die Schaumvase genommen. Sie fällt aus dem Bild und ist nicht mehr zu sehen.

»Mo, jetzt lass uns bitte vernünftig über alles reden«, bitte ich Lucas, doch er schüttelt nur den Kopf: *»Ich wüsste nicht, was es da noch zu bereden gibt.«* Und mit diesen Worten rauscht er aus der Garderobe. Ich sehe ihm nach,

während die Kamera auf mich zu fährt. Frustriert streiche ich mir mit den Fingern übers Gesicht und halte die Pose, bis Geoffrey die Szene beendet.

»Das war viel besser. Henry ich bin begeistert von deinem Spiel. Wirklich, es ist total glaubhaft. Hat Lucas dir mit dem Stuhl wehgetan? Das sah ziemlich schmerzhaft aus.« Er runzelt die Stirn und deutet auf meine Brust, die den Stuhl abbekommen hat.

»Nein, es ist nicht so schlimm«, wiegle ich ab und mache das Bild frei, damit die Techniker umbauen können. Lee und sein Team haben in einem Nebenzimmer die Stühle aufgestellt und ich gehe vorsichtig hinein. Lucas sitzt mit verschränkten Armen da und starrt mit zusammengekniffenen Augen auf sein Drehbuch. Sie bewegen sich jedoch nicht mehr, als ich den Raum betrete und ich weiß sofort, dass er mit seiner Aufmerksamkeit bei mir ist.

»Hab ich dir wehgetan?«, fragt er und sieht auf.

»Ja schon. Das kam unerwartet.«

»Sorry. Manchmal kommen Dinge unerwartet...« Wir sehen uns an und ich setze mich vorsichtig neben ihn auf meinen Stuhl, auf die vorderste Kante, damit ich gleich wieder aufspringen kann, sollte ich verschwinden müssen.

»Ja, unerwartet...und tun verdammt weh«, wiederholt Lucas und lehnt sich seufzend zurück. »So unerwartet, wie die Neuigkeit, dass du schwul bist, so unerwartet, wie unser Kuss.«

»Den hast du doch angefangen«, versuche ich mich zu verteidigen.

»Nein, ganz sicher nicht. Ich habe nur gesagt, dass mein Freund so sein sollte, wie du...konnte ja niemand wissen, dass du mich daraufhin gleich anspringst.« Ungläubig starre ich ihn an und muss mich sehr zusammenreißen, leise zu sein, damit man uns nicht auf dem Flur hört.

»Und du hast eine summende Steckdose erfunden, um bei mir schlafen zu können. Du hast mich viel früher angemacht, als ich dich. Also wer hat hier wen angesprungen, hm?« Lucas bläht die Nasenflügel auf und ich kann an seinem Gesicht sehen, dass er unsere gemeinsame Zeit rasch zurückspult, um ein Indiz dafür zu finden, dass ich doch der Schuldige bin. Seine Augen huschen hin und her und ich glaube schon fast, gewonnen zu haben, als er mich mit siegessicherer Miene ansieht.

»Du hast vorgeschlagen, dass wir uns beim ersten Treffen küssen«, sagt er zickig, stemmt sich dann aus dem Stuhl hoch und faucht. »Also bist du es doch gewesen, der mich angesprungen hat.«

»Das stimmt gar nicht, ich habe lediglich eine Szene ausgesucht und die auch noch willkürlich. Dass das eine Kussszene war, war reiner Zufall.«

»Ja klar. Verarschen kann ich mich alleine, Henry.«

Und mit diesen Worten verschwindet er nach draußen.

Was für ein toller Drehtag das doch ist.

Ich setze meinen Streit mit Lucas wenig später vor der Kamera fort und wir spielen so voller Energie, dass Geoffrey uns mehrmals bremsen muss, weil es ihm zu viel wird. Durch die begrenzte Kapazität an Vasen, haben wir nur wenige Chancen, die Szene in den Kasten zu bekommen und schließlich ruft Lee den Drehschluss aus, nachdem Lucas die letzte Vase erfolgreich zerdeppert hat.

»Beeilt euch mit dem Rückbau und habt morgen einen schönen freien Tag! Wir sehen uns in London wieder! Wer jetzt schon nach Hause fährt: fahrt vorsichtig!« Seine letzten Worte gehen im allgemeinen Lärm und Gewusel unter.

Ich mache mich sofort auf den Weg zu Elianna, um mich umzuziehen. Meine Taschen im Hotel muss ich noch packen, dann werden Lucas und ich noch heute Nacht zurück nach London gefahren. Wir müssen also nochmal gemeinsam auf engstem Raum sitzen. Das kann ja was werden.

So ist es kein Wunder, dass ich echt mieselaunig bin, als ich im Hotel den Inhalt der Kommode in den Koffer werfe und ihn nicht auf Anhieb zubekomme. Fluchend ruckle ich an dem Reißverschluss herum und setze mich schlussendlich doch wieder drauf.

Als ich einen letzten Kontrollgang durch mein Zimmer gemacht habe und sicher bin, alles eingepackt zu haben, bleibe ich nochmal in der Tür stehen und sehe auf das Bett. Lucas und ich hatten auf dieser Matratze eine schöne gemeinsame Zeit. Das wird wohl nie wieder so sein. Nicht, wenn Lucas seiner Laune treu bleibt und weiter so stinksauer ist.

Zu meiner Erleichterung fährt Fionn bei uns mit und so sind Lucas und ich nicht allein im Wagen. Der schmale Regieassistent steht auf dem Vorplatz vor dem geöffneten Kofferraum und versucht seinen Koffer einzuladen, ohne dabei den Lack des Wagens zu zerkratzen.

»Warte, Fionn, ich helfe dir«, biete ich an und nehme ihm den Koffer ab.

»Danke Henry, das ist lieb von dir.« Hinter ihm sehe ich Lucas, der schon im Wagen sitzt und die Augen verdreht. Ich lasse Fionn den Vortritt, sodass er zwischen uns sitzen kann, doch er meint: »Mir wird immer schlecht, wenn ich im Auto hinten sitze. Ich gehe auf den Beifahrersitz, okay?«

»Klar mach nur«, sage ich und setze mich dann doch neben Lucas, der sich anschnallt und dann aus dem Fenster schaut, um den Blick ja nicht mit mir zu kreuzen.

Zum Glück dauert die Fahrt nur knappe vierzig Minuten, das wird ja wohl aushaltbar sein.

17. KAPITEL

Wir verbringen die Fahrtzeit schweigend.

Fionn blättert vorne im Auto seine Unterlagen durch, vermutlich, um sich nochmal einen Überblick über das zu verschaffen, was noch ansteht. Ich hätte mich ja gerne mit ihm unterhalten, aber alle Fragen, die ich stelle, beantwortet er nur knapp und recht abwesend und ich bemerke schnell, dass er in Gedanken nicht bei der Sache ist. Lucas hingegen versuche ich gar nicht erst anzusprechen, denn er sieht kein einziges Mal in meine Richtung.

Stattdessen hat er den Blick auf die vorbeiziehende Landschaft geheftet. Also tippe ich auf meinem Handy herum, lese Mails, die Lauren mir geschickt hat und in denen sie mir mitteilt, dass die Bilder von Tatiana und mir beim Abendessen ganz hervorragend angekommen sind. Diese Neuigkeit nehme ich zufrieden auf. Wenigstens hat sich der Aufwand gelohnt.

Irgendwann tauchen die ersten Vorstadtsiedlungen von London auf und die Schnellstraße bringt uns immer weiter ins Innere der Hauptstadt. Fionn wird als Erster nach Hause gebracht. Der Wagen hält an einer schmalen Straße in einem der äußeren Bezirke und wir verabschieden uns von ihm.

»Lucas, dich bringe ich als nächstes nach Hause«, sagt der Fahrer.

»Danke, ich will nur noch hier raus.« Ich hoffe sehr, dass sich dieser Kommentar auf die stickige Luft im Auto und nicht auf meine Gesellschaft bezieht.

»Wo wohnst du eigentlich?«, frage ich nach und nutze den Moment, dass Lucas gerade etwas gesagt hat aus. Vielleicht ist er ja doch in Plauderlaune.

»In Camden. Kleine Wohnung mit Auslauf in den Innenhof«, antwortet er knapp und sieht wieder aus dem Fenster.

»Was für ein Zufall, ich wohne in Canonbury, die Stadtteile fangen beide mit C an«, sage ich und versuche dabei, diese Tatsache möglichst cool klingen zu lassen, in der Hoffnung, dass Lucas darauf eingeht und wir einen Einstieg in ein Gespräch finden. Doch mein Kollege sagt nur: »Toll und was soll ich mit der Info machen? Mir ein Eis davon kaufen? Außer, dass beide mit C anfangen, haben die beiden Stadtteile nichts gemeinsam. Meiner ist ein lockeres Künstlerviertel und Canonbury ist versnobt und verklemmt.«

»Willst du damit sagen, dass ich verklemmt bin?«, frage ich und kann nicht verhindern, dass ich beleidigt darüber bin, was Lucas mir da durch die Blume versucht hat zu sagen.

»*Das* hast *du* jetzt gesagt«, antwortet Lucas und will sich wieder abwenden, doch ich gebe so schnell nicht auf, schnalle mich ab und rutsche auf den Platz in der Mitte.

»Was willst du von mir? Willst du mich jetzt die ganze Drehzeit anzicken, nur weil ich nicht ganz ehrlich zu dir war? Was erwartest du denn? Ich kannte dich nicht und hatte deswegen natürlich nicht vor, mein ganzes Privatleben gleich am ersten Tag vor dir auszubreiten.« Ich sehe Lucas eindringlich an, der blinzelt und dann den Blickkontakt unterbricht. Er will ein Stückchen von mir wegrutschen, doch Platz zum Ausweichen hat er nicht, denn ich habe ihn regelrecht in die Enge getrieben.

»Ich bin einfach enttäuscht. Immerhin haben wir uns dann im Laufe der Zeit doch ganz gut verstanden und spätestens dann hättest du es mir doch sagen können...finde ich.«

»Und wie hätte ich das machen sollen?«, frage ich und sehe ihn erwartungsvoll an. Wenn er das schon vorschlägt, hat er doch bestimmt auch eine Idee, wie ich mich am besten verhalten hätte. Lucas erwidert meinen Blick, öffnet den Mund, schließt ihn wieder und sagt dann: »Ich weiß es nicht.« Zufrieden lehne ich mich zurück.

»Siehst du? Du weißt es auch nicht. Weshalb machst du mir dann einen Vorwurf?«

Ich hab ihn.

Lucas sieht verlegen aus und seufzt leise, dann gibt er zu: »Ich war einfach enttäuscht, weil ich dich nicht so eingeschätzt hatte.«

»Wie? Nicht so...nicht so schwul oder was meinst du?«, frage ich nach und entlocke ihm damit ein müdes Lächeln. Er korrigiert sich. »Naja, nicht so auf deine Karriere fixiert. Ich dachte, dass du das alles lockerer siehst und dann zu bemerken, was du alles bereit bist zu geben, nur um deine Karriere am Laufen zu halten...das fand ich irgendwie abstoßend.«

Das ist ein heftiges Wort und ich kann nicht verhindern, dass mich das verletzt.

»Hast du mir deswegen heute mit diesem Stuhl so heftig einen Schlag verpasst? Das tat ganz schön weh. Ich hab morgen mit Sicherheit blaue Flecken.« Ich ziehe den Reißverschluss meiner Jacke auf und luge durch den Ausschnitt auf meinen Oberkörper.

»Tut mir leid, aber ich konnte mich einfach nicht kontrollieren. Ich war so sauer auf dich, dass ich wohl heftiger zugeschlagen habe, als ich es hätte tun sollen.« Lucas sieht schüchtern zu mir hin. Ich schließe die Jacke wieder, will ihm keinen Blick gestatten. »Ich bin aber immer noch sauer«, setzt er nach, klingt jetzt aber ein wenig versöhnlicher als vorhin.

»Gib mir einfach ein bisschen Zeit, mich abzuregen.« Ich nicke und als wir in Camden ankommen, hebt Lucas sogar kurz die Hand zum Abschied.

Vielleicht tut uns der freie Tag morgen ganz gut und wir kriegen uns wieder ein.

Es ist zwar schon Abend, doch heute hat der Verkehr kein Mitleid mit uns und wir kommen so langsam voran, dass ich vorschlage, die U-Bahn zu nehmen. Der Fahrer willigt ein und so steige ich mitten auf der Straße aus, hole meine Tasche und den Koffer und schlängle mich zwischen den stehenden Autos hindurch zum Bürgersteig.

Die nächste U-Bahn Station, die ich finden kann, ist eine recht schäbige, kleine Haltestelle. Die Rolltreppe ist außer Betrieb und ich schleppe meinen Koffer hinunter in die Tiefen des Schachts.

Mit jedem Schritt wird es wärmer und stickiger, doch ich bin froh, dass außer mir nicht sonderlich viele Menschen hier auf eine Bahn warten. So habe ich meine Ruhe und finde sogar einen Sitzplatz.

Im Wageninneren spricht niemand und nur ab und zu unterbricht das Rascheln einer Abendzeitung die Stille. Abwesend sehe ich auf die Ausgabe eines Passagiers mir gegenüber. Er hat den Klatschteil nach hinten geklappt und ich sehe ein Foto von Lucas und mir. Sonderlich groß ist es nicht, doch ich erkenne, dass es von heute Morgen ist.

>>Thomas vollkommen aufgelöst am Filmset. Hat Henry Seales doch eine Affäre?<<

Entgeistert starre ich das Titelblatt an.

Was habe ich verpasst? Wir waren doch kaum eine Woche weg und schon titeln die Klatschzeitungen sowas? Wie kommen sie dazu? Hat man sich in der Zwischenzeit überlegt, dass Lucas und ich etwas miteinander haben? Ich dachte, die Bilder mit Tatiana sind gut geworden. *Die* sollten doch eigentlich abgedruckt werden. Hatte Lauren nicht genau das behauptet? Wieso sehe ich dann Lucas auf dem Bild und was zum Teufel soll die Anspielung auf die Affäre?

Verwirrt ziehe ich das Handy aus der Tasche und google meinen Namen. Dabei versuche ich möglichst unauffällig zu bleiben und hoffe, dass niemand mir aufs Display starrt. Rasch finde ich die Schlagzeilen der letzten Tage und überfliege alle, samt der dazugehörigen Artikel.

>>Seales beim romantischen Dinner gesehen.<<

>>Neuer Seales-Film handelt von homosexuellem Schauspieler!<<

>>Seales und Thomas – doch mehr, als nur eine Rolle?<<

>>Model und Schauspieler – geht das gut?<<

Nach dem Überfliegen der Untertitel weiß ich, dass die Yellow Press Lucas und mir eine Affäre andichtet, was naheliegt, wenn man ein schwules Paar spielt. Nicht umsonst werden den Hauptdarstellern von Liebesfilmen ständig Beziehungen nachgesagt. Die Filme verkaufen sich dann meist besser, weil der Zuschauer denkt, die Liebesgeschichte auf der Leinwand sei echt. Niemand will hören, dass man sich als Kollegen nicht versteht.

Daher hätte mich das nicht wundern sollen und doch bin ich unruhig, als ich das Bild von Lucas genauer ansehe. Seine Augen sind gerötet und er sieht aus, als ob er sich die Tränen verkneifen müsste. Lauren wird das nicht gefallen – vielleicht hat sie deswegen einen solchen Aufwand betrieben, um mich und Tatiana zum gemeinsamen Abendessen zu bekommen.

In dieser Nacht schlafe ich nicht gut. Lucas geistert durch meine Gedanken und auch die Schlagzeilen beschäftigen mich.

So sehr, dass mein erster Gang am nächsten Morgen sofort an den Computer geht. Ich google meinen Namen, Lucas´ und Tatianas und lese mir alles durch, was geschrieben wurde, um mich auf den neuesten Stand zu bringen. Die Artikel ähneln sich alle insofern, dass sie sich mit der Frage beschäftigen, ob zwischen mir und Lucas mehr ist, als da sein sollte und ob meine Beziehung zu Tatiana denn eine Zukunft hat.

Man argumentiert, dass ich nie mit einem Mann gesehen wurde und Gerüchte, schwul zu sein, immer dementiert habe. Auf der anderen Seite berichten Artikel davon, dass man als Schauspieler auch viel faken kann und man mir nicht alles glauben sollte, was ich sage. Manche Zeitungen sind sogar schon soweit, in Schwulenclubs nach mir zu fragen, und ich bin froh darüber, dass ich mich dort noch nie habe blicken lassen.

Von Lucas und mir gibt es einige Fanfotos, die uns gemeinsam vor dem Maskenwagen zeigen, wie wir uns unterhalten und meiner Meinung nach, sehen diese Bilder ganz normal aus. Doch die Art und Weise, wie Lucas mich ansieht, scheint vielen Beweis genug zu sein, dass da etwas zwischen uns läuft. Auch Lauren wurde ab und an zitiert und ich verstehe jetzt, wieso sie es mit Tatiana so eilig hatte, denn scheinbar haben mehrere Zeitungen bei ihr angerufen und sich nach mir erkundigt.

Das Interesse der Medien schmeichelt mir. Einerseits bin ich froh darüber, im Gespräch zu sein, denn das ist es, was ich immer wollte. Auf der anderen Seite behandelt die Yellow Press da gerade ein Thema, mit dem ich am liebsten öffentlich nie in Kontakt gekommen wäre.

Dann hättest du keinen Film über einen schwulen Schauspieler annehmen dürfen, du Holzkopf!

Wie sagt man immer so schön? In jeder Rolle steckt doch ein bisschen was von der eigenen Persönlichkeit. Und bei mir steckt nun mal die sexuelle Orientierung drin.

Hoffentlich plappert Lucas nichts über sich aus, dass das Ganze noch zusätzlich anheizen könnte. Wenn herauskäme, dass er homosexuell ist, dann hätten die Reporter mehr als genug Futter, um damit bis Silvester neue Artikel veröffentlichen zu können.

Mein ganzer Plan wäre im Arsch, wenn das passiert.

Kurzerhand schlage ich den Laptop zu und gehe im Zimmer auf und ab. So hatte ich mir meinen freien Tag nicht vorgestellt, wenn ich es mir genau überlege.

Das Handy auf dem Tisch bimmelt und ich erkenne schon am Klingelton, dass es Lauren ist. Nervös hebe ich ab.

»Henry Darling, bist du gut angekommen?«

»Ja, ich...«

»Hör zu, ich habe es dir in den letzten Tagen vorenthalten, aber die Presse hat hier in London ein neues Opfer gefunden...«

»Ja, mich. Ich hab´s schon gesehen...«, murmle ich und beiße mir auf die Lippe.

»Ja leider. Zwar sind das bisher alles Spekulationen, aber die dürfen nicht vertieft werden. Hör zu: du musst in den nächsten Tagen unbedingt weniger Kontakt zu Lucas haben. Wenn ihr am Drehort beieinander steht, dann wirkt das auf den Fotos ziemlich seltsam.«

»Ich kann mich doch nicht vor meinem Kollegen verstecken. Wir arbeiten zusammen. Wie stellst du dir das denn vor?«, frage ich und reibe mir mit den Fingerknöcheln über die Stirn.

»Geht in euren Trailer und unterhaltet euch da. Oder seht zu, dass Kollegen dabei stehen. Sobald ihr beiden allein seid, wird es für die Presse interessant«, sagt Lauren und klingt ungeduldig.

»Wieso buchst du Tatiana nicht nochmal? Dann ziehe ich mit ihr eine Show für die Fotografen ab«, schlage ich vor, denn ich kann mir nicht vorstellen, wie es mir gelingen soll, am Set Abstand zu Lucas zu haben. Wir sind Kollegen, verflixt nochmal.

Und will auch gar keinen Abstand!

»Tatiana ist beruflich bis Ende des Drehs im Ausland und leider unpässlich«, sagt Lauren und klingt dabei äußerst missbilligend. Ich verziehe das Gesicht und beschließe kurzerhand, meiner Managerin die Wahrheit zu sagen. Zweimal hole ich Luft, um genug Mut zu fassen.

»Ich habe mich in Lucas verliebt, glaube ich.«

Es kracht und knirscht in der Leitung, dann höre ich Lauren wieder.

»Entschuldige, mir ist gerade das Handy aus der Hand gerutscht.« Sie seufzt und sagt dann überraschend mild. »Ich habe es mir irgendwie schon fast gedacht. Das ändert jetzt natürlich alles. Hat er sich auch in dich verliebt? Und was willst du jetzt tun?«

Ungläubig hebe ich die Augenbrauen: Lauren flippt nicht aus, sondern fragt mich, was *ich* tun will?

Sie lässt mir die Wahl? Das ist ja was ganz Neues. Liegt es daran, dass mein Liebesgeständnis spontan kam und daher glaubhaft war?

Oder hat sie die Nase voll davon, Tatiana zu buchen und Gerüchte dementieren zu müssen?

Ist ja auch ganz schön anstrengend.

»Ich weiß es nicht genau, um ehrlich zu sein. Ich würde mich sehr gerne outen, aber ich weiß, dass jetzt nicht der richtige Zeitpunkt dafür ist.«

»Da hast du recht Henry. Ich hatte tatsächlich auch schon mit dem Gedanken gespielt, dass dieser Film eigentlich die passende Gelegenheit wäre, sich zu outen. Es passt zur Thematik des Films. Soll ich dir vorschlagen, was ich tun würde?«

Ich brumme ein Ja und meine Managerin fährt fort. »Lass die Yellow Press weiter an ihren Gerüchten basteln. Es bringt sowohl dir, als auch Lucas Publicity und pusht den Film nach vorn, wenn die Leute denken, ihr beiden hättet euch wirklich am Set ineinander verliebt. Du musst nichts dementieren und nichts bestätigen. Lass die Sache einfach laufen. Wenn du dich nicht mehr outen willst, habt ihr gute Werbung gemacht und seid im Gespräch geblieben und solltest du damit dann wirklich an die Öffentlichkeit gehen wollen, kannst du das bei der Promo oder der Premiere tun. Ich bin mir sicher, dass du, wenn der Film raus ist, deinen festen Platz in der A-List bekommst. Sollte Lucas auch Gefühle für dich haben, dann müsst ihr miteinander überlegen, ob ihr wirklich als Paar auftreten wollt oder nicht. Ich persönlich glaube ja, dass die Werbephase des Films dafür eine geeignete Plattform bietet. Wenn ihr gemeinsam Interviews geben müsst, wäre es eine gute Gelegenheit, zu verkünden, dass ihr ein Paar seid.«

Das klingt vorstellbar. Allerdings muss ich dafür Lucas erstmal gestehen, was ich für ihn empfinde, und das ist momentan keine sonderlich gute Idee. Immerhin ist er beleidigt, deswegen muss ich erstmal den passenden Moment hierfür abpassen.

»Gut, dann lasse ich mir das mal durch den Kopf gehen. Tu mir bitte den Gefallen und richte Tatiana viele Grüße von mir aus. Ich werde versuchen, mich ein wenig zu sortieren und halte dich auf dem Laufenden«, sage ich.

»Gut, dann werde ich auch erstmal keine Stellung mehr zu der ganzen Sache nehmen, wenn mich eine Redaktion anfragt. Und Henry; ich bin wirklich froh, dass du dich entschieden hast, ehrlich zu sein. Jetzt hast du zumindest einen guten Grund, es nicht mehr zu verbergen.«

Mein Herz ist deutlich leichter, als ich das Telefonat beende und das Handy wieder auf den Tisch lege. Allein die Tatsache, dass ich die Entscheidung getroffen habe, mich outen zu wollen, ist befreiend, obwohl ich jetzt vor einer weiteren großen Aufgabe stehe, denn die Art und Weise, wie ich mich öffentlich outen will, soll gut überlegt sein.

Wenn ich den falschen Weg wähle, könnte das Ganze ziemlich in die Hose gehen.

Und das darf auf keinen Fall passieren.

Ich muss mich mit jemandem beraten. Jemandem, der das Ganze schon hinter sich hat und mir einen brauchbaren Rat geben kann. Wer diese Person ist, fällt mir sofort ein und ich rufe ihn an.

Nick hat nichts dagegen, dass ich ihn besuchen kommen möchte.

»Ich hatte gestern eine Party, wenn du dich nicht am Zustand meiner Wohnung und mir störst, kannst du gerne vorbeikommen«, sagt er am Telefon und ich mache mich auf den Weg, sobald ich angezogen bin.

Er lebt in der Londoner Innenstadt. In einem hippen Viertel mit vielen WGs, Kneipen und Undergroundbars.

Ich fahre mit der Bahn dorthin und weil die morgendliche Rushhour vorbei ist, komme ich gut durch. Nur dreimal spricht man mich an und ich bleibe für Fotos stehen. Am späten Vormittag komme ich bei Nick an, klingle und steige dann hinauf in den fünften Stock, denn die Wohnung liegt unter dem Dach und ich bin ziemlich am Schnaufen, als ich endlich vor der Tür stehe.

Zweimal muss ich klopfen, bis mich jemand hört. Nick öffnet mir die Tür und ich glotze ihn an.

»Wie siehst du denn aus?« Mein Blick wandert von den pinken Puschen, zu einer Leggings mit Leopardenmuster, über den dunkelblauen Seidenmorgenmantel nach oben zu seinem Gesicht.

»Was? Ich hab doch gesagt, dass ich 'ne Party hatte. Ich bin erst um 8 Uhr ins Bett gegangen.« Er schiebt sich die Sonnenbrille auf die Stirn und präsentiert mir seine verquollenen Augen.

»Bist du sicher, dass ich reinkommen kann? Vielleicht komme ich einfach ein anderes Mal wieder«, schlage ich vor, doch Nick schüttelt den Kopf. Er steckt sich eine Zigarette an und legt den Arm um mich.

»Wenn du mich vormittags anrufst, dann kann es nur etwas Wichtiges sein, da lasse ich dich doch nicht vor der Tür stehen. Komm rein, Henry.«

18. KAPITEL

Die Maisonette-Dachwohnung ist eine der schönsten, die man in London finden kann, und ich bin immer gerne hier.

Nick bekommt als Social Media Influencer allerlei Schnickschnack geschenkt und die Einrichtung der Wohnung ist ebenso exquisit, wie verrückt. Ich mag es und entdecke jedes Mal etwas Neues.

»Willst du was trinken?«, fragt Nick und kramt eine pinkfarbene Tasse aus einem Hängeschrank, der mit glitzernden Glasspiegelchen beklebt ist.

»Ja, Kaffee bitte«, sage ich und setze mich an den kleinen, runden Tisch in der Küche. Über meiner Stuhllehne hängt eine Federboa.

»Hier ist dein Kaffee.« Nick stellt mir die Tasse hin und setzt sich dann mir Gegenüber. Behutsam legt er die Sonnenbrille auf dem Tisch ab und sieht mich an. »Lass mich raten, du bist schwul«, sagt er und ich nicke matt. Im Grunde wusste es Nick doch schon im Café.

Obwohl mein Freund verkatert ist, ist seine Reaktion überraschend schnell: Er schlägt mit der flachen Hand so heftig auf den Tisch, dass mein Kaffee fast überschwappt. »Ich hab's doch gewusst. Ich. Hab's. Gewusst! Wann bist du zu dieser Erkenntnis gekommen?«

»Schon immer. Ich konnte damit nur nicht an die Öffentlichkeit gehen. Meine Managerin war der Meinung, dass ich mich besser verkaufen lasse, wenn ich hetero bin....« Ich streiche mir langsam mit beiden Händen durch die Haare und seufze. Nick zieht an seiner Zigarette und bläst den Rauch nach oben, um mir meinen Kaffee nicht zu versauen, und nickt verstehend.

»Sag, was hat es mit Lucas Thomas auf sich? Ich lese da spannende Sachen in der Presse. Hast du was mit ihm? Kommt daher deine plötzliche Offenheit dem Thema gegenüber?«

»Nein. Ich spiele mit ihm zusammen ein schwules Paar. Mehr nicht....zumindest *noch* nicht. Aber ich habe mich in ihn verliebt und vorgestern haben wir uns geküsst – also außerhalb des Filmsets, abends im Wellnessbereich des Hotels. Ich hab Lucas gestanden, dass ich schwul bin und jetzt ist er sauer, weil ich ihm die Wahrheit verschwiegen habe.«

»Verständlich. Wie steht Lucas zu dir? Liebt er dich auch?«, fragt Nick und ich zucke nur mit den Schultern.

»Da wir uns geküsst haben, gehe ich mal schwer davon aus, dass er zumindest Gefühle für mich hat. Und dass er schwul ist, weiß ich. Bisher war ich sicher, dass wir mit dem Plan, mich als hetero zu verkaufen, ganz gut fahren, aber jetzt nach dem Kuss habe ich mich entschieden, dass ich mich nicht länger verstellen möchte. Lucas hat mich als Feigling bezeichnet, weil ich nicht zu mir stehen kann. Das will ich aber jetzt endlich tun. Ich will ehrlich sein.« Nick drückt die Zigarette in einem Aschenbecher auf dem Tisch aus und nickt mehrmals hintereinander, sieht mich an und verzieht nachdenklich den Mund.

»Und du willst jetzt was genau von *mir*?«

Bevor ich darauf antworten kann, poltert es in der Etage über uns und eine Tür schließt sich. Ich sehe Nick fragend an, der die Schultern zuckt und beschämt grinst.

»Hast du noch jemanden von der Party hier?«

»Morgen ihr lieben!«, trällert eine freundlich klingende, leicht verkaterte Stimme hinter mir und ich drehe mich um. Am Fuße der Treppe, die nach oben ins Schlafzimmer von Nick führt, steht ein hochgewachsener Mann.

Seine Haare sind verwuschelt, er trägt einen Oberlippenbart und eine zerrissene schwarze Strumpfhose über einem String Tanga. Um den Kopf hat er ein Stirnband gewickelt und eine lange Halskette schwingt auf seiner behaarten Brust hin und her.

»Morgen«, sage ich und versuche dabei nicht allzu verwirrt und irritiert auszusehen. In London laufen ja doch einige komische Menschen herum und ich bin vieles gewohnt, doch dieser Kerl ist schon außergewöhnlich auffällig. Er sieht mich an, blinzelt mehrmals und sagt: »Bist du nicht Henry Seales?«

»Ja, richtig erkannt«, antworte ich und er schnappt nach Luft. Hektisch fängt er an, mit den Händen zu wedeln.

»Oh mein Gott, ich treffe in der Küche meines One Night Stands einen berühmten Schauspieler! Das glaubt mir niemand, wenn ich das erzähle.« Rasch setzt er sich neben mich und beugt sich vor. Er hat eine ordentliche Fahne und ich weiche kaum merklich zurück. »Ich hab dich im letzten Film gesehen und du warst einfach nur unglaublich. Ich habe am Schluss zwei Packungen Taschentücher verbraucht, als du gestorben bist. Das war ja *so* ergreifend. Sag, kannst du mir ein Autogramm geben?«

Nick und ich brauchen fast zwanzig Minuten, bis wir den Mann in Strumpfhosen und String losgeworden sind. Ich habe ihm ein Autogramm gegeben und schließlich verabschiedet er sich mit großem Tamtam von uns.

Kaum ist die Tür hinter ihm ins Schloss gefallen, schlurft Nick seufzend zurück in die Küche.

»Henry, frag mich bitte nicht, wo ich ihn aufgabelt habe. Ich weiß es nicht mehr. Und ich weiß auch nicht mehr, was mich verdammt nochmal, an ihm gereizt hat.« Er reibt sich die Augen und füllt sich Kaffee nach, dann sieht er mich an und fragt, als ob wir nie unterbrochen worden wären: »Und was willst du jetzt genau von mir?«

»Ich dachte, du kannst mir vielleicht einen Tipp geben, wie ich mich am besten outen kann. Lauren meint, dass ich das während eines Interviews zum Film machen könnte. Hältst du das für eine gute Idee?« Ich sehe Nick an und als er den Kopf schräg legt, bin ich sofort unsicher. Findet er die Idee doof?

»Ich finde das eine ganz gute Idee, ich würde aber noch ein bisschen mehr machen. Soll ich dir sagen, was?« Rasch nicke ich, obwohl ich weiß, dass er mir es so oder so verraten wird. »Aaaalso«, fängt Nick an, steht auf und geht in der Küche auf und ab, dabei zählt er an den Fingern die einzelnen Punkte vor. »Dass du das Outing in die Promo-Zeit deines Films legen willst, finde ich gut. Aber du kannst auch jetzt schon darauf hinarbeiten. Ich würde mich nicht zu den Schwulengerüchten äußern. Das facht alles noch ein bisschen mehr an. Je mehr die Menschen über dich zu rätseln haben, desto besser. Zweitens: Lucas soll sich auch nicht dazu äußern, denn dann gibt es noch mehr Diskussionen. Drittens: Wenn ihr in gemeinsamen Interviews gefragt werdet, wie die Beziehung zwischen euch war, oder inwiefern ihr die von euren Rollen auf euch übernehmen könnt, versucht zweideutig zu antworten, das macht euch interessanter und bindet die Fans an euch, weil die ja wissen wollen, was los ist. Viertens: rauf dich mit Lucas zusammen. Wenn du ihn liebst und er dich, dann wäre es sehr schade, wenn ihr es nicht miteinander versuchen würdet. Fünftens: kommt gemeinsam zur Premiere und geht Hand in Hand über den roten Teppich. Ich sage dir, die Leute werde es lieben!« Nick sieht mich an, als hätte er mir eben das Rezept zur Herstellung des Steins der Weisen anvertraut und als ich eher unschlüssig dreinblicke, ist es nicht verwunderlich, dass er etwas enttäuscht aussieht.

»Was? Findest du die Idee nicht gut? Ich finde sie fantastisch. Und das Beste daran ist, dass ich in meiner Radioshow darüber berichten kann. Wenn du magst, kann ich die Gerüchte auch noch ein bisschen anfeuern.«

Das alles überfordert mich und ich vergrabe das Gesicht in den Händen.

»Ich weiß doch gar nicht, wie Lucas dazu steht. Noch ist er ja ziemlich sauer auf mich...glaube ich zumindest...vielleicht muss ich erstmal ganz vorsichtig herausfinden, was er denkt und fühlt. Ich würde mich nur mit ihm zusammen outen wollen.«

»Das wäre tatsächlich einer der wichtigsten Erledigungen, die du hinter dich bringen solltest«, sagt Nick mit erhobenem Zeigefinger und tippt mir mehrmals gegen den Kopf.

»Lass das,« gluckse ich und muss tatsächlich lachen.

»Weißt du Henry, ich finde es ja wirklich toll, dass du endlich erkannt zu haben scheinst, was los ist. Es tut nicht gut, wenn man sich selbst ständig verleugnet.«

In diesem Moment bin ich so froh, dass Nick da ist, dass ich kurzerhand aufstehe und ihn umarme. Ich glaube, ihn kurz zusammenzucken zu spüren – vielleicht hat er noch Kopfschmerzen, doch er erwidert meine Umarmung und streicht mir dabei beruhigend über den Rücken.

»Ich bin stolz auf dich, dass du diesen Weg einschlagen willst, Henry.« Vorsichtig schiebt er mich von sich weg und sagt dann mit einem etwas gequälten Gesichtsausdruck. »Ich muss dich jetzt aber leider rauswerfen. Ich hab die Nachmittagsshow zu moderieren und muss noch duschen und ein bisschen fitter werden, als jetzt.« Er deutet mit vielsagender Miene auf seine Augenringe und ich mache mich recht bald davon.

Obwohl mein Besuch nicht länger als eine Stunde gedauert hat, bin ich wesentlich klarer im Kopf. Zumindest habe ich Nicks Meinung zu hören bekommen und das Gefühl, dass ich auf dem richtigen Weg bin.

Das Wetter ist heute wunderbar und herbstlich und ich nutze meinen freien Tag, um durch den nahegelegenen Regents Park zu schlendern.

Meine Schuhe rascheln durch das erste goldgelbe Laub, das die breiten Wege teilweise bedeckt. Auf den Bänken, die in einigem Abstand zueinander aufgestellt sind, sitzen Menschen, um die letzten Sonnenstrahlen aufzufangen. Niemand spricht mich an und ich kann nur die Vögel, das Rascheln des Laubs und das Knirschen meiner Schritte auf dem Weg hören.

Meine Gedanken schweifen ab und ich drehe die Aussagen von Nick und Lauren im Kopf hin und her.

Was Lucas wohl heute an seinem freien Tag gemacht hat?

Sicherlich hätte es ihm hier auch gut gefallen. Ich spiele mit meinen Fingern und stelle mir vor, wie es wäre, wenn er jetzt neben mir gehen würde. Wir könnten uns aussprechen und die frische Luft würde dafür sorgen, dass die Gemüter weniger erhitzt wären. »Ich hab mich in dich verliebt«, würde Lucas hoffentlich sagen und mir meine Lüge dann verzeihen. Der Baum, der auf der Wiese steht, lädt mich geradezu dazu ein, mir vorzustellen, Lucas direkt darunter zu küssen. Wie gut es sich anfühlen könnte, denn der Kuss wäre nach einem Liebesgeständnis. Mir würde es so gut gehen, zu wissen, dass er nicht mehr sauer auf mich ist und doch kann ich seine Wut durchaus verstehen. An seiner Stelle wäre ich mit Sicherheit ebenfalls sauer.

Aber da ich nicht an seiner Stelle bin, sondern an meiner, bemitleide ich mich selbst und als meine Aufmerksamkeit dann auf zwei junge Männer gelenkt wird, die einander lachend durch den Park jagen, bis der eine den anderen umwirft, tut es richtig weh. Die beiden sind ein Paar, das ist nicht zu übersehen und als sie sich küssen, kann ich den Blick nicht abwenden.

Ich will das auch!

Ich will meinen Freund in aller Öffentlichkeit küssen, ohne dafür verurteilt zu werden.

Der Junge, der auf dem Boden liegt, greift sich eine Handvoll Laub und stopft es seinem Freund in den Kragen, der daraufhin aufspringt und versucht, das Zeug loszuwerden. Ich muss lachen und hätte sie am liebsten angesprochen. Der junge Mann ist das Laub losgeworden und jagt seinen Freund nun um einen Baum. Vor lachen können sie kaum laufen, doch sie machen trotzdem weiter und ich versetze mich in Gedanken in ihre Lage. So unbeschwert mit Lucas sein zu können. Das wäre ein Traum.

Gedankenverloren schlendre ich einige Stunden durch den Park und erst, als es dunkel und kühler wird, mache ich mich auf den Heimweg.

Die Baker Street Station ist die nächstgelegene und ich steige hinunter in die historischen Gewölbe. Man hat hier alles so gut wie möglich erhalten und ich fühle mich über einhundert Jahre zurückversetzt, als ich zwischen den schlanken Metallpfeilern hindurch auf den Bahnsteig trete.

Die nächste Bahn ist meine und glücklicherweise nicht sonderlich voll. Nach sechs Stationen und einmaligem Umsteigen am Oxford Circus komme ich in Canonbury an.

Wie kalt es draußen ist, bemerke ich erst, als ich im Warmen bin, und meine Hände anfangen zu kribbeln. Per Lieferdienst bestelle ich mir etwas zu essen, weil ich nicht zum Einkaufen gekommen bin, und kümmere mich dann um den

Haushalt, bis das Essen da ist. Dann verkrümele ich mich vor dem Fernseher und schaue mir meinen Lieblingsfilm »The Notebook« an. Zwar geht es da um die Liebe, doch trotzdem wird Lucas für kurze Zeit aus meinen Gedanken verbannt, was mich deutlich entspannt.

19. KAPITEL

Der Fahrer holt mich am nächsten Tag erst am frühen Nachmittag ab und bringt mich ins Zentrum der Stadt zu unserem heutigen Drehort – der London Bridge. Die Brücke war eine der ersten, die die Themse überspannte, und wurde in den 70ern erneuert. Das passt nicht ganz in unser Thema, der 20er Jahre, doch ich gehe davon aus, dass die Videoeffect-Abeilung das digital verändern und anpassen wird.

Direkt neben einem Monument, das an den großen Brand von London im Jahre 1666 erinnert, wurde für unseren Fuhrpark ein Seitenstreifen abgesperrt. Lee kommt mir schon geschäftig entgegen, in der Hand ein Klemmbrett und wie immer mit einer Menge Schlüssel am Schlüsselbund.

»Henry, heute wird es ein wenig anders ablaufen, als sonst. Ich gebe dir hier den Schlüssel zu deinem Wohnwagen. Wir werden heute sicherlich eine Menge Schaulustige haben und meine Setrunner sind jetzt schon damit beschäftigt, dafür zu sorgen, dass kein Passant sich am Catering bedient, beziehungsweise, unsere Toilette benutzt. Also muss ich dich bitten, deinen Wohnwagen heute selbst abzuschließen, wenn du gehst.« Er setzt einen bittenden Blick auf, weiß, dass das normalerweise nicht mein Job ist, doch ich kann verstehen, dass es unter diesen Umständen nicht so laufen kann, wie immer. Ich strecke die Hand aus und nehme Lee lächelnd den Schlüssel ab. »Danke Henry, dass du so kooperativ bist. Das ist nicht jeder in deiner Position.« Er wirft einen Blick auf seine Unterlagen, wirkt etwas zerstreut und sagt dann: »Wir fangen eine Stunde vor der Dämmerung an mit der Probe und haben dann genau eine Stunde Zeit, Szene 17 zu drehen, dann ist das schöne Licht der blauen Stunde weg. Du kannst dann gleich zu Zach kommen.« Lee lächelt mich an und macht sich dann davon. Der Arme wirkt jetzt schon gestresst, weil er an so vielen Fronten gleichzeitig kämpfen muss und ich bin froh, dass ich ihm ein wenig Arbeit abnehmen kann, indem ich mich selbst um meinen Wohnwagen kümmere.

Als ich mir von Nate einen Kaffee geben lasse, fährt ein weiteres, dunkles Auto vor und mein Herz einen nervösen Hüpfer macht.

Lucas ist angekommen.

Ob er sich abgeregt hat?

Ich versuche, einen möglichst neutralen Gesichtsausdruck aufzusetzen und so zu tun, als sei ich ganz locker, doch ich stoße versehentlich eine Flasche Milch um und der Inhalt ergießt sich über den gesamten Cateringtisch. So viel zu locker.

»Oh Shit, tut mir leid, Nate...«, sage ich hastig und nehme den Lappen entgegen, den er mir reicht. »Ich weiß auch nicht, was heute mit mir los ist. Sorry...«, nuschle ich und wische den Milchsee auf. Vorsichtig hebe ich jede Schale und Platte an und beseitige so das Chaos.

»Morgen Nate«, sagt eine helle, raue Stimme und Lucas tritt neben mich.

»Kann ich einen Kaffee haben?« Er wirft einen Blick auf mich, der ich noch immer die Milch aufwische und sagt: »Vorausgesetzt natürlich, wir haben noch Milch da.«

»Klar haben wir. Ich habe alles auf Vorrat. Henry kann noch mindestens zehn Flaschen umwerfen, wenn ihm danach ist«, lacht der Ire und schaltet die Kaffeemaschine ein. Ich gebe ihm den nassen Lappen zurück und greife wieder nach meiner Tasse. Soll ich mich lieber verkrümeln?

Obwohl ich weiß, dass wir vorgestern bei der Heimfahrt auf einem Weg der Besserung waren und uns zumindest unterhalten haben, bin ich jetzt nicht sicher, wo wir stehen. Lucas sollte den ersten Schritt machen, wenn er das will.

Tatsächlich ist es Nate, der uns dazu zwingt, miteinander zu sprechen.

»Heute geht ihr baden? Ist das richtig?«, fragt er Lucas, der mir einen kurzen Blick zuwirft und dann antwortet: »Ja, wir drehen heute meinen Selbstmord. Mir ist jetzt schon kalt, wenn ich nur daran denke, dass ich in die Themse springen muss.«

Das ist meine Gelegenheit!

Ich wende mich Lucas zu und halte ihm die Dispo unter die Nase.

»Wir haben Stuntmen. Wir selbst müssen nicht springen, das wäre bei der Höhe der Brücke und der Strömung des Flusses viel zu gefährlich.« Mein Kollege hebt den Kopf und sieht mich überrascht an. Erleichterung spiegelt sich in seinen Augen.

»Puh, da bin ich aber froh. Ich hatte wirklich gedacht, ich muss von der Brücke springen.« Seine schmalen Lippen verziehen sich zu einem schüchternen Lächeln, das mich dazu einlädt, das Gespräch weiterzuführen.

»Was hast du gestern so gemacht?« Allein diese Frage scheint Lucas wieder grummelig zu machen, denn seine Augenbrauen schieben sich zusammen und er sagt: »Ich hab Zeitung gelesen….sieht ganz so aus, als ob deine hart erarbeitete Fassade anfängt zu bröckeln. Man scheint uns beiden eine Affäre anzudichten. Ich bin sicher, dass dein Management hart daran arbeitet, diese ganzen Gerüchte wieder platt zu machen, oder? Sonst lässt du dich ja nicht mehr verkaufen.« Er wird zickiger, je länger er spricht und ich packe ihn kurzerhand am Arm, zerre ihn weg von Nate und zu unseren Wohnwagen.

»Muss du das so laut durch die Gegend brüllen? Das geht niemanden etwas an!«, zische ich, schließe meine Tür ruckartig auf und schiebe ihn hinein.

»Es kommt doch sowieso raus, ich verstehe nicht, wieso du dich da noch so gegen wehrst«, protestiert Lucas und sieht mich fragend an. Erst, als die Tür hinter mir zuknallt und der Lärm Londons draußen bleibt, antworte ich ihm.

»Hör zu; ich habe beschlossen, mich zu outen, doch ich habe mir noch nicht überlegt, wie und wann ich das tun soll. Du kannst nicht von mir erwarten, das übers Knie zu brechen. Du und Tatiana, ihr habt mir beide gesagt, dass ich ein Feigling bin und zu mir stehen sollte und das habe ich mir zu Herzen genommen. Also sei bitte geduldig und lass mich das so machen, wie ich es für richtig halte, okay?« Lucas reißt die Augen auf und sieht mich an, als ob er nicht sicher ist, ob er sich verhört haben könnte.

»Du...«

»Ja, ich will mich outen«, bestätige ich, ein wenig ruhiger und will gerade dazu ansetzen, ihm zu sagen, dass ich mich in ihn verliebt habe und dass er der Grund dafür ist, weshalb ich meine ganze bisherige Einstellung überdenke, als es an der Tür klopft und Jimmy hereinschaut.

»Henry, du solltest seit fünf Minuten in der Maske sein. Und Lucas, du hast deine Zeit im Kostüm.«

Verstimmt, weil ich Lucas nicht sagen konnte, dass ich mich verliebt habe, trete ich ins Maskenmobil und setze mich bei Zach auf den Schminkstuhl.

»Guten Nachmittag, guten Morgen trifft es ja eher weniger«, sagt Zach

fröhlich, lächelt mich an und mustert mich. »Alles okay bei dir?«
Maskenbildner merken alles, man kann ihnen schwer etwas vormachen.

»Ja, alles gut ich bin nur ein wenig angespannt, wegen den geplanten
Szenen«, sage ich schnell und hoffe, dass er es mir abnimmt.

»Ja, das wird heute ziemlich emotional«, stimmt mir der Maskenbildner zu,
und fängt an mir die Haare zu frisieren. Da wir zuerst den ersten Kuss von Mo
und George drehen, bekomme ich meine geschniegelte Bühnenfrisur, denn in
dieser Szene kommen wir uns nach einem Theaterabend näher. Zach nutzt die
Gelegenheit und schneidet meine Haare ein kleines Stück, denn in den letzten
beiden Wochen sind sie einen halben Zentimeter gewachsen und bei kurzen
Haaren fällt das schnell auf.

»Weißt du schon, ob du selbst ins Wasser musst? Für den Sprung haben wir ja
Stuntmen«, fragt er und ich nicke.

»Ich weiß, dass ich nicht von der Brücke springen muss, aber ich glaube ins
Wasser muss ich trotzdem.« Der Maskenbildner nickt und macht sich eine
Notiz. Vermutlich hat er einen eigenen Plan für den heutigen Tag und viele
Kleinigkeiten, auf die er zu achten hat.

Fertig frisiert und geschminkt, gehe ich wenig später zu Elianna. Sie gibt mir
mein Kostüm und zeigt mir einen Neoprenanzug.

»Den kannst du unter das Kostüm ziehen, solltest du tatsächlich ins Wasser
müssen. Dann ist es nicht ganz so kalt für dich.«

»Danke Elianna, das ist wirklich gut zu wissen. Auf der Dispo steht, dass es
sieben Grad sein werden.«

Als ich Lucas wieder sehe, trägt er ebenfalls einen Anzug und seine Haare sind
nach hinten gegelt. Es steht ihm sehr und ich nicke ihm anerkennend zu.
Verlegen lächelt er zurück und kratzt sich im Nacken.

»Du siehst gut aus.«

»Danke, du auch«, gebe ich zurück und will gerne nochmal unser Gespräch von vorhin fortsetzen, doch ich finde nicht die passenden Worte und sage stattdessen: »Willst du nochmal proben?«

»Nein, ich glaube ich kann meinen Text. Und geküsst haben wir uns mittlerweile so oft, dass das nun auch nichts Neues mehr ist.«

Na danke, Lucas!

Um 18 Uhr werden wir ans Set geholt. Die blaue Stunde, die Stunde, kurz nachdem die Sonne untergegangen ist, startet um 18:55 Uhr und wir proben unsere Szene mehrmals. Auf der Brücke wurden Schienen für die Kamera verlegt und die Kameracrew wird vor uns herlaufen, während wir uns miteinander unterhalten.

Mo und George haben gemeinsam ein Theaterstück besucht und sind auf dem Heimweg. Sie bleiben am Brückengeländer stehen und kommen sich da im Film zum ersten Mal näher. Die Szene ist mit 3 Minuten relativ lang, doch weil Geoffrey sie in sehr wenige Einstellungen aufgelöst hat, wird es nicht ewig dauern, bis alles im Kasten ist. Zwei Stunden vielleicht.

Alle arbeiten konzentriert zusammen und um 18:55 Uhr stehen wir bereit auf unseren Positionen. Ein kalter Wind fegt über die Brücke und ich erschaudere. Auf der anderen Seite sind einige Passanten stehengeblieben und schauen zu und hinüber. Handys sind gezückt und man wartet darauf, dass etwas passiert.

Die Klappe wird geschlagen und Geoffrey ruft: »Und bitte!«

Lucas und ich gehen los.

»*Das war ein unglaubliches Stück. So inspirierend.*« Lucas setzt sich den Hut auf und schiebt die Hände in die Taschen seiner Jacke.

»*Ja, es ist wirklich sehr gut inszeniert gewesen. Und die Schauspieler waren hervorragend*«, antworte ich und sehe Lucas an, der begeistert nickt und seufzt: »*Ich wünschte, ich könnte auch einmal auf einer solchen Bühne stehen. Es muss ein tolles Gefühl sein.*«

»*Das wirst du sicherlich. Bisher hast du tolle Sachen gezeigt, wenn ich dich unterrichtet habe. Natürlich bedarf es einer Menge Arbeit, bis man auf so großen Bühnen stehen darf, aber ich bin mir sicher, dass du das alles schaffen kannst*«, sage ich und bleibe an der Markierung stehen, die man am Boden für uns gesetzt hat. Wir blicken gemeinsam hinunter auf die Wasseroberfläche der Themse und Lucas steht nah bei mir.

»*Ich finde es wunderbar, dass du so offen bist und bereit bist, mir das Spielen beizubringen.*«

»*Ich freue mich, nicht immer allein zu sein. Du bist der erste Mann, der mich als Mensch sieht. Seitdem ich bekannt geworden bin, bin ich allein und kann niemandem trauen. Ich weiß nie genau, wer von mir nur ein wenig Ruhm abbekommen will, und wer an mir als Mensch interessiert ist.*« Lucas beißt sich auf die Lippe und seufzt. »*Du bist ein wundervoller Mann und ich kann nicht verstehen, dass man dich ausnutzt. Das ist nicht fair.*« Ich sehe zu ihm hinunter und eine Wärme strahlt in mir aus, die alles einnimmt. Wir sehen uns an und kommen einander langsam näher und die Kamera gleitet an uns heran.

»*Schön, dass du das sagst, Mo*«, hauche ich und küsse ihn.

Lucas erwidert den Kuss, weil Mo es laut Drehbuch tut, doch ich fühle, dass er nach Schema-F vorgeht. Mein Herz wummert zwar, doch ich weiß, dass dieser Kuss nur ein Filmkuss ist.

Geoffrey hat nicht bemerkt, dass dieser Kuss anders war, als die Bisherigen.

Es gefällt ihm und trotzdem drehen wir die Szene noch mindestens zehn Mal aus verschiedenen Einstellungen. Paul will das natürliche, weiche Licht so gut wie möglich einfangen. Und als Lucas und ich einen Blick auf das gedrehte

Material werfen dürfen, muss ich zugeben, dass es zauberhaft aussieht, obwohl es sich nicht so angefühlt hat.

»Es ist super geworden, man hat ja fast schon beim Zuschauen Herzklopfen bekommen«, sagt Elianna zu mir, als ich wenig später zu ihr komme und sie mir eine dicke Jacke anzieht. Wir haben eine kurze Pause, in der die Schienen abgebaut werden und Lee zusammen mit zwei Beamten der Stadt einen Fahrstreifen der Brücke sperren muss. Es wird zusehends dunkler und kalt. Jimmy und die anderen Setrunner verteilen Tee und Elianna hat mir warme Stiefel gegeben.

Nichts ist schlimmer als kalte Füße. Zwar passen die Stiefel so gar nicht zu meinem Kostüm, doch das ist mir in dem Fall total egal. Lucas hat sich ebenfalls in eine Jacke gewickelt, die Knie an die Brust gezogen und sitzt wie ein kleines Päckchen auf seinem Klappstuhl, der am Geländer der Brücke steht.

Immer wieder sehe ich zu ihm hinüber, doch ich weiß, dass er sich auf die nächste Szene vorbereitet und ich will ihn auf keinen Fall aus der Konzentration reißen.

Jemand stupst mich an. Zach steht neben mir.

»Henry, setzt du dich bitte mal, damit ich deine Haare auf Anschluss bringen kann?«, fragt er und deutet auf meinen Stuhl. »Kannst du das eben halten?« Er drückt mir ein Foto in die Hand, das er gemacht hat, als wir im West-End gedreht haben. Es ist aus der Szene, an der Mo George am Theater abfängt. Meine Haare waren ordentlich frisiert, allerdings nicht so fest, wie im Augenblick und Zach lockert das Ganze ein wenig auf, da die jetzige Szene anschließt.

»Prima, das war´s schon, danke. Dann geh ich mal zu Lucas.« Er nickt mir zu und kramt aus seiner Tasche schon das Foto von Lucas heraus und macht sich dann daran, ihn auf Anschluss zu bringen. Wie er das hinbekommen will, weiß ich nicht, denn an dem Drehtag hat es geregnet und Lucas war nass bis auf die Haut. Zwar ist es heute bewölkt, doch es sieht nicht nach Regen aus. Und er kann Lucas doch nicht mit Wasser überkippen, der arme Kerl würde sich doch erkälten.

Noch während ich mir über die geänderten Wetterumstände Gedanken mache, schiebt ein Team von Technikern eine Regenmaschine über die Straße. Das Problem ist gelöst.

»Wir sind bereit für eine Probe!«, ruft Lee und Lucas steht auf. Ohne mich dabei anzusehen, geht er an mir vorbei und auf den Regisseur zu.

»Geoffrey, könnten wir die Szene vielleicht gleich drehen? Ich glaube, wenn wir das zu oft proben, dann verbrauche ich zuviel Kraft.« Der Regisseur nickt langsam.

»Ich würde wenigstens eine Stellprobe machen. Du musst auch nicht spielen, aber deine Positionen ablaufen, damit wir das Licht anpassen und die Kamerapositionen festlegen können.«

»Ja, das ist okay«, sagt Lucas leise und haucht sich in die Hände.

»Ich bin sicher, dass du gut spielen wirst«, sage ich mit gedämpfter Stimme, um ihm Mut zu machen, und er nickt: »Genauso gut wie du mir etwas vorgespielt hast.«

»Lucas, können wir das bitte beiseite schieben?«, seufze ich und sehe ihn bittend an.

»Ich würde gerne, weißt du...aber ich bin immer noch sauer. Obwohl ich mich natürlich freue, dass du dich outen willst. Trotzdem fällt es mir nicht leicht, dir zu verzeihen. Außerdem habe ich dir gesagt, dass ich mich in dich verliebt habe...und du hast nichts dazu gesagt.« Mit diesen Worten geht er an mir vorbei und lässt sich von Elianna die Jacke abnehmen und für die Szene vorbereiten.

Es ist kalt so nahe am Wasser und ich bin dankbar für die Daunenjacke, die Elianna mir gegeben hat. Ich trage sie über dem Kostüm und habe die Hände tief in den Taschen vergraben, als ich auf meiner Position stehe und aus dem Augenwinkel auf den Monitor blicke, der das Kamerabild überträgt. Wir drehen.

Die Regenmaschine verteilt einen feinen Nieselregen, der Lucas komplett durchnässt. Er geht mit schnellen Schritten vor der Kamera her, auf den höchsten Punkt der Brücke zu und dreht sich immer wieder um. Seine Augen schwimmen in Tränen, er zittert und redet mit sich selbst.

»Wie konntest du dich nur darauf einlassen? Du bist so dumm...er hat es nie ernst mit dir gemeint, wenn er jetzt diese...Frau bei sich hat...dann ist alles vorbei«, zittrig wischt er sich die nassen Haare aus den Augen und zieht die Nase hoch, dreht sich um und sucht in der Dunkelheit nach George, von dem er hofft, dass er ihm gefolgt ist. Doch da ist niemand. *»Du hast mich verraten...«,* haucht er und bleibt nah am Geländer stehen. Zum Glück hat er einen Klettergurt an und ist durch ein Seil gesichert. Seine Hand streicht über das glatte, kalte Metall und er klettert über die Brüstung. Schwer atmend dreht er sich um und die Kamera fährt näher an ihn heran. Seine Schultern zittern und er weint noch immer bitterlich, weil George ihm so wehgetan hat. Mir tut es richtig weh, ihn so zu hören, denn seine Schluchzer klingen so echt.

»George..«, winselt er und langsam, nur ganz langsam wird seit Atem ruhiger. Er blickt hinunter in die Tiefe, hat eine Entscheidung getroffen und bereitet sich darauf vor, zu springen.

Das ist mein Zeichen.

»Mo!«, rufe ich laut und er zuckt zusammen, dreht sich rasch zu mir um und geht dann in die Knie, um das Fallen von der Brüstung zu simulieren.

»Cut!«

Weiter drehen wir nicht, denn Lucas selbst wird nicht von der Brücke aus ins Wasser springen. Dafür haben wir ja einen Stuntman.

Sofort holt man meinen durchnässten Kollegen wieder auf die andere Seite und ich gebe ihm schnell meine Jacke.

»Danke...«, bibbert Lucas und als ich seine Schultern ein wenig warm rubbeln möchte, spüre ich, dass er unter meinen Händen zittert.

»Alles okay?«, frage ich leise und Lucas nickt. Noch immer laufen ihm Tränen über die Wangen. Vorsichtig nehme ich ihn in den Arm. So schnell kommt er aus seinen Emotionen nicht heraus, was er aber auch nicht muss, denn wir drehen die Szene gleich nochmal. Um ihn nicht aus dem Konzept zu bringen, bleibe ich still und halte ihn nur im Arm, bis die Kamera wieder auf der Startposition ist und wir alles nochmal drehen.

Nach vier Takes ist die Szene im Kasten und Lucas emotional vollkommen am Ende, sodass er sich erstmal zurückziehen muss.

Jimmy bringt ihn zurück zur Base, wo er sich im Wohnwagen sammeln kann, während ich meine Szene habe. Ich sehe ihnen nach und wäre am liebsten mitgekommen, hätte ihn in den Arm genommen und getröstet. Auch, wenn er die Tränen nur gespielt hat, bin ich sicher, dass er sich etwas in Erinnerung gerufen haben muss, das ihn sehr mitnimmt, ansonsten hätte er diese Szene nicht so lange durchhalten können. Und ich werde das Gefühl nicht los, dass ich da eine nicht unwichtige Rolle spiele.

»Henry?«, reißt mich Fionn aus meinen Gedanken. »Wir steigen wieder ein. Du startest neben der Kamera, rennst an die Brüstung und schaust hinunter, ins Wasser. Ein Stuntman wird gleich ins Wasser springen und wenn die Kamera deinem Blick nach unten folgt, sehen wir die Stelle, an der Mo gelandet ist.«

Ich nicke und sehe einen Mann, der Lucas´ Statur und Größe hat über das Geländer steigen. Er trägt dieselben Klamotten, nur hat er einen Neoprenanzug drunter, sodass das Wasser für ihn nicht so kalt wird.

»Gut, ich bin bereit«, sage ich und stelle mich neben die Kamera.

Denk dich in die Szene ein; Mo ist von der Brücke gesprungen, weil du ihn verletzt hast. Du musst wissen, ob er noch lebt, du hast Panik.

Das wiederhole ich in meinem Kopf so lange, bis Geoffrey mir mein Kommando gibt.

»Und Henry! Action und Bitte!«

»*Mo!*«, rufe ich, so laut ich kann, und stürze zum Geländer, sehe nach unten und erblicke die weißen Schaumkronen, die im dunklen Wasser des Flusses, in knappen zehn Metern Tiefe, Kreise bilden.

»*Nein!*« Hastig drücke ich mich vom Geländer weg und mache Anstalten loszulaufen, doch das kommt erst in der nächsten Einstellung, deswegen bleibe ich außerhalb des Bildausschnittes stehen.

Der Stuntman muss viermal von der Brücke ins kalte Wasser springen, bis der Teil hier oben abgedreht ist und wir mit dem ganzen Team und sämtlichem Equipment ans Flussufer umziehen.

Im Gänsemarsch gehen wir nacheinander einen steilen Pfad hinunter, wohl darauf bedacht, nicht ins Rutschen zu geraten. Fionn geht vor mir her und ich tippe ihm auf die Schulter.

»Fionn, sag mal, im Drehbuch steht doch, dass ich Mo aus dem Wasser ziehe...« Eine kalte Brise weht uns entgegen und weil meine Haare vom Regen nass sind, fröstle ich. »Muss ich denn auch ins Wasser?«

»Oh nein, wo denkst du hin? Wir haben Stuntmen, die die Totale für euch drehen und wenn wir Nahaufnahmen im Wasser machen, drehen wir das im Studio in London in einem warmen Schwimmbecken nach. Du musst nur mit den Füßen ins Wasser, wenn wir zeigen, wie du Lucas an Land ziehst.« Ich bin erleichtert, denn wir haben mittlerweile schon richtigen Herbst. Nicht unbedingt mein Lieblingswetter, um in einen kalten Fluss zu springen.

20. KAPITEL

Unten am Flussufer treffe ich wieder auf Lucas. Seine Augen sind noch gerötet, doch er lächelt und kommt auf mich zu.

»Hey, müssen wir ins Wasser?«, fragt er und sieht ein wenig skeptisch zum Fluss in dem sich die Lichter der Stadt spiegeln.

»Ich muss nur bis zu den Knien rein, den Rest macht ein Stuntmen. Ich weiß nicht genau, wie das mit dir ist, weil ich dich ja an Land ziehe...«, überlege ich und Lucas meint: »Vielleicht hat Elianna für mich ja auch so einen Thermoanzug.« Er nickt zu den beiden Stuntmen hinüber, die sich in der Nähe fertig anziehen. Beide tragen dieselben Haarschnitte wie wir und die Zuschauer dürften keinen Unterschied zu uns feststellen können. Zumindest nicht in der Totalen.

»Die sehen uns ja wirklich ähnlich...wow«, entfährt es Lucas und ich nicke anerkennend.

»Ja, die haben sie gut gecastet.«

Weil zuerst die beiden Stuntmen im Wasser ihre Arbeit machen, haben wir etwa eine halbe Stunde Pause. Diese verbringen wir in unseren warmen Jacken auf Klappstühlen sitzend. Lucas wurde zusätzlich noch in eine Rettungsdecke gewickelt und vor einen Heizlüfter gesetzt, denn seine Klamotten sind vollkommen durchnässt. Immer wieder sehe ich zu ihm hinüber. Hoffentlich wird er nicht krank. Es wäre schade, so kurz vor Ende der Dreharbeiten. Lucas bemerkt meinen Blick und lächelt mir zu.

»Jungs, wollt ihr einen Tee?«, fragt Jimmy und steht mit einem Tablett voller dampfender Becher neben uns und wir greifen zu. Das Getränk hat uns gerade wieder halbwegs aufgewärmt, als die beiden Doubles schon fertig gedreht sind und wir aus unseren Jacken raus müssen. Allein beim Gedanken daran wird mir kalt.

Die Kamera wird nah am Wasser positioniert und Geoffrey kommt auf uns zu, als wir ans Ufer treten. »Lucas, es tut mir sehr leid, aber du musst komplett ins Wasser, damit Henry dich herausziehen kann. Ich hätte dich gerne doubeln lassen, aber man sieht dein Gesicht, also musst du es selbst machen. In der Geschichte ist es so, dass sich im Wasser Holzpfeiler einer alten Brücke befinden, auf denen Mo ungünstig gelandet ist. Das hat ihn schwer verletzt, denk also bitte daran, komplett leblos zu sein. Lass Henry die Arbeit machen und dich an Land ziehen. Wenn du versuchst, ihm zu helfen, sieht man das auf der Kamera.« Lucas nickt konzentriert und wendet sich dann grinsend an mich.

»Jetzt wird sich gleich zeigen, ob sich dein Fitnesstraining lohnt.«

»Du bist doch ein Fliegengewicht, das mache ich mit links«, antworte ich und meine dann ein wenig besorgt: »Lass uns das bitte einmal ausprobieren, damit ich weiß, wo ich dich anfassen kann, ohne dass ich dir wehtue, okay?«

Lucas legt sich ins Gras, macht sich so schwer, wie es nur geht. Im Erste Hilfe

Kurs habe ich den Rettungsgriff gelernt, greife unter den Armen durch, packe Lucas´ Unterarm von hinten und ziehe ihn so übers Gras.

»Jungs, könnt ihr ein bisschen auf die Jacken aufpassen?«, bittet uns Elianna und kommt mit besorgtem Blick heran. Lucas steht rasch wieder auf und klopft sich die Jacke ab.

»Tut mir leid, daran hab ich nicht gedacht«, sagt er schnell und lächelt die Garderobiere verlegen an.

»Ist schon gut, leg dich einfach nicht mehr ins nasse Gras, okay?«

»Ich glaube sie ist müde und deswegen ein wenig empfindlich«, überlege ich und Lucas kichert.

»Vielleicht hat sie ja auch ihre Tage.« Daraufhin muss ich lachen und wir giggeln vor uns hin, bis Geoffrey uns ruft.

»Jetzt wird's ernst...und kalt.« Lucas legt die Jacke ab und tritt ans Ufer heran. In der Zeit, die er braucht, um in den Fluss zu kommen, durchnässt Elianna meine Klamotten. Sie hat mehrere Eimer mit warmem Wasser dabei, die sie mir gemeinsam mit Zach kurzerhand über den Kopf kippt. Tropfend wate ich bis zu den Knien in den kalten Fluss, wo Lucas schon liegt und versucht, nicht allzu sehr zu zittern.

»Seid ihr bereit? Wir machen die Szene einfach dreimal direkt hintereinander, ohne große Pausen dazwischen, dann hast du das Schlimmste gleich hinter dir Lucas, ja?«, bietet Geoffrey an und wir nicken beide synchron.

Lucas aus dem Wasser zu bekommen ist nicht so einfach, wie ich dachte, er hängt leblos in meinen Armen und das kalte Wasser macht die Finger so steif, dass ich ihn kaum greifen kann. Doch ich rede mir ein, dass das hier ein Notfall ist und ich mich beeilen muss, meinen Geliebten ans rettende Ufer zu bekommen. Als ich ihn endlich aus dem Wasser habe, falle ich neben ihm auf die Knie.

»*Mo? Hörst du mich?*«, keuche ich, huste und wische mir die Haare aus dem Gesicht. Lucas liegt vollkommen reglos da. Er zittert nicht einmal mehr und atmet so flach, dass der Brustkorb sich nur unmerklich bewegt.

»*Mo! Bitte wach auf...bitte...*« Vorsichtig klopfe ich ihm gegen die Wange und beuge mich zu ihm hinunter, um die Atmung zu überprüfen. Zach hat ihn extra blass geschminkt und ihm vorhin eine Blutkapsel in den Mund gegeben. Niemand unterbricht uns, und ich spiele weiter.

»*Scheiße, Mo...bitte...kannst du mich hören? Mo!*« Die Gewissheit, dass er nicht mehr am Leben ist, wird immer klarer in meinem Kopf und ich werde panisch, weil George panisch wird. Hastig sehe ich mich um, doch es ist niemand da, der uns helfen kann. Ich liege mitten in der Nacht mit meinem Geliebten unterkühlt am Flussufer.

»*Bitte, mach die Augen auf...*«, stammle ich und Tränen steigen mir in die Augen. Ich blicke auf Lucas hinunter und streiche ihm unaufhörlich mit der Hand übers Gesicht.

»*Bitte...es tut mir leid, es war nie meine Absicht, dich zu erschrecken...du solltest dir nicht meinetwegen etwas antun. Ich wollte das nicht...du bist das Beste, was mir hätte passieren können und ich habe deine Gefühle mit Füßen getreten. Mo, du musst mir verzeihen...bitte wach auf. Es tut mir so leid. Ich nehme alles zurück, was ich gesagt habe...ich liebe dich. Bitte verlass mich nicht....bitte...ich war einfach zu stolz und zu feige, um zu dir stehen zu können, aber das will ich ändern, hörst du?*« Mit einem Mal zuckt Lucas zusammen und ich sehe ihn erschrocken an, beuge mich vor und küsse seine aufgesprungenen Lippen. »*Mo, hörst du mich?*«, frage ich zittrig. Lucas´ Augenlider flattern und er öffnet sie kurz. Als er sprechen will, kommt nur ein Gurgeln aus seiner Kehle und helles Blut benetzt die blassen Lippen.

»Ich bringe dich in ein Hospital, die bekommen dich wieder hin, ganz sicher. Du musst nur durchhalten. Du wirst wieder gesund und dann verbringen wir das Leben gemeinsam, das verspreche ich dir«, stammle ich und hebe Lucas auf die Beine. Sein Kopf kippt sofort nach hinten, die Augen wieder geschlossen.

Ist er bewusstlos? Ich habe keine Ahnung, doch die Angst um ihn ist zu groß, ich habe es zu eilig, um mir darüber Gedanken zu machen.

»Mo, bleib bei mir, bleib wach...«, doch von Lucas kommt keine Reaktion mehr. George weiß jetzt, dass es zu spät ist. Ich weiß, dass Mo tot ist, und breche weinend zusammen, halte ihn fest und drücke ihn an mich.

Die Kälte der Nacht stört mich nicht, ich bin in Gedanken nur bei dem Mann, den ich gerade verloren habe, so sehr bin ich in der Rolle drin.

»Nein...das darf nicht sein...du bist doch noch so jung...so ein Ende hast du nicht verdient....es tut mir so leid Mo...ich liebe dich...« Zitternd kauere ich über dem Körper meines Freundes, halte seine Hand und lege den Kopf auf seiner Brust ab. Mein Spiel hat mich so gepackt, dass ich überrascht bin, Lucas´ Herz schlagen zu hören. Durch den Tränenschleier auf meinen Augen sehe ich Paul, der mit der Kamera näher kommt, um diesen Moment einfangen zu können.

Immer mehr Tränen laufen mir über die Wangen und ich bin nicht mehr ganz Herr über mich selbst. Langsam schleicht sich der Gedanke in meinen Kopf, wie ich reagieren würde, wenn Lucas nicht mehr am Leben wäre. Die Antwort darauf liefert mir mein Körper mit mehr Tränen und in dem Augenblick weiß ich genau, dass Lucas mir zu wichtig ist. Wenn er tot wäre, würde es mir das Herz zerreißen und ich küsse seine Finger zärtlich.

»Ich liebe dich...«, flüstere ich so leise, dass es vielleicht gerade noch für den Tonmann hörbar ist, dann richte ich mich auf und drücke ihm einen Kuss auf die Lippen. Eine Brise fegt über uns hinweg und ich fange erneut an zu zittern. Es passt wunderbar in mein Spiel und in diesem Moment sagt Geoffrey: *»Cut!«*

Ich bekomme erst einige Millisekunden später mit, dass die Szene vorbei ist, denn ich bin abgelenkt. Die Lippen, die ich küsse, bewegen sich schüchtern und kaum merklich gegen meine.

Lucas erwidert den Kuss!

Die Szene ist aus und er küsst mich.

Fuck, das hier ist echt!

Endlich!

21. KAPITEL

Diese Nacht zieht sich in die Länge, es ist kaum zum Aushalten. Ich liebe meinen Job und ich mache ihn echt gerne, doch heute fällt es mir schwer, den Drehschluss abzuwarten. Ich *muss* mit Lucas sprechen, doch das geht nicht, solange wir am Set stehen. Ich will ungestört mit ihm reden, ohne dass Lee oder sonst jemand hereinplatzt.

Deswegen konzentriere ich mich weiter auf meine Szenen auch, wenn es schwerfällt. Für mich steht noch einiges an: Ich muss eine Allee entlang rennen, weil ich mich auf den Weg zur Brücke mache, von der Mo stürzt und mich die Böschung hinunterkämpfen, die zum Flussufer führt.

Lucas hingegen hat bald Feierabend und darf nach Hause gehen, doch aus irgendeinem Grund scheint er nicht zu wollen. Ich bekomme nur am Rande mit, dass er zu Lee sagt: »Ach, ich bin jetzt sowieso schon wach und wenn ich warm angezogen bin, ist es angenehm zum Zusehen.«

Seitdem sitzt er gemeinsam mit Fionn und Geoffrey auf einem bequemen Stuhl vor dem Monitor und sieht mir beim Arbeiten zu. Er hat wieder

Privatklamotten an und trägt einen Daunenmantel. Die Tasse Tee in seiner Hand dampft verlockend und ich hätte auch gerne Pause.

Doch ich muss weiter rennen und abgehetzt nach Mo suchen. Erst in den frühen Morgenstunden bin ich damit fertig und Geoffrey ruft den Drehschluss aus.

Die Techniker werden eine Stunde damit beschäftigt sein, alles zurückzubauen, doch ich gehe mit schnellen Schritten zu Elianna und ziehe mich um. Mir ist kalt und ich bin müde, will nur noch nach Hause.

Nachdem ich meine Wertsachen aus dem Wohnwagen geholt habe, treffe ich vor der Tür auf Lucas, der scheinbar auf mich gewartet hat.

»Gehst du jetzt nach Hause?«, fragt er und sieht mich an.

»Nein, ich dachte, ich mache noch ´nen Abstecher ins Fitnessstudio und nutze es aus, dass so früh am Morgen niemand dort ist. Dann habe ich die Geräte für mich allein«, antworte ich trocken und Lucas´ Augen werden groß: »Ehrlich, dafür hast du noch Energie?«

»Natürlich nicht. Ich werde mich jetzt nach Hause fahren lassen und ins Bett fallen. Was du schon vor zwei Stunden hättest machen sollen.« Gähnend schließe ich den Wagen wieder ab und reibe mir die Augen. »Apropos; wieso bist du denn nicht gegangen? Mich würden ja keine zehn Pferde dazu bekommen, länger als nötig nachts in der Kälte herumzusitzen.« Lucas sieht verlegen aus und weicht meinem Blick aus.

»Ich wollte mit dir reden und hab deswegen auf dich gewartet.«

Erst glaube ich, mich verhört zu haben, und sage erstmal gar nichts, doch als Lucas weiterhin stehenbleibt und mich erwartungsvoll ansieht, erkenne ich, dass es ihm wirklich wichtig ist. Und wenn ich ganz ehrlich zu mir selbst bin, dann kann ich es kaum erwarten, dass wir uns endlich aussprechen. Ich will ihm alles sagen und mich dafür entschuldigen, dass ich ihn angelogen habe.

Das war nicht okay und er muss wissen, dass ich einsehe, dass das ein Fehler war.

»Gut, dann sag ich dem Fahrer, dass er uns zu mir bringen soll.«

»Kommt das nicht doof?«

»Wieso? In der Presse haben wir doch sowieso schon was miteinander...«
Dass ich sowas mal sagen würde, hätte ich nie von mir gedacht und ich halte einen Moment inne, um mich über mich selbst zu wundern.

»Gut, wenn du meinst...«, murmelt Lucas und folgt mir zum Wagen.

»Soll ich euch nach Hause bringen?«, fragt der Fahrer, als wir eingestiegen sind und ich nicke. »Du musst aber nur bis bis zu mir fahren. Lucas schläft heute Nacht dort. Zu ihm nach Hause ist es viel zu weit und wir wollen einfach nur schlafen.«

Schlafen. Genau Henry.

Dem Fahrer scheint es recht zu sein und er startet widerspruchslos den Wagen.

Es ist sechs Uhr am Morgen und in London schon wieder auf den Beinen. Ich habe den Kopf ans Fenster gelehnt und die Augen geschlossen, während wir uns langsam auf der Straße fortbewegen. Die Müdigkeit haut mich fast um, jetzt da ich im warmen Auto sitze, spüre ich sie extrem in den Knochen. Mehrmals nicke ich ein und rutsche mit der Wange an der Scheibe herunter.

Lucas ist eingenickt, hat den Kopf in den Nacken fallen lassen und den Mund leicht geöffnet.

Die Sonne geht langsam auf und ich schaue ab und zu zu Lucas hinüber. Er wird heute mit zu mir kommen. Wir werden alles klären. Der Gedanke schiebt den Stein ein wenig beiseite, der mir schon lange die Seele zu blockieren scheint, und ich bin selbst davon überrascht, dass ich kein bisschen aufgeregt bin.

Wir biegen in meine Straße ein, als es kurz vor halb sieben ist.

»Lucas, aufwachen«, sage ich leise und stupse ihn an. Er zuckt zusammen und sieht sich desorientiert um. »Wir sind da.«

»Aha...«, nuschelt er und reibt sich die Augen, dann angelt er sich seine Tasche vom Boden und folgt mir aus dem Wagen.

»Schlaft gut!«, wünscht uns der Fahrer und ich nicke ihm dankend zu, bevor ich die Tür zuschiebe.

»Hier wohnst du? Ist ja ganz schön hier« Lucas sieht an der Hausfassade hinauf und blinzelt verschlafen.

»Doch nicht so spießig, wie du dachtest, oder?« Er wirkt kurz verlegen und fast so, als täte ihm leid, was er über meine Wohngegend gesagt hat. »Los, lass uns reingehen, sonst schlagen wir hier noch Wurzeln.« Ich gehe voraus, öffne die große Wohnungstür und lasse ihn in den Hausflur. »Wir müssen nach oben«, sage ich und er folgt mir die Treppe hinauf.

In der Wohnung stelle ich die Tasche ab, streife mir die Schuhe von den Füßen und gehe ins Schlafzimmer. Unschlüssig bleibe ich vor meinem Bett stehen.

Soll ich Lucas anbieten, hier schlafen zu können?

Vielleicht ist ihm das nach unserem Streit zu nah und er will lieber aufs Sofa. Noch während ich darüber nachgrübele, kommt er ebenfalls ins Zimmer und zieht sich kurzerhand die Jeans aus.

»Ich schlafe hier, nehme ich an«, sagt er, lächelt und krabbelt ins Bett.

Verdutzt sehe ich ihn an und weil mir kein passender Kommentar einfällt, lösche ich das Licht im Flur und ziehe mich ebenfalls aus. Was soll ich schon dazu sagen? Mein Herz klopft wie verrückt, wenn ich daran denke, dass er die ganze Nacht neben mir liegen wird.

Lucas stopft sich ein Kissen unter den Rücken und lehnt sich am Kopfende an.

Schlafen scheint er nicht sofort zu wollen, denn sein Blick ist aufmerksam, als er mich mustert.

»Du willst dich also outen«, fängt er an und in mir zieht sich alles zusammen. Ich denke an den Vorschlag, den Nick gemacht hat und kurz kommen wieder die Zweifel hoch, ob das denn wirklich alles die richtige Entscheidung ist.

»Ja, ich will mich nicht mehr verstellen.«

»Das ist gut. Wie kamst du zu der Entscheidung? Hast dich ja lange genug dagegen gewehrt«, fragt Lucas und sieht mich direkt an. Unsicher lecke ich mir über die Lippe und will mir durch die Haare fahren, doch es ist so viel Haargel drin, dass ich hängenbleibe.

»Du hast mir gesagt, dass du dich verliebt hast. Und dass ich ein Feigling bin.«

»Ja, das ist beides richtig.«

Wie kann Lucas nur so neutral sein?

»Ich hab mich so schlecht gefühlt, weil du das gesagt hast und musste mir eingestehen, dass du Recht hast. Ich bin ein Feigling, weil ich nicht zu mir stehen kann. Aber ich...ich fand dich vom ersten Drehtag an sehr nett und als wir uns bei der Probe im Hotel geküsst haben, da hatte ich Herzklopfen und war ganz nervös. Das ist mir noch nie vorher passiert. Ich hab mich in dich verliebt. Das hat mich ziemlich durcheinander gebracht und ich wusste nicht so genau, was ich machen soll. Aber jetzt ist alles etwas klarer, weil ich Zeit hatte, darüber nachzudenken. Wenn du möchtest...wenn du *noch* möchtest, dann wäre ich sehr gerne dein fester Freund.«

Lucas sieht mich an, als hätte ich ihm eine Ohrfeige verpasst. Sein Mund steht leicht offen und er blinzelt mehrmals ungläubig, bevor er langsam sagt: »Du hast dich in mich verliebt?«

»Ja.«

»Und du willst dich outen, damit wir zusammensein können?«

»Ja«, wiederhole ich mit einem Kloß im Hals und Lucas nickt langsam.

»Wie willst du das machen?«

»Ich habe Rat bei meinem guten Freund Nick gesucht. Der ist selbst schwul und hat sich vor Jahren geoutet.«

»Nick? Nick Elliot?« Ich nicke und Lucas sieht vollkommen baff aus. »Wow, ich liebe seine Morningshow! Unglaublich, dass du ihn kennst! Was hat er dir denn geraten?«

»Nick meint, wir sollten uns nicht zu den ganzen Gerüchten äußern, die gerade in den Medien herumschwirren und unsere Beziehung geheimhalten, bis der Film anläuft.« Lucas hebt eine Augenbraue. Sein Blick ist skeptisch.

»Sorry, aber unter einem Outing verstehe ich nicht, dass du unsere Beziehung geheimhalten willst«, sagt er und verschränkt die Arme. Begeisterung sieht anders aus.

»Es wäre eine coole Publicity für uns und den Film«, sage ich und setze mich ein wenig aufrechter hin, um Lucas alles zu erklären. »Stell dir doch mal vor, was wir für eine Aufmerksamkeit bekämen, wenn die Leute herumrätseln würden, ob zwischen uns beiden nun etwas ist oder nicht? Wenn wir bis zu Premiere in Interviews immer zweideutig antworten und nichts Konkretes sagen, wird das Interesse an uns und dem Film sehr groß werden. Da hätten wir alle was davon. Und nur, weil wir ein Geheimnis daraus machen, heißt das ja nicht, dass wir nicht zusammen sein können.« Ich sehe Lucas an, warte darauf, dass er etwas sagt, doch er schweigt und scheint sich das Ganze genauer durch den Kopf gehen zu lassen.

Ich sage nichts, bis mir die Pause zu lange ist und ich leise frage: »Lucas? Könntest du bitte was sagen? Es ist komisch, wenn du so still bist.« Er räuspert sich, schluckt und dreht dann den Kopf in meine Richtung.

»Was sagt deine Managerin dazu? Hast du sie eingeweiht? Sie wird doch sicherlich nicht begeistert sein. Immerhin hast du immer gesagt, dass sie dich als Single verkaufen will und als schwulen Mann in einer Beziehung wird das wohl erst recht nichts.« Der leichte Unterton in seiner Stimme klingt ein wenig vorwurfsvoll, was ich ihm nicht verübeln kann. Die Enttäuschung sitzt tief und es wird dauern, bis er mir nicht mehr nachträgt, dass ich mich so verstellt habe, da bin ich sicher.

»Ich habe ihr gesagt, dass ich mich outen will und, dass ich mich in dich verliebt habe. Überraschenderweise hat sie nichts dagegen gesagt. Ich glaube, sie hat bemerkt, dass es mir mit dieser Lüge nicht mehr gut geht. Und vielleicht spürt sie auch, dass es jetzt an der Zeit ist, neue Wege zu gehen...«

»Sie lässt dich also machen?«, hakt Lucas nach und ich nicke.

»Ja. Jetzt ist nur die Frage, ob du auch mitmachst.« Er seufzt und fasst dann das Ganze nochmal zusammen: »Okay, du willst mit mir zusammen sein. Wir müssen die Beziehung verstecken, um ein bisschen mehr Publicity für uns und den Film rauszuschlagen und wenn er anläuft, dann outen wir uns?« Er sagt es auf eine Art und Weise, die mich schnell glauben lässt, dass er nicht sonderlich begeistert von dieser Idee ist. Doch anders, als erwartet, grinst er irgendwann frech, küsst mich auf die Wange und meint: »Ein Spielchen mit der Presse? Katz und Maus? Ich bin dabei, Babe.«

Babe? Oh Gott, er hat mich Babe genannt. Weiß Lucas überhaupt, wie sexy ich das finde?

Ich glotze ihn an und er beugt sich vor.

»Das hat dir gefallen...oder Babe?« Ich bin zu keiner Antwort fähig. Alles was ich tun kann, ist Lucas anzustarren und ich glaube, mein Mund steht offen. Er legt einen Finger unter mein Kinn und klappt den Mund wieder zu, dabei ist er mir so nah, dass ich die Wärme seiner Haut spüre.

Ich will ihn küssen, muss ihn endlich haben und doch verharren wir, wenige

Millimeter voneinander entfernt und sehen uns an. Mein Herz rast und ich bin so aufgeregt, wie schon lange nicht mehr. Meine Hände krallen sich in die Bettdecke und ich atme ganz flach.

»Küsst du mich bitte jetzt?«

Und wie ich ihn küsse.

Ich umschlinge Lucas mit den Armen, ziehe ihn zu mir, seufze genüsslich, als ich ihn endlich spüren kann und – vor allem – darf.

Er drückt mich fest, streicht mir über den Kopf und flüstert: »Ich bin so stolz auf dich Henry...und natürlich möchte ich sehr gerne dein Freund sein.« Vorsichtig löst er sich von mir und wir sehen einander an. Seine Hand streicht über meine Wange und erst, als er eine Träne beiseite wischt, bemerke ich, dass ich weine.

»Hey, es ist alles gut. Du hast heute schon genug geweint«, lacht er, doch auch seine Augen glänzen feucht.

»Du aber auch«, schniefe ich und küsse ihn auf die Wange.

»Henry?«

»Hm?«

»Danke, dass du uns eine Chance gibst.«

»Danke, dass *du* es zugelassen hast.«

Seine Hände an meinem Gesicht zittern, als er mich küsst. Er will den Kuss zart angehen, doch das passt mir in dem Moment nicht, weshalb ich ihn an den Schultern packe und wieder zu mir ziehe, den Kuss vertiefe und seine Nähe genieße. Mein Herz klopft wie wild und ich bin erleichtert, dass wir uns vertragen haben. Lucas schiebt sich auf meinen Schoß und es ist ganz anders, als alles bisher.

Wir hatten schon Sex vor der Kamera und auf Probe, aber das hier ist prickelnder, weil es echt ist. Ich öffne die Hände, drücke sie auf seine

Oberschenkel und fühle die Muskeln, die unter der Haut arbeiten. Er schiebt sich näher auf mich und seufzt in den Kuss. Jede Faser meines Körpers reagiert auf diese Erlösung und ich zerre ihm das Shirt über den Kopf und dränge ihn zurück, so dass er auf dem Rücken liegt.

Wir unterbrechen den Kuss nicht. Seine Haut berührt meine und ich streiche ihm mit dem Finger über das Schlüsselbein, setze einen Kuss knapp unter sein Ohr und Lucas seufzt genüsslich.

»Gefällt dir das?«

»Mhm«, seufzt er und drückt seine Hüfte nach vorn und ich spüre die Erregung deutlich. Sie ist warm und fest an meinem Becken und ich zucke zusammen.

Seine Hand schiebt sich unter den Stoff meiner Shorts und ich keuche überrascht auf, als er mir über die Spitze streicht.

»Warte...«, presse ich hervor und halte inne. Kurz bin ich nicht sicher, ob es richtig wäre, jetzt schon weiter zu gehen, doch er sieht mich nur an. In seinem Blick liegt Ruhe und Verlangen, dass ich es mir anders überlege und mich gegen ihn drücke. Alles in meinem Körper pulsiert und Lucas endlich mit so nahe sein zu dürfen, berauscht mich.

Irgendwie werden wir unsere Unterwäsche los, die am Fußende des Bettes landet. Lucas liegt unter mir, streicht über meinen Körper und reckt sich nach jedem Kuss, den ich ihm gebe. Ich habe ihn zwar schon fast nackt gesehen, ihn angefasst und geküsst – doch das hier ist jetzt vollkommen anders. Niemand sieht uns zu, wir sind allein - und ich lasse mich fallen.

»Lucas...darf ich dich anfassen? Bitte...«

»Das fragst du noch?«, keucht er als Antwort und nimmt meine Hand, langsam küsst er meinen Zeigefinger und als er anfängt, daran zu saugen, sieht er mich so unschuldig an, dass ich die Augen schließen muss.

Ich kann mir das nicht ansehen, das bringt mich um den Verstand!

Lucas´ Zunge ist weich und schließt sich angenehm um meinen Finger und ich fange an, mir auszumalen, wie es wohl wäre, wenn er auf diese Art und Weise an meinem Penis saugen würde.

Mein Freund blinzelt langsam, küsst mich wieder auf die Lippen und seufzt.

»Henry?«

»Hm, was denn?«, frage ich und sehe ihn an. Seine Augen sind dunkel und er lächelt, dann sagt er fast schon schüchtern.

»Ich möchte mich gerne erstmal rantasten...wir kennen uns doch eigentlich noch gar nicht so richtig...ich will erst vollstes Vertrauen haben, bevor...« Weiterreden muss er nicht. Ich weiß genau, was er meint: Ich brauche heute gewiss keinen Sex. Das erfordert eine Menge Vertrauen zueinander und das haben wir noch nicht. Dafür kennen wir uns zu wenig. Ich weiß ja gar nicht, was ihm gefällt und ihm geht es bei mir sicherlich nicht anders.

»Ich bin da ganz deiner Meinung«, hauche ich und küsse ihn erneut.

Dieses Mal ist es nicht ganz so wild. Die Müdigkeit und Wärme von Lucas´ Körper lullen mich ein und ich schließe die Augen. Vorsichtig lege ich eine Hand auf seinen Brustkorb, streichle mit den Fingern sanft darüber und umspiele mit der Zunge seine Brustwarzen. Er zuckt und windet sich unter mir, streicht mir durch die Haare im Nacken und greift dann wieder nach meiner Hand.

Bestimmt legt er sie auf seinen Schritt und ich sehe ihn unsicher an.

»B-bitte...fass mich an«, haucht er und führt meine Hand genau so, wie es ihm gefällt. »Das fühlt sich gut an«, keucht er und ich schiebe mich vorsichtig nach unten, wobei eine freie Hand noch immer bei ihm auf dem Bauch liegt. Seine Haut ist so angenehm weich und ich streiche kreisend darüber. Ohne Vorwarnung setze ich meine Zunge ein und Lucas zuckt so heftig zusammen, dass ich ihn mit beiden Händen an der Hüfte festhalten muss.

»Bleib hier, es gefällt dir doch.« Meine Stimme klingt überraschend rau und er erschaudert, nickt dann aber ergeben.

Weil ich nicht weiß, was ihm gefällt, probiere ich mich durch. Am heftigsten ist seine Reaktion, als ich ihm die Beine mit ein wenig Gewalt auseinander drücke und die Zungenspitze über seine empfindlichste Stelle flattern lasse. Er will mir in die Haare greifen, kommt jedoch nicht an mich heran und krallt sich stattdessen ins Bettlaken.

Der Anblick ist berauschend und ich kann nicht anders, als mich selbst anzufassen. Lucas´ Stöhnen und seine Bewegungen treiben mich voran und ich gebe mir große Mühe, ihn zu reizen und mich selbst gleichzeitig davon abzuhalten, sofort zu kommen. Ich will nicht, dass es zu schnell vorbei ist.

Doch leicht ist das nicht, denn schon jetzt baut sich dieses heiße Brennen im unteren Rücken auf und ich kann nicht mehr klar denken. Lucas kneift die Augen zusammen, seine Hüfte zuckt nach oben und er kommt zitternd. Zwei Handgriffe später, folge ich ihm, das Gesicht gegen seinen Bauch gedrückt. Unser Atem geht schwer und als ich wieder halbwegs bei Sinnen bin, hebe ich den Kopf. Lucas´ Augen sind geschlossen und er atmet flach, ein Lächeln ziert seine Lippen und er hebt den Kopf.

»Das war so schön«, seufzt er und streckt die Hand nach mir aus.

Natürlich lasse ich mich zu ihm ziehen und er nimmt mich in die Arme. Sein Herz wummert gegen mein Ohr, als ich den Kopf auf seiner Brust ablege und die Decke über uns ziehe.

Wir sprechen eine ganze Weile gar nichts, Lucas krault mir nur abwesend den Kopf und seufzt ab und zu. Ich habe nicht das Bedürfnis, mich zu äußern. Es war unbeschreiblich und besser hätte es nicht sein können. Wir sind uns auf eine zärtliche Art und Weise nahegekommen, was ich persönlich viel schöner finde, als wenn wir sofort miteinander geschlafen hätten.

»Henry...das war wundervoll«, nuschelt Lucas und ich sehe, dass er schon fast eingeschlafen ist. Liebevoll küsse ich seine Schläfe und lösche dann die Lampe im Schlafzimmer.

Der Wecker auf dem Nachttisch zeigt 7:30 Uhr.

Höchste Zeit, um zu schlafen. Lucas gähnt und gibt mir einen Kuss auf die Nase. Ich fühle mich geborgen in seinem Arm und es dauert nicht lange, da bin ich eingeschlafen.

22. KAPITEL

Als ich einige Stunden später aufwache, scheint eine klare Herbstsonne durch die Vorhänge und ich bin nicht ganz bei mir.

Verwirrt drehe ich mich auf die Seite und frage mich, wieso mir so warm ist, bis ich den Körper hinter mir realisiere. Zwar weiß ich, dass es Lucas ist, der dort liegt, doch die vergangene Nacht kann ich nur stückchenweise zusammenbasteln.

Als mir klar wird, dass wir uns ausgesprochen haben und es miteinander versuchen wollen, schleicht sich ein Lächeln auf mein Gesicht und ich kuschle mich glücklich gegen ihn. Er wird von meiner Bewegung wach und gibt ein müdes Seufzen von sich.

»Wieso bist du wach?«, fragt er und sieht mich aus verquollenen Augen an.

»Keine Ahnung, bin eben einfach aufgewacht...«, gebe ich zurück und drehe mich zu ihm um. Er hat seine Augen wieder geschlossen und streicht abwesend mit den Händen mein Schlüsselbein entlang.

»Es ist total schön, neben dir aufzuwachen, habe ich das schon mal gesagt?«, fragt er und ich muss grinsen.

»Nein, denn als du bisher bei mir geschlafen hast, wusstest du noch nicht….« Ich unterbreche mich, will das Thema jetzt nicht nochmal wiederkäuen. Stattdessen streichle ich ihm ebenfalls übers Gesicht und sage leise: »Ich wache auch gerne neben dir auf, Lucas. Hast du Hunger? Ich kann uns was zu essen machen.«

»Oh ja das ist eine tolle Idee. Ich bleibe solange hier liegen.« Lucas grinst frech und ich setze mich auf, um ihn gespielt entrüstet anzusehen.

»So, du willst dich also bedienen lassen? Findest du nicht, dass du noch ein bisschen zu unbekannt bist, um Star-Allüren haben zu dürfen? Es sollte wohl eher andersrum sein«, necke ich ihn und schwinge die Beine aus dem Bett.

»Wieso bist du denn so fit? Wir haben doch gerade mal fünf Stunden geschlafen...wenn das mal reicht.« Lucas seufzt, als könnte er nicht nachvollziehen, wie man so schnell aufstehen kann, und zieht sich die Decke über den Kopf. Ich bleibe stehen, sehe ihn an und stelle fest, dass es mir vorkommt, als gehöre er schon immer hierher. Es ist nicht dieses seltsame, unbefangene Gefühl, wenn der neue Freund zum ersten Mal mit nach Hause kommt, nein, mit Lucas ist der Umgang vertraut und seltsam normal. Ein Zipfel der Bettdecke hebt sich und ich kann ihn kichern hören. »Hihi du bist nackt.«

»Natürlich bin ich das«, gebe ich zurück und ziehe die Schublade der Kommode heraus, um nach neuen Boxershorts zu suchen.

»Ich mag deinen Po«, kommt es von unter der Bettdecke und ich höre ihn grinsen.

»Du bist ein Spanner, weißt du das?« Vorsichtig krabble ich nochmal zu ihm hin, hebe die Decke an und drücke ihm einen Kuss auf die Nase, ziehe ihn in meine Arme und umklammere ihn.

»Lass mich los!«, kichert Lucas und versucht sich zu befreien, doch ich halte ihn weiter fest und beiße ihm spielerisch in die Schulter.

»Nur, wenn du Bitte sagst.« Doch Lucas muss so lachen, dass er kaum Luft bekommt und so dauert es eine ganze Weile, bis er das Wort Bitte über die Lippen bringt und ich entlasse ihn aus der Umklammerung, sodass er schwer atmend vor mir liegt.

»Was ist nun mit Frühstück?«

»Ja ist ja gut, ich bin ja schon unterwegs.«

In der Küche muss ich feststellen, dass der Kühlschrank leer ist.

Verdammt, ich hab mal wieder nichts eingekauft. Eine Dose Bohnen und etwas Butter steht noch da und ich drehe beides unschlüssig hin und her. Jetzt vor Lucas zugeben zu müssen, dass ich nichts im Haus habe, wäre mir unangenehm. Einkaufen gehen kann ich nicht, ohne dass es ihm auffällt. Kurzerhand spaziere ich wieder ins Schlafzimmer und fange an, mich anzuziehen.

»Was machst du?«, fragt Lucas verwundert und sieht mir dabei zu, wie ich in ein paar Socken schlüpfe.

»Wir gehen Frühstücken, los, zieh dich an.«

»Du hast nichts zu Essen da, hab ich Recht?«

»Wann hätte ich denn einkaufen gehen sollen?«, gebe ich zurück und schlüpfe in ein schwarzes Seidenhemd und eine gestreifte, hochgeschnittene Hose. Lucas denkt kurz nach und muss dann zugeben, dass er auch nichts zuhause hätte, obwohl wir einen Tag frei hatten. Wenn man immer am Set essen versorgt wird, kauft man nicht ein.

Kaum sind wir draußen auf der Straße, will Lucas nach meiner Hand greifen, doch ich werfe ihm einen vielsagenden Blick zu.

»Stimmt, wir sollten es lassen«, sagt er schnell und wirkt zerknirscht.

»Tut mir leid...wirklich.« Das meine ich ehrlich, denn nach der letzten Nacht, möchte ich gerne Lucas´ Hand halten. Doch wir haben einen Plan und wenn wir den durchziehen wollen, müssen wir uns danach richten. Auch, wenn die Sehnsucht groß ist. Meine Angst trotzdem präsent und hält mich zurück.

Bald erreichen wir ein Viertel, wo es kleine Cafés gibt. Lucas mustert unsere Spiegelungen in einer Glasscheibe und bleibt stehen.

»Wieso sehe ich neben dir eigentlich immer so doof aus?«

»Du siehst nicht doof aus, wie kommst du darauf?«, frage ich. Unschlüssig zupft Lucas an seinem blauen Adidaspulli herum.

»Naja meine Kleidung macht mich immer so jung und du siehst in deinen schicken Sachen immer so edel und erwachsen aus. Ich glaub ich muss mich mal von einer Stylistin einkleiden lassen.«

Nein, er ist perfekt, bitte nicht!

»Nein, du gefällst mir so. Bitte bleib so authentisch. Mein Stil würde doch gar nicht zu dir passen.« Ich klopfe ihm auf die Schulter und Lucas lächelt mich erleichtert an.

»Danke, dass du das sagst. Ich denke immer, alle anderen, ziehen sich besser an, als ich. Das nagt ganz schön am Selbstbewusstsein.«

»Ich mag dich genau so, wie du bist, Lucas. Und es gibt sicher andere Leute, die dasselbe von dir denken. Du bist perfekt.«

Wie gerne hätte ich ihn jetzt geküsst, doch wir stehen noch immer auf offener Straße. Stattdessen zwinkere ich ihm zu und hoffe, dass er in meinem Blick die Gefühle lesen kann. Wir stehen auf einer Stelle und sehen uns an. Ich hab gar nicht bemerkt, dass wir stehengeblieben sind und erst, als Lucas auffordernd zu einem Café hinüber nickt, fange ich mich wieder und wir betreten den kleinen Laden.

Hier ist es ein wenig altmodisch eingerichtet und als ich sehe, dass Lucas´ Blick über die gepolsterten Stühle mit Blumenmuster schweifen, zieht er einen Mundwinkel hoch.

»Spießig. Hatte ich das nicht von deinem Viertel gesagt?«, fragt er verschmitzt und wir setzen uns an einen freien Ecktisch.

»Ja, aber man sollte nichts nach dem Äußeren beurteilen«, erwidere ich und deute an die Theke. Das Personal, das hier arbeitet, ist jung, fast schon etwas zu modern gestylt und einige Tattoos blitzen aus den Hemdkragen hervor.

»Das nennt man dann wohl Stilbruch«, muss Lucas zugeben und zieht die Speisekarte aus einem Metallwürfel, der auf dem Tisch steht. Er klappt sie auf und ich beobachte ihn dabei, wie seine Augen über die gedruckten Worte huschen. Die Zungenspitze hat er zwischen die Zähne geklemmt und die Lippen leicht geöffnet.

Wie lange ich ihm dabei zusehen könnte ...

»Was nimmst du denn?«, fragt er plötzlich und reißt mich aus meiner verträumten Beobachtung.

»Ich weiß nicht, ich habe die Karte noch nicht angeschaut.«

Er legt sie kurzerhand so hin, dass wir beide das Angebot lesen können. Es stehen allerlei exotische Tees, aber das klassische English Breakfast ist natürlich auch dabei.

»Du könntest dir mal wieder was gönnen Henry«, meint Lucas und tippt mit dem Finger auf das reichhaltige Frühstück.

»Du hast doch nur noch wenige Drehtage, so schnell wirst du schon nicht zunehmen.« Ich nicke langsam, doch lasse mich bestimmt nicht überreden. Ich werde selbst entscheiden, wann ich was esse. Stattdessen bestelle ich einen Kaffee und ein Sandwich mit Frischkäse und Lachs bei der Bedienung.

»Hier ist es schön,« stellt Lucas fest, als wir unsere Bestellung aufgegeben haben und wieder allein sind.

»Ja, man hat hier seine Ruhe. Dieses Stadtviertel ist ein wenig nobler und die Leute scheren sich wenig um andere. Daher kann man sich hier recht frei bewegen und das ist sehr angenehm.«

»Gut für uns. Wenn die Presse uns heute zusammen gesehen hätte...«, will Lucas anfangen und wirft mir einen unsicheren Blick zu.

»Wenn sie uns gesehen hätte, dann hätten wir neue Gerüchte gestreut und das führt uns nach uns nach auf den richtigen Weg. Hoffe ich«, sage ich und versuche dabei entspannter zu klingen, als ich bin. Die Wahrheit ist, dass ich trotz allem große Angst vor dem Outing habe. Doch mir ist klar, dass ich es nicht ewig vor mir herschieben kann, wenn ich mit Lucas zusammensein möchte. Denn, obwohl ich ihn noch nicht so gut kenne, wie ich es mir wünsche, bin ich ziemlich sicher, dass Lucas nicht vorhat, sich zu verstecken. Und außerdem habe ich es ihm versprochen, da kann ich keinen Rückzieher mehr machen.

»Sag mal, muss ich eigentlich auch mit deiner Managerin, dieser Lauren, sprechen, wenn wir uns outen wollen?«, fragt er, als hätte er mir den Gedankengang am Gesicht abgelesen.

»Das sollten wir. Sie macht ja auch die Pressearbeit für mich und ich bin sicher, dass sie wütend wird, wenn wir ihr nicht Bescheid geben. Sie mag es nicht, wenn man sie übergeht, dann kann sie nicht reagieren, verstehst du?« Lucas nickt langsam und ich glaube, dass ihm zu dämmern scheint, was da alles für eine Organisation dahinter steckt.

»Aber einen Vertrag muss ich nicht unterschreiben, oder?«

Das ist eine gute Frage, auf die ich ehrlich gesagt keine Antwort habe. Ich war bisher nicht involviert in die Organisation meiner Partnerinnen. Das war mir egal und Lauren hat das alles geplant. Bei Lucas hingegen betrifft es mich zum ersten Mal persönlich und ich zucke die Schultern.

»Ich denke nicht, aber ich kann es dir nicht ganz sicher sagen«, gebe ich zu und Lucas nickt langsam.

»Vielleicht fragst du sie mal. Es soll ja alles seine Richtigkeit haben.« Er klingt ziemlich nach Geschäftsmann, als er das sagt, und ich sehe ihn forschend an. Hat er das nur gesagt, um die ganze Absurdität der Sache deutlich zu machen? Wer macht schon einen Vertrag, wenn man ein Paar sein will?

»Schau mich nicht so an Henry.« Lucas gluckst und ich spüre seinen Fuß, der mein Schienbein berührt.

»Wie sehe ich dich denn an?«, frage ich und erwiderte die liebevolle Geste.

»Unsicher. Hör zu; die Hauptsache ist doch, dass du bald endlich du selbst sein kannst.« Lucas ist wirklich ein Schatz und ich habe so viel Verständnis gar nicht verdient.

»Du bist toll«, ist alles, was ich herausbringe und sehe ihn gerührt an – am liebsten hätte ich ihn jetzt geküsst. Doch weil wir in der Öffentlichkeit sind und in diesem Moment auch unsere Getränke gebracht werden, passt das nicht. Die Kellnerin, stellt zwei Tassen auf den Tisch und räuspert sich dann ein wenig verlegen.

»Entschuldigen, Sie, wenn ich störe, aber unsere Chefin lässt fragen, ob Sie bereit wären, ein Foto machen zu lassen. Wir haben eine Instagramseite des Cafés und würden uns freuen, wenn Sie für ein Bild bereitstünden.« Sie lächelt und ich kann ihr ansehen, dass es ihr äußerst unangenehm ist, uns fragen zu müssen. Doch als ich nicke, wirkt sie erleichtert.

Ein gemeinsames Foto von Lucas und mir, wird nicht gleich zu viel verraten, zumindest nicht dann, wenn wir darauf eine neutrale Pose einnehmen. Immerhin weiß die Öffentlichkeit ja, dass wir noch drehen. Und es ist nicht unüblich unter Kollegen, dass man gemeinsam Essen geht.

Das Foto von uns landet wenig später im Netz, doch ich kümmere mich nicht sonderlich darum. Ich will in Ruhe essen und heute Nachmittag geht es in die Filmstudios, wo Lucas und ich unseren letzten gemeinsamen Drehtag haben werden. Außerdem habe ich mir ja vorgenommen, lockerer zu werden.

Wir machen uns nach dem Essen zu Fuß auf den Weg zurück zu meiner Wohnung und Lucas ist recht schweigsam.

»Was hast du?«, frage ich vorsichtig und er zuckt die Schultern. »Es ist ein seltsames Gefühl, dass wir heute den letzten gemeinsamen Drehtag haben, findest du nicht?«

»Mir ist das noch gar nicht so bewusst geworden, wenn ich ehrlich sein soll. In den letzten Tagen hatte ich so viel mit mir selbst zu tun, dass ich das wirklich nicht im Kopf hatte.«

Wenn Lucas heute den Drehtag beendet hat, wird er noch zwei weitere haben, dann allerdings allein vor der Kamera stehen, denn Mo hat noch zwei Szenen, in denen es nur um ihn geht. Bei mir ist es ähnlich: Ich muss eine Party bei der Familie Dumphey drehen und es stehen Szenen auf dem Plan, in denen ich allein in der Nacht durchs West-End spaziere. Szenen, die gegensätzlicher nicht sein könnten, denn laut Drehbuch, ist die Partyszene richtig aufwändig, pompös und mit vielen Menschen im Bild, wohingegen, das West-End sehr simpel dargestellt werden wird. Zusätzlich kommen einige Alltagsgeschichten von mir und meiner Kollegin Laura dazu, die im Film Georges Frau spielt. Dafür sind allerdings nur insgesamt drei Drehtage geplant, dann wird auch das im Kasten sein.

»Ich bin wirklich froh, dass wir uns so gut verstanden haben«, seufzt Lucas und legt den Arm um meine Schulter, als wir in meiner Wohnung angekommen sind. »Ich war so nervös, als ich die Rolle bekommen habe und hatte wirklich

Angst, du könntest ein überhebliches Arschloch sein.«

»Das war ich aber zum Glück nicht – hoffe ich«, antworte ich lächelnd.

Ja, wir hatten wirklich Glück miteinander und ich kann nur dankbar sein, dass wir so gecastet wurden. Zwar hätte ich auf den Herzschmerz in den letzten Wochen gerne verzichtet, doch wenn die ganze Geschichte so endet, dass ich mich bald öffentlich zu meiner Homosexualität bekennen kann, dann war es mir das allemal wert.

Der Fahrer holt uns am Nachmittag pünktlich um 16:30 Uhr ab und wir quälen uns durch den Londoner Feierabendverkehr.

Der heutige Drehtag wird recht kurz sein und ist daher nur auf einen halben Tag geplant. Das hängt zum einen damit zusammen, dass wir am Vortag Nachtdreh hatten und unsere Ruhezeiten einhalten müssen, zum anderen ist die Miete für das Studio recht hoch und die Produktionsfirma wollte es nicht länger als nötig buchen. Ursprünglich war heute noch eine andere Szene geplant in der Mo und George miteinander schlafen, doch weil man die Location nicht bekommen hat, wurde beschlossen, die Szene rauszunehmen. Mir ist das ganz recht, denn ich will nicht noch eine solche Szene mit Lucas drehen. Nicht, nachdem wir jetzt zusammengefunden haben, denn dann hätte ich wirklich das Gefühl, eine Kamera in meinem Privatleben laufen zu lassen.

Das Filmstudio ist klein und auf einem ehemalige Industriegelände. Niemand, der hier auf den Parkplatz fährt, käme auf den Gedanken, dass man in diesen Hallen drehen könnte. Selbst die ganzen Mobile sind nicht auf den ersten Blick zu sehen, denn Lee hat sie alle hinter dem Gebäude abgeparkt.

»Willkommen zum letzten, gemeinsamen Drehtag!«, begrüßt er Lucas und mich und strahlt uns an. Ich kann das Strahlen nicht ganz so herzlich erwidern. Mit Lucas könnte ich noch ewig drehen. Schade, dass es zu Ende ist.

»Zach und Elianna sind schon bereit für euch. Wir haben das Wasser im Tank bereits auf 22 Grad erwärmt, es sollte also nicht allzu unangenehm für euch beide werden«, sagt Lee und Lucas nickt erfreut.

»Danke, ich dachte schon, es wird wieder eisig.«

»Wo denkst du hin? Das würden wir euch doch niemals antun.« Lee gluckst und ich bin mir sicher, dass er das nicht ernst meint. Wie oft habe ich schon von Kollegen gehört, dass sie im Frühling in einen kalten See springen mussten, weil der Film im Sommer spielte und sich dabei fast den Tod geholt haben. Aber ich bin froh, dass es hier den Luxus einer Heizung gibt und sie genutzt wird.

In der Maske bin ich heute schnell fertig. Zach entfernt lediglich zwei Haare, die ich beim Rasieren vergessen habe, dann kann ich wieder gehen. Im Studio wird gleich künstlich die Lichtstimmung von gestern Nacht nachgestellt werden und es wird so dunkel sein, dass man von Make-up kaum etwas sehen kann. Auch, die Haare kann man sich sparen, denn sie sind einfach nur nass.

»Tauch´ einfach vor Beginn der Szene unter und schüttle dir die Haare aus den Augen, dann wird das schon in Ordnung sein«, sagt Zach zu mir, bevor er mich nach draußen entlässt und ich zu Elianna hinübergehe.

Das Kostüm unterscheidet sich heute ein wenig von der Version gestern. Das Hemd hat einen anderen Stoff, der sich angeblich im Wasser fließender bewegt. Ob man das im fertigen Film überhaupt wahrnehmen wird, weiß ich nicht, aber natürlich ziehe ich alles an, was Elianna mir bereitgelegt hat.

Fertig umgezogen, betrete ich wenig später das Studio. Die Wände sind schwarz gestrichen und auch der Boden ist dunkel. Zur Sicherheit wurden alle Treppchen und potentielle Stolperfallen mit weißem Klebeband markiert, das man im Dunkeln noch recht gut sehen kann, da es das wenige Licht reflektiert. Mitten im Studio wurde eine Art Plateau samt dazugehörigem »Sprungturm«

aufgebaut und ich steige neugierig eine Treppe nach oben, um mir das genauer anzusehen.

Das Becken misst etwa 8x10 Meter und an einer Seite hat man das Ufer der Themse mit Kies, Büschen und Geröll vor einem Greenscreen nachgebaut. Dort werde ich Lucas vermutlich aus dem Wasser ziehen müssen. Vorsichtig lehne ich mich gegen die hölzerne Brüstung des Sprungturms und sehe hinunter in das dunkle Wasser. Der Boden des Beckens ist nicht auszumachen. Doch tiefer, als drei, vier Meter kann es nicht sein.

»Gefällt es dir?«, fragt Fionn, als ich wieder unten bin, und stellt sich neben mich.

»Ja, es sieht wirklich toll aus.«

»Das beste an diesem Becken ist, dass es auf einer Seite eine Glasscheibe hat, wie in einem Zoo. Sie ist ein wenig nach Innen gewölbt und so kann die Kamera Unterwasseraufnahmen machen, ohne wirklich ins Wasser zu müssen. Wir wollen versuchen, die Umrisse von dir und Lucas im Gegenlicht zu zeigen. Vielleicht gelingt uns das ja, mal sehen.«

Im Studio ist es kühl. Die Höhe der Decken misst etwa zwölf Meter und die ganze Wärme entweicht nach oben. Ich schlinge fröstelnd meine Arme um mich und hoffe, dass es im Wasser gleich angenehm warm sein wird.

»Drehen wir heute nur die Rettung?«, erkundige ich mich und Fionn nickt. Zur Sicherheit blättert er nochmal in seinen Unterlagen herum und korrigiert sich dann. »Vor der Rettung drehen wir noch Mos Aufprall im Wasser. Er kommt ja ums Leben, weil er ungünstig auf einem Pfeiler landet, der sich unter Wasser befindet.«

»Das ist aber ziemlich brutal«, werfe ich ein und Fionn nickt.

»Ja, der Meinung ist Geoffrey auch. Ich denke, dass diese Szene auch rausgeschnitten werden wird, aber drehen will man sie zur Sicherheit natürlich trotzdem. Alles ist besser, als nachdrehen zu müssen.«

Da hat er Recht. Wenn man einen Nachdreh ansetzt, bedarf das immer einiges an Organisation. Manche Teammitglieder sind dann schon in neuen Projekten und haben keine Zeit mehr, sodass ich mich als Schauspieler dann auf neue Masken- oder Kostümbildner einstellen muss. Das ist immer seltsam, denn niemand arbeitet genau gleich.

»Ich geh mal mit Geoffrey die Szene besprechen«, sagt Fionn, schiebt sich die Brille wieder die Nase hoch und verschwindet.

»Ganz schön hoch, oder?« Ich zucke zusammen und sehe Lucas an, der neben mit steht und meinem Blick nach oben folgt.

»Ja, und wir dürfen beide nachher von dort oben reinspringen«, antworte ich trocken und Lucas´ Blick wird begeistert: »Echt?«

»Keine Ahnung. Ich gehe mal davon aus. Fionn meinte, man könnte hier tolle Aufnahmen gegen das Licht machen und es gibt sicherlich schöne Bilder, wenn wir ins Wasser eintauchen.« Mit einer Hand mache ich die passende Bewegung und Lucas nickt.

»Stimmt. So hoch ist es auch gar nicht, oder?« Abschätzig sieht er wieder zu der Plattform. »Vielleicht zweieinhalb Meter. Wenn ich mich nicht traue zu springen, dann musst du mich eben schubsen«, schlägt er vor und grinst.

»Ich kann dich gerne erschrecken, damit du fällst«, biete ich an und Lucas schiebt die Unterlippe vor.

»Und was tust du, wenn ich mich dann ernsthaft verletze? Mit der Schuld könntest du doch niemals leben.«

Stimmt, das könnte ich nicht.

»Du hast Recht. Ich werde einfach jemand anderen fragen, ob er dich für mich erschrecken kann.«

Für diese Bemerkung versetzt mir Lucas einen Klaps und ich bin froh, dass unser Tun vom Rest des Teams unbemerkt bleibt. Die sind nämlich gerade alle mit dem Aufbau der Technik beschäftigt.

23. KAPITEL

Zuerst filmt die Kamera uns durch die spezielle Glasscheibe und Lucas muss mehrfach ins Wasser fallen. Dabei ist es Geoffrey besonders wichtig, dass er möglichst ungelenk landet, damit es wirklich nach einem Sturz aussieht und er braucht eine Weile, um das routiniert hinzubekommen.

Nach Lucas bin ich dran und das erfordert ein ordentliches Timing, denn ich soll im Wasser landen, kurz nachdem er aus dem Bildrand getrieben ist. Da ich von meiner Position aus nicht sehen kann, wann es soweit ist, verpasse ich den Einsatz mehrmals, bis sich Fionn erbarmt und mir ein Zeichen gibt. Dann klappt es.

Ich tauche im Becken ein, kämpfe mich an die Oberfläche zurück und versuche, Lucas über Wasser zu halten. Er vertraut mir vollkommen, liegt reglos da und zuckt nicht mal, als ich ihn versehentlich mit Wasser bespritze.

»Cut!«, ruft Geoffrey, als ich ihn aus dem Bild gezogen habe und wir halten uns am Beckenrand fest.

»Wir machen ein Rückspiel!«, informiert Lee alle und das Kamerateam setzt sich vor den Monitor, wo sie sich die gedrehte Szene nochmals ansehen.

Lucas blubbert im Wasser vor sich hin und ich spüre seine Hand, die unter der Oberfläche meinen Bauch streift. Es ist eine unauffällige Bewegung, fast schon liebevoll und als ich seinem Blick begegne, lächelt er mich an.

»Mach dir keine Gedanken. Die schauen grade sowieso alle auf den Monitor.«

Seine Lippen sind blass und er sieht müde aus. Seltsam, wo wir doch heute einen recht entspannten Tag hatten. Vorsichtig streiche ich ihm übers Gesicht.

»Geht es dir gut? Du siehst nicht so aus.« Zu meiner Überraschung kichert Lucas.

»Jetzt hast du Zach gerade ein großes Kompliment gemacht, Henry. Das ist alles von ihm. Das Wasser ist doch viel zu warm, um so blass zu sein, wie ich es gerade bin.«

Ich klatsche mir die Hand vor´s Gesicht, weil ich auf die Kunstfertigkeit unseres Maskenbildners hereingefallen bin, und Lucas beugt sich über den Beckenrand.

»Zach!«, ruft er halblaut und der Maskenbildner hebt den Kopf.

»Was ist Lucas? Brauchst du was?«, fragt er und sieht ihn forschend an.

»Nein, aber Henry dachte gerade, dass es mir nicht gut geht, weil ich so krank aussehe«, kichert Lucas und Zach macht ein Gesicht, als sei er total geschmeichelt. Er zieht einen Fächer aus der Tasche, die er immer dabei hat, falls einem von uns mal zu warm sein sollte, und wedelt sich damit gespielt hektisch Luft zu. Wir müssen alle drei lachen und bekommen so fast nicht mit, dass Lee eine Umbaupause ausruft.

Dafür steigen wir aus dem Tank, streifen das Wasser so gut es geht ab und werden von Elianna in Handtücher gewickelt. Wenn ich ehrlich bin, würde ich die Umbaupause lieber im Wasser verbringen, denn die Klamotten hängen schwer und nass am Körper und entziehen ihm jegliche Restwärme.

Wenn wir aber zu lange im Wasser bleiben, werden unsere Hände schrumpelig und das passt dann nicht zum Storyverlauf. Laut Drehbuch sind wir ja nur wenige Minuten im Wasser. Lucas bibbert neben mir und bekommt rasch eine zweite Decke. Auch mir ist kalt, doch ich finde es besser, wenn er warm bleibt, damit er nachher stillhalten kann. Ich kann ruhig zittern, das passt zum Spiel.

»Kann ich heute Abend wieder bei dir schlafen?«, fragt Lucas leise, sodass nur ich es mitbekomme und ich nicke.

»Ja natürlich. Aber ich würde auch gerne mal deine Wohnung zu sehen bekommen. Wieso fahren wir nicht zur Abwechslung mal zu dir?« Der Mann, den ich jetzt meinen Freund nennen darf, wird ein bisschen verlegen.

»Zur Abwechslung? Das klingt, als wäre ich schon einige Male bei dir gewesen. Außerdem ist meine Wohnung nicht so toll wie deine. Und viel kleiner. Und mein Badezimmer hat auch kein Fenster, deswegen ist es dort ziemlich dunkel. Ich konnte mir bisher noch nichts in einer besseren Gegend leisten und...naja...es wäre mir peinlich, dich dorthin mitzunehmen.« Er senkt den Blick.

»Das ist schade, ich würde wirklich gerne sehen, wo du wohnst. Du hast doch gesagt, Camden, sei ein hippes Künstlerviertel, das hätte ich wirklich gerne gesehen. Außerdem will ich, dass du weißt, dass du dich mir gegenüber für nichts schämen musst. Wir haben alle mal klein angefangen. Du hättest mal meine erste Wohnung sehen sollen, als ich im ersten Berufsjahr war.«

Ich erinnere mich noch lebhaft an die Zeit zurück und beschreibe Lucas das kleine Loch, in dem ich damals gehaust habe. Die Wohnung bestand aus nur einem Zimmer. Die Küche war in einem Schrank eingebaut, aus dem man die Feuchtigkeit nicht herausbekam, weshalb ich mir immer zweimal überlegen musste, ob ich kochen wollte. Weil die Wohnung unter dem Dach war, konnte ich keinen großen Schrank aufstellen und habe meine Kleidung in einem Koffer gelagert.

Lucas scheint seine Wohnsituation daraufhin nicht mehr ganz so schlimm zu finden und als ich ihm von dem Taubenpärchen berichte, das sich im Dachgebälk eingenistet hat, muss er sogar lachen.

»Dann kann ich ja froh sein, dass bei mir nur dieser Club zwei Häuser weiter die ganze Nacht geöffnet hat«, sagt er und seufzt. »Ich werde trotzdem zusehen, dass ich eine andere Wohnung finde, sobald ich meine Gage bekommen habe und mir etwas besseres leisten kann.«

»Ich kann mich gerne umhören, ob einer meiner Freunde etwas weiß. Der Londoner Wohnungsmarkt ist zum Davonlaufen. Ich glaube du wirst mehr Glück haben, wenn du eine Wohnung unter der Hand findest.« Lucas strahlt, als ich ihm das Angebot mache, und wirft mir unauffällig ein Luftküsschen zu. Ich tue so, als würde ich es auffangen und zwinkere ihm zu, woraufhin Lucas erschaudert. Niedlich, wie er reagiert.

Als wir wieder ins Wasser geholt werden, ist die Kamera auf der Seite aufgebaut. Sie wird mit uns mitfahren, bis wir an Land ankommen.

Elianna nimmt mir das Handtuch ab und ich versuche das Gefühl der nassen Kleidung auf meiner Haut zu ignorieren. Der Stoff der Hose klatscht mir bei jedem Schritt gegen das Schienbein und das ist richtig unangenehm. Daher bin ich erleichtert, als ich wieder ins warme Wasser gleite.

Lucas paddelt zu mir und wir tauchen beide kurz unter, bevor Geoffrey uns das Zeichen zum Start gibt. Unter Wasser greife ich ihn am Arm und komme dann prustend wieder nach oben. Mit einer Hand halte ich seinen Kopf über Wasser, mit der anderen drücke ich ihn an mich. Lediglich meine Beine helfen mir dabei, vorwärtszukommen, und ich muss ordentlich kämpfen. Text habe ich keinen, lediglich ein leises Keuchen möchte Geoffrey von mir hören und das gebe ich ihm, ohne viel spielen zu müssen.

Die Szene verlangt mir einiges an Kraft ab und meine Beine zittern, als ich uns ans Ufer ziehen will, sodass ich neben Lucas lande, der noch halb im Wasser hängt. Keuchend wische ich mir das Wasser aus dem Gesicht, kämpfe mich auf die Beine und ziehe Lucas endlich vollends auf den Kies.

»Cut!«, ruft Geoffrey und meine Knie geben wieder nach.

»Meine Güte, ist das anstrengend«, keuche ich und atme schwer.

Geoffrey sieht hinter seinem Monitor zu uns und scheint meinen letzten Satz nicht gehört zu haben, denn er sagt: »Henry, mir sah das gerade alles ein wenig zu locker, zu leicht aus. Kannst du da bitte mehr Anstrengung reinlegen? Du willst immerhin schnell ans Ufer und wissen, was mit Mo los ist, ja?«

»Alles klar!«, rufe ich atemlos in seine Richtung und sehe dann zu Lucas hin, der noch immer am Boden liegt und kichert.

»Was gibt's denn da zu lachen?«, frage ich ihn irritiert und er schüttelt den Kopf, bevor er leise sagt: »Du kämpfst dich hier durchs Wasser und kannst kaum noch gerade stehen und Geoffrey will, dass es angestrengter aussieht. Das ist total lustig.«

»Na hör mal, du musst dich ja nur ziehen lassen, du kannst dich heute nicht beklagen«, versuche ich zu kontern, doch ich bekomme den Satz kaum vollständig ausgesprochen, weil ich noch immer nach Luft schnappen muss.

»Auch tot spielen ist nicht leicht...außerdem arbeite ich ganz schön viel mit, das merkst du nur nicht«, verteidigt sich Lucas, während wir gemeinsam zurück zu unserer Startposition schwimmen.

»Wenn ich wirklich einfach nur rumhängen würde, dann würdest du das sicherlich noch ein wenig schneller merken.«

In den nächsten beiden Takes macht sich Lucas richtig schwer und unser Regisseur ist schnell zufrieden, denn für mich wird es jetzt anstrengend. Das hat zwar zur Folge, dass ich eine halbe Stunde später vollkommen groggy bin und glaube, am nächsten Tag nicht mehr laufen zu können, doch es beschert uns einen pünktlichen Drehschluss.

»Und hiermit sind Henry und Lucas – zumindest als Team – abgedreht!«, ruft Lee und alle brechen in Beifall aus. Lucas lächelt verlegen und wir umarmen uns freundschaftlich.

»Danke Lucas, es war wirklich toll, mit dir zu arbeiten«, sage ich und klopfe ihm auf den Rücken.

»Ging mir genauso«, gibt er zurück und strahlt. Geoffrey umarmt uns beide und nickt uns anerkennend zu. »Ich bin wirklich froh, dass wir in euch so ein tolles Duo gefunden haben. Danke für einer wunderbare Spielfreude und die Leidenschaft für die Rollen.«

Lucas sieht mich an und ich weiß, dass wir dasselbe denken: Leidenschaft war auf jeden Fall dabei. Aber nicht nur für die Rollen, sondern auch für den Spielpartner.

Aus den nassen Sachen rauszukommen ist eine Erleichterung und ich bin froh, die schweren Stoffe an Elianna zurückzugeben. Meine Jeans und das Hemd kommen mir jetzt richtig weich und angenehm vor und nachdem ich mir bei Zach im Maskenmobil die Haare getrocknet habe, fühle ich mich wie ein neuer Mensch.

Der Fahrer will uns gerade nach Hause bringen, als jemand meinen Namen ruft.

»Henry! Darling!«

Ich drehe mich zu Lauren um, die in der Nähe ihres Autos steht und mir zuwinkt. Sie trägt einen quietschgelben Regenmantel, der sich schrecklich mit ihren roten Haaren beißt und sie sieht nach guter Laune aus.

»Wer ist das denn?«, fragt Lucas und späht über meine Schulter.

»Lauren, meine Managerin.«

»*Das* ist Lauren? Was will die hier?« Sein Blick ist sofort besorgt und er flüstert: »Meinst du, sie will dir verbieten, dass wir...« Mit einem Kopfschütteln bringe ich ihn zum Schweigen.

»Warte eben hier«, murmle ich ihm zu und gehe zu Lauren hinüber. Sie schließt mich sofort in die Arme und küsst mich zu Begrüßung auf die Wange, dann hält sie mich eine Armlänge von sich weg und ihre Augen scannen mich ab.

»Darling, du siehst dünn aus. War es so stressig?«, fragt sie besorgt und ich zucke nur die Schultern.

»Geht so. Weshalb bist du hier?«

»Ich wollte mit dir und Lucas Essen gehen und dachte, wir können uns mal miteinander unterhalten.« Es klingt total unbefangen, doch bei mir schrillen in dem Moment alle Alarmglocken los und ich runzle misstrauisch die Stirn. »Weshalb genau?«

»Nun, wenn du dich outen willst, wird Lucas eine nicht gerade unwichtige Rolle in der ganzen Sache spielen und er sollte doch wissen, was er zu tun hat. Meinst du nicht?«

»Nein, eigentlich nicht, ich wollte es dieses Mal ein wenig entspannter angehen«, widerspreche ich, doch Lauren hakt sich bei mir ein und schiebt mich zu Lucas hinüber, der noch beim Wagen des Fahrers steht und unsicher zu uns herübersieht. Meine Managerin öffnet die Beifahrertür und sagt freundlich, aber bestimmt zum Fahrer: »Sie können Feierabend machen, guter Mann. Die beiden jungen Männer nehme ich mit.« Lucas steht rechts, ich links von Lauren und sie legt die Arme um uns beide. »So, wir gehen jetzt essen und reden mal in Ruhe über alles. Immer mit Henry am Telefon alles besprechen zu müssen, ist nicht sonderlich toll. Vor allem dann nicht, wenn es sich um ein so wichtiges Thema handelt. Ich habe ein Restaurant gefunden, wo wir uns in Ruhe unterhalten können. Kommt mit.«

Widerstand ist zwecklos, doch ich bin mir sicher, dass Lauren uns nichts Böses will. Immerhin klang sie bei unserem letzten Telefonat ja sehr zugänglich und ich denke nicht, dass sich daran etwas geändert hat. Lucas hingegen ist deutlich anzusehen, dass ihm nicht wohl bei der Sache ist und vielleicht schwirrt ihm schon ein dicker Vertrag im Kopf herum, den er unterschreiben muss, oder eine Verschwiegenheitserklärung mit hoher Geldstrafe bei Vertragsbruch.

Ich sitze auf dem Beifahrersitz und werfe immer wieder aufmunternde Blicke durch den Rückspiegel, doch Lucas hat den Kopf gesenkt und zupft nervös am Ärmel seiner Jacke herum. Er sieht fast so aus, als wäre er von einem Polizisten festgenommen worden und auf dem Weg ins Gefängnis.

»Lauren, was genau hast du vor, mit uns zu besprechen?«, frage ich vorsichtig.

»Ich habe mich mit Kollegen unterhalten, die ein ähnliches Outing hatten und sie nach ihrer Meinung gefragt.«

Was? Sie hat gequatscht?

Erschrocken reiße ich die Augen auf, doch sie legt mir eine Hand auf den Arm und sagt: »Darling, das sind Kollegen und wir haben alle einen Vertrag mit dem Management, dass wir nichts nach außen tragen dürfen. Du brauchst dir keine Gedanken zu machen.«

»Puh, dann bin ich ja froh. Und was haben dir deine Kollegen so geraten?«, frage ich und Lauren hebt die Augenbrauen. »Genau darum habe ich einen Tisch im Restaurant reserviert. Da redet es sich viel besser. Morgen hast du einen Nachtdreh und Lucas hat frei, es kann also ruhig ein wenig später werden.«

242

Ja, in der Tat habe ich morgen meinen Dreh im West-End und der startet erst, wenn die Sonne untergegangen ist, damit die Lichter der Theater schöner zur Geltung kommen. Allerdings war der heutige Tag echt anstrengend und ich würde lieber in mein Bett, als mit Lauren in einem Restaurant zu sitzen und an der besten Taktik des Outings zu basteln. Aber natürlich freut es mich, dass sie uns mit in die Planung einbezieht. Immerhin geht es um uns.

Das Restaurant, ist mehr eine Lounge oder eine Bar. Sie befindet sich im Hilton Hotel auf dem obersten Stockwerk und ermöglicht den Besuchern einen sensationellen Blick über die Dächer der Stadt.

»Wow, ist das nobel hier. Und ich habe *schon wieder* eine Trainingsjacke an«, seufzt Lucas und sieht sich unauffällig um. Ich kann nicht anders, als zu grinsen, weil es mich herrlich amüsiert, dass er sich da einen solchen Kopf macht, dabei ist er in meinen Augen doch perfekt.

Die Bar ist komplett verglast und an den niedrigen Tischen und Sitzgelegenheiten, haben es sich einige Geschäftsleute bequem gemacht, die genau wissen, wie wichtig sie aussehen. Banker und Manager haben keine Zeit, ins Kino zu gehen, uns wird man hier also eher nicht kennen, was ich cool finde. Lauren stöckelt vor uns her, bis sie einen Tisch in einer Ecke erreicht und sich auf den Stuhl setzt. Lucas und ich nehmen ihr gegenüber Platz und schälen uns aus den Jacken. Es ist warm und das Licht gedimmt. Lauren hätte keinen unpasseneren Ort wählen können.

»Was wollt ihr essen?«, fragt sie und legt uns die Karte vor die Nase.

»Ich bin gar nicht hungrig«, murmelt Lucas, verschränkt die Arme vor der Brust und sieht mich an. »Trinkst du was?«

»Ja, ein Wasser.«

Lauren seufzt und zieht die Karte resigniert zu sich und bestellt sich kurzerhand einen Salat.

»Damit wenigstens einer von uns etwas isst«, sagt sie, klappt die Karte zu und sieht uns auffordernd an. »Dann schießt mal los, ihr beiden.«

»Was wollen Sie denn wissen?«, fragt Lucas zurück und Lauren hebt eine Augenbraue, als er sie siezt, sagt aber nichts dazu, sondern beantwortet seine Frage. »Ich würde gerne wissen, ob du mit Henry zusammen sein möchtest.«

Lucas legt den Kopf schief und lacht hohl: »Entschuldigen Sie, aber was ist das denn für eine...natürlich möchte ich mit ihm zusammen sein. Deswegen sind wir doch hier, oder nicht?« Lauren nickt geschäftig und zieht einen Notizblock aus der Tasche.

»Wunderbar. Ich schreibe mir das nur eben auf. Die Sache ist die, dass wir vom Management der Meinung sind, dass ein solches Outing wirklich gut geplant werden muss und wir haben einen Plan ausgearbeitet. Natürlich würden wir gerne vorher von euch wissen, wie ihr euch das eigentlich selbst so vorgestellt habt. Die Pläne sollten gut zusammenpassen, sodass wir eine Lösung und Herangehensweise finden, mit der sowohl Cooperations Management, als auch ihr beiden zufrieden seid.«

Da Lucas und ich schon alles besprochen haben, teilen wir Lauren unseren Plan mit, der sich glücklicherweise mit dem deckt, den das Management ausgeheckt hat.

Während des ganzen Gespräches hoffe ich, dass sie uns einen Vertrag erspart und wir das alles locker angehen können, doch natürlich tut sie das nicht. Zum Schluss kündigt sie an, Lucas einen Vertrag und eine Verschwiegenheitserklärung zukommen zu lassen.

Lucas wirkt ein wenig eingeschüchtert, doch ich lehne mich zu ihm hinüber und sage leise: »Mach dir keine Gedanken, das klingt jetzt schlimmer, als es ist. Es dient ihnen nur als Absicherung.«

»Aber das ist es ja gerade. Wie soll ich denn vor meiner Familie verbergen, dass ich verliebt bin? Für meine Mum bin ich doch ein offenes Buch. Sie erkennt schon am Telefon, ob es mir gut geht, oder nicht. Die wird schnell dahinter kommen, dass ich einen Freund habe, denn dass ich schwul bin, weiß sie schon lange.«

Lauren sieht ihn an und öffnet den Mund, doch ich komme ich zuvor: »Lauren, bitte sag jetzt nicht, dass Lucas´ Familie auch einen Vertrag unterschreiben muss.«

»Doch Henry, das wird nicht anders gehen. Wenn jemand sich verquatscht, geht die ganze Aktion nach hinten los.« Seufzend sehe ich meine Managerin an.

»Wenn Lucas seine Familie darum bittet, nichts zu sagen, dann werden sie das nicht tun, da bin ich sicher. Es ist seine Familie, verdammt nochmal. Es reicht schon, dass meine Mum und meine Schwester von dir einen Knebelvertrag bekommen haben. Jetzt tu das bitte nicht auch noch der Familie Thomas an.«

»Dennans«, sagt Lucas leise.

»Was?«

»Meine Mum hat geheiratet und heißt jetzt Dennans...aber das ist ja jetzt auch egal«, murmelt Lucas. Sein Gesicht ist versteinert und er sieht so unsicher aus, wie schon lange nicht mehr. Mit einem Mal habe ich Angst, dass ihm der ganze Aufwand zu viel sein könnte und er einen Rückzieher macht. Da ich die Verträge von Cooperations Management kenne und selbst zu Anfang unserer Zusammenarbeit einen solchen unterschrieben habe, hat mich diese Ankündigung weniger hart getroffen, als Lucas. Beruhigend lege ich ihm eine Hand aufs Knie.

»Das wird schon alles werden, mach dir keine Gedanken.« Dann wende ich mich an Lauren und nehme das Thema wieder auf.

»Hör zu, wenn Lucas´ Familie was rausrutscht, dann sind wir eben geoutet. Ich sehe da kein Problem. Es hängt nichts daran, wann und wie wir uns outen wollen. Wenn es versehentlich früher passiert, dann...«

»...dann geht die ganze Filmpromotion vielleicht nicht gut aus und der Film floppt wegen negativer Publicity. Denk doch mal ein bisschen weiter, Henry. Es hängt weit mehr von eurem Outing ab, als du dir gerade vielleicht ausmalst. Sei nicht so naiv und egoistisch. Du musst auch an die anderen denken.«

Schwups, da ist die alte Lauren wieder. Ich hatte sie schon vermisst.

Der Salat wird gebracht und wir schweigen kurz. Ich denke darüber nach, was sie eben gesagt hat und muss mir leider eingestehen, dass dieser Punkt an sie geht. Ein zu frühes Coming-out kann den Film tatsächlich in die falsche Richtung schieben und das will ich nicht. Dazu liegt mir zu viel an 1925. Aber dass Lucas´ Familie da hineingezogen wird, will ich auf keinen Fall und wieder befinden wir uns in einer Zwickmühle.

Kann mein Leben bitte mal einfach verlaufen?

24. KAPITEL

»Muss das mit dem Vertrag wirklich sein?«, fragt Lucas nach einer kurzen Pause zurückhaltend und sieht Lauren mit einem Hundeblick an. »Meiner Familie ist Ruhm egal. Sie würden nichts über mich posten oder an die Presse verkaufen, nur um Aufmerksamkeit oder Geld zu bekommen. Ich will ihnen einen solchen Vertrag nicht antun. Bitte Lauren, denken Sie nochmal darüber nach. Es ist mein Job und da will ich nicht, dass meine Familie mit hineingezogen wird.«

Sie und Lucas sehen sich lange an, dann zuckt Lauren mit den Schultern und schüttelt den Kopf. »Ich kann das nicht allein entscheiden. Die Firma gehört mir nicht allein. Mein Geschäftspartner hat da auch noch ein Wörtchen mitzureden.«

Lucas schluckt und nickt dann langsam.

»Gut. Wann könnten Sie das denn herausfinden?«, fragt er vorsichtig. Natürlich ist er ungeduldig, das kann ich vollkommen verstehen und wende mich an ihn, um ihm etwas Ruhe zu geben.

»Lauren ist da recht schnell. Gib ihr einen Tag Zeit, dann wissen wir mehr, ja?«

Zur Antwort seufzt Lucas nur. Er fühlt sich unwohl mit der Sache, das kann ich ihm ansehen und lege ihm kurz den Arm um die Schultern und hoffe, dass ihn diese kleine Geste etwas beruhigt.

Der restliche Abend verläuft halbwegs entspannt. Lauren will wissen, wie der Dreh gelaufen ist und ob wir das Gefühl haben, der Film könnte ein Erfolg werden.

Natürlich will sie das wissen. Immerhin kann sie mich ja auch nur verkaufen, wenn ich erfolgreich bin. Mein Gefühl, was 1925 angeht, ist jedoch gut, nicht zuletzt, weil die Emotionen zwischen mir und Lucas nicht gespielt sind, und das sage ich ihr auch. Der Zuschauer wird das ohne Frage unterbewusst bemerken und sich so besser mit dem Inhalt des Films identifizieren können. Außerdem ist das Thema an sich ja auch eines, das man behandeln sollte und in der heutigen Zeit aktueller denn je.

Gegen 23 Uhr meldet sich bei mir die Müdigkeit und das gedimmte Licht in der Bar, macht mich schläfrig. Selbst der Blick über die Skyline der Stadt, kann mich nicht mehr wachhalten und ich verkneife mir mehrmals das Gähnen. Zum Glück zahlt Lauren, sobald sie fertig gegessen hat, und bietet an, uns nach Hause zu fahren.

»Wo soll ich euch denn hinbringen?«, fragt sie, als sie den Wagen aufschließt, und wir tauschen einen Blick. Ich sehe in Lucas' Augen, dass er gerne bei mir schlafen würde, doch ich brauche die heutige Nacht für mich allein, muss runterkommen und Ruhe finden und ich bin es nicht gewohnt, einen Freund zu haben.

Wie auch? Mir fehlt schlicht und einfach die Übung darin, deswegen sage ich leise: »Lucas, fändest du es schlimm, heute bei dir zu schlafen?«

»Nein, das ist okay...vollkommen okay«, antwortet er, lächelt mich müde an und ich sehe in seinem Blick, dass er mich versteht, obwohl kurz Enttäuschung in ihm aufflackert.

Lauren klappt den Sitz nach vorn und er klettert auf die Rückbank, dann geht es ab nach Hause. Mit geschlossenen Augen lehne ich mich zurück, als wir durch das nächtliche London fahren und zucke kurz zusammen, als ich eine Berührung im Nacken spüre. Lucas hat den Arm ausgestreckt und streicht zart mit einem Finger hinauf zu meinem Haaransatz. Es ist so angenehm, dass ich mich ein wenig gegen seine Berührung drücke und ihn so still dazu auffordere, bloß nicht aufzuhören.

»Jungs, stört es, wenn ich ein wenig Musik anschalte?«, fragt Lauren und ich schüttle den Kopf.

»Guten Abend London, hier ist BBC Radio1 und wir beschäftigen uns heute mit den wichtigen News rund um die Promiwelt«, ertönt Nicks fröhliche Stimme aus den Lautsprecherboxen. Seit wann hat der denn eine Show mitten in der Nacht?

Ich spüre, dass Lucas aufhört, mich zu kraulen. Er weiß, dass wir uns kennen, und lauscht dem, was Nick zu sagen hat.

»Tessy aus Soho twittert: ′Ich habe vor einigen Tagen Henry Seales bei Dreharbeiten gesehen. OMG, es war der tollste Tag meines Lebens, obwohl ich ihn nur von weitem gesehen habe. Er war unglaublich′ Tja, liebe Tessy, um Seales ranken sich ja momentan die wildesten Gerüchte, zumindest wenn man dem Glauben schenken mag, was in den Zeitungen abgedruckt ist. Vielleicht ist der Kerl ja gar nicht an Frauen interessiert. Seales soll sich ganz gut mit seinem Co Star Lucas Thomas verstehen und da die beiden im neuen Film von Geoffrey Payne ein Liebespaar spielen, liegt es natürlich nahe über ihre Beziehung zueinander zu rätseln. Leider hat sich dazu bisher niemand geäußert, aber bis es soweit ist, können zumindest beide Geschlechter in hoffnungslosen Tagträumen über Henry Seales versinken. Und dafür habe ich für euch heute den passenden Soundtrack. Hier sind Walk the Moon.« Nicks Stimme wird vom Song überblendet und Lauren sieht mich an.

»Na das geht ja schon gut los, aber zumindest hören mitten in der Nacht nicht allzu viele Leute zu.« Das lasse ich jetzt einfach mal so stehen, denn Lauren wäre äußerst ungehalten, wenn sie wüsste, dass Nick im Bilde ist. Mit unbehaglichem Gefühl muss ich an den Vertrag denken. Den hatte ich vollkommen vergessen, als ich mich Nick anvertraut habe. Wenn Lauren rausbekommt, dass er Bescheid weiß, dann habe ich ein Problem und riskiere eine saftige Geldstrafe – je nachdem, was im Vertrag festgehalten ist. Allerdings hat er selbst erraten, was los ist. Theoretisch müsste ich auf der sicheren Seite sein.

Lucas´ Hand bewegt sich wieder und die Gänsehaut, die mir die Wirbelsäule runterkriecht, lässt mich erschaudern. Er streichelt mich langsam und wandert immer wieder an meinen Hals, mein Ohr und unter den Kragen meines Shirts.

Wir kommen in Canonbury an und als Lauren den Wagen stoppt, bleibt Lucas´ Hand einen kurzen Moment bei mir.

»Lucas, du kannst mitkommen, ich hab es mir anders überlegt«, sage ich schnell, steige aus und klappe den Beifahrersitz nach vorn. Überrascht sieht mich mein Freund an: »Bist du sicher? Ich dachte, du wolltest...«

»Ich bin sicher. Komm, steig´ aus.«

»Gute Nacht Lauren«, sagt Lucas hastig und klettert aus dem Wagen.

»Wir sehen uns, danke, dass du uns gefahren hast, Lauren.« Ich lächle sie an und schlage die Wagentür zu.

»So, du hast es dir also anders überlegt?«, fragt Lucas und sieht mich unschuldig, aber breit grinsend an, als Lauren davon gebraust ist und wir nur noch die Rücklichter sehen.

»Ja habe ich und du weißt ganz genau, wieso.« Beim Sprechen verziehe ich keine Miene, ziehe den Schlüssel aus der Tasche und steige die Treppen zur Haustür hoch.

Ich kann ihm nicht widerstehen und das weiß er genau.

»Los, rein mit dir«, befehle ich, schiebe Lucas vor mir her in den Hausflur und stupse ihm in den Po, damit er schneller die Treppe hinaufsteigt.

»Henry, was ist los, hast du keine Kondition mehr oder wieso bist du so außer Atem?«, fragt er, sieht über die Schulter zu mir hin.

»Ich bin heute ganz schön lange geschwommen, vergiss das nicht mein Freund...und du gehst hier vor mir her und präsentierst mir deine äußerst ansehnliche Rückseite und wunderst dich im Ernst, dass ich außer Atem bin?«

Wir erreichen meine Etage und ich will die Tür aufschließen, während Lucas sich auf die Zehenspitzen stellt und mir ins Ohr haucht. »Soso. Dir hat auch meine Streicheleinheit im Auto gefallen, gib es zu...ich kann das gerne nochmal wiederholen.« Wieder finden seine Finger den Weg in meinen Nacken, er zieht mich zu sich und küsst mich stürmisch.

Ich treffe das Schlüsselloch nicht, bin zu sehr damit beschäftigt, Lucas zu küssen. Verdammt, er schmeckt so gut. Mit viel Mühe unterbreche ich den Kuss, ramme den Schlüssel ins Türschloss und wir stolpern in die Wohnung, sobald die Tür aufspringt.

»Du bist richtig fies zu mir, weißt du das Baby?«

»Ach was du nicht sagst...du magst es doch.« Lucas kickt die Tür zu und sie knallt so heftig ins Schloss, dass das Schlüsselbrett klimpernd von der Wand fällt. Meinen Schlüssel werfe ich einfach auf den Boden.

Mein Herz rast, mir ist extrem heiß und ich will nichts mehr, als mit ihm zu schlafen. Scheißegal, dass wir gestern noch der Meinung waren, uns erst besser kennenlernen zu wollen. Ich fühle mich bei Lucas wohl und vielleicht trägt auch das Gespräch mit Lauren dazu bei, dass ich mich unserer Beziehung sicher bin. Ich bin bereit und will mit ihm schlafen.

Erstaunlich, wie schnell das gehen kann.

»Ich muss erst duschen...«, stammle ich.

»Mach nur, ich komme mit, Henry.« Lucas verschließt meine Lippen wieder. So heftig geknutscht habe ich schon ewig nicht mehr und ich habe beinahe vergessen, wie geil das sein kann. Zumindest, wenn der Partner Lucas Thomas heißt.

Er lässt mich erst im Badezimmer los, schaltet die Dusche ein und zieht sich so schnell aus, als könnte er es nicht erwarten. Ein Blick auf seine Körpermitte bestätigt meine Vermutung.

Er steht wie ´ne Eins.

»Baby...«, will ich anfangen und ihm ein Kompliment machen, doch er schüttelt den Kopf und öffnet meine Hose.

»Los, raus da, Seales...« Das lasse ich mir nicht zweimal sagen. Zum Glück ist meine Hose heute weit geschnitten und fällt auf den Boden, kaum dass ich den Knopf gelöst habe.

Meine Dusche ist nicht riesig, aber groß genug, um uns ausreichend Platz zu bieten, und den nutzen wir aus. Lucas reizt mich mit allem, was er hat. Das warme Wasser prasselt auf mich herunter und ich halte die Augen geschlossen. Ich könnte nie zu ihm hinuntersehen, während er mir einen Blowjob verpasst, der sich gewaschen hat. Es ist traumhaft und er macht alles richtig. Meine Beine fangen an zu zittern und ich taste fahrig an den glatten Fliesen, um Halt zu finden. Ich komme gleich, da bin ich sicher. Ich schließe die Augen und -

Lucas lässt von mir ab.

»Was machst du?«, frage ich erstaunt und sehe ihn an. Er kann jetzt nicht aufhören? Das ist unfair.

»Denkst du, ich lasse zu, dass es jetzt schon vorbei ist? Vergiss es...« Man ist das ein Biest, denke ich mir und als ich ganz nahe an ihn herantrete und ihm in die Augen sehe, erkenne ich, wie dunkel sie sind.

»Du hältst es doch auch kaum aus...« Mit dem Zeigefinger tippe ich ihn an und Lucas seufzt genüsslich. Seine Hand wandert nach unten, um sich selbst anzufassen, doch ich ziehe sie beiseite. »Vergiss es, jetzt bin ich dran.«

»Ist das eine Drohung?«

»Kannst du auffassen, wie du willst«, seufze ich und gehe ebenfalls in die Knie. Das bekommt er zurück, und zwar langsam und qualvoll, bis er um Erlösung bettelt.

»B-bitte....Henry...lass uns zurück ins Wohnzimmer gehen...«, stammelt Lucas und krallt sich so fest in meine Kopfhaut, dass es wehtut. Ich lasse die Zunge ein letztes Mal kreisen und ziehe mich dann zurück. Im selben Moment geht das Wasser aus und Lucas sinkt an der Wand entlang auf den Boden.

»Du bist so gemein...«

»Ich weiß, aber du warst auch nicht besser.«

Wir trocknen uns notdürftig ab und verlegen unseren Spielplatz ins Wohnzimmer. Genauer gesagt auf die Couch. Weil das Leder nicht sonderlich angenehm ist, breite ich eine kuschelige Sofadecke darauf aus.

»Setz dich«, fordert Lucas mich auf und drückt mich runter.

Vorsichtig streiche ich ihm über den Bauch, die Seiten und den Po und küsse die Linie der feinen Haare, die sich bis zu seinem Bauchnabel zieht.

»Du bist sehr sexy, weißt du das?«, hauche ich und hebe den Kopf. Man, wie er mich ansieht ... in mir wird alles warm und die Sehnsucht nach ihm so groß, dass ich ihn auf meinen Schoß ziehe und einfach überall küssen muss.

Er fühlt sich alles so richtig an und aus dem eiligen, hektischen Liebesspiel von vorhin ist ein Liebevolles geworden.

»Ich hab´s mir anders überlegt«, sagt Lucas leise, spuckt sich in die Hand, führt sie zu seinem Po und küsst mich dann. »Ich will doch mit dir schlafen...ist das okay für dich?«

Natürlich will ich.

Es fühlt sich unbeschreiblich an und ihn nun endlich wirklich so nahe bei mir zu haben, erfüllt mir meine kühnsten Träume.

»Tue ich dir weh?«, frage ich besorgt, als er die Augen zusammenkneift und sich auf meinen Schultern abstützt.

»Nein...« Seine Stimme ist rau und macht mich noch mehr an. Vorsichtig hebe ich das Becken ein wenig an und bewege mich einige Millimeter. »Warte kurz...bitte.« Lucas streicht sich die nassen Haare aus dem Gesicht und atmet tief durch. »Ich muss mich daran gewöhnen.«

Keuchend hält er inne und schließt die Augen − es ist ein genussvoller Ausdruck in seinem Gesicht und ich muss lächeln.

»Lucas, du bist wundervoll.« Meine Hände streichen ihm durch die Haare und ich darf ihn wieder küssen. Seufzend zieht er sich um mich zusammen und ich öffne keuchend die Lippen. »Baby mach das nochmal, das war toll.«

»Was? Das?« Wieder verengt er sich und kichert amüsiert, als ich mich an ihm festklammere und das Gesicht an seiner Schulter vergrabe. Sein Geruch, der Geschmack seiner Haut − das treibt mich weiter und schließlich darf ich mich bewegen. Es könnte anstrengend sein, wenn die ganze Sache nicht so extrem geil wäre. Wir finden einen gemeinsamen Rhythmus und spielen uns schnell ein.

Lucas macht Geräusche, die mir durch Mark und Bein gehen. Wer hätte gedacht, dass der kleine Kerl so stöhnen kann.

Meine Güte.

Er versucht sich aus meinem Griff zu winden, doch ich lasse ihn nicht frei. Ganz im Gegenteil.

»Baby...«, hauche ich und Lucas verengt sich um mich und zittert stöhnend unter mir. »Ich...«, keucht er und kommt bebend. Dabei bäumt er sich auf, drückt den Rücken durch und presst sich an mich. Das reicht, um auch bei mir das Ende einzuläuten.

Schwer atmend liegen wir da, Stirn an Stirn und sehen uns grinsend in die Augen.

Erst, als sich mein Atem wieder beruhigt hat, richte ich mich auf und suche mit den Augen die Ordner ab, die in einem Regal stehen.

»Was suchst du denn?«, fragt Lucas matt und dreht sich zum Regal um.

»Ich muss mal kurz nach dem Vertrag sehen, den ich unterschrieben habe«, sage ich undeutlich und richte mich auf.

»Was ist denn das für ein Vertrag?«, will Lucas wissen und gähnt. Er streckt die Finger nach mir aus und streicht mir über den Arm, bevor ich mich ihm entziehe und einen dunklen Aktenordner aus dem Regal nehme.

»Das war ein Verschwiegenheitsvertrag. Mit recht hoher Geldstrafe, wenn ich ihn brechen sollte...ich muss nur nochmal nachlesen, was der genau beinhaltet.« Früher war ich sehr nachlässig mit dem Abheften von Unterlagen, aber mittlerweile habe ich den Dreh raus und bin sehr froh darüber, denn so finde ich den Vertrag auf Anhieb und blättere rasch die Seiten durch, bis ich die entsprechende Stelle gefunden habe.

»Was steht denn da drin? Wieso willst du das unbedingt jetzt wissen?« Lucas sieht mich über den Rand der Couch hinweg an und runzelt die Stirn.

»Ich muss checken, was genau im Vertrag festgehalten ist. Ich habe Nick nicht von mir aus gesagt, dass ich schwul bin. Er hat es erraten und ich will sichergehen, dass ich keinen Vertragsbruch begangen habe«, nuschle ich und fahre mit dem Finger über die unterschiedlichen Absätze. »Aha, da ist es doch... Vertragspartner verpflichtet sich... Stillschweigen über oben genanntes

Thema einzuhalten...dann passt alles. Ich habe Nick nur bestätigt und es ihm nicht von mir aus gesagt. Puh, nochmal Glück gehabt.« Zu wissen, dass ich den Vertrag nicht gebrochen habe, erleichtert mich und ich klappe den Ordner zufrieden wieder zu. Das hätte auch schiefgehen können.

»Kommst du jetzt wieder zu mir und wir gehen ins Bett?«, fragt Lucas und blinzelt mich müde an.

»Liebend gerne. Jetzt kann ich auf jeden Fall ruhig schlafen.«

Lucas weckt mich am nächsten Morgen, in dem er mir leise »Guten Morgen Henry...aufwachen« ins Ohr flüstert. Sein Körper liegt eng an meinem und seine Wärme ist so angenehm, dass ich mich genüsslich brummend zu ihm drehe. Blauen Augen strahlen mich an und er streicht mir übers Gesicht.

»Es war wunderschön gestern«, haucht er und ich bringe nur ein müdes Nicken zustande. »Hat es dir auch gefallen? Du sagst ja gar nichts.«

»Ich bin noch viel zu verschlafen, um zu reden«, nuschle ich. Ich schiebe mich näher an ihn heran und seine nackte Haut, die auf meine trifft, glüht.

»Du bist ganz warm...bist du krank?«, frage ich besorgt und fasse ihm an die Stirn.

»Nein, ich glaube nicht...ich fühle mich nur ein wenig müde.«

Nachdem ich mir die Augen gerieben habe, wird meine Sicht klarer und ich erkenne, dass seine Wangen gerötet sind und sein Blick trübe ist. Besorgt setze ich mich hin.

»Also gesund sieht anders aus. Warte eben hier.« Im Wohnzimmer krame ich ein Fieberthermometer aus einer Schublade, das bekommt Lucas in den Mund, obwohl er beteuert, dass es ihm gut geht. »Bleib liegen, bis es piepst, ja? Ich mache dir einen Tee«, weise ich ihn an und Lucas verdreht die Augen und zieht sich die Decke bis unters Kinn.

Das Wasser kocht gerade, als Lucas in der Küche auftaucht. Nur in Boxershorts hält er mir das Fieberthermometer unter die Nase.

»38,8 okay vergiss es, du bleibst heute im Bett.«

»Aber ich fühle mich gar nicht krank«, beteuert er und zieht die Nase hoch.

»Du hast Schnupfen und Fieber. War wohl gestern im Schwimmbecken doch ein wenig kalt. Ab zurück ins Bett mit dir.« Kurzerhand drehe ich Lucas auf dem Absatz um und schiebe ihn in mein Schlafzimmer. Genervt seufzt er auf und lässt sich wieder auf die Matratze fallen.

»Von mir aus...aber mir wird heute stinklangweilig sein, wenn du drehst«, motzt er.

»Ich drehe heute Abend und werde erst um 18 Uhr abgeholt, bis dahin ist noch genug Zeit. Ich ziehe mich jetzt an und gehe einkaufen, damit du mir nicht verhungerst.«

Nachdem ich Lucas mit Tee versorgt habe, springe ich unter die Dusche, ziehe mich dann an und mache mich auf den Weg zum nächsten Supermarkt.

Der Saintsburys ist gut sortiert und ich bekomme alles, was ich brauche.

Am Zeitungsstand halte ich inne und sehe mir die ausliegenden Magazine an. Ich könnte ihm was zu lesen mitbringen, aber ich weiß gar nicht, was ihm gefällt. Ich greife mir eine Zeitung und blättere sie grob durch.

Ob er sich für Fußballzeitschriften interessiert? Sicherheitshalber nehme ich ihm noch ein Kulturmagazin mit, in dem es um Theaterstücke geht. Das wird er mit Sicherheit gut finden.

»Guckt mal, da ist die Schwuchtel!«, ertönt es hinter mir und ich drehe mich um. »Ja, er reagiert sogar!« Drei junge Kerle stehen in der Nähe und sehen mich abschätzig an. »Man sagt, du fickst Thomas, stimmt das?«, fragt einer und die anderen lachen höhnisch. Ich richte mich zu meiner vollen Größe auf und kann nicht verhindern, lauter zu werden, als ich sollte.

»Sag Mal, was glaubst du eigentlich, wer du bist, dass du so mit mir redest?«, fahre ich den Kerl an, der erschrocken dreinblickt.

Vermutlich hat er nicht damit gerechnet, dass ich überhaupt reagiere. Ohne auf meine Frage einzugehen, strafft er die Schultern und hebt grinsend eine Augenbraue.

»Und hab ich Recht?« Spöttisch sehe ich ihn an, als ob seine Frage vollkommen lächerlich wäre, doch in Wahrheit fällt mir nichts ein, was ich darauf erwidern könnte. Kurzerhand packe ich die Zeitungen ein und gehe davon. »Im letzten Film fand ich dich noch cool, da warst du wenigstens noch ein Mann!«, ruft er mir nach.

Das tut weh!

Die Kerle lachen und ich senke den Blick. An der Kasse lasse ich mich nicht bedienen, sondern nutze eine der Kassen, an denen man seine Einkäufe selbst scannen kann. Womöglich spricht mich ansonsten noch eine Kassiererin an, das kann ich jetzt nicht gebrauchen. Ich fühle mich bloßgestellt und gedemütigt.

Wieso hat mich der Kommentar des Typen so getroffen? Ich wusste doch immer, dass so etwas passieren würde und war nicht genau das der Grund, weshalb ich mich nie öffentlich outen wollte? Es fühlt sich an, als hätte man mich an den Pranger gestellt und das gefällt mir gar nicht.

Unwillkürlich muss ich darüber nachdenken, meinen Plan doch zurückzuziehen.

Allerdings würde Lucas das nicht verstehen, da bin sicher. Nicht nachdem ich gesagt habe, dass ich mir seinen Rat zu Herzen genommen habe. Er wäre sauer und wie Lucas drauf ist, wenn er sauer ist, habe ich ja in den letzten Tagen erlebt.

Mit einem unguten Gefühl im Magen packe ich die Sachen ein, bezahle und verlasse das Geschäft. Mein Blick bleibt auf meinen Füßen, die mich nach Hause bringen und ich sehe nicht nach links oder rechts.

»Hey, da ist die Schwuchtel wieder!«, höre ich den Kerl rufen. Ich drehe mich um und sehe sie in einer Gasse zwischen zwei Häusern stehen. Er und seine Kumpel mustern mich abschätzig.

Haben sie auf mich gewartet? Oder sind mir gefolgt? Ein komisches Gefühl beschleicht mich und ich würde mich am liebsten unsichtbar machen oder ihnen etwas entgegenschleudern, doch sie sind zu viert und ich alleine.

Ganz blöde Idee, Henry.

Ich will sie nicht beachten und weitergehen, doch sie rufen mir weiter beleidigende Sachen nach, was schwer herausfordert, zumal jetzt auch einige Passanten, die ebenfalls auf der Straße stehen, zu mir hinschauen. Manche schütteln ungläubig den Kopf darüber, dass man mich so beschimpft. Eine Frau sagt leise: »Also das muss ja nun wirklich nicht sein, der arme junge Mann.«

Am liebsten hätte ich ihnen eine reingehauen, doch das kann ich mir auf offener Straße nicht erlauben, zumal ich nie der Typ war, der Probleme mit Gewalt löst.

Also versuche ich an Lucas zu denken, daran, dass ich glücklich mit ihm bin, dass das alles bald ein Ende hat und hoffe, dass die Beleidigungen so nicht bis zu meiner Seele durchdringen.

Zu allem Überfluss fängt es auf dem Rückweg zu regnen an und ich habe keinen Schirm dabei. Obwohl ich versuche, so nah wie möglich an den Häusern entlang zu gehen, um die Vordächer auszunutzen, tropft mir der Regen in die Augen und bis ich wieder in der Wohnung bin, zittere ich vor Kälte.

25. KAPITEL

Die Wohnungstür knallt lauter zu, als ich es beabsichtigt habe und ich trete mir die Schuhe brutal von den Füßen. Wieso nehmen sich Menschen überhaupt das Recht heraus, über andere zu urteilen?

Ich stelle die Einkäufe auf dem Küchentisch ab und krame dann einen Topf aus dem Schrank, um für Lucas eine Suppe zu kochen. Dabei bin ich so dermaßen geladen, dass der Topf laut auf der Glasplatte des Ceranfeldes landet. Seufzend stütze ich mich an der Tischkante ab und senke den Kopf.

Die Zweifel kriechen von überall her auf mich zu, umschlingen mich und drücken mir den Magen zusammen. Vielleicht sollte ich es lieber lassen und weiterhin im Verborgenen leben.

Das Gefühl hatte ich das letzte Mal zu Schulzeiten, wenn ich mich nicht richtig auf eine Prüfung vorbereitet hatte. Und dieser Test, der mit dem Outing ansteht, ist weitaus wichtiger und schwerer für mich, als jegliche Schulprüfung.

»Henry?« Ich öffne ein Auge und sehe Lucas in der Tür stehen. Er trägt meinen Bademantel und scheint etwas geschlafen zu haben, denn seine Augen sind ganz klein. »Bist du sauer? Du bist so laut«, fragt er vorsichtig und ich zucke mit den Schultern. Ich will ihm nicht von den Jungs erzählen. Er soll nicht denken, dass mir das so nahe geht. Doch wie immer, wenn Lucas da ist, setzt meine Kontrolle aus und als er sich nochmal danach erkundigt, was denn los sei und mir dabei tröstend über den Arm streicht, ist es vorbei.

Ich erzähle ihm von der unangenehmen Begegnung im Supermarkt und den Beleidigungen, die ich mir auf der Straße anhören musste. Lucas unterbricht mich nicht, sondern wartet, bis ich geendet habe, dann sagt er: »Du wirst jetzt aber keinen Rückzieher machen, nur wegen diesen Halbaffen, hörst du?«

Unsicher, weil ich genau darüber schon kurz nachgedacht habe, hebe ich den Blick, presse die Lippen zusammen.

»Es hat so wehgetan, als sie mich als...« Ich kann das Wort nicht aussprechen, es geht nicht. Lucas nickt verstehend, er kann sich denken, welches Wort gefallen ist. Er packt mich an den Schultern und dreht mich zu sich, sodass ich ihn ansehen muss.

»Das wird aufhören. Natürlich wird es immer Leute geben, die sich dazu äußern müssen und es wird auch nie so sein, dass dich die ganze Welt liebt, aber du bist in erster Linie Schauspieler und man sollte dich für deine Leistung und dein Talent schätzen. Was du privat machst, ist allein deine Sache. Das geht niemanden etwas an. Der größte Teil der Menschen heutzutage ist doch offen und aufgeklärt. Die Medien sowieso. Es gibt meiner Meinung nach nichts wovor du Angst haben solltest.«

Wenn Lucas das sagt, klingt das so leicht und doch hat er die Angst nicht ganz vertreiben können. Sie krallt sich in einer kleinen Ecke in meinem Inneren fest, um beim winzigsten Zweifel wieder hervorzutreten.

Lucas umarmt mich fest und sieht dann auf den Topf.

»Was kochst du da?« Ich hab noch kein Wasser eingefüllt und nicht einmal die Herdplatte angeschaltet.

»Suppe. Für dich... apropos, was machst du eigentlich in der Küche? Ab zurück ins Bett mit dir.« Bestimmt schiebe ich den maulenden Lucas wieder in den Flur und dann ins Schlafzimmer, wo ich ihn erneut ins Bett verfrachte. Er ist noch immer ziemlich warm und ich will nicht, dass er mit Fieber herumläuft.

Das Kochen lenkt mich ab und ich werde etwas ruhiger, während das Gemüse köchelt und ich in die Suppe starre, die vor sich hin blubbert.

Lucas hat ja Recht, ich sollte mich nicht so schnell verunsichern lassen. So viele Leute haben mir schon gesagt, dass sie hinter mir stehen - wieso verlasse ich mich nicht stattdessen auf die und gebe nichts darauf, was Nörgler sagen?

Ganz einfach, weil Zweifel echt hartnäckig sein können.

»Henry?«, höre ich Lucas rufen.

»Was ist?«, frage ich besorgt und eile ins Schlafzimmer.

»Ich liebe dich«, sagt er und lächelt mich über den Rand der Bettdecke hinweg an.

»Du bist so lieb, ich hab dich gar nicht verdient.« Daraufhin verdreht Lucas die Augen.

»Bitte sag sowas nicht, das ist so kitschig.«

»Aber es stimmt doch«, protestiere ich und gehe auf ihn zu. Die Matratze senkt sich etwas, als ich mich neben ihn setze und ihm durch die Haare streiche. »Du siehst müde aus.«

»Und du immer noch besorgt. Du musst dir keine Gedanken machen - schau, was ich auf Instagram gefunden habe.« Er kramt sein Handy zwischen den Bettlaken hervor und hält es mir hin. Unsicher, weil ich eigentlich gar nicht sehen will, was sich auf der Onlineplattform abspielt, nehme ich das Smartphone in die Hand.

Auf dem Display ist das Foto aus dem Café abgebildet, das die Kellnerin von uns gemacht hat. Darunter steht: »Lovely to have Mr Seales and Mr Thomas here.«

Ratlos sehe ich Lucas an, der wieder zum Handy nickt.

»Du musst die Kommentare lesen.«

Also tippe ich darauf. Es sind viele, etwa 3000, aber es öffnen sich nur die Neuesten.

>>omg they are so cute together!!<<

>>they should be a couple! They look perfect! I can't....<<

>>I knew it! Maybe they will fall in love in real life! That would be jdbehskdfienjw!<<

So geht es weiter und ich muss lächeln, je mehr ich davon lese.

»Sie stehen hinter uns...«, hauche ich ungläubig und der Knoten in meiner Brust fängt langsam an, sich zu lockern.

Wie dumm von mir, sich so schnell verunsichern zu lassen, denke ich und hebe den Kopf.

»Ich hab doch gesagt, dass die Reaktionen positiv sein werden und in diesem Fall waren wir nur gemeinsam frühstücken. Von einer Beziehung ist noch lange nicht die Rede. Was glaubst du, wie die Leute reagieren, wenn das offiziell wird?«, meint Lucas begeistert. Wieder senke ich den Blick auf das Display. Der nächste Kommentar nimmt mir auch die Bedenken, ich könnte weibliche Fans verprellen.

»Hör mal, hier schreibt eine: Henry wäre mein Traummann, aber ich glaube, zu Lucas passt er noch besser.«

»Dem kann ich mich nur anschließen. Ich finde auch dass du viel besser zu mir, als zu einer anderen Frau passt«, kichert Lucas, gähnt und reibt sich die Nasenwurzel.

»Hast du Kopfschmerzen? Soll ich den Vorhang zuziehen? Dann ist es nicht so hell«, biete ich an und stehe schnell auf, um das Zimmer wieder zu verdunkeln, dann gebe ich ihm einen Kuss auf den Kopf. »Danke, dass du mich aufgemuntert hast.« Er lächelt und ich gehe zurück in die Küche. Immerhin muss ich mich um meinen kranken Freund kümmern.

Glücklich grinsend stelle ich mich wieder an den Herd und schmecke die Suppe ab. Mein Handy, das auf der Arbeitsplatte liegt, vibriert und arbeitet sich langsam zum Rand vor. Ich hebe ab, bevor es runterfällt.

»Lauren, was gibt's?«

»Darling, könntest du Lucas bitte sagen, dass es keinen Vertrag, sondern lediglich eine Einverständniserklärung geben wird? Ich schicke sie ihm dann per Post, ja?«

»Was ist das denn genau?«, will ich wissen und wiege nebenbei Suppennudeln ab.

»Ach lediglich, eine Erklärung, dass er damit einverstanden ist, sich *nur* mit dir gemeinsam zu outen. So stellen wir sicher, dass er keine Alleingänge startet. Er kennt die Branche nicht so gut wie du oder ich und könnte unwissentlich so alles kaputt machen.«

»Gut, ich gebe ihm Bescheid. Du brauchst auch noch seine Adresse oder?« Sie bejaht und ich verspreche ihr, dass Lucas sich per Mail bei ihr meldet.

Wie lieb vom Management, auf den Vertrag zu verzichten. Sie scheinen uns bis zu einem gewissen Punkt genug zu vertrauen, um sich nicht in alle Richtungen absichern zu wollen.

Als ich Lucas das mitteilen will, sehe ich, dass er eingeschlafen ist und ich schließe leise die Tür hinter mir. Mit dem Drehbuch mache ich es mir auf der Couch bequem und lese nochmal die Passagen durch, die noch ausstehen.

Eine Szene springt mir dabei ins Auge und ich stelle fest, dass ich die total vergessen habe. Es ist eine Sexszene, und zwar mit meiner Frau.

I/N Wohnung George   Szene 48

Die kleine Wohnung ist dunkel. Im Schlafzimmer liegt
das Paar im Bett. Sie schlafen miteinander und George
scheint es zu genießen. Erst auf den zweiten Blick
fällt auf, dass der Blick in seinen Augen leer ist.

George (off):
Ich sollte aufhören, mir etwas vorzumachen.
Diese Frau ist wunderbar, aber sie macht
mich nicht glücklich. Vielleicht haben
wir einfach noch nicht das Richtige gefunden.
Wenn ich mich nur ein bisschen
Mehr anstrengen würde, dann werde ich sicherlich
genau dasselbe fühlen, wie bei Mo.
Ich muss mich einfach besser anstellen.

George ist unbewusst grob zu seiner Frau, die ihn
irritiert ansieht und ihn küsst.

Julia:
Liebling, du tust mir weh.
Was ist denn los mit dir?
Du bist ja ganz anders, als sonst.

George:
Alles in Ordnung Liebling, ich wollte
dir nicht wehtun.
Verzeih bitte.

Er küsst sie, lächelt sie an und es ist wieder alles
okay. Sie hat keine Ahnung, dass er in Gedanken bei
Mo ist.

Eine traurige Szene, wenn man bedenkt, dass George aus Frust darüber, dass
er nicht er selbst sein kann, unbewusst grob zu seiner Frau ist. Einer Frau, die
keine Ahnung hat, dass ihr Mann sie gar nicht liebt, sondern nur als Tarnung
benutzt. Es erleichtert mich, zu wissen, dass meine Alibifreundinnen immer
gebucht waren. Ich habe nie einer Frau das Herz gebrochen.

Lucas schläft lange. Erst am späten Nachmittag gehe ich in mein
Schlafzimmer, um mich für die Arbeit anzuziehen. Auch wenn ich am Set mein
Kostüm bekomme, will ich ordentlich gekleidet sein. Immerhin muss ich
ständig damit rechnen, dass man ich fotografiert, wenn ich aus dem Wagen
steige und dafür will ich passabel aussehen und nicht in Jogginghosen
herumlaufen. Leise krame ich in meinem Schrank nach passenden Klamotten
und versuche Lucas dabei nicht zu wecken.
Ich hätte es auch beinahe geschafft, doch die letzte Schublade geht ein wenig
zu laut zu und Lucas wacht auf.
»Henry?«
»Sorry, ich wollte dich nicht wecken…geht es dir schon besser?«, frage ich

und setze mich auf die Bettkante.

»Bisschen«, nuschelt Lucas und gähnt. »Mein Kopf tut nicht mehr so weh. Wie spät ist es?«

»Schon Abend. Ich werde in einer halben Stunde abgeholt«, antworte ich leise und streiche ihm übers Gesicht. »Ich hab dir was zu essen gemacht, es steht in der Küche, falls du Hunger bekommst. Tee kann ich dir gleich noch bringen.«

»Danke, dass du dich so um mich kümmerst. Es ist schön, jemanden zu haben, der einen bemuttert, wenn man krank ist.« Lucas lächelt, setzt sich hin und umarmt mich. Mein Herz stolpert vor Freude und ich halte ihn fest an mich gepresst.

»Ich glaube, ich schwänze heut einfach und bleibe bei dir im Bett«, murmle ich gegen seine Haare. Er kichert. »Dann können sie nur die Gegend filmen und Zach und Elianna hätten auch nichts zu tun. Das kannst du ihnen doch nicht antun. Wie lange ist der Dreh denn angesetzt?«

»Bis um 5 Uhr. Je nachdem, wie gut ich spiele. Vielleicht sind wir ja schneller.«

»Gut, dann liegst du vielleicht schon wieder hier, wenn ich das nächste Mal wach werde.« Lucas drückt mich von sich weg, damit ich aufstehe. Liebevoll streiche ich ihm die Haare aus der Stirn und küsse ihn auf die warme Haut.

»Wir sehen uns morgen. Schlaf dich gesund, ja?«

»Mach ich. Hab einen schönen Dreh.« Nach einem letzten liebevollen Blick legt er sich wieder hin und ich verlasse den Raum. Bevor ich gehe, setze ich noch einen Tee auf und bringe ihn zusammen mit einer Schale Suppe an Lucas´ Bett, dann muss ich mich losreißen, packe meine Tasche und das Drehbuch ein und verlasse die Wohnung.

Es ist immer seltsam, erst so spät am Tag mit der Arbeit anzufangen. Im Kopf hat man mit dem Tag schon abgeschlossen und ist im Feierabendmodus, dabei geht es jetzt erst los. Das ist etwas, woran ich mich bei meinem Job wohl nie gewöhnen werde – die unregelmäßigen Arbeitszeiten.

Heute drehen wir nochmal im West-End. Einem sehr geschäftigen Viertel in London und aufgrund von Passanten und Touristen wird das heute sicherlich kein einfacher Tag werden. Allerdings hatten wir bereits einen Drehtag im West-End und vielleicht hat Lee ja jetzt schon eine Strategie entwickelt, wie er Passanten und neugierige Beobachter am Besten in den Griff bekommt.

Der Fahrer bringt mich in einen Bereich, der normalerweise eine Fußgängerzone ist, doch die Stadt hat uns eine Sondergenehmigung erteilt. Die Mobile stehen nah an den Schaufenstern eines Geschäfts und Lee tritt zwischen den Wagen hindurch auf mich zu.

»Hey, schön, dass du da bist. Du hast gleich Kostümzeit. Möchtest du etwas essen? Ich kann es dir ins Maskenmobil bringen lassen.«

»Danke Lee, ich hole mir etwas, wenn mir danach ist«, sage ich und öffne die Tür zu Eliannas Arbeitsplatz. Kurz bevor ich den Wagen betrete, sehe ich Ed, der gerade mit einem Kollegen eine große Kiste über die Straße schleppt. Das Art Departement wird heute viel zu tun haben, denn bei einem Außendreh muss die ganze Umgebung angepasst werden. Und das West-End ist voll von neumodischem Zeug.

»Heute Nacht sollen es nur sechs Grad werden«, teilt mir Elianna mit, als ich in der Umkleide stehe, und reicht mir eine lange Unterhose sowie ein T-Shirt aus dünnem Stoff. Eines, wie man es beim Skifahren darunterzieht.

»Oh, danke für die Unterwäsche.«

»Gerne. Ich kann doch nicht zulassen, dass du krank wirst.«

»Wie Lucas«, rutscht es mir heraus und ich beiße mir auf die Lippe.

Mist.

»Oh, Lucas ist krank? Hat er sich im Pool erkältet?«, fragt Elianna besorgt.

»Ja, ich denke. Er schrieb mir nur, dass er Fieber hat«, sage ich schnell.

»Och der arme. Hoffentlich ist er wieder fit, wenn wir die Szenen mit ihm drehen«, sagt sie und fährt mit einem Steamer über meinen Hemdkragen, um ihn zu glätten.

»Ja, bestimmt. Wenn er sich schont, dann wird das sicherlich.«

Sie bückt sich und befestigt die Strümpfe an den Strumpfhaltern, die ich unterhalb des Knies trage. Langsam habe ich mich an diese komischen Dinger gewöhnt. Nachdem sie mir auch in die Hose, das Hemd, die Hosenträger und die Weste hineingeholfen hat, befestigt sie die Manschettenknöpfe an den Ärmeln und entlässt mich dann in die Maske.

Zach hilft mir dort wieder aus der steifen Jacke, damit ich es im Schminkstuhl ein wenig bequemer habe und kümmert sich dann um mein Make-up. Eine Weile herrscht Stille, dann schnüffelt Zach und sagt: »Hast du dasselbe Parfüm, wie Lucas?«

Wieso sind denn meine Kollegen hier heute so verdammt aufmerksam? Das kann doch nicht wahr sein!

»Wie kommst du denn darauf?«, frage ich und klinge dabei vollkommen locker. Zumindest versuche ich das. Zach zuckt mit den Schultern, drückt sich ein wenig Tagescreme auf den Handrücken und trägt sie mir mit einem Schwamm auf.

»Weil du genauso riechst, wie Lucas. Ist mir nur gerade so aufgefallen.«

»Achso. Ne Lucas hatte mir letztens mal sein Parfüm gezeigt, weil ich meinte, dass es ganz gut riecht und ich hab es mir nachgekauft.«

Meine Güte, ist das eine flache Ausrede. Offenbar habe ich zu lange an Lucas geklebt und sein Geruch ist auf mich abgefärbt.

Wieso muss Zach so eine gute Nase haben?

Der scheint sich allerdings gar nicht weiter mit dem Thema auseinandersetzen zu wollen und ist mit meiner Aussage zufrieden.

Zum Glück.

26. KAPITEL

Zusammen mit Jimmy überquere ich wenig später die Hauptstraße und sehe dabei aus, als hätte ich mit einer Zeitmaschine eine Panne gehabt. Meine historische Kleidung ist sehr auffällig. Kein Wunder also, dass mich einige irritiert ansehen. Viele erkennen mich, doch ihre Ansätze, mich anzusprechen, werden von Jimmy schon im Keim erstickt, der sie abwimmelt, denn ich soll jetzt keine Zeit verplempern. Fotos werden trotzdem geschossen, das sehe ich im Augenwinkel.

»Willkommen in den 20er Jahren«, sagt Jimmy, wir biegen um eine Kurve und ich staune nicht schlecht.

Der komplette Straßenzug ist leer. Keine Autos parken, die Markierungen auf der Straße sind verschwunden und in den Fenstern hängen Plakate mit Werbung für Produkte aus den 1920er Jahren. Neugierig trete ich ein wenig näher heran und sehe mir die verblichenen Schriftzüge an.

»Hallo Henry«, sagt Ed, der mir entgegenkommt und nickt zu einer Laterne hin, die neben mir steht.

»Bitte achte darauf, dich nicht anzulehnen, die Laternen sind von uns und nicht mit dem Boden verankert.« Mit der Fußspitze schabt er ein wenig feinen Kies beiseite und enthüllt, dass die vermeintliche Laterne auf einer flachen Metallplatte steht.

»Oh, danke dass du es mir gesagt hast. Die sehen wirklich echt aus, vor allem, weil sie auch leuchten. Wie habt ihr das gemacht?«

»LED und Batterien«, sagt Ed, zwinkert mir zu und geht davon.

Ich bleibe neben der Fakelaterne stehen und nehme mir vor, mich heute gegen nichts zu lehnen, egal, wie fest und stabil es auch aussehen mag, nicht, dass ich mit einer Hauswand umfalle, die aus Pappe besteht, oder so.

Die echten Straßenlaternen wurden mit grünem Stoff bezogen, sodass man sie später am Computer wegretuschieren kann. Die ganze Straße ist mit diffusem, warmen Licht ausgeleuchtet und weil es heute geregnet hat, spiegelt es sich auf dem nassen Kopfsteinpflaster. Zach tritt neben mich und stellt seine schwere Settasche auf dem Bürgersteig ab. Er hat sich einen warmen Mantel, feste Schuhe und eine Mütze angezogen und fröstelt jetzt schon.

»Na das kann ja heute Nacht was werden, wenn dir jetzt schon kalt ist«, stelle ich amüsiert fest und sehe meinen Maskenbildner an, der bedauernd nickt.

»Glaub mir, ich bin nicht sonderlich scharf auf den heutigen Drehtag. Ich bin eine solche Frostbeule, das ist unglaublich.«

»Was hast du denn alles angezogen? Oft ist es ja nur eine Frage der richtigen Kleidung, ob man friert, oder nicht.« Zach nickt, scheint kurz zu überlegen und zählt dann auf: »Unterwäsche, Thermo-Joggingleggings, Jeans. Unterhemd, langes Shirt, Pullover, Handschuhe, Schal, Wollsocken, Wanderstiefel und Wintermantel. Ich fühle mich, wie ein Michellinmännchen.«

Ja, so sieht er auch ein bisschen aus.

»Aber dann kann dir eigentlich nicht kalt sein, oder?«

»Ich werde aber die ganze Nacht hier auf diesem Fleck stehen und dir beim Arbeiten zusehen. Vielleicht muss ich ein- oder zweimal den Platz wechseln, wenn umgebaut wird, aber das war´s. Du musst ja wenigstens die Straße entlang gehen und hast Bewegung, aber ich stehe nur rum.«

»Wir machen jetzt eine Probe!« , ruft Lee und ich gehe zu Geoffrey hinüber, der mich begrüßt und mir meine Positionen zeigt und mir erklärt, was er sich so wünscht, dann proben wir.

Es dauert eine ganze Weile, bis das Timing von mir und der Kamera zusammenpasst. Sie ist auf einem fahrbaren Gestell, der Dolly, befestigt und wird von zwei Männern gezogen. Der Focus-Puller läuft ebenfalls mit und zieht die Schärfen, während Paul auf der Dolly sitzt und die Kamera führt. Auch unser Tonassistent geht mit, um die Geräusche meiner Schritte auf dem Kopfsteinpflaster aufzufangen, und so wuseln fünf Leute vor mir her. Das macht es nicht leicht, sich vorzustellen, man würde allein eine Straße entlanggehen.

Als endlich alles passt, fangen wir an zu drehen.

Mittlerweile ist es 20:30 Uhr.

Elianna nimmt mir die Daunenjacke ab und ich stehe nur noch in meinem Kostüm da. Meine Güte ist das kalt und ich kann nicht mal den Kopf einziehen, weil das doof aussieht. Man darf die Kälte nicht sehen. Hoffentlich fangen sie gleich an, denke ich und tripple von einem Bein auf das andere. An der Kamera wird noch gearbeitet und Lee wirft mir einen Blick zu.

»Leute, können wir bitte anfangen, es sind schon alle drehfertig und Henry friert uns sonst hier fest!«, sagt er laut und Paul nickt: »Wir sind soweit.«

»Gut. Ruhe bitte, wir drehen! Ton!«

»Läuft!«

»Kamera!«

»Läuft!«

Die Klappe wird ins Bild gehalten, geschlagen und ich starte.

Keine zwei Schritte habe ich gemacht, als die Szene abgebrochen wird. Lee hebt den Arm und sieht zu zwei Passanten hinüber, die um die Ecke gebogen und neugierig stehengeblieben sind.

»Entschuldigen Sie, sie stehen im Bild, könnten Sie bitte weitergehen?!«, ruft er ihnen zu und die beiden machen sich hastig davon. Lee greift genervt nach seinem Mikrophon am Kragen der Jacke und funkt einen der Blocker an, der darauf achtet, dass keine Passanten ins Bild laufen: »Bitte lasst Niemanden durch, bis der Take durch ist, es sind gerade zwei Passanten aufgetaucht. Over.«

Wir fangen nochmal an und dieses Mal steht niemand im Bild, der nicht hierher gehört. Allerdings bin ich mir ziemlich sicher, dass das noch einige Male passieren wird, immerhin drehen wir in der Stadt und man kann die Passanten ja nicht vollständig verscheuchen.

Eine Stunde später stehe ich wieder im Garderobenmobil und ziehe mich um. Heute drehen wir verschiedene Spieltage und ich werde mehrmals die Kleidung wechseln müssen. Hier drin ist es warm und ich will am liebsten gar nicht mehr raus ins Freie. Zumal das jetzige Kostüm das ist, das ich bei der Party trage, kurz bevor ich zu Mo in die Kneipe gehe. Die Hemdsärmel sind hochgekrempelt, die Krawatte sitzt locker und in die Jacke darf ich nicht schlüpfen, weil ich sie tragen soll. Als ich das Hemd überziehe, verzieht Elianna das Gesicht und sieht mich mitleidig an.

»Was ist?«, frage ich besorgt und befürchte schon, etwas kaputt gemacht zu haben, da sagt sie: »Man kann das Unterhemd sehen, weil die obersten Knöpfe offen sein müssen. Du musst es leider ausziehen.«

»Was? Och das kannst du mir nicht antun, es ist viel zu kalt«, jammere ich, doch der Blick in den Spiegel bestätigt sie.

»Kannst du den Ausschnitt nicht einfach etwas weiter schneiden?«, schlage ich vor, verzweifelt auf der Suche nach einer Lösung, um nicht nur im Hemd nach draußen zu müssen.

»Ja, das ist eine Idee«, sagt die Garderobiere und greift nach einer Schere. Wir arbeiten uns millimeterweise vor, wollen nur so viel Stoff abschneiden, wie unbedingt notwendig ist, damit mir nicht zu kalt wird. Schließlich sind wir fertig und als ich das Hemd überziehe, passt alles zusammen.

Bis zur Mittagspause, die auf 00:00 Uhr angesetzt ist, muss ich ziemlich leiden, denn die Szene, die wir jetzt drehen, ist recht lang und es sind nun auch einige Komparsen dabei, die Passanten spielen und die erst eingewiesen werden müssen. Zach hat mich optisch wieder in meinen betrunkenen Zustand versetzt und ich stehe mit geröteten Augen und zerzausten Haaren am Cateringtisch und trinke einen Becher Tee. Amüsiert beobachte ich Lee, der zwei Komparsen klarzumachen versucht, dass sie sich ganz natürlich bewegen und nicht wie ferngesteuerte Roboter durchs Bild laufen sollen, was ungeübte Menschen vor einer Kamera ganz gerne tun, als mein Handy summt. Ich ziehe es mit klammen Fingern aus der Tasche. Lucas hat mir geschrieben und mit einem Schlag wird mir warm und kribbelig.

>>Und wie läufts? Ich hab gerade deine Suppe gegessen, war sehr lecker. Wie es scheint, habe ich mir den perfekten Freund ausgesucht. Lucas xx<<

Ich lächle geschmeichelt, mache dann ein Foto von mir in dem Kostüm und schicke es Lucas mit dem Text:

>>Wenn du Pech hast, ist von dem perfekten Freund bald nur noch ein

Eiszapfen übrig. Es ist verdammt kalt<<

>>Ich halte dir das Bett warm. Ich würde dir ja ein Bild schicken, aber ich weiß, dass Elianna beim Dreh auf dein Handy aufpasst, also lass ich es lieber bleiben. Denkst du, ihr seid heute pünktlich fertig? Lucas xx<<

Ich hebe den Blick, um mir die Komparsen anzusehen, vielleicht kann ich dann abschätzen, wie lange wir noch brauchen, doch in dem Moment werde ich auf meine Position gebeten und gebe Elianna das Handy. Lucas wird wissen, dass ich ihm nicht absichtlich nicht geantwortet habe. Unterbrechungen sind vollkommen okay. Ich werde ihm in der nächsten Umbaupause schreiben, doch jetzt muss ich arbeiten.

»*Ist das nicht der Schauspieler?*«

»*Jaaaa, bin ich und jessstzt lassen Sie mich bitte einfach durch...*«, nuschle ich undeutlich und schiebe mich an dem Ehepaar vorbei, das George interessiert mustert. Ich bin auf dem Heimweg von einer Party der Familie McDumphey und so betrunken, dass ich mich an der Hauswand abstützen muss, um nicht umzufallen. Ich lasse die Füße über den Boden schleifen und blinzle abwesend geradeaus. Paul kommt mit der Kamera auf der Schulter näher an mich heran und läuft einmal um mich herum, wobei er mit mir gemeinsam schwankt, sodass das Bild etwas verwackelt wird. Der Zuschauer wird so meinen Rausch wunderbar miterleben können.

Ich steuere einen Pub an. Die Fenster sind erleuchtet und die Tür lässt sich öffnen, weil uns der Besitzer erlaubt hat, die Front zu nutzen. Ich lasse George zwei Versuche brauchen, um durch die Tür zu kommen und als sie hinter mir zuschlägt, höre ich Geoffrey »Cut« rufen.

Elianna steht direkt vor dem Pub und nimmt mich in Empfang, als ich wieder hinaus ins Freie trete. Sofort legt sie mir meine Daunenjacke um, die ich dankbar schließe. Während des Spiels habe ich die Kälte gar nicht bemerkt, doch jetzt trifft sie mich wieder mit voller Wucht und ich zittere.

»Zach hat mir die hier gegeben«, sagt sie und reicht mir die beiden Gelkissen. Sie sind angenehm warm und ich schiebe sie schnell in die Jackentaschen.

»Wir drehen das gleich nochmal! Bitte alle auf Anfang und drehfertig machen!«, ruft Lee und Zach kommt angewuselt.

»Du hast eine ganz rote Nase, Henry«, teilt er mir mit und drückt mir ein durchsichtiges Täschchen in die Hand. »Halt das bitte mal.« Ich halte brav die Tasche und er kramt darin herum, dann tupft er mir etwas auf die Nasenflügel, vermutlich um mich nicht mehr ganz so erfroren aussehen zu lassen.

Elianna bleibt bei mir und nimmt die Jacke erst im letzten Moment von meinen Schultern. Dann huscht sie zum Monitor davon und ich verwandle mich wieder in den betrunkenen George, der nichts anderes zu tun hat, als in der Nacht allein durchs West-End zu streifen.

Nach der Pause meldet sich langsam die Müdigkeit, doch ich muss durchhalten und das schaffe ich nur mit viel Kaffee. Zach und Elianna geben ihr Bestes, um mich warm zu halten, doch irgendwann ist die Kälte bis in die Knochen vorgedrungen und mir kann nur noch eine heiße Dusche helfen.

Lucas schreibe ich nicht mehr zurück, denn ich bin sicher, dass er schon schläft, und will ihn nicht wecken. Deshalb habe ich nichts, was mich von der Kälte ablenken kann und es hilft nur, sich ins Spiel zu stürzen.

Zachs Kollegin, die heute wieder dabei ist, hat in der Zwischenzeit zwei Damen, Alice und Grace, zurechtgemacht, die im Film Prostituierte darstellen. Sie versuchen, George dazu zu kriegen, mit ihnen mitzukommen, doch er schafft es, sie abzuschütteln.

Die Kolleginnen sind sehr nett und noch ärmer dran als ich, denn ihre Kostüme sind knapp geschnitten und aus dünnen Stoffen genäht. Ich teile mit ihnen meine Wärmekissen und wir reichen sie zwischen uns umher, als würden wir »Taler Taler du musst wandern« spielen.

So haben wir alle wenigstens warme Hände.

»Ist das euer erster Film?«, erkundige ich mich, als wir in einer kurzen Umbaupause gemeinsam an einer Wand sitzen und warten, bis das Licht wieder eingerichtet ist. Alice, die Jüngere von beiden, nickt und meint: »Ich konnte es gar nicht glauben, dass man mich genommen hat, ich bin gerade erst auf die Schauspielschule gekommen und dachte, ich hätte noch viel zu wenig Erfahrung, um drehen zu dürfen. Ich bin noch immer ganz aufgeregt.« Sie strahlt mich an und ich erwidere ihr Lächeln.

»Das freut mich für dich. Du passt auch wirklich gut in diese Zeit, der Stil der Zwanziger Jahre steht dir sehr gut.« Sie kichert verlegen, doch bevor sie darauf etwas erwidern kann, holt uns Lee wieder ans Set.

Irgendwann, gegen 5:30 Uhr am Morgen ruft man endlich den Drehschluss aus und ich sehe in den Gesichtern der Kollegen die Erleichterung. In den letzten zwei Stunden wurden alle immer müder und der Kaffeekonsum stieg so sprunghaft an, dass Nate kaum hinterherkam, neuen zu kochen. Aber jetzt ist Feierabend und ich bin froh, endlich im Auto zu sitzen.

Die Stadt erwacht schon wieder zum Leben. Die Milchwagen fahren von Haus zu Haus, um ihre Lieferungen abzugeben, und die ersten Menschen stehen fröstelnd und verschlafen an den Haltestellen der Busse, die sie zur Schule oder an ihre Arbeitsplätze bringen.

Ich will nur noch ins Bett, mich an Lucas kuscheln und schlafen.

Meine Hände sind noch immer kalt und ich bekomme schon gar nicht mehr so richtig mit, was um mich her passiert, so müde bin ich. Zum Glück ist der Verkehr der Stadt heute auf meiner Seite und wir kommen recht bald am Ziel an.

Die Treppe zur Wohnung kommt mir vor wie eine Rolltreppe, die in die falsche Richtung fährt. Ich komme nicht oben an und es zieht sich in die Länge.

Vielleicht weil ich so müde bin oder, weil ich es kaum erwarten kann, Lucas wieder zu sehen. Schön, wenn man weiß, dass man nicht in eine leere Wohnung kommt.

Daran könnte ich mich gewöhnen.

Oben angekommen mache ich mir gar nicht erst die Mühe, das Licht einzuschalten, sondern taste mich im Dunkeln ins Badezimmer vor. Auch dort bleibt es dunkel und ich ziehe mich aus. Die Klamotten bleiben auf dem Boden liegen, die werde ich morgen wegräumen. Langsam schäle ich mich aus der Hose und den Socken, putze mir die Zähne und schlurfe dann gähnend ins Schlafzimmer.

Von meinem Freund ist nur ein ruhiges Atmen zu hören. Ich krabbele vorsichtig über ihn und schmiege mich ganz nah an seinen warmen Körper. Es ist so angenehm.

»Hmm...du bist so kalt....«, nuschelt Lucas und regt sich.

»Ich wollte dich nicht wecken, sorry.«

»Macht nichts. Wie war´s denn?«, will Lucas wissen und ich seufze nur. Können wir nicht morgen reden? Seine Hand streicht mir übers Gesicht und er krault meinen Nacken, was die Müdigkeit in mir nur noch verstärkt.

»Lang. Und kalt. Ich muss schlafen.«

Ja, das muss ich tatsächlich, denn ich klinge schon so, als sei ich betrunken, so schwer ist meine Zunge, dass ich kein richtiges Wort mehr formen kann.

»Habt ihr denn alles in den Kasten gekriegt?«

»..ich bin müde.«

»Ich hab die ganze Nacht geschlafen«, kommt es fröhlich aus der Dunkelheit und ich seufze.

»Ja, mir egal. Ich bin müde. Lass mich schlafen, bitte.« Lucas seufzt und ich glaube, dass ich mir genau vorstellen kann, wie er gerade aussieht. Ungeduldig. »Du bist doch auch krank und brauchst sicherlich Ruhe. Komm, kuschel noch ein bisschen mit mir, bis ich eingeschlafen bin«, bettle ich und tatsächlich kommt er der Bitte nach, schließt mich in die Arme und krault mir den Kopf. Keine zwei Sekunden später, bin ich eingeschlafen.

27. KAPITEL

Als ich das nächste Mal wach werde, ist es 14 Uhr am Nachmittag. Lucas liegt nicht mehr neben mir und ich erinnere mich dunkel daran, dass er vor einigen Stunden aufgestanden und nach Hause gefahren ist, um einiges zu erledigen. Da ich allerdings noch im Halbschlaf war, habe ich das kaum mitbekommen.

In drei Stunden wird man mich schon wieder abholen und zum Drehort bringen. Heute steht die große Party an. Das wird ein Aufwand, aber wenn die Bilder schön werden, dann lohnt es sich.

Mein Kissen riecht noch nach Lucas und ich schnuppere zufrieden grinsend daran. Weil mir nicht nach Aufstehen zumute ist, bleibe ich liegen und tippe ein bisschen am Handy herum. Es zeigt einige neue Mails an, doch das meiste ist Spam. Mein Management hat mir neue Rollenanfragen geschickt und ich lese mir die Zusammenfassungen der Drehbücher durch. Es ist purer Luxus, dass ich mittlerweile nicht mehr zu jedem Casting gehen muss, das sich finden lässt, sondern mir die Rollen teilweise sogar aussuchen kann.

Als ich am Anfang meiner Karriere stand, habe ich online auf speziellen Seiten für Schauspieler nach Rollenangeboten gesucht und oft Stunden damit zugebracht, in zugigen Räumen zu warten, bis man mich zu den Castern vorließ, nur um dann doch nicht genommen zu werden, weil die Optik nicht passt. Es war so unglaublich frustrierend und ich hatte oft Zweifel an mir selbst.

Bei Heath Ledger hat irgendwann keiner mehr nach seiner körperlichen Fitness gefragt, nach seiner Nase oder der Augenfarbe. Den hat man genommen, weil er gut war. Und was dann nicht passte, wurde passend gemacht.

Hoffentlich geht es mir irgendwann auch so wie ihm.

Natürlich nicht in dem Sinne, dass ich gerne Depressionen hätte und an einem Medikamentencocktail sterben würde, sondern, dass man mich bucht, weil ich gut bin und ich mich nicht mehr bei jedem Casting beweisen muss.

Die Rollen, die man mir anbietet, klingen reizvoll und ich schreibe Lauren, dass sie mich fürs Casting anmelden kann. Wenn das geschehen ist, werde ich einen Termin bekommen, an dem ich zum Vorsprechen erscheinen muss.

In den wenigen Stunden, die ich noch zur Verfügung habe, bis man mich abholt, kümmere ich mich um meinen Haushalt und als es Zeit wird, mich anzuziehen, sieht es in der Wohnung wieder halbwegs ordentlich aus.

Das heutige Set befindet sich in einer prunkvollen Villa, ein wenig außerhalb von London. Ich staune nicht schlecht, als der Fahrer auf einen mit Kies ausgestreuten Parkplatz fährt, von dem eine herrschaftliche Freitreppe hinauf zu einer großen Flügeltür führt. Viele Fahrzeuge stehen ordentlich aufgereiht nebeneinander und mir scheint, als ob heute deutlich mehr Menschen da sind, als bisher. Techniker tragen große Rahmen an mir vorbei, um das Licht im Inneren der Villa setzen zu können. Ein gigantisches Zelt steht neben dem Cateringwagen und im Vorbeigehen sehe ich, dass eine Menge Komparsen darin sitzen. Sie sind alle zurechtgemacht und warten darauf, eingesetzt zu werden. Weil heute so viele Menschen hier sind, ist alles beschriftet und den Schildchen am Tor kann ich entnehmen, dass man im Gebäude zusätzliche Kostüm und Maskenräume eingerichtet hat, um mit den ganzen Komparsen fertig zu werden.

Lee steht bei Nate am Catering und hat einen Espresso in der Hand.

»Oh, bist du jetzt schon soweit, dass du das Zeug brauchst?«, frage ich amüsiert und Lee nickt langsam, bevor er den kleinen Becher in einem Zug leert.

»Das war schon mein Dritter. Heute wird eine lange Nacht.« Mehr sagt er nicht und geht davon. Sein Platz wird von einem älteren Mann eingenommen. Er trägt einen eleganten Anzug, hat die Haare nach hinten frisiert und lächelt mich freundlich an.

»Hallo Henry, ich bin Timothy und spiele Mr McDumphey«, sagt er und wir schütteln uns die Hand. »Heute scheint ja hier richtig viel geplant zu sein. Als ich das Drehbuch gelesen habe, war mir das nicht so bewusst«, sagt er und deutet auf die vielen Wagen.

»Ja, das wird heute sicherlich lange dauern«, pflichte ich ihm bei.

Nate reicht uns einen Kaffee und Timothy erkundigt sich bei mir, wie der Dreh bisher so gelaufen sei. »Es wird ziemlich viel über die Dreharbeiten berichtet, wusstest du das?«

»Nein, das ging an mir vorbei«, gebe ich zu und es ist nicht mal gelogen. In den letzten Wochen habe ich in einer solchen Blase gelebt, dass mir der Alltag regelrecht entgangen ist und bis auf die Gerüchte zwischen mir uns Lucas gäbe es eine Affäre, habe ich nichts gelesen, das mit mir in Verbindung steht.

»Es ist wirklich interessant. Natürlich wird ziemlich viel geklatscht und getratscht. Meine Tochter ist 16 und hat einen Narren an dir gefressen. Sie hat mich bekniet, mich heute hierher begleiten zu dürfen, aber ich habe es ihr verboten, sonst hättest du keine ruhige Minute gehabt. Naja jedenfalls ist sie vor einigen Tagen ganz begeistert gewesen, als sie ein Foto von dir und Lucas Thomas gesehen hat. Sie ist fest davon überzeugt, dass ihr ein Paar seid.«

Timothy seufzt, als könne er die Flausen seine Tochter nicht verstehen und mir rutscht das Herz in die Hose. Bitte nicht schon wieder das Thema. »Ich bin gespannt, wie der Film wird. Es wäre schön, wenn das Thema ein wenig dazu anregen würde, umzudenken. Die jungen Leute heutzutage haben ja mit Homosexualität kaum noch ein Problem. Es sind eher die Erwachsenen, die noch in ihren Mustern festgefahren sind. Vielleicht kann der Film da ein bisschen wachrütteln.«

Ja, das wäre in der Tat ein Erfolg. Timothy macht auf mich einen soliden Eindruck. Er scheint noch von der alten Schule zu sein und ich beschließe kurzerhand, mich ihm anzuvertrauen.

»Ja, da hast du recht. Viele Leute denken noch viel zu sehr in Schubladen. Allein durch die Gerüchte, die in der letzten Zeit verbreitet wurden, habe ich schon manchmal ziemlich heftige Sachen zu hören bekommen.«

»Das verstehe ich gut. Du hast Angst damit, an die Öffentlichkeit zu gehen, oder?«, sagt Timothy und mein nervöses Herzklopfen setzt kurz aus.

»Wie meinst du das? Sieht man es mir an?«, frage ich irritiert und befeuchte mir die Lippen mit der Zungenspitze. Mein Hals ist trocken.

»Nein, ganz und gar nicht. Ich hatte das irgendwie im Gefühl, aber ich glaube das liegt daran, dass ich ein guter Menschenkenner bin, ganz einfach.«

»Versprichst du mir, diese Sache für dich zu behalten? Ich will mich der Öffentlichkeit stellen, aber erst, wenn der Film rauskommt...momentan fühle ich mich noch nicht bereit dazu.« Mein Kollege legt mir die Hand auf die

Schulter und drückt sie, dann sieht er mir in die Augen.

»Henry, du solltest doch wissen, das alles, was am Set gesprochen wird, auch dort bleibt und nicht an die Öffentlichkeit getragen wird. Vor allem nicht von Kollegen. Mach dir keine Gedanken. Wirklich.«

Timothy hat etwas an sich, das es mir leicht macht, ihm zu vertrauen und ich bin froh, dass er stillschweigen wird. Und gleichzeitig fühle ich mich ein wenig besser, weil ich einem Menschen begegnet bin, dem ich nicht von Anfang an eine Lüge aufgetischt habe.

Die Leichtigkeit ist jedoch recht schnell wieder vorbei. Als wir mitten in der Partyszene einen Teil drehen, in dem sich George mit zwei jungen Frauen gleichzeitig vergnügt und knutschend auf einem Sofa liegt, höre ich in der Drehpause hinter mir Getuschel.

Ob die Worte für meine Ohren bestimmt sind, oder nicht, kann ich nicht genau sagen, aber sie treffen mich und es tut weh. Ich versuche, möglichst unauffällig in die Richtung zu blicken, aus der ich das Gespräch hören kann und sehe eine kleine Gruppe Komparsen, die ganz in der Nähe steht und mich verstohlen beobachtet. Weil ich meine Kolleginnen noch im Arm halte und wir gerade nach draußen wollen, sehe ich wohl beschäftigt aus und man macht sich nicht die Mühe, die Stimmen zu dämpfen.

»Hat er da nicht die falsche Frau an seiner Seite? Ein Kerl wäre besser«, sagt ein wuchtiger Kerl.

Das war eindeutig eine Anspielung auf Lucas.

»Was sollte *das* denn grade?«, fragt meine Kollegin Hayley, die eines der jungen Mädchen spielt und starrt zu dem Komparsen hin, bevor sie sich mir zuwendet. »Hat das was damit zu tun, dass man dir und deinem Kollegen eine Affäre andichtet? Das ist ja unglaublich dass man hier so abfällig über dich spricht.«

Sie ist richtig entrüstet und ich freue mich, dass sie sich so für mich ärgert. Trotzdem senke ich den Blick und murmle: »Er weiß überhaupt nichts über mich, nur das was die Presse geschrieben hat...«

»Du darfst das nicht an dich heranlassen. Solche Gerüchte gibt es immer und wird es immer geben. Eine Frechheit, dir so gegenüber zu treten.«

Obwohl ich Hayley nicht kenne, bin ich dankbar, dass sie mir so zuredet, und bringe ein Lächeln zustande.

»Wenn die Gerüchte wahr wären...«, fange ich an und sie schüttelt nur den Kopf, bevor sie sagt: »...auch dann wäre das kein Grund, einen soll herablassenden Kommentar dir gegenüber zu äußern.«

»Wenn du magst, spreche ich gleich mit Lee darüber. Sowas musst du dir nicht gefallen lassen«, bietet sie an, doch er hat genug zu tun, da will ich ihm nicht noch mit meinen Wehwehchen kommen und ich lehne ihr Angebot ab.

Die nächste Szene ist eingerichtet und alle werden wieder in den Raum gebeten. Ich stehe rasch auf und gehe zusammen mit Hayley auf meine Position, wobei ich sorgsam darauf achte, keinem Komparsen in die Augen zu sehen, dabei kann ich ihren Blick im Rücken spüren. Doch ich darf mich davon jetzt nicht ablenken lassen. Ich muss mich auf die Szene konzentrieren, in der George von mehreren Damen mit Champagner versorgt wird. Nachdem wir alle unsere Positionen eingenommen haben und die Klappe geschlagen wurde, geht es weiter.

»*Trink noch etwas George*«, fordert mich eine Dame auf, legt mir den Kopf in den Nacken und kippt mir Champagner in den offenen Mund. Mit der Zunge fange ich jeden einzelnen Tropfen auf und es kümmert mich auch ganz und gar nicht, dass mir das süße Zeug über das Kinn auf mein Hemd läuft. Es sind genug Frauen da, die den Überschuss mit Begeisterung ablecken. Die Szene ist obszön und fast schon abstoßend, trifft aber den Rausch der Parties und die unbeschwerte Art dieser Zeit hervorragend.

»Er spielt ziemlich gut, dafür dass er Thomas vögeln soll – zumindest, wenn man der Presse glaubt. Man nimmt ihm fast ab, dass er die ganzen Frauen wirklich haben will«, sagt jemand, als ich wenig später in der Schlange zum Mittagessen stehe und gerade nach einem Teller greifen will.

Unauffällig drehe ich mich in die Richtung und mustere die kleine Gruppe Komparsen, die ganz in der Nähe steht und sich unterhält. Es sind dieselben, wie vorhin und sie werfen mir immer wieder Blicke zu. Der Appetit vergeht mir augenblicklich und ich stelle den Teller zurück.

»Was ist Henry? Willst du nichts?«, fragt Zach, der hinter mir ansteht und sieht mich besorgt an.

»Nee lass mal. Die Kommentare einiger Komparsen haben ihn mir gerade versaut. Ich gehe in meinen Wohnwagen.«

Verwirrt sieht Zach zu ihnen hinüber und runzelt die Stirn. Neben ihm steht eine Kollegin, die ihm heute beim Make-up unter die Arme gegriffen hat und flüstert: »Ich glaube, die haben sich über ihn ausgelassen, wegen alledem, was gerade in der Zeitung steht...«

Mit gesenktem Kopf stapfe ich an den wartenden Kollegen vorbei zu meinem Wohnwagen und knalle die Tür hinter mir zu.

So macht das Arbeiten keinen Spaß. Ganz und gar nicht. Frustriert werfe ich mich auf das kleine Sofa, ziehe das Handy aus der Tasche und mache den Fehler, wie jedes Mal, wenn ich verunsichert bin: Ich google mich.

>>Seales mit Thomas beim gemeinsamen Frühstück gesichtet!
Hat sich der Womanizer etwa von Model Tatiana getrennt?

Seales wird in London in Gesellschaft von Lucas Thomas gesehen. Die beiden wirkten vertraut miteinander und das facht die Gerüchte weiter an, ob zwischen den beiden jungen Schauspielern mehr als nur Freundschaft besteht.<<

>>Seales ist mit Sicherheit bi<< - Unbekannte Quelle

>>Alles nur ein PR Gag, um den Film anzukurbeln, oder doch eine Affäre? Seales wirkte mit seiner Freundin nie sonderlich glücklich.<<

Überall wird das Bild von uns beiden beim Frühstück angezeigt und die Kommentare sind zwiegespalten. Da ist meine Publicity, die ich mir immer gewünscht habe und bin mir nicht mehr so sicher, ob ich sie überhaupt noch haben will.

An meiner Tür klopft es und Lee streckt den Kopf herein.

»Hey, ich hab von Zach gehört, was los ist. Ich werde nach dem Mittagessen eine Ansage machen, dass man sich so nicht am Set zu verhalten hat«, sagt er ruhig und sieht mich ernst an. Ich zucke mit den Schultern.

»Die werden sowieso weiter quatschen, das bringt doch nichts, Lee.«

»Du hast mich noch nicht gehört, wenn ich sauer bin Henry. Und wer meinen Hauptdarsteller beleidigt, der bekommt es mit mir zu tun. Ich hab dir noch was zu Essen gebracht, falls du doch etwas willst.«

Er lächelt und erst jetzt sehe ich, dass er einen Teller in der Hand hat. Wie lieb von ihm, denke ich und mir kommen vor Rührung beinahe die Tränen.

»Danke Lee, das ist wirklich nett von dir. Ich bleibe aber die restliche Pause trotzdem hier drin, wenn es euch nichts ausmacht.«

»Klar, mach nur. Ich hole dich dann ab, wenn die Pause um ist«, sagt der

Setaufnahmeleiter und schließt die Tür wieder.

20. KAPITEL

Ich schlucke und sehe mir den Teller an, den Lee hingestellt hat. Automatisch stehe ich auf und nehme ihn mit zum Sofa, doch Appetit habe ich noch immer nicht, obwohl es wirklich gut riecht, was Nate da gekocht hat. Die Worte der Komparsen und die Schlagzeilen liegen mir im Magen und es ist kein Platz mehr für Essen. Außerdem habe ich ein schlechtes Gewissen, weil ich mich Timothy geöffnet habe.

Was, wenn das ein Fehler war? Was, wenn er doch quatscht?

Mein Kopf ist zu voll und fühlt sich an, als würde er gleich platzen.

Die Komparsen, die sich über mich auslassen, die Schlagzeilen, die Folgen, die ich eventuell zu tragen habe – das alles macht mir enorme Angst.

Kurzerhand wähle ich Laurens Nummer und erst, als es schon zweimal geklingelt hat, fällt mir ein, dass es ja mitten in der Nacht ist und ich lege schnell wieder auf. Aber ich muss mit ihr reden, ich fühle mich nicht wohl in meiner Haut und muss mich irgendjemandem anvertrauen. Lucas will ich nicht anrufen, er soll sich keine Sorgen machen. Ihn betrifft das Ganze noch nicht so sehr, denn ihn kennt die breite Masse noch nicht. Sobald der Film im Kino ist, wird sich das ändern, aber so lange er noch Frieden und Ruhe hat, will ich ihm diese erhalten.

Nervös wippe ich mit den Füßen und weiß nicht so recht, wohin mit mir, als mein Handy losheult und ich Laurens Namen auf dem Display sehe. Mit vor Aufregung feuchten Händen, hebe ich ab.

»Henry, was ist passiert? Wieso rufst du mich mitten in der Nacht an?«, fragt sie und klingt verschlafen. Ich habe sie geweckt und das macht mein Bauchgefühl nicht besser, denn jetzt habe ich ein schlechtes Gewissen ihr gegenüber.

»Ich...ich brauchte jemanden zum reden.«

»Wieso rufst du Lucas nicht an?«

»Ich will ihn nicht beunruhigen«, sage ich leise, denn ich weiß genau, was jetzt kommt.

»Ach und mich kannst du beunruhigen? Was ist los Henry?«

»Mein Kollege hat erraten, was los ist und ich habe das bestätigt.«, gestehe ich und halte das Handy etwas weg vom Ohr, falls Lauren laut wird.

»Inwiefern Henry?« Sie scheint ruhig zu sein.

Noch. Lange wird die Ruhe nicht bleiben.

»Ich hab mich mit einem Kollegen unterhalten und er hat mir irgendwie angesehen, dass ich schwul bin. Als er dann sagte, dass alles, was am Set gesprochen wird unter uns bleibt, habe ich ihm gesagt, dass er richtig geraten hat.«

Lauren gibt einen frustrierten Laut von sich und ich glaube, sie verdreht gerade die Augen. Oder drückt das Gesicht ins Kopfkissen.

»Henry, du weißt, dass ich dir keinen dramatischen Vertrag aufgebrummt habe, weil ich dachte, dass wenigstens du dich unter Kontrolle hast. Ist dir klar, was passiert, wenn dein Kollege sich nicht an sein Versprechen hält? Dann wirst du geoutet, bevor du wirklich bereit dazu bist und für den Film habt ihr dann auch keine Werbung mehr, die gut zündet. Bis der rauskommt, ist das schon nichts Neues mehr und wenn du Pech hast, interessiert sich niemand dafür. Meine Güte, ich dachte Lucas wäre von euch beiden der Unreifere.«

»Ich hab es ihm doch nicht auf die Nase gebunden, er hat es von sich aus erkannt.«

»Aber du hast es bestätigt! «, seufzt Lauren fassungslos.

Mittlerweile habe ich das Gesicht in den Händen vergraben und die Augen geschlossen. Ich weiß, dass das ein enormes Risiko war, und wundere mich über mich selbst.

Früher war ich nie so offen, wieso jetzt?

Ganz einfach, weil Lucas dich glücklich macht und du es am liebsten der ganzen Welt erzählen würdest.

»Es tut mir leid Lauren.«

»Mir tut es leid, dass ich dachte, du könntest dich unter Kontrolle haben, Henry. Ich....ich weiß ehrlich gesagt gerade nicht so recht, was ich darauf sagen soll. Ich weiß nicht einmal, was ich unternehmen könnte, außer darauf zu vertrauen, dass dein Kollege sich an sein Wort hält. Ganz im Ernst, wenn das jetzt in die Hose geht, dann hast du dir das ganz alleine zuzuschreiben. Ich kann dir da nicht helfen. Und ich *werde* dir dann auch nicht helfen.«

Das klingt, als würde sie mich allein lassen und am liebsten hätte ich jetzt angefangen, zu jammern, doch ich weiß genau, dass das überhaupt nichts bringt, denn sie hat Recht. Ich bin selbst schuld und nur, weil ich mir endlich einmal etwas von der Seele reden wollte, ist vielleicht alle Vorsicht umsonst gewesen. Ich muss mich zurücknehmen.

»Muss ich jetzt Konsequenzen fürchten? Was soll ich jetzt machen?«, frage ich reumütig und seufze.

Auch Lauren seufzt und einen Moment schweigen wir. Ich nehme sogar einmal das Handy vom Ohr, um aufs Display zu sehen, weil ich denke, dass sie aufgelegt hat, dann sagt sie: »Konsequenzen wirst du nicht fürchten müssten, weil wir im Vertrag keine aufgelistet haben und du *im Prinzip* nicht dagegen verstoßen hast, aber wenn es nach mir ginge, dann würde ich dir gerne eine Geldstrafe wegen Vertragsbruchs aufbrummen, das kannst du mir glauben. Du solltest ab jetzt aufpassen, was du wem erzählst. Wenn das noch mehr Leute erfahren, dann kannst du sicher sein, dass ich dich in deinem Outing nicht unterstütze und du sämtlich Presseerklärungen alleine machen wirst. Verstanden? Ich will nicht alles ausbaden, was du versaust. Und jetzt werde ich auflegen, denn ich möchte gerne weiterschlafen, ja?«

»Ja natürlich. Entschuldige bitte, dass ich dich geweckt habe«, sage ich rasch, dann ist die Leitung auch schon tot. Toll, jetzt habe ich zwar mit Lauren gesprochen, doch besser fühle ich mich deswegen noch lange nicht. Im Gegenteil, das Gefühl in meinem Inneren ist, soweit das möglich ist, noch schlechter geworden.

Jetzt muss ich aufpassen, was ich sage, denn mein Management brauche ich auf jeden Fall auf meiner Seite, wenn es ums Outing geht. Alleine werde ich das nicht durchziehen können.

Wenig später stehe ich wieder am Set und lasse mir von Hayley berichten, dass Lee sich die Komparserie vorgenommen und eine Ansage gemacht hat.

»Er sagte, wir sind alle hier, um diesen Film zu realisieren und nicht, um uns über Privatangelegenheiten Gedanken zu machen, dann hat er die, die böse über dich gesprochen haben, richtig ernst angesehen und sie waren auch sofort ziemlich kleinlaut. Es ist wirklich toll, dass er sich so für dich einsetzt.«

Ein Nicken ist alles, was ich zustande bringe.

Meine Gedanken drehen sich noch immer um Lauren und die Tatsache, dass ich Timothy erzählt habe, dass ich auf Männer stehe.

Eigentlich will ich nur noch nach Hause, auch wenn dort heute niemand auf mich wartet, aber dort verurteilt man mich wenigstens nicht und ich kann mich nicht verquatschen.

Den restlichen Drehtag überstehe ich irgendwie und kann mir im Nachhinein nicht mehr ganz erklären, wie ich das gemacht habe. Doch mir gelingt es, die Gefühle, die ich habe, auf George umzulegen, denn auch er wird auf der Party ständig beobachtet und über ihn wird gesprochen. Die Komparsen müssen nicht sonderlich viel schauspielerisches Talent mitbringen, um das hinzubekommen.

Nachdem wir zum Schluss eine richtige Party-Eskalation gedreht haben, ruft Lee den Drehschluss aus.

Ich bin froh, dass Feierabend ist und als wir nach draußen vor das Gebäude treten, schlägt uns die kalte, erfrischende und reine Morgenluft entgegen.

Wenn man die ganze Nacht in einem stickigen Raum voller Menschen verbracht hat, in dem die Luft immer muffiger wurde, ist es eine Erleichterung, rauszukommen. Am Horizont geht die Sonne auf und ich verliere mich einen Moment in dem Rosa, das den Himmel hinter den Häusern eingefärbt hat. Eine kalte Brise fegt über den Vorplatz und wirbelt mir die Haare durcheinander.

Einige Komparsen gehen an mir vorbei und wünschen mir eine gute Nacht, was ich mit einem Nicken quittiere. Zwei bleiben stehen, sehen mich einen Moment unsicher an und kommen dann ein wenig näher.

»Henry? Dürfen wir dir sagen, dass es uns heute sehr viel Spaß gemacht hat, dir beim Arbeiten zusehen zu dürfen? Du spielst wirklich gut und man sieht wirklich, wie viel Talent du hast.«

»Danke, das freut mich sehr.«

Ich sehe sie an und warte darauf, dass jetzt noch die Bitte um ein Autogramm kommt, doch die beiden sehen mich nur an, lächeln und gehen dann über den Hof zum Ausgang.

Sie wollten kein Autogramm? Kein Foto? Nichts?

Schön, dass sich manche auch damit zufrieden geben, einen kennengelernt zu haben, ohne einen Beweis für ihre Freunde oder sonst wen mitbringen zu wollen.

Zuhause vor der Tür steht bereits die Milch, als ich die Treppe hinaufsteige und ich nehme meine Flasche mit nach oben in die Wohnung. Ich bin zwar müde, tausche aber die frische Milch gegen die im Kühlschrank aus. Sie ist bereits sauer und ausgeflockt. Ich sollte diesen Service endlich einmal abbestellen, weil ich ihn viel zu wenig nutze.

Weil mein Hals noch ganz klebrig von dem dem Apfelsaft ist, den Ed als Champagner verwendet hat, springe ich unter die Dusche und wasche das Zeug ab. Mein Magen knurrt, weil ich das Essen heute wieder einmal nicht herunterbekommen habe und das warme Wasser macht mich schwindelig. Rasch drehe ich es auf kalt, um den Kreislauf wieder zu stabilisieren, doch außer, dass weiße Punkte vor meinen Augen auftauchen, bringt das gar nichts.

Das Wasser stelle ich besser ab und steige dann aus der Dusche. Schwer atmend, bleibe ich am Waschbecken stehen und warte, bis der Raum sich nicht mehr dreht. Das scheint Stunden zu dauern und ich muss automatisch an das letzte Mal denken, als Lucas mich aufgepäppelt hat.

Aber er ist jetzt gerade nicht hier und kann mir nicht helfen. Vorsichtig taste ich mich ins Schlafzimmer.

Ich weiß, dass ich heute wenig gegessen habe, aber der Schwindel hängt sicher auch damit zusammen, dass mir momentan zu viel im Kopf herumgeistert.

Laurens Drohung, der fast Vertragsbruch, die Sache mit Timothy, das Gerede der Komparsen und die aktuelle Presse. Das ist doch klar, dass der Körper auf diese vielen Eindrücke reagiert und ich habe mir schon immer alles viel zu sehr zu Herzen genommen.

Als ich ins Bett falle und mir die Decke über den Kopf ziehe, überkommt mich eine Traurigkeit, die so schwer wiegt, dass sie mich fast erdrückt. Gerade fühle ich mich einfach nur scheiße. Vielleicht sollte ich die Schauspielerei an den Nagel hängen und Pizzabote werden. Da verdiene ich zwar kein Geld und wäre unzufrieden mit meinem Beruf, aber zumindest könnte ich schwul sein, ohne dass sich jemand kümmert. Grummelnd drehe ich mich auf den Bauch und drücke mein Gesicht ins Kopfkissen.

Der Plan ist eine doofe Idee. Ich liebe es, in andere Rollen zu schlüpfen, ich liebe es, vor der Kamera zu stehen. Es würde mich fertigmachen, wenn ich den Beruf aufgeben müsste. Ich muss ja nicht mehr lange durchhalten, das wird doch nicht so schwer sein.

Mit Lucas zusammen, werde ich das schaffen.

Am nächsten Tag weckt mich mein Handy und als ich drangehe, ist Lucas am anderen Ende der Leitung. Er ist ganz aufgeregt und atemlos.

»Henry, ich habe tolle Neuigkeiten...hab ich dich geweckt?«

»Ja«, seufze ich und gähne. »Ich hatte doch Nachtdreh. Aber ist schon okay. Jetzt bin ich sowieso wach. Was gibt es denn so tolles?«

»Ich erzähle es dir aber wirklich nur, wenn ich dich nicht störe...«, beharrt mein Freund und ich seufze.

»Baby...jetzt leg´ schon los.«

»Okay. Lauren hat mich angerufen und mich gefragt, ob ich Interesse habe, ins Cooperations Management aufgenommen zu werden. Sie meinte, sie findet mich talentiert und ich habe ja noch kein Management...ist das nicht toll? Wir wären im selben Management! Ich kann es gar nicht fassen.« Lucas klingt, als würde er vor Freude gleich platzen, doch ich bin mir nicht so sicher, was ich davon halten soll und verziehe kritisch das Gesicht.

Hat Lauren ihm das Angebot nur deswegen gemacht, weil sie ihn so besser kontrollieren kann? Nachdem ich mich als „unreif" erwiesen habe, oder ist sie ernsthaft an seinem Talent interessiert? Beides wäre durchaus möglich.

»Henry? Alles okay? Bist du wieder eingeschlafen? Freust du dich nicht?«, fragt Lucas misstrauisch.

»Doch natürlich, es ist großartig, dass du Unterstützung bekommst, aber ich hab ein bisschen Angst, dass sie dich nur aufgenommen hat, weil sie dich so besser kontrollieren kann.«

Von meinem Freund kommt ein lautes Ausatmen. Natürlich will er das jetzt nicht hören und ich bin mir sicher, dass ich seiner guten Laune gerade einen ordentlichen Dämpfer verpasst habe.

»Hm, so habe ich das noch gar nicht gesehen«, murmelt er leise und klingt ein wenig geknickt. Ich will ihm aber nicht die Freude verderben und lenke rasch ein.

»Was natürlich nicht heißen soll, dass ich richtig liege. Du bist talentiert und das hat Lauren erkannt. Sie wäre dumm, sich jemanden, wie dich nicht zu schnappen solange du noch frei bist und dich niemand kennt. Sobald 1925 raus ist, werden sich die Managements um dich reißen.«

»Das klingt, als wäre ich ein Produkt«, meint Lucas trocken.

»Naja, das bist du ja im Prinzip auch, aber es kommt dir zugute ein Management zu haben, denn die bekommen auch die Rollenangebote und suchen dann in ihrer Kartei nach passenden Schauspielern. Hast du ihr denn zugesagt?«

»Ja habe ich...oder hätte ich erst nochmal darüber schlafen sollen?«

Ja, das wäre besser gewesen.

»Nein, das ist okay, ich kenne Lauren ja, die zieht dich nicht über den Tisch.«

Das stimmt. Sie ist zwar eine Geschäftsfrau, die immer versucht, das Beste aus einem rauszuholen, doch ich wüsste nicht, wo ich heute ohne sie stehen würde.

Sie ist knallhart, was das Verhandeln der Gagen angeht und hat ein gutes Gespür dafür, welche Rollenangebote vielversprechend sind. Daher denke ich, dass sie auch für Lucas von Nutzen sein wird.

»Also findest du es nicht schlimm, dass ich im selben Management bin, wie du?«, fragt Lucas vorsichtig und ich verneine es.

Wir sind Kollegen und keine Konkurrenten. Selbst, wenn es mal passieren sollte, dass wir beide im Rennen um dieselbe Rolle sind, müssen wir professionell genug sein, um das wegstecken zu können. Und ich bin sicher, dass wir das hinkriegen.

»Ich hoffe, ich bekomme dann mehr Angebote«, überlegt Lucas laut und fährt dann fort. »Dann geht es endlich bergauf. Ich habe mich jetzt schon so an die Art zu drehen gewöhnt, dass ich gar nicht mehr zurück ans Theater oder zu Kurzfilmen möchte.«

Ich muss grinsen, weil ich es gut verstehen kann. Niemand will seinen Standard wieder runterschrauben müssen. Doch ich kann es mir nicht verkneifen, ihn ein bisschen aufzuziehen, und sage: »Und an deine Gage kannst du dich auch gewöhnen, oder?«

»Ja, schon. Ich möchte so gerne umziehen, aber eine teurere Miete kann ich mir erst leisten, wenn ich wirklich dauerhaft mehr Geld verdiene.« Er seufzt frustriert.

»Bist du wirklich so unglücklich in deiner Wohnung?«, frage ich besorgt und schwinge die Beine aus dem Bett und tappe ins Badezimmer.

»Sagen wir es mal so, in deiner Wohnung habe ich mich deutlich wohler gefühlt«, gibt Lucas zu und ich lächle. Es ist klar, dass er sich bei mir wohlfühlt und vielleicht versucht er, mir auch durch die Blume zu sagen, dass er bei mir einziehen würde. Doch das kommt überhaupt nicht infrage. Nicht, solange wir nicht offiziell zusammen sind.

Außerdem wäre es zu früh, jetzt schon an solche Dinge zu denken.

»Hast du heute eigentlich frei?«, fragt Lucas unschuldig.

Ich bejahe und wir verabreden uns für den Nachmittag.

Nachdem ich aufgelegt habe, bleibe ich vor dem Spiegel stehen. Prüfend trete ich näher an den Spiegel heran und mustere meine Schultern. Die waren auch schon mal weniger knochig, das muss ich mir selbst eingestehen.

Aber ich *kann* momentan einfach nicht richtig essen. So gerne ich es möchte, aber etwas macht mir zur Zeit den Magen dicht.

Ob ich mich mal wiegen sollte?

Unschlüssig und langsam tapse ich ins Badezimmer und bleibe dort einen Moment vor der Waage stehen. Im Grunde weiß ich schon, dass sie weniger anzeigen wird. Ich könnte es mir ersparen. Doch wie ferngesteuert stelle ich mich darauf und schließe die Augen. Erst, nachdem ich bis zehn gezählt habe, öffne ich sie und sie zeigt 70,5 Kilo an.

70,5 – das sind 3,5 Kilo weniger, als noch zu Beginn der Dreharbeiten.

Verdammt!

Ich muss jetzt was essen, ob ich will oder nicht. Mein Kühlschrank gähnt mich an und ist - natürlich - vollkommen leer. Kurzerhand greife ich zum Telefon und rufe Lucas nochmal an.

»Hey, na hältst du es nicht lange ohne mich aus?«, meldet er sich erfreut.

»Nein, nicht wirklich. Hör zu, mein Kühlschrank ist leer. Was hältst du davon, wenn wir uns jetzt schon treffen und Frühstücken gehen?«

29. KAPITEL

Wir treffen uns in der City. Lucas kennt ein Café, das recht abgeschottet sein soll, wodurch wir vermeiden, auf dem Präsentierteller zu sitzen.

»Ich weiß gar nicht, ob es zu dieser Uhrzeit überhaupt noch Frühstück gibt«, überlegt er, als wir an einem der Tische Platz genommen haben. »Ich meine immerhin haben wir schon fast Mittag.« Er sieht die Karte durch und zieht eine Schnute. »Frühstück haben die hier nur bis 10:30 Uhr. Naja, dann wird es eben ein gemeinsames Mittagessen.«

Wir suchen uns etwas aus und nachdem die Bestellung ihren Weg in die Küche gefunden hat, will ich mit ihm nochmal darüber sprechen, dass wir jetzt im selben Management sind. Mein Handy funkt mir jedoch dazwischen, indem es losbimmelt und als ich den Klingelton höre, habe ich schon keine Lust mehr darauf, dranzugehen.

Highway to Hell - Lauren.

Unwillkürlich muss ich an das Telefonat gestern denken und bin mir sicher, dass sie nicht gut auf mich zu sprechen sein wird.

»Oh nein, Lauren schon wieder«, seufze ich und Lucas sieht auf. »Schon wieder? Was meinst du damit?« Ich ignoriere das Klingeln und erkläre ihm die Sache mit Timothy. Lucas hört sich das alles an, teilt dann aber meine Meinung, dass der Kollege mit Sicherheit vertrauenswürdig sei und ich mir eigentlich keine Sorgen machen müsste.

Das bestärkt mich auf der einen Seite, auf der anderen weiß ich aber, dass Lucas die Erfahrung fehlt und er sehr naiv an manche Dinge rangeht.

»Lauren scheint sich aber Sorgen zu machen und hat mich gestern so lange vollgequatscht, bis ich selbst sicher war, einen großen Fehler gemacht zu haben. Sie war richtig sauer auf mich«, sage ich und Lucas nickt.

»Klar ist sie sauer - weil du ihr dazwischengefunkt hast.« Wieder beginnt das Handy zu vibrieren und wandert über den glatten Tisch. »Nun geh schon ran.«

»Ich will aber nicht, ich will meine Ruhe haben. Außerdem hat sie mir gedroht, mich nicht mehr in Pressedingen zu unterstützen, wenn mir sowas nochmal passiert«, protestiere ich, doch Lucas greift kurzerhand nach dem Handy und hebt ab. Mit großen Augen sehe ich ihn erschrocken an und versuche ihm wild gestikulierend zu verstehen zu geben, dass er wieder auflegen soll, doch mein Freund scheint seiner neuen Managerin etwas Gutes tun zu wollen und sagt: »Ja, ich bin mit ihm unterwegs, wir sind gerade beim Essen. Henry ist auf der Toilette. Soll ich ihm was ausrichten?« Er klingt zuckersüß und freundlich, als würde er gerade nichts lieber tun, als mit ihr zu telefonieren. Wohingegen ich frustriert den Kopf auf die Tischplatte sinken lasse. Ich will gar nicht wissen, was sie jetzt schon wieder vor hat. Zwar weiß ich, dass sie nur ihren Job macht, trotzdem ist es anstrengend. »Klar,ich gebe ihm Bescheid, das ist kein Problem....ja ich wünsche dir auch einen tollen Tag, Tschüss.« Lucas legt auf und sieht mich an. »Du machst heute mit Tatiana Schluss«, sagt er und ich hebe überrascht den Kopf.

»Was mache ich?«

»Lauren hat Tatiana in den St James´s Park bestellt und ihr sollt euch um 13:15 Uhr dort treffen. Es werden wohl auch einige Fotografen in den Büschen liegen und du sollst es so aussehen lassen, als würdest du die Beziehung beenden. Ab Morgen bist du also offiziell Single, ist das nicht super? Vielleicht will sie die Gerüchte jetzt schon ein wenig schneller verdichten, um Timothy zuvor zu kommen, sollte er quatschen.« Lucas sieht optimistisch aus, doch ich weiß nicht so genau, wie ich das finden soll. Geht das nicht alles zu schnell? Ist das zu auffällig?

Aber danach wäre ich frei.

Frei!

Ich sehe auf meine Uhr und seufze. Um in den Park zu kommen, muss ich mich in zwanzig Minuten schon auf den Weg machen, sonst bin ich zu spät. Unser Mittagessen fällt also aus. Ihn scheint das nicht bewusst zu sein, denn er grinst.

»Wieso bist du denn so zufrieden? Zum essen werden wir nicht kommen, sie hat uns unseren Tag versaut«, motze ich, doch Lucas schüttelt den Kopf.

»Blödsinn. Wir planen einfach um: du gehst jetzt zu deinem Termin. Ich warte hier, packe die Bestellungen ein und wir essen ganz gemütlich bei dir zuhause.«

Lucas ist so rücksichtsvoll. Er könnte sich jetzt beschweren, dass wir nicht gemeinsam essen können, dass ich wegmuss, und schon wieder Tatiana treffe, doch er sieht in allem das Positive und fügt sich den Dingen, die wir sowieso nicht ändern können.

Richtige Einstellung.

»Ich liebe dich, du bist so unkompliziert«, sage ich leise und streiche ihm mit einem Finger über den Handrücken. Eine kleine, schnelle und unauffällige Geste, doch sie reicht aus, um meinem Freund ein Lächeln aufs Gesicht zu zaubern.

»Das bin ich gerne. Dein Leben ist momentan kompliziert genug, da will ich es dir einfach machen.«

»Darf ich dich um etwas bitten, Lucas? Können wir uns bei dir treffen? Ich will sehen wie du wohnst.«

Mein Freund sieht nicht begeistert aus und will den Mund öffnen, um zu widersprechen, doch ich gehe ihm dazwischen und sage bettelnd: »Bitte. Ich weiß noch so wenig über dich. Wenn ich sehe, wie du wohnst, dann habe ich das Gefühl, dich gleich ein wenig besser zu kennen.« In seinem Gesicht ist deutlich zu sehen, dass er sich nur schwer dazu durchringen kann, doch mein Argument zieht und er sagt: »Aber du darfst dir wirklich nicht zu viel von meiner Wohnung versprechen.« Ich nicke.

»Versprochen. Ich muss dann mal los, eine Beziehung beenden.« Ich zwinkere ihm neckisch zu und Lucas zwinkert zurück, grinst frech und reckt den Daumen in die Höhe.

»Bis später, ich schicke dir meine Adresse per SMS. Komm einfach, sobald du fertig bist.«

Um schneller zu sein, nehme ich die U-Bahn. Mit mir im Abteil sitzen einige Schüler, die gerade frei haben und sehen neugierig zu mir hinüber. Sie kichern und tuscheln aufgeregt und ich kann heraushören, dass sie darüber diskutieren, ob sie mich ansprechen sollen, oder nicht. Scheinbar wagt es jedoch keiner von ihnen, doch ich sehe, dass das ein oder andere Handy unauffällig gezückt wird. Sicherlich finde ich später ein unscharfes Foto von mir im Netz. Langsam sollte ich das gewohnt sein, doch es fühlt sich noch immer komisch an, wenn man mich fotografiert. Seufzend drehe ich den Kopf weg und bedauere es, dass man mich nicht wenigstens fragt, bevor man ein Foto schießt.

In der Innenstadt steige ich am St.James´s Park aus und kann Tatiana schon von Weitem sehen. Sie steht am Ausgang der Bahnstation und fällt in ihrem knallroten Mantel, der aus der Masse von grauen und schwarzen Klamotten der Passanten heraussticht, sofort ins Auge.

Sie lächelt, als sie mich zwischen den Pendlern erkennt und richtet sich etwas auf.

»Hey Henry«, sagt sie leise und hakt sich bei mir unter.

»Ich dachte, du bist gar nicht in London?«, frage ich, weil ich mich an Laurens Aussage erinnere.

»Das stimmt auch, ich bin aber heute zufällig für einen Tag in der Stadt und das schien Lauren dringend nutzen zu wollen. Du weißt, was wir heute zu tun haben?«, fragt sie mich und sieht mich von der Seite her an. Ich nicke nur kurz und frage vorsichtig: »Geht es dir gut damit?« Ihre rot geschminkten Lippen, verziehen sich zu einem süffisanten Lächeln.

»Du denkst, ich habe ein Problem damit? Wir sind doch nicht zusammen.«

»Es hätte ja sein können, dass du es trotzdem ein wenig bedauerst«, scherze ich und Tatiana schüttelt den Kopf. »Oh sagen wir es mal so, es war ganz nett mit dir und ich habe meine Vorteile aus der ganzen Sache gezogen, aber ich bedauere es auch nicht, dass wir beide jetzt Schluss machen.«

»Weißt du denn, wo das stattfinden soll?«, erkundige ich mich und sie schüttelt den Kopf.

Hand in Hand gehen wir durch den Park und die vielen goldenen Blätter, die noch vor wenigen Tagen an den Bäumen gehangen haben, liegen nun vertrocknet auf dem Boden.

Eine Weile schlendern wir eine kleine Allee entlang, bis mir plötzlich zwei Männer auffallen, die parallel zu uns auf der Wiese laufen und uns beobachten. Unauffällig mache ich Tatiana darauf aufmerksam und sie nickt verstehend.

»Das sind die Fotografen. Wir sollten loslegen.« Wir bleiben in der Nähe eines Baumes stehen und ich strecke den Arm aus, damit sie sich mir zuwendet.

»Also, was hast du mir zu sagen?«, fragt Tatiana und sieht mich erwartungsvoll an. Sie spielt ihre Rolle gut, spricht aber leise genug, dass die Fotografen, die in der Nähe in den Büschen kauern, nicht jedes Wort verstehen. So werden sie den Zeitungen nicht die Details unseres Gesprächs mitteilen können.

»Ja, ich muss dir etwas sagen. Ich...ich kann so nicht weitermachen. Unsere Beziehung ist nicht erfüllend für mich das kann so nicht bleiben. Ich habe mich verliebt und zwar nicht in dich...«

»Heißt das, es ist vorbei und du machst Schluss?«, fragt Tatiana gespielt überrascht und schlägt kamerawirksam meine Hand weg.

»Es tut mir leid. Ich will dir noch wehtun, wirklich«, versuche ich einzulenken, doch meine Fake-Freundin, spielt besser, als ich dachte, denn sie scheint den Tränen nahe zu sein und stößt mich von sich.

»Lass mich in Ruhe, ich will nichts mehr mit dir zu tun haben Henry! Du kannst mir gestohlen bleiben. Ich habe wirklich gedacht, dass du mich liebst...« Ich komme mir vor, wie in einer billigen Seifenoper. Beschämt senke ich den Kopf, obwohl ich ihr total gerne beim Spiel zusehen würde. Tatiana wendet sich ab, und haucht aber noch ein: »Alles Gute, Henry.«

Dann rauscht sie ab, ich höre die Auslöser der Kameras im Gebüsch klicken und es ist wie Musik in meinen Ohren, denn es bedeutet für mich eines:

Ich bin frei!

Mit einem breiten Grinsen, das der Grinsekatze aus Alice im Wunderland Konkurrenz gemacht hätte, spaziere ich wenig später durch London auf der Suche nach einer Tube Haltestelle. Das Wetter ist super und obwohl die Sonne nicht scheint, kommt es mir so vor, als erstrahle alles um mich herum. Ich bin

Tatiana los und wir haben es sogar geschafft, das Ganze pressewirksam zu inszenieren.

Besser hätte es nicht laufen können.

Die nächste Station, an der ich vorbeilaufe, ist Green Park und ich nehme die Rolltreppe nach unten, dann steige ich in die U-Bahn nach Norden.

Camden Town ist ein buntes Viertel, in dem sich Tattoostudios, Secondhandshops, Plattenläden und Independentlabel angesiedelt haben. Überall ist Graffiti zu sehen und wenn man die gedeckten Farben aus der Londoner City gewohnt ist, ist das hier ein Fest für die Augen.

Lucas hat mir seine Adresse per SMS geschickt und ich gehe in die Arlington Road 165. Laut Lucas, ist es das weiße getünchte Haus, zwischen zwei Backsteingebäuden, das eine schwarze Haustür hat.

Seine Beschreibung ist treffend und ich finde es schnell. Vorsichtig drücke ich das Metallgatter auf und trete die zwei Schritte zur Haustür vor. Ein goldener Klingelknopf gehört zur Erdgeschosswohnung, darunter ist eine weitere Klingel angebracht, die etwas schäbig aussieht. »Thomas« steht direkt daneben. Ein schriller Ton, kommt aus der Wohnung im Souterrain und ich mustere die schmale Treppe, die vor dem Haus nach unten führt. Eine Tür öffnet sich und Lucas sieht zu mir hoch.

»Hey, da bist du ja«, sagt er und klingt ein wenig nervös.

»*Hier* lebst du?«, frage ich ehrlich überrascht und balanciere die schmale Treppe hinunter. Vor der Wohnungstür ist gerade so Platz für eine Mülltonne und Lucas' Rad, das an der Wand angelehnt steht. Zwei Abluftrohre ragen aus der Wand hervor und es ist etwas beklemmend, weil ich das Gefühl habe, in einen Keller hinabzusteigen.

»Komm rein«, sagt Lucas und macht einen Schritt zurück, sodass ich durch die niedrige Tür treten kann. Als sie hinter mir ins Schloss fällt und kein Tageslicht mehr in den Flur kommt, ist es hier drin recht dunkel und ich blinzle mehrmals, bis ich mich an das Licht der Lampe gewöhnt habe.

»Zeigst du mir dein Reich?«

»Gerne, aber erwarte bitte nicht zu viel.«

Vom Flur geht eine Tür in ein kleines Badezimmer mit Dusche ab. Es ist so schmal, dass mal als dicker Mensch Probleme damit hätte, sich einmal, um sich selbst zu drehen, und das Waschbecken ist gerade mal so groß wie ein Schuhkarton.

Überhaupt hat die ganze Wohnung etwas von einem Schuhkarton.

Alles ist klein und eng zusammengerückt. Das Wohnzimmer ist gleichzeitig die Küche und in einer Nische, etwas weiter hinten, hat Lucas sein Bett platziert. Es gibt nur ein Fenster, das nach vorn in den Innenhof reicht.

»War das schon möbliert?«, frage ich und mustere die Möbel, die alle haargenau in die Wohnung passen.

»Ja, die Küche ist eingebaut und das Bett auch. Die Kommode ist von mir«, sagt Lucas und deutet auf ein dunkles Möbelstück mit drei Schubladen, die ein wenig in den Raum hineinragt und auf der ein kleiner Fernsehbildschirm steht. Ohne Lucas beleidigen zu wollen, denn er kann nichts für seine Situation, muss ich zugeben, dass das hier wirklich das letzte Loch ist.

»Schlimm oder?«, fragt Lucas, der meinen Gesichtsausdruck richtig gedeutet hat.

»Es ist wirklich winzig. Unglaublich, dass es Leute gibt, die das als Wohnung vermieten. Was zahlst du denn an Miete?«

»310 £ in der Woche.«

»1240 im Monat? Dafür? Ach du liebes bisschen.« Ungläubig schüttle ich den Kopf und setze mich auf den Küchenstuhl, der direkt hinter mir steht.

»Ja, es ist schrecklich, aber was besseres habe ich nicht gefunden, bzw konnte es mir einfach nicht leisten«, sagt Lucas und geht zu einer Steckdose. »Aber es kann in dieser Höhle auch gemütlich sein, schau.«

Mit einem leisen Klicken schaltet er eine Lichterkette an, die an der Decke hängt, und plötzlich befinde ich mich nicht mehr in einer schäbigen, kleinen Wohnung, sondern in einer Höhle voller Sterne. Es passt, dass draußen mit einem Mal ein Wolkenbruch losgeht und es vor dem Fenster dunkel wird.

»Ich hab noch unser Essen. Mach es dir gemütlich.«

»Wo denn?«, frage ich und Lucas zuckt mit den Schultern.

»Bleib einfach da sitzen, andere Möglichkeiten hast du sowieso nicht.« Er grinst und stellt unsere Bestellung von vorhin auf den Tisch. »Mittlerweile ist es kalt, aber ich denke, immer noch genießbar.«

Der Tisch ist so klein, dass sich unsere Hände ständig berühren, weil wir einander nicht ausweichen können, doch ich genieße es.

»Wie ist denn dein Treffen gelaufen?«, fragt Lucas neugierig und ich grinse ihn an: »Darf ich dir vorstellen; vor dir sitzt Henry Edward Seales, der frischgebackene Single.«

»Dein zweiter Name ist Edward?«, fragt Lucas. Eigentlich hatte ich jetzt erwartet, dass er mehr auf meine Aussage eingeht, anstatt sich über meinen Zweitnamen lustig zu machen. Nach ausgiebigem Amüsement fängt er sich wieder und fragt dann: »Und die Fotografen haben es mitgekriegt?«

»Definitiv. Ich habe das Klicken der Kameras deutlich gehört«, antworte ich und mache ein Gesicht, als hätte ich eine Meisterleistung vollbracht.

»Das werden wir ja sicherlich bald in den Zeitungen lesen, bin gespannt, wann die ersten Bilder auftauchen.«

»Ich auch.« Ich schiebe mir eine Gabel meines Reissalates in den Mund und frage neugierig: »Hast du denn einen Zweitnamen?«

»Ja, William. Aber das müssen wir jetzt nicht breittreten, ich habe mir nämlich etwas ausgedacht«, antwortet mein Freund und macht ein vielsagendes Gesicht.

Nachdem wir gegessen haben und ich mich pappsatt und kugelrund fühle, räumt Lucas die Teller in die Spüle und nickt zum Bett hinüber. Noch immer schüttet es draußen, wie aus Eimern und ich bin nervös gespannt, auf das was kommt. Dass wir uns auf das Bett setzen, könnte zweierlei bedeuten: Entweder will er mit mir schlafen, oder wir reden nur und sitzen lediglich hier, weil es keinen anderen Platz gibt.

»So, schieß los, was hast du vor?« Lucas setzt sich zu mir und legt bedeutungsschwer eine Pappschachtel vor mich hin. Darin liegt ein Würfel und ich sehe ihn ratlos an, weil ich mir beim besten Willen keinen Reim darauf machen kann.

»Wir spielen Wahrheit oder Pflicht. Wir würfeln abwechseln und bei einer geraden Zahl ist Wahrheit dran, bei einer ungeraden, Pflicht«, erklärt Lucas.

»Okay«, antworte ich langsam. Das habe ich schon lange nicht mehr gespielt und da wir nur zu zweit sind, bin ich sicher, dass es sich bei den Pflichtaufgaben nicht um dummes Zeug handeln wird. Nervös und voller Vorfreude zieht sich mein Magen zusammen.

»Ich fange an.« Lucas nimmt sich den Würfel und würfelt eine Eins.

Pflicht.

»Küss mich«, verlange ich und Lucas beugt sich vor und haucht mir einen leichten Kuss auf die Lippen.

»Das war aber kurz«, beschwere ich mich und er grinst nur.

»Dann hättest du sagen müssen, wie ich dich küssen soll.«

»Das merke ich mir fürs nächste Mal.«

Wieder rollt der Würfel.

Wahrheit.

»Hast du Geschwister?«, fragt Lucas interessiert und sieht mich wachsam an.

»Ja, eine Schwester.«

Wahrheit

»Wie heißen deine Schwestern?«, frage ich neugierig.

»Die älteste ist Lilly, dann kommt Fae, die Zwillinge Dora und Pheline und das Nesthäckchen Mimi«, sagt Lucas und reicht mir den Würfel.

Pflicht

»Küss mich, als ob du mich nur noch einmal küssen dürftest«, fordert Lucas und leckt sich über die Lippen. In seinen Augen liegt eine ungeduldige Erwartung und ich schiebe die Pappbox beiseite, um näher an ihn heranzukommen. Vorsichtig lege ich eine Hand auf seine Wange, sehe ihm in die Augen und unwillkürlich kommt mir unsere letzte gemeinsame Szene in den Sinn.

Mo tot und George allein.

Meine Lippen kitzeln, als ich ihn küsse. Sein Gesicht umschließe ich mit den Händen und halte ihn fest, damit er sich mir auf keinen Fall entziehen kann. Er seufzt genüsslich und erwidert den Kuss ein wenig atemlos. Noch immer trommelt der Regen gegen das Fenster, doch wir sind hier sicher, zu zweit geborgen – beieinander.

Ohne Tatiana im Nacken fühle ich mich endlich soweit, mich vollkommen auf Lucas einlassen zu können.

30. KAPITEL

In den nächsten Runden fallen unsere Würfel oft auf Wahrheit und wir erfahren einiges voneinander.

So finde ich heraus, dass Lucas kein Englisches Frühstück mag, weil ihm die Kombination von Speck, Ei, gebackenen Bohnen und Tomaten zuwider ist und er Fußball liebt. Seine Lieblingsfarbe ist Schwarz und als Kind ist er mal mit dem Skateboard durch die geschlossene Terrassentür gefahren und hat die Narben der Schnitte heute noch an den Schultern.

Im Gegenzug erzähle ich ihm von meinem ersten Ferienjob in einer Bäckerei und davon, dass ich als Kind in der Primaryschool schon gerne bei den Weihnachtstheaterstücken mitgespielt habe. Lucas erfährt, dass ich mich vor meinem ersten Dreh total geängstigt habe, weil ich dachte, der Regisseur fände mich schlecht und ich erzähle, dass ich einen One-Night Stand mit einem Mädchen hatte, nur um sicherzugehen, dass ich wirklich auf Männer stehe. Es tut mir heute noch leid, dass ich sie damals mehr oder weniger dafür benutzt habe.

»Ich will mal wieder Pflicht würfeln«, sagt Lucas irgendwann und schnippt den Würfel ungeduldig hoch in die Luft. Tatsächlich landet er nach einigem Wirbeln auf einer Fünf und ich grinse. Mittlerweile ist mir klar, dass Lucas sich dieses Spiel auf der einen Seite ausgedacht hat, um mich besser kennenzulernen, doch unsere Pflichtrunden zielen auf eine andere Sache ab.

»So. Pflicht«, sage ich und reibe genüsslich die Handflächen aneinander, als ob ich mir etwas ganz Gemeines ausdenken würde. »Hm, was lasse ich dich jetzt machen?«

»Ich bin Wachs in deinen Händen«, antwortet Lucas, wirft sich affektiert in Pose und kichert.

»Gut, zieh dein T-Shirt aus.«

Meine Güte Henry, wie alt bist du? Fünfzehn?

Mit einem lasziven Blick streift sich mein Freund sein Shirt ab und ich genieße den Anblick seiner Haut, die so weich aussieht, dass ich sie am liebsten sofort angefasst hätte.

»Gut, ich bin fertig, jetzt bist du dran.«

Pflicht

Was für ein Zufall.

Kurz frage ich mich, ob das ein gezinkter Würfel sein könnte, doch mir fällt nicht ein, wie das gehen soll.

»Ich will eine Massage«, fordert Lucas und legt sich sofort auf den Bauch.

»Soll ich mich auf deinen Po setzen, oder wo hättest du mich gerne?«, frage ich und Lucas wackelt als Antwort mit den Hüften. Vorsichtig lege ich meine Hände auf seinen Rücken.

»Hm, das ist angenehm, wenn du mich so anfasst«, schnurrt Lucas und schließt die Augen. Ab und zu lasse ich die Hände zu den Seiten wandern, streife den Bund seiner locker sitzenden Jeans und beuge mich vor, um ihm einen Kuss auf die Wirbelsäule zu geben. Immer wenn meine Lippen seine Haut berühren, bekommt er eine Gänsehaut und er seufzt: »Mach das bitte nochmal Henry.«

»Was? Dich küssen? Hm zu gerne, aber jetzt bist du dran mit würfeln.« Lucas jammert und dreht sich zu mir um und versucht, meine Lippen zu erreichen, doch ich bin gemein und verweigere den Kuss.

»Baby, komm...«

»Nein.«

Lucas würfelt Wahrheit und ich frage ihn, ob er heute gerne mit mir schlafen würde. Natürlich will er und er wird ganz rot, als er das zugibt. Als ich daraufhin Pflicht würfle, sagt er leise: »Gut, zieh die Hose aus.«

»Bist du sicher? Ich hab doch noch das Shirt an.«

»Mir egal, ich will, dass du die Jeans loswirst.«

Langsam und bedächtig öffne ich den Knopf der Hose, ziehe den Reißverschluss auf und streife den Stoff ab. Lucas sieht mich begierig an und seine blauen Augen huschen immer wieder zu meinen Schritt.

In mir prickelt es, als ich seinen Blick spüre. Es liegt dieses unschuldige Verlangen darin, das man am Anfang einer jeden Beziehung immer hat, wenn man den anderen am liebsten die ganze Zeit anfassen möchte und nicht genug von seinem Anblick bekommen kann.

»Henry, du bist zu dünn. Wie viel wiegst du momentan?«, fragt Lucas plötzlich und sieht mich direkt an. Ich senke den Blick, weil ich es ihm nicht sagen will. Es ist mir unangenehm, weil ich weiß, dass es nicht gut ist, doch mich belastet gerade viel, dass mir das Essen einfach nicht so wichtig erscheint.

»Henry...« Lucas streckt den Arm nach meinem T-Shirt aus, schiebt den Saum langsam nach oben und ich will es ihm entreißen, mich wieder verdecken, doch er hat mich schon gesehen.

314

Irre ich mich oder sehe ich in seinen Augen Enttäuschung?

»70,5«, sage ich leise, fast tonlos und ohne, dass ich es will, schießen mir die Tränen in die Augen. Ich weiß, dass es zu wenig ist und ich weiß, dass es nicht gesund ist. Lucas rutscht näher an mich heran und umschließt mein Gesicht mit den Händen, streicht die Tränen weg und will mich beruhigen.

»Woran liegt es?«, fragt er leise und zwingt mich dazu, ihn anzusehen. Ich zucke die Schultern und schüttle den Kopf.

»Ich weiß es nicht genau...« Mein Shirt schiebe ich wieder nach unten, weil ich mich verbergen will, und Lucas lässt mich gewähren, nimmt mich stattdessen in den Arm und drückt mich an sich.

»Wie konnte es soweit kommen? Hm?«, sagt er mehr zu sich selbst und ich zucke die Schultern.

»Ich kann momentan einfach nicht richtig essen...ich weiß auch nicht. Es ist glaube ich der ganze Druck von allen Seiten. Mir schnürt es regelrecht den Magen zu und ich bekomme keinen Bissen hinunter...das ist nicht gut, das weiß ich selbst, aber ich kann nichts dagegen tun. Ich gefalle mir ja selbst nicht mehr.« Mein Freund nickt verstehend.

»Kann ich denn etwas tun, um dir zu helfen? Irgendwas?«

»Mich lieben...«

»Das tue ich, Baby...« Lucas drückt mir einen Kuss auf die Haare. »Das tue ich.« Halt suchend klammere ich mich an ihm fest, drücke mich in seine Umarmung und schließe die Augen. Diesen jungen Mann habe ich gar nicht verdient. Stumm laufen mir die Tränen über die Wangen, tropfen auf Lucas´ Unterarm, doch er kümmert sich nicht darum. Stattdessen hält er mich fest, wiegt mich hin und her und flüstert mir leise ins Ohr.

Dass Lucas so für mich da ist, rührt mich total und gleichzeitig fühle ich mich schuldig, weil ich ihm Sorgen bereite. Automatisch kommen mir noch mehr

Tränen und Lucas festigt seine Umarmung.

»Schht, beruhige dich, es wird alles gut.« Er spricht leise, doch ich schüttle den Kopf. Ich kann mich jetzt nicht so schnell beruhigen. Es ist, als hätte der Körper nur darauf gewartet, endlich mal alles rauslassen zu können.

»Meinetwegen musst du dich verstecken und Laurens Kontrolle aushalten. Deine Familie muss Stillschweigen bewahren und kann sich nicht mit dir freuen. Du könntest ohne mich so viel freier sein.«

Lucas zuckt mit den Schultern und sagt leise: »Wenn du wüsstest, wie egal mir das ist...« Beherzt greift er nach unserem Würfelspiel und schiebt beides vom Bett, dann zieht er mich enger an sich und legt sich mit mir hin.

Da liege ich nun auf dem Rücken und sehe aus verweinten Augen zu ihm hoch. Nur die Lichterkette erleuchtet den Raum. Liebevoll streichelt er mir über den Bauch, küsst ab und zu meine Stirn und sieht mich tröstend an. »Henry, ich will, dass du weißt, dass ich kein Problem damit habe, mich zu verstecken. Ich weiß ja, dass es nicht für lange sein wird, weil du gesagt hast, wir werden uns gemeinsam outen. Und dabei will ich dich unterstützen. Du bist keine Last und du engst mich nicht ein – wirklich. Ich kann natürlich verstehen, dass dich das alles belastet, aber wir müssen jetzt eine Lösung finden. Schon allein deswegen, dass du wieder gesund wirst.«

»Ich bin nicht krank«, schniefe ich und ignoriere dabei, wie locker meine Kleidung sitzt.

»Nein, aber auf dem besten Weg, es zu werden.«

Unsicher beiße ich mir auf die Lippe und gebe zu: »Ich weiß nicht, ob ich das so schnell wieder auf die Reihe bekomme.« Wieder taste ich nach seiner Hand, verflechte unsere Finger miteinander und lege sie mir aufs Herz.

»Ich habe Angst, dass ich schon zu tief drinstecke, Lucas.«

Tu ich das, denn?

Diese Frage beschäftigt mich schon lange unterbewusst.

Was, wenn ich aus dem Verhalten allein nicht mehr rauskomme? Wenn es sich schon viel zu sehr in meinem Kopf festgefressen hat, dass es zu tief sitzt?

»Was, wenn ich eine Essstörung habe..?«, wage ich zu fragen, und Lucas schüttelt liebevoll den Kopf.

»Das glaube ich nicht, denn du isst ja. Und wenn der Stress nachlässt, wird das sicherlich besser. Würde es dir helfen, wenn wir zusammen essen?« Ich zucke nur die Schultern und küsse seinen Handrücken.

»Danke, dass du da bist.«

Die blauen Augen mustern mich mit einem weichen Ausdruck und wir sehen uns einfach nur an. Unglaublich, was zwischen uns beiden für eine Vertrautheit und Rücksichtnahme herrscht.

Als ich Lucas das erste Mal gesehen habe, war mir nicht klar, wie gut wir uns verstehen würden. Das ist noch gar nicht so lange her und ich war damals total verbohrt darauf, meine Karriere über alles zu stellen.

Rückblickend möchte ich meinem alten Ich gerne eine Ohrfeige dafür geben und ihm sagen, wie dumm diese Art zu denken ist. Denn ich bin gereift in den letzten Wochen – schmerzhaft zwar, doch ich habe mich weiterentwickelt. Heute würde ich vieles anders machen, denke ich und ziehe Lucas zu mir hinunter. Wir küssen uns liebevoll.

Wäre ich jemals auf den Gedanken gekommen, mein Leben zu überdenken, wenn ich der geblieben wäre, der ich einmal war? Vermutlich nicht.

Es war nötig, dass Lucas mich aus diesem Gedankenkarussell schubst, damit ich hart und unsanft lande, denn nur so war ich bereit, neu anzufangen.

Lucas löst seine Hände und tastet sich unter mein Shirt vor, jedoch nicht, um meinen Körper zu kontrollieren, sondern um mir zu zeigen, dass er mich begehrt.

»Darf ich das Shirt anlassen?«, frage ich leise und halte seine Hände fest, damit er nicht weiterkommt. »Ich fühle mich gerade nicht sonderlich wohl in meinem Körper.« Er nickt langsam und verstehend und küsst sich über mein Kinn den Hals entlang. Wenn ich den Kopf in den Nacken lege, dann erreicht er diese eine Stelle unter meinem Ohr, wo ich ihn am liebsten habe.

Es ist schön, so bei ihm zu liegen, und ich umklammere ihn mit den Beinen, will ihn möglichst nahe bei mir haben, damit ich mich geborgen fühlen kann.

»Henry, weißt du eigentlich, dass ich total glücklich bin?«, fragt Lucas strahlend und legt seine Stirn gegen meine.

»Ich bin es auch«, antworte ich und er bekommt einen Kuss auf die Nasenspitze. »Ich weiß, dass wir alles schaffen können. Gemeinsam kann uns niemand etwas anhaben...« In diesem Moment klingelt sein Handy. »...na gut, außer vielleicht das doofe Ding.« Lucas schielt aufs Display. »Es ist Lauren. Ich gehe jetzt nicht dran. Ich bin beschäftigt, ich muss meinen Freund küssen...« Wieder verschließt er unsere Lippen miteinander, doch es ist deutlich weniger romantisch, wenn das Bimmeln im Hintergrund stört. Als das Klingeln aufhört, sagt er triumphierend: »Ha, Hartnäckigkeit zahlt sich eben aus.« Er hat jedoch kaum den Mund zugemacht, als mein Handy klingelt, und ich erkenne am Klingelton, dass es Lauren ist. Highway to Hell habe ich ihr vor Jahren mal zugeordnet, weil ich das Lied nicht mag und dann immer schnell drangehe. Ungelenk robbe ich unter Lucas vor, greife über die Bettkante und ziehe mein Telefon aus der Tasche meiner Jeans. Grinsend drehe ich mich zu ihm um.

»Merke dir eines: Lauren ist *immer* hartnäckiger, als du.«

Weil ich weiß, dass sie nicht aufgeben wird, hebe ich ab.

»Henry, ist Lucas in der Nähe?«, fragt sie gehetzt.

»Ja, ist er. Wieso?«

»Gib ihn mir. Schnell!« Irritiert reiche ich das Telefon an Lucas weiter, gebe ihm zu verstehen, dass es eilig ist, und lausche dann neugierig. Viel kann ich nicht hören, doch die Kernaussage kriege ich mit: Lauren hat offenbar Wind von einem Casting bekommen, bei dem ein junger Schauspieler gesucht wird. Es ist nicht klar, um welche Rolle es sich handelt, doch es wurden einige Dinge angegeben, die man mitbringen sollte, und Lucas passt von der Körpergröße, dem Spielalter und der Statur gut. Die Bewerbungsfrist läuft morgen ab und er soll sich schnell per E-Casting bewerben.

»Wie soll ich das denn jetzt noch machen? Ich brauche jemanden, der mich filmt und ich habe keine Ahnung, wofür die Rolle genau ist. Was soll ich spielen?«, fragt Lucas und ich stehe rasch auf, hole ihm einen Zettel und Stift und lege es aufs Bett, damit er sich Notizen machen kann. Ich höre Lauren am anderen Ende quasseln und Lucas schreib sich schnell einiges auf. »Okay...ja, dann versuche ich das. Mehr, als mich ablehnen, kann man ja nicht, oder?« Lauren scheint seine Meinung zu teilen und spornt ihn an, sodass Lucas recht schnell entschlossen auflegt. »Casting für die Verfilmung von Tolkiens Silmarillion....sie suchen noch eine kleine, aber wichtige Rolle und es ist wohl eilig«, sagt er und strahlt. »Lauren meint, wenn ich mich beeile, kann ich es noch schaffen, mich zu bewerben.« Er sieht mich an und wirkt unruhig und nervös. »Ich kenne das Silmarillion gar nicht. Ich habe nicht mal Zeit, mich daüber zu informieren. Wie soll ich da denn was Passendes raussuchen?«

Stimmt, das ist wirklich eine doofe Situation und ich würde mich, glaube ich, nicht bewerben, denn entweder macht man es richtig oder man lässt es bleiben. Doch weil Lucas nun mal nicht ich ist und ich mir sicher bin, dass er es versuchen will, halte ich mich da raus. Das muss er jetzt selbst entscheiden.

Und tut es.

»Gut, du suchst dir schon mal eine Stelle in der Wohnung aus, wo wir dein Video drehen können und ich versuche rauszufinden, worum es im Silmarillion geht«, schlägt er vor und öffne Google.

Die romantische Stimmung ist im Eimer, doch das ist nicht schlimm. Der Eifer hat uns gepackt und ich will, dass Lucas die Chance wahrnimmt. Vielleicht würde er es bereuen, wenn er es nicht versucht.

Google spuckt uns einen groben Inhalt aus und ich weiß wenig später nur, dass es sich beim Silmarillion um unvollendete Werke von J.R.R Tolkien handelt, die alle mehr oder weniger mit »Der Hobbit« und »Der Herr der Ringe« zusammenhängen.

»Vielleicht sollte ich die Rolle eines Hobbits neu interpretieren«, überlegt Lucas und ich schüttele den Kopf.

»Da du nicht weißt, was genau sie suchen, wäre das ziemlich unklug. Was, wenn sie einen Zwerg, einen Ent oder einen Elben suchen? Dann bietest du ihnen die falsche Rolle an.«

»Ach für einen Elben bin ich viel zu klein«, winkt er ab.

»Nein, du weißt nicht, womit alles getrickst werden kann.« Das scheint Lucas zu überzeugen und er nickt nachdenklich.

»Ich glaube, ich stelle mich einfach nur vor, sage wer ich bin und das ich mich auf eine Zusammenarbeit freuen würde.«

Das würde ich nicht machen, das ist ein bisschen wenig, aber in Anbetracht der fehlenden Vorbereitungszeit vielleicht die einzige Möglichkeit.

»Okay, dann mach das so. Filmen wir das mit dem Handy?« Lucas zuckt die Schultern.

»Ja, wieso nicht. Ich meine, es ist so spontan, dass die Caster sich sicherlich denken können, dass ich auf primitive Mittel zurückgreifen musste. Hier vor dieser Wand, müsste es gut gehen. Ich schalte mal das Licht ein und dann sehen wir, ob es ausreicht.« Lucas steigt über mich und platziert zwei Lampen so, dass die einzige Wand, die groß genug ist, um davor filmen zu können, halbwegs ausgeleuchtet ist.

»So müsste es gehen. Ich bin total aufgeregt, was mache ich denn, wenn es klappt und man mich nimmt?«, fragt er und sieht mich fragend an.

»Na, dann gehst du nach Neuseeland und drehst dort. Das wäre unglaublich. Aber gehe lieber mal nicht davon aus, dass man dich nimmt. Wenn man sich zu viele Hoffnungen macht, dann wird man nur enttäuscht.« Mein Freund nickt schnell verstehend und reicht mir sein Handy.

»Okay, wollen wir starten? Dann hab ich es hinter mir.«

Wir filmen zehn Versionen von Lucas. Er erzählt ein wenig von sich und gibt auch zu, dass er nicht wirklich weiß, wofür er sich genau bewirbt, doch den Sprung ins kalte Wasser gerne wagen will. Er wirkt sympathisch und freundlich und ich strahle ihn die ganze Zeit an.

Toll, dass Lauren ihn gleich auf einen solchen Job aufmerksam gemacht hat. Würde er ihn bekommen, wirkt sich das mit Sicherheit positiv auf seine Karriere aus. Eine Zusammenarbeit mit Peter Jackson in der Vita zu haben, öffnet viele Türen.

Den restlichen Abend verbringen wir eng aneinander gekuschelt im Bett und schneiden das Video zusammen, um es noch heute nach Neuseeland schicken zu können. Als wir fertig sind und alles in eine Mail gepackt haben, sieht Lucas mich an und zieht nervös, die Unterlippe zwischen die Zähne.

»Soll ich es jetzt abschicken? Oh Gott, ich bin nervös. Schau mal, wie nass meine Hände sind.« Er reicht sie mir und ich streiche vorsichtig über die Handflächen. Sie sind tatsächlich feucht.

»Los, schick's ab«, sage ich und er schüttelt den Kopf.

»Ich kann nicht. Bitte drück du auf Senden.«

Das mache ich natürlich gerne.

»Siehst du, es ist ganz leicht.«

»Oh jetzt ist es weg....puh, jetzt heißt es warten...« Er kuschelt sich an mich und streicht mir über die Wange.

»Ich wüsste da etwas, das uns die Wartezeit ein wenig versüßen würde«, hauche ich, schiebe den Laptop beiseite und ziehe Lucas küssend auf mich.

»Mit dieser Art von Ablenkung bin ich einverstanden, Mr Seales. Sehr sogar«, schnurrt mein Freund, presst sich an mich und ich schließe die Augen. Jetzt sind wir wieder da, wo wir waren, bevor Lauren uns angerufen hat.

31. KAPITEL

Obwohl wir über mein Essproblem gesprochen haben, behalte ich das T-Shirt an.

Lucas versteht das und sagt nichts dazu. Stattdessen setzt er alles daran, dass ich mich unter ihm wohlfühle. Ihm scheint seine Position zu gefallen und er sieht mich die ganze Zeit über an, während wir liebevoll miteinander schlafen.

»Ich bin wirklich glücklich mit dir, Henry«, keucht er irgendwann an meinem Hals und schmiegt sich an mich. Als er kommt und sich dann vorsichtig zurückzieht, nimmt er mich sofort in die Arme und hält mich fest.

»Geht es dir wirklich gut?«, fragt er mich und in seiner Stimme liegt Besorgnis. »Du kannst mir immer alles sagen, das weißt du.«

»Es geht mir gut, Lucas. Ich möchte einfach nur mit dir kuscheln«, sage ich leise, greife seine Hand und küsse sie sanft.

»Okay, aber du weißt, dass du echt immer mit mir reden kannst.« Er lässt nicht locker.

»Das weiß ich, aber es ist wirklich alles okay. Ich hab mich wieder beruhigt.«

Ein Windstoß fegt draußen über den Bürgersteig und im Innenhof klappert es. Lucas setzt sich kurz auf und sieht zum Fenster. Das Metallgitter schwingt hin und her und ein rotes Ahornblatt wird vom Wind gegen die Scheibe gedrückt. Es landet auf der Brust von Lucas´ Spiegelung. Ich sehe abwesend auf das schöne Bild, das sich mir bietet.

»Sag mal, willst du heute hier schlafen?«, fragt Lucas und mein Herz hüpft nervös. Die Nacht bei ihm zu verbringen, in seinem Arm liegen zu dürfen, das will ich gerne. Außerdem ist sein Bett gemütlich und der Geruch nach Sex hängt noch in den Laken, was ich sehr genieße. Es wäre schön, die Nacht hier zu verbringen. »Oder drehst du morgen?«

Die Frage durchkreuzt meinen Plan mit einem Schlag und ich seufze.

Ja, stimmt, ich drehe morgen. Das hatte ich total vergessen und ich kann dem Fahrer ja auch nicht sagen, dass er mich hier abholen soll, da würde alles auffliegen.

Mist.

»Es klappt nicht, oder?«, fragt Lucas nach und runzelt fragend die Stirn. Mit traurigem Blick nicke ich langsam. »Schade.« Er küsst meinen Kopf und steht dann auf. »Dann mache ich die romantische Stimmung lieber gleich kaputt«, sagt er gut gelaunt und schaltet doch tatsächlich das Hauptlicht ein. Der Sternenhimmel ist verschwunden und ich blinzle in die grelle Lampe. »Ich würde ja vorschlagen, mitzukommen, aber ich muss morgen zu Lauren in die Zentrale und meinen Vertrag unterschreiben. Wenn ich bei dir schlafe, ist der Weg dorthin so umständlich und ich muss morgen Nachmittag ja auch am Set stehen«, überlegt er und kratzt sich am Kopf. Er sieht ziemlich süß aus, wie er da nackt vor mir steht. Ich will nicht gehen und sein Anblick macht es mir nicht leichter, mich jetzt loszureißen.

»Es tut mir leid, dass ich nicht daran gedacht habe, dass man mich morgen abholt. Sorry Lucas, ich wollte uns den Abend wirklich nicht versauen.« Lustlos ziehe ich meine Boxer, die Jeans und die Socken wieder an. »Fahren um diese Zeit überhaupt noch Bahnen?« Ratlos sehe ich zu Lucas auf, der die Schultern zuckt.

»Soll ich googeln?«

»Nee lass mal. Ich werde es ja gleich sehen und wenn nichts mehr fährt, dann nehme ich einfach ein Taxi.«

»Okay, aber mir wäre es ehrlich gesagt lieber, wenn du dir gleich eines rufen würdest«, meint Lucas besorgt und ich nehme ihn in den Arm.

»Ich fahre gerne U-Bahn und um diese Zeit ist sicher wenig los. Sonst gaffen mich die Leute immer so an, da genieße ich es, wenn ich mal keinen Blicken ausweichen muss«, erkläre ich und streiche ihm über die Wange. Lucas erwidert meinen Blick, und zuckt dann mit den Schultern: »Okay, ich könnte ja jetzt sagen, dass du dich bitte meldest, wenn du zuhause angekommen bist, aber dann klinge ich wie so eine besorgte Klischee-Freundin.«

»Nein, das ist doch süß. Außer meiner Mum hat das noch nie jemand zu mir gesagt«, antworte ich und küsse ihn auf die Nasenspitze.

»Okay, dann melde dich bitte kurz, wenn du zuhause angekommen bist, ja?«

»Versprochen, Lucas.«

Den Kragen gegen den Wind hochgeschlagen und die Hände tief in den Taschen, steige ich die schmale Treppe zum Bürgersteig wieder hinauf. Jetzt, da ich in der warmen, kleinen Wohnung gelegen habe, kommen es mir vor, als hätte man mich am Nordpol ausgesetzt. Ich lasse Lucas´ Straße hinter mir und biege auf eine Hauptstraße ab, von der ich vor einigen Stunden gekommen bin.

Hier reihen sich die bunten Geschäfte aneinander. Die Leuchtreklamen blinken und blitzen und es ist schwer, die Autoscheinwerfer und Ampeln davon zu unterscheiden. Grüppchen von Nachtschwärmern kommen mir auf dem Bürgersteig entgegen, die angetrunken sind und sich lautstark miteinander unterhalten oder sich mit anderen Gruppen anlegen.

Briten und Alkohol ist keine sonderlich gute Mischung, wie ich finde. Die meisten Menschen haben das Bild der britischen Gentlemen im Kopf, wenn sie an uns denken. Einem Gentleman, der sich ab und zu einen Drink gönnt, dabei aber trotzdem immer die Haltung bewahrt und auf die Damen aufpasst, die er begleitet.

In Wahrheit sind die meisten von uns laute Prolls, die alles um sich her vergessen, wenn sie getrunken haben, ausfällig werden und ab und zu kommt es auch mal zu Keilereien.

Aus diesem Grund mache ich einen großen Bogen um die Partygänger und frage mich, ob die nichts Besseres zu tun haben, als sich mitten in der Woche abends zu betrinken.

Das Gute an der vollen Straße ist, dass ich unauffällig bleiben und mich untermischen kann. Lautes Lachen dröhnt von einem Pub herüber und ich höre Musik, die hinaus auf die Straße weht.

»Oh mein Gott! Stacy! Das ist Henry!«, kreischt es hinter mir und ich drehe mich um, als ich meinen Namen höre. »Er ist es wirklich!« Ein Grüppchen junger Frauen, alle so leicht bekleidet, dass ich Angst haben muss, sie würden sich den Tod holen, stehen da und starren Bauklötze. Ich lächle sie flüchtig an und will dann weitergehen, doch sie trippeln in ihren viel zu hohen Schuhen auf mich zu und quasseln alle auf einmal auf mich ein, sodass ich nur Fetzen verstehen kann. In der Summe geht es darum, dass sie es gut finden, dass ich mich von Tatiana getrennt habe, weil sie mir wohl sowieso nicht gutgetan hat und ob ich nicht Lust hätte, mit ihnen etwas Trinken zu gehen.

Eine vollbusige, dunkelhaarige Frau, deren Lippen so stark geschminkt sind, dass sie vermutlich einen kompletten Lippenstift am Tag verbraucht, kommt näher.

»Henry, ich bin ein großer Fan von dir. Sag mal, diese ganzen Sachen, die man gerade so liest...wie gehst du mit so lächerlichen Gerüchten um? Ein Mann wie du, *kann* einfach nicht schwul sein. Du hast viel zu viel Testosteron im Blut.«

Und du definitiv zu viel Alkohol, junge Dame.

Sie tätschelt mir die Wange und schüttelt den Kopf, als könne sie nicht glauben, wie man auf die Idee kommen könnte, mich für schwul zu halten.

»Nun, die Zeitungen schreiben viel, da bin ich nicht immer auf dem aktuellen Stand«, antworte ich und wende mich einer anderen zu, die mich am Ärmel zupft.

»Kann ich ein Autogramm und ein Foto haben? Das wäre toll.«

»Natürlich, gerne. Hast du einen Stift?«, frage ich und alle fangen gleichzeitig an, in ihren Handtäschchen zu kramen. Eine von ihnen hat einen Kugelschreiber dabei und ich unterschreibe auf einigen Tubetickets, weil sich nichts Besseres findet. Ein vorbeikommender Passant muss als Fotograf herhalten, sodass alle Mädels gemeinsam mit mir posieren können.

Ich setze mein „Fotos-machen-so-großen-Spaß"-Lächeln auf und komme nach einigen Fotos von der Truppe los.

»Bye Henry!«, rufen mir alle nach und ich hebe die Hand, winke und wende mich dann ab.

»Nutzt du die Weiber als Tarnung?« Wie erstarrt bleibe ich stehen, denn ich eine weitere Gruppe steht hinter den Mädels – dieses Mal sind es Männer und die scheinen nicht begeistert von mir zu sein. Einer, der recht schmächtig aussieht, mich jedoch ziemlich gemein anschaut, tritt mir in den Weg.

»Würdest du mich bitte vorbeilassen?«, frage ich und sehe ihn direkt an. Ich will keinen Stress haben, aber ich muss jetzt wirklich nach Hause, denn durch die Damen habe ich einiges an Zeit verloren.

»Wieso? Willst du mich dann schlagen? Ach nee, das kannst du ja nicht, du Tucke.«

»Pass auf, was du sagst, sonst verklage ich dich, wegen Rufmord«, knurre ich und hebe das Kinn. Ich bin deutlich größer als er und froh, dass er nicht in mein Inneres blicken kann. Denn ich habe Angst.

Angst davor, eins auf die Fresse zu kriegen, denn die Kerle sind besoffen, doch wie es aussieht, nicht auf Streit aus.

»Entspann dich, es war doch nur ein Scherz...man muss ja nicht immer gleich alles persönlich nehmen.« Der Typ hebt beschwichtigend die Arme und macht zu meiner Überraschung sogar einen Schritt zurück.

Hat meine Aussage tatsächlich gefruchtet? Ich bin überrascht, lasse es mir aber nicht anmerken.

»Hey, können wir noch ein Foto mit dir machen?«, fragt einer der anderen und sie sehen mich erwartungsvoll an. Ich blinzle verwirrt und kann es mir nicht verkneifen: »Sorry, aber euer Kumpel beleidigt mich aus ´Spaß´ und ihr wollt allen Ernstes noch ein Foto mit mir machen? Glaubt ihr, dass ich gar keine Selbstachtung habe?« Beleidigt mache ich Anstalten, weiter zu gehen, doch einer der Jungs holt aus und schlägt seinem Kumpel auf den Kopf. »Entschuldige dich gefälligst, ich will ein Foto mit ihm machen.« Der schmächtige Kerl, sieht mich an und nuschelt eine Entschuldigung. Daraufhin willige ich für ein Foto ein, setze aber kein Lächeln auf.

»Wiedersehen! Und vielen Dank nochmal!«, ruft man mir nach, als ich mich davonmache, doch ich gehe wortlos weiter.

Am nächsten Morgen klingelt mein Wecker um 5:15 Uhr und ich kann es nicht fassen, dass ich aufstehen muss. Es ist einfach viel zu früh.

Gestern musste ich noch eine ganze Weile auf die Bahn warten und kam zu spät ins Bett. Nun stehe ich gerädert im Badezimmer und blinzle mein Spiegelbild an. Meine Güte, sehe ich müde aus. Hoffentlich hat Zach da seine Geheimkniffe, um mich wieder optisch wach zu bekommen. Ich mache mich frisch und nicke dann im Auto des Fahrers noch mehrmals ein, bis ich am Set ankomme.

Mein Maskenbildner ist gerade dabei, Laura zu frisieren und fast fertig, als ich den Maskenwagen betrete. Gerade schiebt er die letzte Haarnadel in die Wellenfrisur meiner Spielfrau.

»Morgen allerseits«, sage ich und setze mich auf den freien Platz vor dem Spiegel. Hier drin riecht es nach Haarspray und Make-up.

»Ich bin gleich fertig. Gefällt dir deine Frau?«, fragt Zach und dreht den Stuhl, dass ich Laura durch den Spiegel ansehen kann.

»Wunderschön siehst du aus«, sage ich und gebe ihr einen Kuss auf die Wange. Zach hat ihren Bob in Wellen gelegt, sich beim Make-up aber zurückgehalten denn wir drehen Alltagsszenen und damals, in den 20er Jahren, wurde erst am Abend mit dem Make-up so richtig losgelegt.

»Danke, mein Lieber«, sagt sie und strahlt mich an.

»Wie steht´s? Wollen wir ein bisschen Text machen, während du dein Make-up bekommst?«, fragt sie und ich nicke, ziehe die Seiten mit meinem Text aus der Tasche und wende mich ihr zu, während Zach anfängt, sich um meine Haare zu kümmern.

»*Du musst heute wieder früher ins Theater, oder?*«, fragt Lara und sieht mich an. Ich nicke.

»*Ja, leider. Wir haben Sonderproben, ich würde viel lieber den Tag mit dir verbringen.*«

»Bevor ich es vergesse, gestern lag noch ein Brief für dich im Postkasten. Ich glaube er ist von Mo. Er schreibt dir oft in letzter Zeit. Antwortest du ihm nicht?«

»Nein, ich habe momentan keine Energie dafür, das Stück nimmt mich sehr in Anspruch.«

»Aber er ist doch ein guter Freund von dir. Du solltest deine Freundschaften wirklich pflegen, Liebling. Mo scheint dich gern zu haben und vielleicht braucht er ja deinen Rat bei etwas«, Laura sieht mich aufmerksam an und ich nicke langsam.

»Ja, dann werde ich mich in den nächsten Tagen mal um eine Antwort bemühen.«

Das war alles an Text, was wir in der ersten Szene haben. Viel ist es zwar nicht, doch da wir dabei beim Frühstück sitzen sollen, wird es eine Weile dauern, bis das alles gedreht ist. Szenen beim Essen sind nie leicht, weil es so viel zu beachten gibt. Allein die Anschlüsse der Lebensmittel auf den Tellern ist kompliziert, sowohl für uns Schauspieler, als auch für die Ausstattung.

»Sag mal, findest du es nicht seltsam, dass Julia keinen Verdacht schöpft, weil Mo sich so oft per Brief meldet?«, erkundige ich mich bei meiner Kollegin und schließe die Augen, als Zach mit dem Make-up anfängt.

»Nein gar nicht. Für mich ist Julia eine Frau, die ihrem Partner voll vertraut und da George ihr keinen Grund gibt, misstrauisch zu sein, fühlt sie sich sicher mit ihm.« Interessant, was sie von ihrer Rolle so denkt und wie sie sie auslegt. Laura hätte sicherlich noch ein wenig weiter geredet, doch in dem Moment geht die Verbindungstür zwischen der Maske und dem Kostümteil des Wagens auf und Elianna steckt den Kopf herein, um Laura zum Umziehen zu holen.

»Hast du heute Nacht Party gemacht?«, fragt Zach, als wir alleine sind, und greift zur Concealerpalette. »Die hab ich bei dir ja noch nie gebraucht.«

»Ja es ist gestern etwas später geworden, aber Party habe ich nicht gemacht«, sage ich und in dem Moment wackelt der Wagen. Genervt ruft Zach: »Ich schminke das Auge!« Sofort hört das Wackeln auf und jemand entschuldigt sich von draußen.

»Man, dass der Wagen so vibriert, sobald jemand die Treppe zur Tür hochkommt, das geht gar nicht«, seufzt er und nimmt den Pinsel weg, um mir nicht das Auge auszustechen. »Herein!« Jimmy schaut verlegen durch die Tür und stellt einen Teller mit Ei, sowie ein Brötchen und einen Orangensaft vor mich hin.

»Hier dein Frühstück Henry. Geoffrey möchte gleich nach dem Make-up eine kurze Stellprobe machen und ich dachte, solange das Essen noch warm ist, bringe ich dir was.«

»Danke Jimmy«, sage ich und greife nach dem Orangensaft.

Während Zach meinem Make-up den letzten Schliff verpasst und mir die kleinen Haare im Nacken ausrasiert, esse ich ein wenig und obwohl ich mich nach zwei Bissen schon satt fühle, zwinge ich Lucas zuliebe zwei weitere Bissen in mich hinein. Ich will ihm keine Sorgen bereiten und sehe ja ein, dass es momentan nicht gesund ist, wie ich lebe.

Frisch frisiert und von Elianna in schlichte Alltagskleidung gesteckt, stehe ich wenig später in der kleinen Wohnung, die angemietet wurde, und das heutige Set ist. Drei Zimmer wurden zu Georges Zuhause umgebaut und ein Raum, am Ende des Flurs, der recht groß ist, wurde als Mos Wohnung hergerichtet. So spart man sich einen aufwändigen Motivwechsel, weil man zwei Drehorte zusammenlegen konnte. Vom Stil her ist Mos Wohnung komplett anders, als die von George. Simpel und heruntergekommen. Alles befindet sich in einem

Zimmer und es ist schäbig, wohingegen George über zwei Räume verfügt. Für die 20er Jahre ein echter Luxus.

Am Set ist es eng und stickig, obwohl die Scheinwerfer noch nicht sehr lang angeschaltet sind. In der Küche ist eingeleuchtet und Ed dabei den Tisch zu decken, an dem wir wenig später sitzen werden. Die Möbel sind wieder durchweg geschmackvoll ausgesucht und ich fühle mich sofort wohl.

Wie ich schon vermutet habe, dauert die Szene lange, denn nach jedem Take muss der Esstisch wieder auf Anschluss gebracht werden, was ein wenig dauert. Laura und ich sind aber textsicher und so brauchen wir zwei Stunden, bis diese Szene im Kasten ist.

»Wir ziehen um! Die Combo bleibt, wo sie ist, aber die Technik zieht ins Schlafzimmer. Henry und Laura haben Masken- und Kostümwechsel!«, ruft Lee und ich gehe mit Elianna zurück zum Mobil. Gleich steht die Sexszene mit Laura an.

»Ich habe dir kein Suspensorium besorgt«, teilt mir die Garderobiere mit. »Eigentlich brauchst du nur diese Unterhose. Geoffrey will euch nur bis zur Taille zeigen.« Sie reicht mir die unbequeme Unterhose, die ich vor Wochen bei der Kostümprobe getragen habe. »Es tut mir leid, wenn sie kratzt, wir wollten eigentlich auf die Innenseite einen weicheren Stoff nähen, damit es bequemer ist, aber dann hätte sich der Stoff nicht mehr so bewegt, wie er sollte und weil wir nicht wussten, wie weit dich Geoffrey zeigen will, mussten wir es lassen.«

Wenig später sitze ich in einem kleinen Schlafzimmer neben meiner Kollegin und wir besprechen die wichtigsten Dinge: wer wo angefasst werden will.

Ich möchte sie nicht in Verlegenheit bringen und bei ihr ist es genauso.

»Also an die Brust kannst du gerne gehen, aber nicht auf die Seiten, da bin ich unglaublich kitzelig und muss sonst lachen«, erklärt sie mir und deutet auf einen Bereich neben dem Bauchnabel.

»Okay, ich werde es mir merken«, sage ich und lächle sie an. »Wie ist es denn bei dir?«

»Och, mich kannst du überall anfassen. Ich werde die Shorts wohl auch anlassen. Was hast du denn an?« Meine Kollegin öffnet den Bademantel und ich sehe, dass sie vollkommen unbedeckt ist.

»Ich hatte einmal so einen Schutz und das ist nicht sonderlich angenehm zu tragen, also verzichte ich seither darauf. Und wenn ich weiß, dass du etwas anhast, habe ich damit kein Problem.«

Okay, dann werde ich die nächsten Stunden wohl neben einer vollkommen nackten Frau verbringen.

Ungewohnt.

»Wir machen eine erste Probe mit Kamera, bitte das Set freimachen!«, ruft Lee und ich werde nervös. Es ist eine andere Art der Nervosität, wie ich sie damals mit Lucas hatte, aber trotzdem unangenehm. Obwohl ich schon viele Liebesszenen mit Frauen gespielt habe, habe ich keine Ahnung, was ich mache. Immerhin kann ich nicht auf viel Erfahrung zurückblicken.

Ich helfe Laura aus ihrem Bademantel und halte die Bettdecke so, dass nicht gleich jeder vor dem Monitor alles sehen kann. Dann ziehe ich mich umständlich aus und knie mich zwischen ihre Beine.

»Ich glaube, die Decke sollte so liegen, damit man nicht alles sieht.« Geoffrey kommt dazu und drapiert alles so, wie er es haben will.

»Was genau sollen wir denn tun?«, frage ich und sehe unseren Regisseur an.

»Ich würde die Szene gerne splitten. Erst den Anfang, bei dem man sieht, wie sie dir die Unterwäsche vom Körper schiebt, dann gehen wir in die Details, eine Nahe und zum Schluss noch eine Halbtotale. Bewegt euch so, wie es euch natürlich erscheint. Ich würde auch gerne sehen, dass man als Zuschauer zuerst denkt, George hätte Mo vergessen und sich komplett auf seine Frau eingelassen.«

Nach der ersten Probe fühle ich mich besser.

Laura spielt gut, bewegt sich genau richtig. Bei den letzten Korrekturen bleibe ich neben ihr liegen und wir sehen den Beleuchtern bei der Arbeit zu.

»War es okay für dich?«, frage ich vorsichtig und sie nickt, was mich erleichtert.

Die erste Einstellung kriegen wir gut hin. Das Liebesspiel zwischen und ist liebevoll und vertraut. Nur, als sie mich halb meiner Kleidung entledigt, fühlt es sich für einen Moment nicht richtig an, denn ihre Hände fühlen sich so ganz anders an, als die von Lucas. Doch als ich ihre Lippen küsse, bin ich wieder George und alles ist gut.

Die Details gehen problemlos, auch wenn mir bald die Arme absterben, weil ich mich dauerhaft aufstützen muss und so bin ich ziemlich atemlos, als wir endlich zum wichtigsten Teil der Szene kommen.

Mittlerweile hat Lee ein Closed Set ausgerufen und für den nächsten Part sind wir unter uns. Geoffrey erklärt uns, was er gerne sehen möchte, und ich höre ihm aufmerksam dabei zu, denn ich will nicht mehr lange hier liegen und als ich draußen im Flur die Durchsage höre »Lucas ist jetzt angekommen und kann schon mal ins Kostüm« will ich es schnell hinter mich bringen. Ich wusste zwar, dass er heute auch hier sein wird, aber ich hatte gehofft, dass wir bis dahin durch sind. Er soll mich nicht so sehen.

32. KAPITEL

Der Sex wird nun weniger gefühlvoll. George ist in Gedanken bei Mo und lässt die Wut, die ihn antreibt, unfreiwillig an seiner Frau aus. Ich muss sie grob anfassen und meine Bewegungen egoistischer darstellen. George ist es egal, ob seine Frau Spaß hat oder nicht, es geht ihm nur um sich. Kraftvoll drücke ich mich gegen Laura, sehe sie nicht an, sondern kneife die Augen zusammen.

»*Liebling, sei bitte etwas vorsichtiger, du tust mir weh*«, sagt sie und befreit ihre Hände aus meiner Umklammerung, legt sie mir auf die Wange und zwingt mich dazu, sie anzusehen. Ich fühle mich ertappt und gebe ihr rasch einen Kuss.

»*Das tut mir leid, ich wollte dir keine Schmerzen zufügen*«, keuche ich, fake ein Lächeln und bewege ich mich weiter – noch immer kraftvoll, doch weniger brutal.

»Cut! Das war super. Lasst und noch ein wenig näher rangehen, dann haben wir die Szene im Kasten, denke ich«, sagt Geoffrey und die Kamera wechselt das Objektiv.

»Du kannst dich hierhin setzen, Lucas. Die Szene ist gleich durch«, sagt Lee aus dem Nebenzimmer.

Lucas ist am Set? Oh nein, ich hatte gehofft, wir wären bis dahin schon fertig. Mit dem Wissen, dass mein Freund im Nebenzimmer ist und womöglich vor dem Monitor sitzt, um mir zuzusehen, bin ich ganz kribbelig und würde am Liebsten aufstehen und meinen Drehtag beenden.

Hoffentlich wird er nicht eifersüchtig, wenn er mich mit Laura zusammen so sieht. Als Schauspieler sollte er das differenzieren können.

Wobei gerade eher ich derjenige bin, der das nicht auseinanderhalten kann.

Ich gebe mir Mühe, damit die Szene nicht nochmal gedreht werden muss, und tatsächlich sind wir nach vier weiteren Takes durch. Ich helfe Laura in den Bademantel und schlüpfe dann selbst in meine Jogginghose.

»Hallo Lucas, schön dass du da bist«, sagt Laura, als sie Lucas im Nebenzimmer sieht, und begrüßt ihn mit einem Küsschen auf die Wange. »Konntest du ein wenig zusehen?«

»Ja, zwar nur kurz, aber es sah wirklich heiß aus, muss ich zugeben«, antwortet er und tut so, als müsste er sich Schweiß von der Stirn wischen.

»Das freut mich sehr. Ich wünsche dir noch einen schönen Drehtag, Lucas.« Dann geht sie davon, um sich wieder umzuziehen. Mein Freund sieht mich an und lächelt. Mit einem Kontrollblick in alle Richtungen vergewissert er sich, dass niemand auf uns achtet.

»Ich meinte es ernst, als ich sagte, dass das heiß aussah. Natürlich war das ausschließlich auf dich bezogen.« Ich lehne mich an die Wand und sehe ihn lächelnd an: Das Kostüm steht ihm gut und ich wünschte, er würde es immer tragen. Ich mag es, wenn er Hosenträger anhat. »Was ist los?«, fragt Lucas irritiert und sieht an sich herunter. »Hab ich mich mit Kaffee vollgekleckert?«

»Nein, du siehst nur wirklich gut in diesen Sachen aus. Frag doch Elianna, ob du ihr die Hosenträger abkaufen kannst, wenn sie nach dem Dreh nicht mehr gebraucht werden.« Mein Kopf legt sofort los und spinnt mir ein Bild zusammen, das mit den Hosenträgern zu tun hat und ganz und gar nicht jugendfrei ist.

»Henry, schalte mal den Porno in deinem Kopf aus, man kann es dir ansehen, woran du denkst«, zischt Lucas und muss lachen, als ich erschrocken dreinblicke, weil er mich erwischt hat.

»Hat man es mir wirklich angesehen?«, frage ich nervös und Lucas schüttelt den Kopf.

»Ich hab dich nur verarscht. War aber lustig.«

»Wenn ich könnte, würde ich dich jetzt dafür küssen, weißt du das?«, knurre ich und Lucas sieht sich um.

»Mach doch, ich glaube es wurde gerade die Mittagspause ausgerufen, außer uns ist niemand mehr hier.« Tatsächlich sind alle weg. Ich war so beschäftigt mit meinem Freund, dass mir Lees Ansage glatt durch die Lappen gegangen ist.

»Komm schon, küss mich bitte.« Lucas stellt sich auf die Zehenspitzen und schiebt mich in einen kleinen Raum, der Wohnung, der vermutlich mal eine Besenkammer war. Außer zwei Koffern der Kameraabteilung steht hier nichts und er schlingt die Arme um mich, bevor er mich küsst. Vorsichtig nehme ich sein Gesicht in die Hände und erwidere den Kuss liebevoll. Meine Güte ist das prickelnd, wenn man bedenkt, dass gleich jemand um die Ecke kommen und uns sehen könnte. Das Feuer in meinem Inneren brennt alles nieder und da ist nur noch Platz für ihn. Vorsichtig löst er den Kuss und umarmt mich fest.

»Ich liebe dich, Henry.«

»Ich dich auch.«

Meine Arme umschlingen ihn fest und ich drücke ihn an mich, sodass ich seine Atmung deutlich spüren kann. Es ist so schön, einander so nah zu sein.

»Wir sollten mal zum Mittagessen, oder was meinst du?«, fragt er. Ich nicke, ziehe ihn an der Hand aus der Wohnung und hinaus auf die Straße, wo die Mobile stehen.

Wenig später sitzen wir gemeinsam mit den anderen an Biertischen in der Herbstsonne und essen. Lucas macht sich sofort über seine Portion her, ich hingegen kaue langsam und bedächtig. Ich will nicht, dass mein Körper überfordert ist, wenn ich plötzlich wieder normal esse, und so ist Lucas schon lange mit dem Nachtisch fertig, bis ich meinen Teller halb geleert habe.

»Hey, das sieht doch gut aus«, lobt er mich leise und nickt auf den kleinen Rest hinunter, den ich übriggelassen habe.

»Danke, ich habe mir auch wirklich Mühe gegeben«, gebe ich zurück und lege dann Messer und Gabel beiseite.

»Möchtest du noch etwas vom Nachtisch?«, fragt Lucas und schiebt mir seine Schale hin, doch ich lehne ab.

Nach der Pause schminke ich mich bei Zach ab und werde von einem Fahrer nach Hause gebracht, wo ich an den Kühlschrank gehe und mir eine Einkaufsliste schreibe. Ich muss mein Essverhalten und eine Alltagsroutine wieder in den Griff bekommen und der erste Schritt in die richtige Richtung ist, Lebensmittel da zu haben.

Mitten am Tag in den Supermarkt zu gehen, ist eine praktische Sache. Die ganzen Senioren und Muttis sind am Vormittag hier und die Berufstätigen kommen erst gegen Abend. Daher bin ich fast allein im Laden und lasse mir Zeit. Bei den Magazinen bleibe ich stehen und sehe auf die bunten Bilder, die mich dazu verleiten wollen, sie zu kaufen. Doch ich werde nicht dazu verführen lassen, auch nur einen Blick hinein zu werfen – wer weiß, was die sich schon wieder ausgedacht haben. Doch wie das eben immer so ist; man ist zu neugierig und so sehe ich schließlich doch hin, ich will allerdings nur die Schlagzeilen lesen.

>>Kardashians Baby Boom!<<

>>Katie Perrys Diät-Geheimnis<<

>>Tatiana und Henry getrennt!<<

Ach, da ist es ja.

Argwöhnisch trete ich näher, dann sehe ich mich rasch um. Niemand außer mir ist in dem Gang und so greife ich nach dem OK!-Magazine und blättere es durch.

So viel zu den Schlagzeilen.

Da sind die Fotos und sie sind echt glaubhaft geworden. Nicht gestochen scharf, doch soweit klar, dass man uns klar genug erkennen kann. Die Bilder sprechen für sich, doch die Redaktion hat trotzdem einen mehr oder weniger aussagekräftigen Text darunter gesetzt.

>>Das Ende des Traumpaares? Tatiana und Henry haben sich offensichtlich getrennt. Das Paar hatte sich im Park getroffen, doch was erst nach einem romantischen Spaziergang aussah, endete rasch in einem ernsten Gespräch. Die beiden hatten wohl schon länger eine Krise und wie es aussieht. Bleibt nur zu hoffen, dass ihre Herzen schnell wieder heilen und sowohl Henry, als auch Tatiana bald glücklich sind.<<

Kein Wort über Lucas. Keine Andeutung auf homosexuelle Tendenzen.

Ungläubig hebe ich die Augenbrauen und will mich schon freuen, allerdings sollte ich mich davon nicht blenden lassen. Schließlich weiß man nie, was sie morgen abdrucken.

Lucas meldet sich erst spät, während ich gerade dabei bin meine Vita neu zu ordnen, um sie Lauren zu schicken. Eine Aufgabe, die ich regelmäßig machen muss.

»Ja?«

»Henry?«, fragt Lucas.

»Wen hast du denn erwartet?«, gebe ich amüsiert zurück und von ihm kommt ein trockenes Lachen. »Und hast du schon Drehschluss?«

»Ja, bin eben nach Hause gekommen.« Er klingt nervös und hibbelig.

»Alles okay bei dir? Du klingst so komisch«, hake ich vorsichtig nach. Ich will ihn nicht noch nervöser machen, als er ohnehin schon scheint. Lucas lacht kurz auf, räuspert sich dann und sagt schnell: »Ich hab eine Mail bekommen. Lauren hat sie mir weitergeleitet.«

Gut das ist an sich nichts Ungewöhnliches. Lauren verschickt ständig Mails, um uns über neue Castingaufrufe oder Anfragen zu informieren. Doch diese Mail muss etwas Besonderes sein, sonst wäre mein Freund nicht so aufgeregt. Ich ahne, was jetzt kommt.

»Sie ist aus Neuseeland.«

»Hast du sie denn schon gelesen?« Ich räuspere mich nervös.

»Nein, ich wollte sie mit dir gemeinsam aufmachen.« Er schaltet auf Video und ich kann ihn sehen.

»Soll ich vorbeikommen?«

»Und dann muss ich noch eine Dreiviertelstunde hier wie auf heißen Kohlen sitzen, bis du da bist? Nichts da. Ich mache sie auf und du bleibst einfach am Telefon. Ich lese sie dir dann vor.« Da bin ich dabei und lausche auf das Geräusch der Mausklicks, die er tätigen muss, um die Mail zu öffnen.

»Okay: Lieber Lucas,

Wir haben dein Band erhalten und es mit Freude angesehen. Vielen Dank dafür. Deine Ausstrahlung hat uns besonders gut gefallen, deine Ehrlichkeit darüber dass du keine Zeit mehr für eine Vorbereitung hattest, ebenso. Du machst einen engagierten Eindruck und bist doch ein neues und unverbrauchtes Gesicht. Wir sind auf der Suche nach jemandem, der genauso wirkt, wie du. Du hast uns schnell in deinen Bann gezogen und auch Peter war gleich nach dem ersten Ansehen begeistert (was etwas heißen mag, denn er ist normalerweise sehr sehr wählerisch) daher möchte ich dich herzlich einladen, bei unseren Dreharbeiten zu »Das Silmarillion« mitzuwirken. Leider kann ich dir in dieser Mail keine Informationen über deine Rolle zukommen lassen. Das werden wir dann besprechen, wenn du vor Ort bist.

Antworte mir bitte schnell, ob du kommen kannst, wir haben dir sicherheitshalber einen Flug gebucht. Du wirst für einige Tage bei uns in Neuseeland für Fittings bleiben. Nähere Infos dazu findest du im Anhang.

Wir freuen uns darauf, dich kennenzulernen,

herzlichst,

Fran«

Erstarrt sitze ich auf meinem Sofa, auf das ich gesunken bin.

Mir steht der Mund offen und ich weiß nicht genau, was ich sagen soll. Lucas wird eine Rolle in einem Film von Peter Jackson bekommen! Und das als vollkommen unbekanntes Gesicht. Das ist unfassbar und ich bin in dem Moment so stolz auf ihn, dass ich platzen könnte. Ein solches Angebot zu bekommen, gleicht einem Ritterschlag und wird meinen Freund schneller in die oberste Liga katapultieren, als er gucken kann.

»Bist du noch am Leben?«, frage ich vorsichtig, weil das Bild stehengeblieben ist, und bekomme nur ein »Ziemlich knapp, aber ja« zurück. Wieder herrscht Stille, dann schreit mein Freund so laut ins Telefon, dass ich es vor Schreck fallen lasse. Lächelnd hebe ich das Handy wieder auf und grinse das Display an.

Er freut sich lange und ich sitze da und sehe ihm dabei zu. Nach einer Weile wechselt Lucas in eine Art Monolog, in dem er sich selbst erklärt, dass das alles nur ein Traum sein kann. Ständig streicht er sich durch die Haare und sieht bald aus, wie ein verwirrter Professor.

Wenn man solche Zusagen bekommt, ist es vollkommen normal, dass man lange nicht glauben kann, dass die Produktion einen allen Ernstes haben will. Während ich so darüber nachdenke, ist Lucas ruhiger geworden. »Geht´s dir gut, Lucas? Bist du noch bei Bewusstsein?«

»Ja...«, kommt es ziemlich abwesend. »Ich habe gerade den Anhang der Mail geöffnet. Mein Flug geht übermorgen. Da ist doch unser Abschlussfest.«

Übermorgen schon?

Das geht jetzt doch schneller, als ich dachte.

»Ich will aber mit dir zum Abschlussfest«, mault mein Freund und zieht eine Schnute.

»Aber der Job ist viel wichtiger, als ein Abschlussfest, Lucas«, rede ich auf ihn ein, obwohl ich ebenfalls gerne mit ihm gemeinsam das Ende der Dreharbeiten gefeiert hätte. Immerhin ist es sein erster großer Film. »Ich würde dich auch zum Flughafen bringen«, biete ich an. Lucas klingt geknickt, als er mir antwortet. »Hm, na gut das ist immerhin besser, als nichts.«

»Du hast morgen deinen letzten Drehtag, oder?«, fragen wir beide gleichzeitig und müssen lachen.

»Ja, habe ich«, antworte ich und Lucas seufzt erleichtert.

»Dann sehe ich dich ja morgen vielleicht nochmal, wenn wir uns am Set über den Weg laufen. Und wenn nicht, dann komme ich morgen Abend zu dir, ja?«

Wir verabreden uns für den morgigen Abend und ich bin froh darüber, dass wir noch ein wenig Zeit gemeinsam haben werden, bevor es für Lucas nach

Neuseeland geht. Wer kann schon sagen, wie lange er dort sein wird. In der Mail stand nichts genaues und das kann ich total verstehen, denn immerhin weiß man nie, wer die Mail lesen wird, und solche Inhalte sind höchst vertraulich.

Highway to Hell – Lauren.

»Henry, Darling. Hast du schon mitbekommen, was mit Lucas ist?«

»Ja, das hat er mir gerade erst gesagt. Er sagte auch, dass er übermorgen schon fliegen wird. Ich wollte ihn zum Flughafen bringen.«

Natürlich kommt, was kommen musste, Lauren legt los und versucht mir groß und breit zu erzählen, dass das nicht ginge und es sowieso schon genug Gerede wegen mir und Lucas gäbe.

»Wenn du ihn jetzt auch noch zum Flughafen bringst, dann könnt ihr auch gleich an die Öffentlichkeit gehen, Henry. Das kannst du nicht machen.«

»Und wen ich einen Hintereingang benutze?«

»Auch da wird man dich sehen können und wenn auch nur ein Mensch ein Foto macht und postet, dann ist das wirklich zu viel. Nein Henry, es tut mir leid, aber du *kannst* Lucas nicht am Flughafen verabschieden.«

Ich muss mir eingestehen, dass sie Recht hat. Aber wie bringe ich das Lucas nur bei?

33. KAPITEL

Am nächsten Tag drehen wir die Beerdigung von Mo auf einem alten Friedhof im Süden Londons, und mir fällt es nicht schwer, traurig auszusehen. Meine Gedanken sind beim morgigen Tag, dabei, dass mein Freund das Land verlässt und ich ihm nur zuhause auf Wiedersehen sagen kann. Noch glaubt er, dass ich ihn begleite, denn ich habe es bisher nicht über mich gebracht, ihm das zu gestehen, weil ich genau weiß, dass er traurig sein wird. Ehrlich gesagt habe ich noch nicht einmal eine Ahnung, wann ich ihm das mitteilen soll.

Heute Abend geht nicht, denn dann ist die Stimmung im Eimer.

Morgen früh, kurz bevor er geht? Dann verabschieden wir uns womöglich mit schlechter Laune und das will ich auf gar keinen Fall. Es wird schwer sein, den passenden Moment zu finden.

In der Umbaupause sitze ich in meinem Stuhl unter einem Baum und sehe auf die Blätter im Gras. Der Herbst ist da und unwillkürlich muss ich an die beiden Jungs im Park denken, die ich gesehen habe und die so glücklich gemeinsam waren.

Das hätte ich so gerne auch mit Lucas gemacht.

Aber er kommt ja bald wieder, immerhin klang es in der Mail nur nach wenigen Tagen, die er zum Fitting da sein muss. Und wenn er zurück ist, werde ich mit ihm einen Herbstspaziergang nachholen.

Elianna kommt zu mir und ich sehe auf, als sie direkt vor mir stehenbleibt. Sie hält mir das Handy hin und ich nehme es mit fragendem Blick entgegen.

»Es hat mehrmals vibriert. Ich dachte, vielleicht ist es ja wichtig«, sagt sie und setzt sich zu mir. Neugierig, ob mir Lucas geschrieben hat, drücke ich auf den Knopf. Keine Nachrichten, doch aus irgendeinem Grund habe ich Anzeigen auf dem Display, die zeigen, was online so gepostet wurde, und ich klicke darauf. Im selben Moment, will ich es auch schon wieder bleiben lassen, denn das erste Bild, das mir ins Auge springt, zeigt Lucas und mich dabei, wie wir uns am Set fest umarmen. Der Fotograf scheint zwar in einiger Entfernung zu uns gestanden zu haben, aber es ist doch erkennbar.

»Mist«, fluche ich und ärgere mich darüber, dass wir schon wieder nicht richtig aufgepasst haben. Aber ich kann ja am Set nicht ständig nach Fotografen Ausschau halten. Das kann nur gestern passiert sein, kurz bevor ich das Set verlassen habe. Lauren hat die Bilder vermutlich gesehen und hält deswegen meine Idee, Lucas zum Flieger zu bringen, für unklug. Elianna steht noch immer neben mir und hat das Bild auf dem Handy natürlich gesehen. Unbeeindruckt sieht sie mich an.

»Ich würde mir das an deiner Stelle nicht ansehen, sowas macht doch irre. Dieses ganze Gerede, ob du und Lucas denn nur Freunde seid, oder nicht. Mich hatte letzte Woche tatsächlich eine Zeitungsredaktion angerufen und gefragt, ob ich Stellung zu euch beiden nehmen kann. Die haben irgendwie rausgefunden, dass ich gerade mit dir drehe. Man hat mir sogar Geld geboten.«

»Hast du das angenommen?«, frage ich und sehe sie gespannt und innerlich nervös an. Die Garderobiere schüttelt den Kopf.

»Was denkst du denn von mir? Natürlich nicht. Erstmal gehört sich das einfach nicht, denn was wir hier machen ist eine Sache, die niemanden was angeht. Was du mir erzählst, behalte ich für mich und schlage keinen Profit daraus. Was wäre ich denn für ein Mensch, wenn ich das täte? Außerdem geht es mich auch ganz und gar nichts an.«

Das erleichtert mich. Elianna hat das Herz am richtigen Fleck und weiß, was sich gehört. Aber man weiß ja nicht, wen die Presse aus dem Team noch angefragt hat. Alles was ich tun kann, ist hoffen, dass alle Kolleginnen und Kollegen dichthalten und ihre Berufsehre genauso ernst nehmen.

In den folgenden Drehpausen sehe ich mich ständig unauffällig um. Sitzen Fotografen in den Büschen, die dort in der Nähe wachsen? Das hat doch gerade so gewackelt, oder bilde ich mir das jetzt ein und entwickle einen Verfolgungswahn?

Na das wäre ja wunderbar. Du kannst nicht richtig essen und verfolgt fühlst du dich auch noch!

Nein, da sitzt sicherlich niemand im Gebüsch. Lee und die Kollegen von der Aufnahmeleitung haben alle Eingänge vom Friedhof im Blick und würden fremde Personen sofort bemerken.

Die Beerdigungsszene dauert den ganzen Vormittag und als die letzte Klappe gefallen ist, ist meine Arbeit vor der Kamera für diesen Film erledigt.

Lee erhebt kurz das Wort: »Und damit ist Henry abgedreht!«

Alle applaudieren und ich lächle verlegen, bis Geoffrey auf mich zukommt und mich fest in die Arme schließt.

»Ich danke dir, du hast das einfach unbeschreiblich gut gemacht«, sagt er und als er mich ansieht, glaube ich, Wehmut in seinen Augen lesen zu können, aber er lächelt und sieht stolz aus.

»Danke, du hast auch tolle Regiearbeit geleistet, ich habe mich bei dir immer in guten Händen gefühlt«, gebe ich zurück und er strahlt. Nach Geoffrey umarmen mich Lee und Fionn und dann das halbe Team. Zumindest diejenigen, die mit mir direkt zu tun hatten. Es ist ein komisches Gefühl, zu wissen, dass alles im Kasten ist und eine Mischung aus Stolz und Traurigkeit erfüllt mich auf dem Weg vom Friedhof zurück zum Parkplatz, wo die Basis steht. Einige Komparsen lassen es sich nicht nehmen, mir die Hand zu schütteln und auch Schaulustige sind stehengeblieben und bitten mich um ein Foto. Ich nehme mir gerne die Zeit, schließlich habe ich jetzt keinen Termin.

»Wir haben gehört, dass Sie abgedreht sind, was bedeutet das?«, erkundigt sich eine Frau mit Kind auf dem Arm interessiert bei mir. Ich erkläre ihr, dass meine Arbeit vor der Kamera bei diesem Film nun beendet ist, woraufhin sie mir eine erholsame Zeit wünscht.

Sieht man mir die Müdigkeit so sehr an?

Ich bedanke mich und gehe dann die wenigen Meter zum Wohnmobil. Heute werde ich das letzte Mal hier drin meine Sachen zusammensuchen.

Was für ein komisches Gefühl.

Leise ziehe ich dir Tür hinter mir zu und sehe mich in dem kleinen Räumchen um. Hier habe ich mit Lucas geprobt und ihn geküsst.

Hier habe ich über uns nachgedacht und Angst gehabt, weil ich nicht wusste, was zwischen uns war.

Rückblickend war es eine schöne, wenn auch körperlich und seelisch anstrengende Zeit. Doch ich will es nicht missen, denn dieser Dreh hat mich wachsen lassen und ich komme mir jetzt reifer vor, als noch vor wenigen

Wochen.

Meistens jedenfalls, denn wie ich Lucas erklären soll, dass ich ihn nicht zum Flughafen bringen kann, weiß ich immer noch nicht.

Ich schlüpfe aus den Schuhen, lege das steife Jackett ab und versuche, die Knöpfe des Hemds selbst zu öffnen, doch es gelingt mir nicht. Vielleicht, so überlege ich einen Moment ernsthaft, sollte ich morgen krank machen. Dann wäre Lucas sicherlich nicht sauer, wenn ich nicht mitkäme. Immerhin bin ich Schauspieler, das dürfte kein Problem darstellen.

Er ist dein Freund, du wirst ihm gefälligst die Wahrheit sagen und mit den Konsequenzen leben müssen!

Stimmt, ich kann und will ihn nicht anlügen, das hab ich schon mit meiner Sexualität gemacht, dann muss das nicht nochmal wegen einer solchen Lappalie sein.

Nachdem ich mein Kostüm bei Elianna abgegeben und bei Zach das Make-up losgeworden bin, bedanke ich mich bei beiden mit einem Präsent für ihre großartige Arbeit.

Danach fahre ich zu Cooperations Management.

Ich muss jetzt einfach mal persönlich mit Lauren sprechen. Dieses ewige Hin und Her am Telefon und per Mail, ist doof und man kommt nie auf den Punkt. Wenn ich ihr direkt gegenüber sitze, dann wird das vielleicht eher was. Und ich will einfach nicht einsehen, dass ich Lucas morgen nicht zum Flughafen bringen kann.

Da *muss* jetzt eine Lösung gefunden werden.

Der Verkehr lässt uns gut durch und so steige ich eine halbe Stunde später vor dem Gebäude aus dem Wagen. Durch eine große Glastür geht es in eine Eingangshalle und ich nehme den Aufzug bis zum Managerbüro.

»Guten Tag, ich hätte gerne Lauren Cooper gesprochen«, sage ich zu der

Dame an der Anmeldung. Sie sieht mich an und fragt: »Wen darf ich melden?«

»Henry Seales.« Sie nickt und spricht etwas in ein Telefon, das auf dem Tisch steht.

»Lauren Cooper ist gerade in einer Besprechung. Sie müssen ein bisschen warten. Nehmen Sie einfach auf einem der Stühle vor ihrem Büro Platz. Soll ich Ihnen einen Kaffee bringen?«

»Danke, nein«, sage ich und gehe zu Laurens Büro, das am Ende des Flurs liegt.

Mit einer Zeitschrift vertreibe ich mir die Wartezeit und es dauert fast eine Stunde, bis das Klappern von hohen Absätzen meine Managerin ankündigt.

»Henry, wie komme ich denn zu der Ehre deines Besuches?«, fragt sie lächelnd, küsst mich auf die Wange und öffnet die Tür zu ihrem Büro.

Weil ich beschlossen habe, das anstehende Casting als Grund meines Besuches vorzuschieben, sage ich: »Ich wollte mich erkundigen, ob es denn schon einen Castingtermin gibt. Du hattest mir ja die Infos geschickt.« Lauren setzt sich an ihren Schreibtisch und öffnet den Laptop.

»Ja, da kam heute Mittag etwas an...ich sehe mal nach.« Abwesend und mit gerunzelter Stirn überfliegt sie einige Informationen auf dem Bildschirm. »Also, das Casting findet übermorgen statt. Sie wollten dich eventuell für die männliche Hauptrolle besetzen. Ich fand die Rolle ja sehr ansprechend als guten Kontrast zu der, die du jetzt hattest. Einen drogensüchtigen Punk hast du noch nicht gespielt, du kannst so seine Wandlungsfähigkeit unter Beweis stellen.« Sie scheint zu bemerken, dass sie mir nur Dinge erzählt, die ich ohnehin schon weiß, und setzt nach: »Jedenfalls musst du übermorgen um 14:45 Uhr in Brixton sein, dort wollen sie sich ein genaues Bild von dir machen. Vielleicht ziehst du dich dann nicht ganz so schick an, wie sonst, damit sie sich eher eine Vorstellung davon machen können, wie du aussehen könntest. Ich drucke dir gleich die Adresse und das Infoblatt aus, dann kannst du es mitnehmen.« Sie klickt auf einen Button auf dem PC Bildschirm und der Drucker im Flur legt summend los.

»Lauren, hör mal, das ist nicht der einzige Grund, weshalb ich hergekommen bin«, sage ich und sehe sie direkt an. Ich will jetzt keine Zerbrechlichkeit oder Angst zeigen. Ich will durchsetzen, dass ich Lucas morgen verabschieden kann.

»Ja, das habe ich mir fast schon gedacht, worum geht es denn?«, fragt sie und sieht mich eindringlich an.

»Lucas.«

»Ach ja, es geht ja nur noch um Lucas«, seufzt sie und ich beiße die Zähne zusammen. Wie abfällig das klang, als hätte ich nichts anderes mehr im Kopf.

Naja, im Grunde hat sie ja recht.

»Ja, es geht um Lucas. Ich bringe ihn morgen zum Flughafen. Er ist mein Freund und ich werde mir das nicht verbieten lassen. Ich will mich doch sowieso outen, wenn man uns gemeinsam sieht, dann bringe ich ihn als guten Freund eben zum Gate.« Das Gesicht von Lauren bleibt ausdruckslos, sie hebt eine Augenbraue und schluckt mit gespitzten Lippen, dann atmet sie scharf aus und sagt: »Henry, du weißt, dass ich dir nichts verbieten will, aber ich kann dir nur sagen, dass es eine dumme Entscheidung ist. Wenn die Presse euch gemeinsam sieht, wenn du ihn küsst, dann ist der ganze Plan umsonst. Und ich weiß genau, wer diese Aktion dann bereut. Nämlich du und ich werde das nicht mehr gerade biegen können...«

»Ich hatte nicht vor, ihn zu küssen«, unterbreche ich sie ein wenig pampig, weil sie offenbar denkt, ich könnte leichtsinnig werden. »Ich will ihn verabschieden und das kann ich auch mit einer Umarmung tun. Ich habe nicht vor, ihn am Flughafen für alle sichtbar abzuknutschen.« Bei jedem Wort, das ich sage, versuche ich in ihrem Gesicht zu lesen, was sie denkt, doch Lauren hat sich unter Kontrolle und zeigt es nicht.

»Ich werde dir einen Bodyguard stellen. Nur zur Sicherheit.«

Das ist alles, was sie sagt, und ich bin zugegebenermaßen irritiert.

Ich hatte mit einer Argumentation gerechnet.

Oder hat sie aufgegeben?

»Tu, was du für richtig hältst, Henry. Ich kann nicht mehr tun, als dir einen Rat zu geben und wenn du der Meinung bist, dass ich falsch liege, dann kannst du tun und lassen, was du willst. Ich hatte dir ja auch geraten, Stillschweigen zu bewahren und du vertraust dich dem nächstbesten Kollegen an...« Sie versucht, ruhig zu klingen, doch ich höre den Vorwurf deutlich heraus. Dass ich mich nicht dem erstbesten Kollegen einfach so anvertraut habe, sondern er es mehr oder weniger erraten hat, schmiere ich ihr nicht nochmal aufs Brot. Es passt ihr sowieso nicht, dass ich ihre Bitte, mich nicht mit Lucas am Flughafen zu zeigen, nicht beachte und in der letzten Zeit mehr nach meinem eigenen Kopf agiere.

Sofort habe ich ein schlechtes Gewissen, weil ich es ja immer allen recht machen will. Das ist eine so doofe Angewohnheit von mir. Anstatt an mich selbst zu denken, will ich immer, dass alle Menschen mit mir zufrieden sind. Langsam sollte ich das wirklich mal ablegen und mich darum kümmern, was *ich* will. »Wann wirst du morgen am Flughafen sein? Ich werde den Bodyguard so platzieren, dass er eingreifen kann, wenn es notwendig ist.«

»Ich weiß es nicht, ehrlich gesagt. Heute Abend werde ich Lucas aber sehen, dann sage ich dir Bescheid. Reicht das aus oder ist es zu knapp? Sonst versuche ich ihn jetzt per Handy zu erreichen.«

»Lass gut sein. Es genügt, wenn du mir heute Abend eine SMS schreibst.« Das klang eindeutig nach einem Abschluss unseres Gespräches und ich falte meine Unterlagen zusammen.

»Gut, wir sehen uns und ich sage dir, wie es beim Casting war«, sage ich und wir küssen uns zum Abschied auf die Wange. Dann verlasse ich das Büro und glaube, noch recht lange den Blick meiner Managerin im Nacken zu spüren.

34. KAPITEL

>>Wo bleibst du denn? Hxx<<

>>Ich bin gerade erst zuhause angekommen. Wir haben eine Stunde überzogen und jetzt packe ich meinen Koffer. Kanns kaum erwarten, bei dir zu sein<<

>>Soll ich uns was zu essen machen?<<

>>Ich hab am Set gegessen<<

Bevor er kommt, springe ich rasch unter die Dusche und als es endlich an der Tür klingelt, komme ich im Bademantel in den Flur.

Mein Freund steht mit einem großen Koffer vor der Tür und sieht müde aus, lächelt aber.

»Endlich bist du da«, sage ich leise, ziehe den Koffer in den Flur und schließe

Lucas in die Arme. Er riecht noch nach Haarspray vom Set und schmiegt sich an mich.

»Hm, du bist schön warm«, raunt er mir zu, stößt die Tür zu und streckt sich, um mich zu küssen.

»Heute ist unsere letzte Nacht, lass es uns auskosten, ja?«, hauche ich und greife ihm in die Haare. Lucas beeilt sich, aus seiner Jacke zu kommen, und tritt sich die Turnschuhe von den Füßen, kommt ins Stolpern und hält sich an meinem Bademantel fest, der ein wenig aufgeht.

»Langsam, zieh erstmal die Schuhe aus«, lache ich und lasse Lucas kurz los, damit er den linken Schuh loswerden kann.

»Du hast dir absichtlich diesen Bademantel angezogen, gib es zu. Du weißt genau, dass du darin gut aussiehst.«

Wenn Lucas sich doch nur mal durch meine Augen sehen könnte, dann wüsste er, dass ich dasselbe auch von ihm denke. Er kann sich eine Papiertüte über den Kopf ziehen und würde immer noch umwerfend aussehen. Er ist so viel attraktiver, als er selbst von sich glaubt.

Rasch greife ich nach seiner Hand, verwebe unsere Finger miteinander und ziehe ihn hinter mir ins Schlafzimmer.

»*Das* hast du jetzt nicht gemacht«, entfährt es Lucas, als er in den Raum tritt und die Kerzen sieht, die ich auf jeder erdenklichen Ablage abgestellt und angezündet habe. Es ist kitschig, aber ich wollte schon immer mal Sex bei Kerzenlicht haben und mit Lucas fühle ich mich frei genug, diesen Wunsch umzusetzen. Bei ihm habe ich keine Angst, dass er sich darüber lustig machen könnte.

»Findest du es doof?«, muss ich trotzdem fragen und sehe ihn an.

»Nein, es ist toll. So lange wir keine Kerzen umwerfen, hab ich nichts dagegen.« Lucas küsst mich und zieht sich dann kurzerhand das T-Shirt über den Kopf.

»Hast du es eilig?«, necke ich ihn und ignoriere dabei, dass sich der Gürtel meines Bademantels langsam aber sicher verabschiedet.

»Oh ja, das habe ich und und weißt ja gar nicht, wie sehr ich dich heute Abend will.« Lucas greift in den Gürtel und zieht den Knoten endgültig auf, dann schiebt er mich zum Bett und ich setze mich, kann den Blick nicht von ihm lassen. Er steht vor mir, die Augen huschen über mich und als er meine Erregung sieht, scheinen sie dunkler zu werden. Oder bilde ich mir das nur ein?

Wie unschuldig er aussieht, dabei hat er es faustdick hinter den Ohren. Das liebe ich so sehr an ihm.

»Steh bitte nicht so herum…komm näher.« Am Bund der Jeans ziehe ich ihn zu mir hin und nestle am obersten Knopf herum. Seine Brust hebt und senkt sich ruhig, doch als ich die Lippen auf seinen Bauch drücke, atmet er schneller und seufzt genießerisch. Ich fühle, dass er mir über den Kopf streicht und die Finger krümmt.

»Mach weiter und ich sprenge diese Jeans«, raunt Lucas mir zu. Mit der anderen Hand drückt er meinen Kopf in den Nacken und gibt mir einen recht groben Kuss, der mich anspornt, ihn schneller aus seiner Kleidung zu befreien.

Endlich ist er frei und ich kann ihn auf meinen Schoß ziehen. Sein Körper ist warm und passt so perfekt zu mir, wie ein Puzzleteil zum anderen. Ich verbinde uns miteinander, indem ich die Hand um uns beide schließe und langsam auf und ab streichle.

»Hmmm«, kommt von meinem Freund und er legt den Kopf in den Nacken, die Lippen geöffnet, die Augen zusammengepresst. Ihn anzufassen und so nah bei mir zu haben, ist traumhaft schön und das flackernde Licht der Kerzen hüllt uns ein, wie ein weiches Seidentuch. Der Bademantel gleitet mir von der Schulter und sofort ist seine Hand auf meiner Haut.

»Zieh ihn nicht wieder hoch, bitte. Du bist wunderschön, so wie du bist«, haucht er liebevoll und küsst mein hervorstehendes Schlüsselbein. Er will mich überall berühren und tupft mir sanfte Kuss-Spuren auf den Oberkörper.

Ab und zu zuckt er in meiner Hand, doch ich halte mich zurück und werde nicht schneller. Immerhin will ich noch etwas von dem Abend auskosten – ich darf noch nicht kommen.

Und er auch nicht.

»Baby, das fühlt sich so gut an«, keucht Lucas und seine Oberschenkel beben. Ich lasse von uns ab und ziehe ihn in meine Arme. Haut an Haut liegen wir da und küssen uns. Mal langsam, dann wieder schneller, doch immer zärtlich und auskostend. Ich male mit der Hand ein Muster auf seinen Rücken und kann nicht aufhören, ihn anzusehen.

»Du bist unglaublich, ich liebe dich...«

»Ich liebe dich auch«, gibt Lucas zurück, entzieht sich dann aber meinen Armen. »Aber leider auch zu sexy, ich kann so nicht liegenbleiben...« Ich weiß genau, was er meint, denn ich spüre seinen Penis zwischen meinen Beinen. Er zuckt, wenn ich einen leichten Druck ausübe. »Baby...das machst du mit Absicht«, jammert Lucas, schließt aber genüsslich die Augen und ich nicke.

»Morgen bist du weg...«, hauche ich und streichle ihm über den Kopf.

»Ist doch nicht für lange. In der Mail stand doch, dass die Rolle recht klein ist. Die werden mich sicherlich schnell abgedreht haben und dann bin ich wieder hier. Bei dir.« Seine Hand bleibt auf meiner Wange liegen und ich schmiege mich daran, sie ist so weich und warm und ich fühle mich geborgen, wenn er das macht.

»Ich freue mich schon darauf, wenn du zurück bist. Ich werde dich so vermissen.« Sehnsüchtig küsse ich ihn und ziehe ihn wieder auf meinen Schoß.

»Das hier werde ich auch vermissen.« Und mit diesen Worten umfasse ich ihn wieder.

Dieses Mal lasse ich ihn nicht los und unterbreche auch nicht mehr, sondern treibe ihn bis zum Ende. Danach ist Lucas vollkommen außer Puste und sackt auf mir zusammen. Sein Herz rast und er bebt noch lange nach. Erst, als er sich beruhigt hat, beiße ich ihm spielerisch in den Nacken und raune ihm ein: »Jetzt bin ich dran...« ins Ohr.

Lucas lächelt mir über seine Schulter hinweg zu und ich darf mich an ihn schmiegen, ihn festhalten und mit meinem ganzen Körper lieben.

35. KAPITEL

»Stop! *Stop*, ich muss nochmal zurück!«

Das Taxi bremst wieder und bleibt keinen halben Meter nach seinem Start stehen.

»Lucas, was denn noch?«, frage ich ein wenig genervt und reiche ihm den Schlüssel.

»Ich glaube, ich hab mein Ladekabel vergessen«, antwortet er, springt aus dem Auto und verschwindet wieder im Haus.

»Ziemlich chaotisch, der Junge, oder?«, meint der Taxifahrer und sieht mich durch den Rückspiegel an.

Ich wusste nicht, wie chaotisch mein Freund sein kann. Ich habe ihn noch nie beim Abreisen erlebt. Nur im Hotel und da ist das Kofferpacken simpel: Wenn nichts mehr im Zimmer herumliegt, hat man alles. Dummerweise hat Lucas gestern was in seinem Koffer gesucht und dabei den Inhalt dessen auf meinem Fußboden verteilt. Er war dann zu müde, um es gleich wieder einzupacken, und so hat er es heute Morgen getan. Beziehungsweise gerade eben, denn wir sind sehr knapp aufgestanden.

Dass er seine Mütze vergessen hat, ist ihm zum Glück noch auf der Treppe aufgefallen.

Und jetzt ist es das Ladekabel.

Ich hoffe, dass er dann alles beisammen hat, sonst verpasst er noch seinen Flieger.

Lucas wirft die Haustür hinter sich zu und springt dann die Treppenstufen zum Bürgersteig hinunter.

»Es hat neben dem Bett in der Steckdose gesteckt«, sagt er und legt mir das Ladekabel in den Schoß, um die Tür zu schließen.

»Bist du sicher, dass du jetzt alles hast?«, wage ich es zu fragen und er nickt.

»Prima, dann kann es ja jetzt losgehen«, freut sich der Taxifahrer und fährt los. Ich traue dem Frieden nicht ganz und erwarte bis zu Ende der Straße ständig, dass wir nochmal anhalten müssen, doch jetzt scheint Lucas wirklich alles dabei zu haben und sitzt aufgeregt neben mir.

»Ich bin noch nie so weit geflogen«, meint er und liest sich nochmal die Flugdaten auf dem Handy durch. »Ich habe sogar einen Zwischenstop in Singapur. Wow. Das ist echt eine ganz schöne Strecke. Was mache ich da in der ganzen Zeit nur?«

»Filme gucken«, schlage ich vor. »Oder du kaufst dir am Flughafen ein gutes Buch, dann ist die Zeit auch schnell vorbei.«

Das Taxi hält am Haupteingang des Flughafens. Kurz überlege ich, mit auszusteigen, doch dann denke ich an Lauren, die gestern ganz und gar nicht begeistert war. Vielleicht hat sie Recht und ich sollte ihn im Wagen verabschieden. Mit einem schnellen Handgriff schließe ich das Fenster zwischen dem Fahrer und uns.

»Was ist los? Kommst du nicht mit raus?«, fragt Lucas, der den Türgriff schon in der Hand hat, und dreht sich zu mir um.

»Ich habe gestern mit Lauren gesprochen und sie war nicht begeistert, dass ich dich herbringe. Ich sollte besser im Auto bleiben, dann haben wir einen Mittelweg gefunden, mit dem sicherlich alle zufrieden sind. Außerdem glaube ich, dass Lauren bald durchdreht, wenn ich nicht auf sie höre«, sage ich und sehe Lucas entschuldigend an. Natürlich würde ich gerne mit aussteigen und ihn erst in der Abflughalle verabschieden, aber mittlerweile bin ich mir sicher, dass es tatsächlich eine leichtsinnige Sache wäre, eben das zu tun.

»Okay. Ich denke auch, Lauren wird ihre Gründe haben, wieso sie uns von manchen Dingen abrät«, sagt Lucas und nickt verstehend. »Dann verabschieden wir uns eben hier. Im Grunde macht es ja keinen Unterschied.« Er nähert sich mir und haucht: »Ich liebe dich und ich werde dich vermissen.« Das werde ich auch, da bin ich sicher und ich bin jetzt schon froh, wenn er wieder hier in London ist. »Langsam werde ich nervös. Ich hab keine Ahnung was mich erwartet«, sagt Lucas und sieht mich unsicher an.

»Ich kann dich verstehen. Du weißt nichts von deiner Rolle, weil sie dir das erst sagen werden, wenn du da bist. Eigentlich ziemlich gemein, aber wenn sie der Meinung waren, dass sie gut zu dir passt, dann ist das doch super. Die machen ja nicht erst seit gestern Film und werden schon wissen, was sie tun. Sie trauen dir diese Rolle zu und das solltest du daher auch tun.«

»Und was mache ich, wenn ich es nicht spielen kann?« In seinem Blick liegt so viel Ernsthaftigkeit, dass ich mir sicher bin, dass er das schon lange aussprechen wollte und sich vielleicht bisher nicht getraut hat. Ich sehe ihn an und lächle, weil ich weiß, dass er sich keine Sorgen machen muss.

»Lucas, du bist Schauspieler und du bist gut. Ich bin mir ziemlich sicher, dass sich Peter und Fran nach deinem Video auch dein Demoband angesehen haben und du hast sie mit deiner Personalität und deinem Können überzeugt. Peter ist ein guter Regisseur und wird dich sicherlich super anleiten können. Außerdem wirst du ganz bestimmt ein tolles Kostüm bekommen, das dir dabei hilft, in die Rolle zu schlüpfen. Jetzt mach dich nicht kleiner, als du bist. Du wirst das hinbekommen. Ich weiß das.«

»Ich liebe dich und will nicht gehen«, platzt es plötzlich aus Lucas heraus.

»Ich will auch nicht, dass du gehst, aber diese Chance kannst du dir nicht entgehen lassen. Es wird dir ganz viele neue Möglichkeiten eröffnen, wenn du bei diesem Film mitspielst und es ist ja nicht für lange. Wir können Telefonieren und Skypen.«

»Aber was ist mit der Zeitverschiebung?«, wirft Lucas ein.

»Ich habe jetzt drehfrei und wenn es sein muss, dann bleibe ich die ganze Nacht auf, wenn ich nur mit dir reden kann. Und jetzt steig' aus, sonst verpasst du noch deinen Flug.«

Lucas nickt, lächelt und küsst mich nochmal, dann steigt er aus und ich bin froh darüber, dass wir es schnell hinter uns gebracht haben. Abschiede fallen mir immer schwer. Ich sehe ihm nach, bis er im Gebäude verschwunden ist, dann bitte ich den Taxifahrer, mich zurück in die Stadt zu bringen und als der Wagen losfährt, wird mir bewusst, dass ich heute wohl allein auf der Abschlussfeier sein werde.

Das ist traurig.

Zurück in meiner Wohnung habe ich noch etwas Zeit und fange an, mich für das Casting vorzubereiten, das ich morgen haben werde. Das hätte ich schon früher machen sollen, doch der Dreh ist ja noch nicht allzu lange vorbei und ich war viel zu sehr mit Lucas beschäftigt. Ebenfalls etwas, das sonst so gar nicht meiner Art entspricht. Normalerweise bereite ich mich immer akribisch auf

Castings vor und weiß schon Wochen vorher, was genau ich tun will.

Nun sitze ich also auf dem Teppichboden vor dem Wohnzimmertisch und lese im Internet die Zusammenfassung des Romans, der verfilmt werden soll. »Ein Ausweg« ist der Name des Buches, in dem es um eine Sozialarbeiterin, die sich in einen Drogenjunkie verliebt, den sie betreuen muss. Der Arbeitstitel des Filmes wird »Way Out« lauten und ich werde die Rolle des Junkies übernehmen – sofern ich mich beim Casting beweisen kann. Die weibliche Hauptrolle steht schon fest und morgen werde ich mit Sicherheit gemeinsam mit ihr einige Szenen nachspielen müssen, damit man sieht, ob wir miteinander harmonieren.

Bis zum Abend verbringe ich meine Zeit damit, mich in die Rolle des Junkies Tommy hinein zu lesen, seine Beweggründe herauszufinden und seine Geschichte zu erforschen, so gut es geht. Die Szenen für das Casting, habe ich geschickt bekommen und auswendig gelernt. Jetzt muss ich meine Rolle verstehen, um ihn spielen zu können, und beschäftige mich bis zum Abend mit nichts anderem mehr.

Um 20 Uhr ziehe ich mich um und bin dann auf den Weg zur Bar, die extra für die Abschlussfeier gebucht wurde. Sie liegt in der Nähe der Oxford Street.

Der abendliche Pendlerverkehr ist schon etwas abgeflaut und jetzt bevölkern Partygänger die U-Bahn. Die Luft hier drin ist stickig, der Lärmpegel hoch und ich kann den Alkohol einiger Fahrgäste riechen, die schon vorgetrunken haben.

»Ich sag dir, wenn ich heute so richtig einen draufmache, dann bin ich am Montag immer noch besoffen«, meint ein junger Mann mit blondierten Haaren, der jetzt schon nicht mehr gerade stehen kann. Eine Frau, die Bürokleidung trägt und scheinbar eine der letzten Pendler ist, sitzt mir gegenüber und verdreht genervt die Augen, als sie die stumpfsinnigen

Gespräche der jungen Leute anhören muss, die der Bemerkung des Mannes folgen.

»Hey! Da sitzt ein Promi!«, brüllt ein Kerl quer durch den Wagen und lacht grölend auf. »Jetzt tut er so, als ob er uns nicht hört! Hey Seales! Gibst du uns ein Autogramm?«

»Lass ihn in Ruhe, der will vielleicht auch nur einen ruhigen Abend haben!«, giftet ein Mädchen den Kerl an und nun hebe ich doch den Blick. Sie klang ziemlich jung und ich habe die Befürchtung, dass sie sich da gerade mit dem falschen Typen anlegt. Auch, wenn es mir schmeichelt, dass sie sich einmischt – das ist heutzutage ja eher die Seltenheit.

Im großen Ausstiegsbereich des Wagens steht der blonde Typ und hält sich an einer Halteschlaufe fest. Ihm gegenüber hat sich ein Mädchen aufgebaut. Sie ist winzig klein im Vergleich zu ihm, jedoch so bunt angezogen in dem pinkfarbenen, grellen Kunstpelzmantel, dass sie zu leuchten scheint.

»Bist du in ihn verliebt, oder wieso verteidigst du ihn?«

»Ich denke einfach, dass er das Recht auf Privatsphäre hat«, erwidert sie und ich mustere das Mädchen. Sie sieht aus wie ein typisches Londoner It-Girl. Eines, dem Mode und Aussehen über alles geht. Doch sie handelt anders, als ich es ihr zugetraut hätte, und das finde ich bemerkenswert.

»Wenn er Privatsphäre will, soll er sich in der Limosine fahren lassen und nicht die fucking Tube nehmen...«

»Schon mal daran gedacht, dass er ein normales Leben trotzdem noch leben möchte? Aber solche Idioten, wie du, machen ihm das ja unmöglich!« Weil ich Angst habe, dass er auf sie losgeht, springe ich auf und packe ihn an der Hand.

»Das lässt du besser bleiben Freundchen, hörst du?«, knurre ich ihm ins Ohr und ich schaffe es, ihm den Arm auf den Rücken zu drehen.

»Ich verklage dich, wegen Körperverletzung, du Wichser!«

»Das war Notwehr, überlege es dir das nächste mal vorher, bevor du auf junge Mädchen losgehst.« Die Angst ist mit einem Mal verschwunden und meine Stimme dunkel genug, um den Kerl einzuschüchtern. Er nickt schnell und ich lasse ihn vorsichtig los, dann steige ich, zusammen mit dem Mädchen, an der nächsten Station aus. Als die Bahn weggefahren ist, wende ich mich an sie. »Das war wirklich mutig von dir. Vielen Dank.«

Sie zuckt nur mit den Schultern und sagt: »Niemand sollte so behandelt werden, ob man nun berühmt ist, oder nicht. Danke, dass du dich auch für mich eingesetzt hast.« Sie sieht mir dabei offen ins Gesicht und zeigt keine Scheu.

»Wohin warst du denn unterwegs?«, frage ich und ziehe meinen Geldbeutel hervor.

»Nein, du musst mir kein Geld geben, das war doch selbstverständlich.«

»Ich möchte, dass du von hier ein Taxi nimmst. Nicht, dass die Kerle an einer der nächsten Stationen auf dich warten und hoffen, dass du da allein dort auftauchst. Bitte, nimm das Geld und fahre mit dem Taxi, da würde ich mich wesentlich sicherer fühlen.« Sie starrt ungläubig auf die 150 £, die ich ihr gegeben habe und ich sehe sie eindringlich an. Es ist zu viel Geld, zumindest für ein Taxi, aber ich bin ihr dankbar für die Hilfe und wenn sie sich mit dem Geld eine Freude machen kann, ist das für mich vollkommen in Ordnung.

36. KAPITEL

Die Bar erreiche ich ohne weitere Zwischenfälle.

Der Raum scheint im viktorianischen Zeitalter stehengeblieben zu sein, ist aber nicht altbacken, sondern modern. Anerkennend hebe ich die Augenbrauen und freue mich, dass man eine so fabelhafte Partylocation gefunden hat. Es riecht nach leckerem Essen und die Kollegen, die schon da sind, stehen in kleinen Grüppchen beisammen.

»Henry!« Aaron ist neben mir aufgetaucht und grinst mich an. Ich bin überrascht, weil ich ihn hier nicht erwartet hatte, und umarme ihn.

»Schön, dass du auch gekommen bist.«

Wir schlendern zum Buffet und ich bin etwas überfordert, als ich die große Auswahl sehe. Aaron nimmt Salat und Fleisch und ich erzähle ihm währenddessen, wie der Dreh so war.

»Wo ist denn Lucas? Hatte er keine Lust darauf, herzukommen?«

»Den habe ich heute morgen zum Flughafen gebracht, er musste zu einem Job...«

»...und als du letztens mit ihm zusammen frühstücken warst, hast du meine Tochter beinahe zum Ausrasten gebracht«, sagt jemand hinter mir und ich drehe mich um. Timothy steht da und mir wird flau im Magen. Eine Hitzewelle überkommt mich und ich glaube, dass ich ihn ansehe, wie ein verschrecktes Kaninchen.

Ihm habe ich mich geoutet. Er weiß es.

Bitte sag nichts!

Flehend sehe ich ihn an und auf Aarons Frage, was seine Tochter, denn mit mir zu tun habe, antwortet er nur: »Sie findet Henry ganz toll und freut sich immer, wenn neue Fotos von ihm auftauchen. Unser Kollege schafft es ja doch relativ erfolgreich, sich aus der Öffentlichkeit fernzuhalten. Zumindest in der letzten Zeit.« Timothy hält mir sein Handy hin. Es sind Screenshots, die ihm seine Tochter geschickt hat. Auch Aaron beugt sich vor und sieht sich das Bild samt Kommentare an.

>>Henry Seales und Lucas Thomas gemeinsam beim Frühstücken<<

Seales_fan: >>Wenn Henry wirklich eine Schwuchel ist, dann kann er mir gestohlen bleiben. Ich dachte, dass er und Thomas nur Freunde sind, aber das hier sieht leider anders aus. Schade.<<

MyNameIsStupid: >>Wieso sollte er mit Lucas einfach so zum Frühstücken gehen? Die kennen sich noch gar nicht so lange. Sowas macht man nur mit einem »seeeeeehr« guten Freund.<<

LovingSeales: >>Halt den Mund, Henry kann lieben, wen er will...<<

FireWorkXxX:>>...außer einen anderen Mann. Sorry, aber sowas ist ekelhaft und sollte er tatsächlich schwul sein, dann sollte er das nicht in der Öffentlichkeit zeigen. Er hat viele weibliche Fans, die sich Hoffnungen machen...<<

Mehr Kommentare kann ich auf die Schnelle nicht lesen, denn Timothy schaltet das Handy aus.

»Ach, was die immer haben. Man ist doch nicht gleich schwul, nur weil man mit einem Kollegen was essen geht. Und selbst wenn doch, dann ist das immer eine persönliche Entscheidung, die niemanden etwas angeht. Die sollen sich nicht alle so aufspielen«, winkt Aaron ab und schüttelt ungläubig den Kopf. »Man sollte meinen, es sei keine Freundschaft unter Kollegen erlaubt, das ist wirklich schade.«

Das Thema scheint für Aaron damit beendet zu sein und er erkundigt sich bei Timothy danach, welche Rolle er in 1925 gespielt hat. Schließlich haben sie sich nie persönlich am Set getroffen. Sie unterhalten sich kurz darüber und ich bediene mich ebenfalls am Buffet. Salat, Tofu und exotisches Gemüse landen auf meinem Teller. Ich habe mir vorgenommen, heute normal zu essen, denn ich habe Lucas im Hinterkopf und will nicht, dass er sich Sorgen macht.

Mit meinem Teller finde ich einen Platz auf einem der Sofas und setze mich neben Fionn. Heute hat er keine Brille auf und trägt ein dunkles Hemd, was ungewohnt aussieht. Am Set hatte er meist Funktionskleidung und Cargohosen an, damit er genug Stauraum für seine ganzen Zettel und Stifte hatte.

»Stört es dich, wenn ich neben dir esse?«, frage ich.

»Nein, überhaupt nicht. schön, dass du da bist«, strahlt Fionn, rutscht ein wenig zur Seite und wir stoßen mit unseren Getränken an.

Wir lassen den Blick über die Anwesenden schweifen und ich muss häufiger mehrmals hingucken, um die Kollegen zu erkennen. Am Set trägt jeder das, was bequem ist und niemand schert sich darum, ob es modisch oder cool ist, geschweige denn farblich zusammenpasst. Die Klamotten müssen zum Wetter und der Location passen.

Elianna beispielsweise steht jetzt in einer knallengen Jeans und hochhackigen Schuhen da und bewegt sich so weitaus graziler, als sie das in ihren flachen Turnschuhen getan hat. Das scheint auch schon die Aufmerksamkeit einiger Setrunner auf sie gezogen zu haben, denn drei davon unterhalten sich begeistert mit ihr. Zach ist auch da. Er steht an der Bar und ist in ein Gespräch mit Ed vertieft. Mein Maskenbildner trägt dunkle Kleidung, mit einzelnen, kunstvollen Farbakzenten und in einem Ohr blinkt ein Stecker. Die vielen Tattoos stellt er durch hochgeschlagene Ärmel zur Schau. Ed hingegen sieht aus wie immer. Sein Pulli hat heute jedoch keine Tasche auf der Vorderseite und die Hose ist nicht voller abgerissener Klebestreifen, die er sich bei der Arbeit immer draufgeklebt hat, um rechtzeitig, welche zur Hand zu haben.

»Schön, dass alle gekommen sind«, sage ich mehr zu mir selbst und lächle.

»Ob Lucas auch noch kommt? Er hatte es gestern ziemlich eilig und ich dachte, man könnte sich heute noch ordentlich voneinander verabschieden.«

Erstaunt sehe ich Fionn an.

»Hat Lucas sich denn nicht verabschiedet?«

»Doch, aber eher recht kurz angebunden. Fand ich etwas schade.« Damit Lucas nicht den Ruf bekommt, überheblich zu sein, erkläre ich Fionn, dass er zu einem Casting fliegen musste. Um welchen Film es sich dabei handelt und dass er die Rolle schon hat, verschweige ich.

»Wow, das ist natürlich klasse. Dann verstehe ich, dass er es eilig hatte. Na wenigstens bist du gekommen. Ich hole mir noch einen Drink. Möchtest du auch einen?«

Eine Stunde später bin ich betrunken.

Zwar habe ich gegessen, allerdings erst nach dem ersten Drink, weil ich mich ständig unterhalten habe und nicht mit vollem Mund sprechen wollte. Das habe ich nun davon.

»Es war wirklich toll mit euch zu drehen«, sage ich zu Geoffrey und klopfe ihm auf die Schulter. Der Regisseur lacht nur amüsiert.

»Oh Henry, das hast du mir jetzt schon bestimmt zehnmal gesagt. Ich glaube es dir. Wirklich.«

»Man kann es nicht oft genug sagen«, beharre ich und nicke lebhaft.

»Ich glaube, ich bin einfach nicht betrunken genug, oder zu alt für euch junge Leute.« Geoffrey steht auf. »Ich denke, ich mache mich auf den Weg nach Hause. Lass dich drücken Henry. Es war wirklich toll, mit dir zu arbeiten und ich bin mir sicher, dass wir uns wieder sehen werden. Ich wünsche dir einen schönen Abend und tu´ mir einen Gefallen und lass nicht alles so nah an dich heran.«

Geoffrey ist ein wundervoller Mensch und dieser Satz eben rührt mich. Bisher dachte ich nicht, dass ihm überhaupt etwas an mir liegt. Natürlich schätzt er meine Leistung und mein Talent, aber ich ging nie davon aus, dass er so viel mitbekommt. Am Set wirkte er immer so konzentriert und mit dem Dreh beschäftigt. Doch scheinbar ist er aufmerksamer, als ich dachte.

Oder Lee hat ihm von einigen kleinen Zwischenfällen berichtet.

Dass er mich besser einschätzen kann, als ich angenommen hatte, rührt und erschreckt mich gleichermaßen, denn ich will kein offenes Buch für die Menschen um mich herum sein. Mein Innerstes geht niemanden etwas an.

Außer vielleicht Lucas.

Nachdem Geoffrey die Party verlassen hat, trinke ich einige Drinks gemeinsam mit Zach und bin gerade mit ihm ins Gespräch vertieft, als jemand in ein Mikrophon spricht.

Es ist Fionn, der auf einem Tischchen steht und auf eine Leinwand deutet, die hinter ihm an der Wand heruntergelassen wurde.

»Leute! Leute, hört mir doch bitte mal zu«, sagt er und um uns herum zischen einige. »Wir, von der Regieabteilung, haben euch heute zum Abschlussfest einen kleinen Trailer zusammengeschnitten. Damit wollten wir uns bei euch für eure hervorragende Arbeit bedanken. Ihr wart großartig und ich bin mir sicher, dass wir einen wunderbaren Film geschaffen haben. Danke an jeden einzelnen von euch. Und jetzt: Film ab!«

Das Licht wird ausgeschaltet. In vollkommener Stille stehen wir da und sehen uns den Trailer an. Es ist meine Stimme, die durch den Raum schallt, und ich komme mir ein wenig komisch vor, mir selbst zuzuhören, doch die Bilder fesseln mich. Wir sehen Ausschnitte von der Theateraufführung, Zeitlupenaufnahmen der großen Party und einen Kuss von Lucas und mir. Sogar einen kurzen Teil der Liebesszene zeigen sie und irgendwo hinter mir wird amüsiert gepfiffen, als mein Po auf der Leinwand zu sehen ist.

»Sexy, Mr Seales!« Alles, was wir sehen, gefällt mir total gut und als die Szene kommt, in der ich weinend über Lucas' leblosem Körper zusammenbreche, muss ich mich zusammenreißen, nicht wieder in Tränen auszubrechen. Doch ich schaffe es, mich zu beherrschen und applaudiere genau wie alle anderen, als der kurze Trailer vorbei ist.

Nach einiger Zeit ich so müde, dass ich beinahe auf der Couch einschlafe. Die Stimmen der Unterhaltungen werden lauter und leiser und ich sinke immer mehr in mich zusammen.

»Henry, meinst du nicht, du solltest dich langsam auf den Weg nach Hause machen?«, fragt Zach vorsichtig und sieht mich an.

»Aber hier ist es so nett«, beharre ich und bleibe mehr schlecht als recht sitzen.

»Ja, aber du schläfst ja fast ein. Komm, ich rufe dir ein Taxi.«

»Ich brauche kein Taxi«, sage ich dickköpfig und stehe wankend auf. Ich brauche höchstens frische Luft, außerdem ist mir schlecht und ich bin sicher, mich übergeben zu müssen, wenn ich jetzt in ein Taxi steige.

Bis ich mich von allen verabschiedet habe, dauert es eine ganze Weile, obwohl nicht mehr alle aus dem Team da sind. Doch überall wechsle ich noch einige Worte und so zieht sich der Abschied in die Länge. Zuletzt umarme ich Zach und Fionn, nehme mir dann meinen Mantel und verlasse das Gebäude.

Draußen ist es kalt und ich beeile mich, die Knöpfe des Mantels zu schließen, dann stolpere ich die Treppenstufen vor dem Haus hinunter und gehe mit wackeligen Schritten den Bürgersteig entlang.

Ich will zur nächsten Haltestelle und dann nehme ich die Bahn nach Hause.

Meine Beine sind schwer und ich muss mich anstrengen, voranzukommen. Ich bleibe stehen und sehe mich um, doch ein Taxi ist weit und breit nicht zu sehen.

Seufzend, weil ich doch lieber gerne gefahren worden wäre, gehe ich weiter und der Weg zur Station zieht sich in die Länge, als würde ich auf einem Laufband in die Gegenrichtung gehen.

Als ich dann endlich ankomme, muss ich feststellen, dass die Bahn schon geschlossen hat. In London fährt die Tube nicht die ganze Nacht durch und ich stehe vor einem Metallgitter, sodass ich nicht einmal in die Station hineingehen kann. Glücklicherweise leuchten in der Nähe einige Taxen und ich steuere eines davon an.

»Hallo, bitte bringen Sie mich nach Hause«, sage ich zu dem Fahrer.

»Und wo ist Ihr Zuhause? Oh, hallo Mr Seales.« Ich nenne ihm eine Adresse in der Nähe meiner Wohnung und ziehe die Tür hinter mir zu.

Der Wagen setzt sich in Bewegung und ich lehne mich zurück, schließe die

Augen und lasse mich einlullen.

Lange sind wir nicht unterwegs, da höre ich, dass die Glasscheibe, die mich und den Fahrer trennt, heruntergefahren wird.

»Sag mal, bist du jetzt eigentlich schwul oder nicht?«, fragt mich der Mann ganz direkt. Verständnislos blinzele ich ihn an und er sieht mich durch den Rückspiegel an. »Jetzt komm, sag schon. Lässt du dich von anderen Kerlen ficken?«

Okay, jetzt läuten bei mir alle Alarmglocken.

Zwar dumpf, aber sie läuten.

»Wenn Thomas dich nicht rangelassen hat, kann ich auch...«

»Lassen Sie mich bitte aussteigen«, sage ich bestimmt und greife nach dem Griff der Tür. Zweimal rutscht mir der Griff aus den nassen Fingern. Ich kann hier auf keinen Fall im Taxi bleiben.

»Aber wir sind erst in Soho«, meint der Fahrer und klingt plötzlich verunsichert.

»Das ist mir egal. Ich werde Sie melden!« Ich werfe ihm eine 20 Pfund Note auf den Rücksitz. Egal ob ich betrunken bin oder nicht, Mann oder Frau, schwul oder hetero. Als Taxifahrer hat man nur einen Job und der ist es, die Leute sicher nach Hause zu bringen. Schwungvoll öffne ich die Autotür und stolpere aus dem noch rollenden Wagen.

Was alles hätte passieren können, realisiere ich erst, als das Auto schon um die nächste Hausecke verschwunden ist. Schwer atmend stehe ich auf dem Bürgersteig und mir ist mit einem Mal so schlecht, dass ich mich kurzerhand in einen Mülleimer übergebe. Hustend bleibe ich kurz in der Hocke, bis ich sicher bin, dass es mir nicht nochmal hochkommt, dann ziehe ich mich an einer Laterne wieder auf die Beine, wanke zitternd in eine Straße, die ich gut kenne und steuere die Adresse eines Freundes an. Erst als ich bei ihm Sturm geklingelt habe und er mich reinlässt, fühle ich mich sicher.

»Henry!«, ruft Nick durchs Treppenhaus und ich schleppe mich die Treppe hinauf. Das Geländer wackelt, weil ich mich bei jedem Schritt daran weiter ziehe, sonst käme ich sicher, niemals oben an. Nick kommt mir entgegen und ist überrascht, als er mich so sieht. »Henry! Was ist los? Wo kommst du her? Bist du betrunken?«, fragt er und legt sich einen Arm von mir über die Schulter.

»Ich komme schon allein die Treppe rauf...du musst mir nicht helfen...ich war auf unserer Abschlussfeier...«

»Und hast offenbar ein bisschen viel getrunken. Man, so habe ich dich ja schon lange nicht mehr gesehen. Jetzt lass mich dir bitte helfen.« Dieses Mal greift er energischer zu und bugsiert mich bis hinauf in seine Wohnung.

»Du bleibst heute Nacht hier, hast du verstanden? So fährst du nicht mit der Bahn oder dem Taxi.«

»Mit dem fahre ich sowieso nicht. Lauter Perverse...«, nuschle ich und mein Freund schüttelt verständnislos den Kopf. In der Wohnung nimmt er mir den Mantel ab und deutet auf die Couch.

»Hier kannst du schlafen. Und ich muss jetzt wieder ins Bett, ich hab morgen früh meine Sendung zu moderieren.«

»Sorry, dass ich dich geweckt habe«, seufze ich und umarme Nick kurzerhand. Der seufzt nur verständnisvoll und sagt: »Wir reden morgen, okay?« Er drückt mich auf die Couch und und lächelt mich müde an.

»Machen wir...«, sage ich, als er schon lange in seinem Schlafzimmer verschwunden ist. Dann ziehe ich die Hose aus und lasse mich zur Seite auf die Couch kippen.

1925 ist abgedreht.

Unglaublich, dass dieser Film mein Leben so verändert hat.

Das hätte ich mir niemals vorstellen können.

Lächelnd, weil ich an meinen Freund denken muss, den ich ohne diesen Film niemals kennengelernt hätte, drehe ich mich auf den Bauch und schließe die Augen.

Ich habe so ein Gefühl, dass dieser Film noch eine ganze Weile sehr präsent in meinem Leben sein wird und dass die heutige Begegnung mit Taxifahrern und pöbelnden Fans nur ein Anfang war.

ENDE TEIL 1

Dir hat das Buch gefallen?

Dann würde ich mich über Deine Rezension bei Amazon, Lovelybooks und Books on Demand sehr freuen.

Wenn du mehr zu mir und meinen zukünftigen Projekten erfahren möchtest, findest du mich hier:
Instagram: @l.c.pfeifer

Danksagung

1925 ist mein Herzensprojekt und ich möchte mich bei vielen Menschen bedanken, die dazu beigetragen haben, dass dieses Buch so ist, wie es hier vor euch liegt.

Zuerst einmal Danke an Manuela. Du hast 1925 als absolute Rohfassung gelesen und mir immer geholfen, den roten Faden zu finden. Mit Dir hat diese Geschichte überhaupt erst einen guten Rahmen bekommen.

Danke an meinen Ehemann, der sich die Stunden, in denen ich nicht verfügbar war, alleine vertreiben musste (und es waren *wirklich* viele Stunden) Du hast mich bestens bei der Veröffentlichung unterstützt, ich liebe Dich!

Danke auch an die Testleser, die mir hier sehr weitergeholfen haben und mich mit Kritik und Lob weiter vorantreiben konnten. Und vielen Dank an die Community von Wattpad, die dieses Buch so geliebt hat. Mit euch hat alles angefangen – danke, dass ihr mir und 1925 eine Chance gegeben habt und es noch immer tut.

Vielen Dank!